CLAUDIA RIMKUS

Uhlenbrock

BLUTIGE RACHE Vor Jahren war er Opfer, jetzt ist er Täter. Ein Serienkiller arbeitet in Hannover seine ganz persönliche Todesliste ab. Jeden, den er für sein Schicksal verantwortlich macht, will er zur Rechenschaft ziehen. Medienwirksam inszeniert er die Leichen an besonderen Plätzen der Stadt, sodass er bald »der Regisseur« genannt wird. Auch in Charlotte Sterns Senioren-WG sind die Morde Gesprächsthema. Nicht nur, weil die Polizei Professor Philipp Thaler hinzuzieht, um ein Täterprofil zu erstellen. Mitbewohnerin Anneliese hatte mit allen Opfern beruflichen Kontakt. Da Charlotte fürchtet, dass die Freundin in Gefahr ist, hilft sie ihr, die Identität des Verbrechers aufzudecken. Eine Spur aus der Vergangenheit führt sie zur Psychiatrischen Klinik Uhlenbrock. Laufen dort alle Fäden zusammen? Bevor sich der Verdacht erhärtet, verschwindet Anneliese spurlos. Ein Wettlauf gegen die Zeit beginnt …

Claudia Rimkus wurde 1956 in Hannover geboren, wo sie noch heute lebt und arbeitet. Die Autorin ist mit ihrer Heimatstadt eng verbunden. Deshalb ist die Leinemetropole oft Schauplatz ihrer Geschichten. Diese sind trotz aller Dramatik immer mit Humor gewürzt. Ihre ersten Erzählungen wurden erfolgreich als Fortsetzungsromane in der Hannoverschen Allgemeinen Zeitung und den angeschlossenen Lokalzeitungen veröffentlicht. Danach folgten mehrere Kurzgeschichten und Romane. Wenn sie nicht schreibt, ist sie gern mit der Kamera unterwegs. Ihre Fotos haben schon mehrere Preise gewonnen. Auch das genaue Beobachten ihrer Umwelt inspiriert sie zu ihren Geschichten.

CLAUDIA RIMKUS

Uhlenbrock

Kriminalroman

GMEINER

Personen und Handlung sind frei erfunden.
Ähnlichkeiten mit lebenden oder toten Personen
sind rein zufällig und nicht beabsichtigt.

Immer informiert

NEWSLETTER

Spannung pur – mit unserem Newsletter informieren wir Sie
regelmäßig über Wissenswertes aus unserer Bücherwelt.

Gefällt mir!

Facebook: @Gmeiner.Verlag
Instagram: @gmeinerverlag
Twitter: @GmeinerVerlag

FSC
www.fsc.org
MIX
Papier aus verantwortungsvollen Quellen
FSC® C083411

Besuchen Sie uns im Internet:
www.gmeiner-verlag.de

Im Ehnried 5, 88605 Meßkirch
Telefon 07575/2095-0
info@gmeiner-verlag.de

1. Auflage 2021

Lektorat: Claudia Senghaas, Kirchardt
Herstellung: Mirjam Hecht
Umschlaggestaltung: U.O.R.G. Lutz Eberle, Stuttgart
unter Verwendung eines Fotos von: © Sebastian Grote / shutterstock.com
Druck: CPI books GmbH, Leck
Printed in Germany
ISBN 978-3-8392-0088-9

Für Katharina und Christian
In Liebe

KAPITEL 1

Mit Blaulicht und Martinshorn raste Hauptkommissar Bremer in Hannover über die Kreuzung am Königsworther Platz. Er hielt sich links Richtung Westschnellweg, um gleich darauf nach rechts in die Jägerstraße abzubiegen, der er mit hoher Geschwindigkeit bis zum Wilhelm-Busch-Museum folgte. Normalerweise konnte man von dort aus nicht in den Georgengarten fahren, aber an diesem Morgen war die Sperre aufgehoben, sodass er mit dem Wagen auf dem Spazierweg bis an die rot-weißen Bänder der Polizeiabsperrung gelangte. Beim Aussteigen fragte er sich, warum man ihn so oft an seinem freien Wochenende frühmorgens aus dem Bett holte. Er war kein junger Spund mehr. Mit Mitte fünfzig brauchte er nach einer anstrengenden Woche ein bisschen Zeit und Ruhe, um die Energietanks aufzuladen.

Ein Kollege von der Schutzpolizei hob das gestreifte Trassierband an, um ihn durchzulassen. Hannes Bremer nickte ihm mit einem gemurmelten Gruß zu und verschaffte sich einen ersten Überblick. Buntgefärbtes Laub an alten, hohen Bäumen, ein Teich, in dem sich eine gebogene steinerne Brücke spiegelte.

Der Tote saß mit ausgestreckten Beinen auf einer mit farbenfrohem Graffiti besprühten Bank. Ein schwarzer Hut beschattete vollständig das Gesicht. Es schien, als hätte der Mann diesen Platz gewählt, um ungehindert zum Leibniztempel hinüberzuschauen, der nun im Licht der weiträumig aufgestellten Scheinwerfer erstrahlte.

Der korpulente Rechtsmediziner Horst Fleischmann war, über den Toten gebeugt, mit der ersten Leichenschau beschäftigt.

Kriminaltechniker sicherten in großem Umkreis Spuren. Einige suchten die nähere Umgebung der Augustenbrücke ab, andere schauten sich drüben auf dem kleinen Hügel zwischen den zwölf ionischen Säulen des Tempels um. Alle trugen weiße Overalls und einen Mundschutz. Die ungewohnte Betriebsamkeit schien die Enten und Teichhühner auf dem Wasser nicht zu stören. Unbeirrt zogen sie ihre Bahnen. Nur die Möwen flatterten aufgescheucht über der Szenerie.

Hannes sah seine jüngere Kollegin auf sich zukommen. Mit jedem ihrer Schritte wippte der Pferdeschwanz im Takt, zu dem sie ihr langes blondes Haar gebunden hatte.

»Moin«, grüßte sie knapp und reichte ihm einen Becher.

Skeptisch betrachtete er das rote Coffee-to-go-Gefäß, das mit einer schwarzen Hannover-Skyline bedruckt war.

»Hannoccino«, erklärte Pia Wagner. »Mehrwegpfandbecher. Die werden wir ab sofort immer benutzen.«

»Warum?«

Sie deutete auf den überquellenden Papierkorb neben einer der Bänke.

»Der Umwelt zuliebe. Wir produzieren viel zu viel Müll.«

Darauf hätte er auch selbst kommen können. Lustlos nippte er am Kaffee. Das Koffein weckte nur langsam seine Lebensgeister.

»Wo steckt eigentlich Martin?«

Vage zuckte sie die Schultern. Sie hatte den Teamkollegen nicht erreicht. Wahrscheinlich war sein Handy stummgeschaltet, weil er an diesem Wochenende seine Beziehung retten wollte.

»Ist er nicht mit seiner Freundin an die Ostsee gefahren?«

»Kann sein.«

»Soll ich ihm eine Nachricht schicken?«

»Damit warten wir. Sonst bin ich schuld, wenn sie ihm den Laufpass gibt.« Hannes wusste aus Erfahrung, wie begeistert Frauen darauf reagieren konnten, wenn man zu allen möglichen Tages- oder Nachtzeiten zurückgepfiffen wurde. Er drehte sich zum Chef der Kriminaltechnik herum. »Wissen wir, wer der Tote ist?«

»Er hatte keine Papiere bei sich – auch kein Handy.«

»Wer hat ihn gefunden?«

Benno Winkler streifte seine Kapuze ab und deutete zur Absperrung.

»Da drüben, die beiden Jogger. Die sind hier jeden Samstagmorgen unterwegs.«

Als der Rechtsmediziner nun seinen Alukoffer schloss und den Mundschutz entfernte, gingen Pia und Hannes zu ihm hinüber.

»Moin, Horst. Was haben wir?«

»Männliche Leiche … zwischen 65 und 70 …« Der Schwergewichtige schnaufte wie ein Marathonläufer auf der Zielgeraden. »Ziemlich übel zugerichtet.«

»Todesursache?«

»Keine Ahnung.«

»So genau wollte ich es gar nicht wissen.«

»Keine Einschusslöcher, keine Stichwunden, keine Würgemale. Wären da nicht die Gesichtsverletzungen, würde ich sagen, der Mann ist friedlich auf der Bank entschlafen.« Er zog einen kleinen Zellophanbeutel hervor, den er dem Kommissar übergab. »Das hatte er in seiner rechten Hand.«

Stirnrunzelnd betrachtete Hannes das Fundstück von allen Seiten.

»Das ist …«

»Ein Auge.«

»Wurde es ihm entfernt?«

»Es ist künstlich. Seine eigenen sind da, wo sie hingehören.«

»Och nö.« Hannes wusste aus Erfahrung, worauf es hinauslaufen konnte, wenn ein Täter einen symbolartigen Gegenstand bei der Leiche zurückließ: Möglicherweise bedeutete das den Beginn einer Serie. Die Presse würde dem Mörder einen prägnanten Namen verpassen, Trittbrettfahrer würden die Ermittlungen behindern.

»Ich weiß, was du befürchtest«, sagte Pia und nahm den Beutel von ihm entgegen. »Kann sein, muss aber nicht.«

Er brummte etwas Unverständliches, bevor er sich an den Rechtsmediziner wandte, der mit einem Taschentuch über seine schweißnasse Glatze wischte.

»Kannst du was zum Todeszeitpunkt sagen?«

»Schätzungsweise zwischen 21 Uhr und Mitternacht. Vielleicht früher. Ich muss mich erst nach der Außentemperatur im möglichen Tatzeitraum erkundigen. Sowie ich mehr weiß, melde ich mich.«

»Okay. Danke, Horst.«

Unterdessen versammelten sich immer mehr Neugierige hinter dem Absperrband. Uniformierte Beamte hatten alle Hände voll damit zu tun, die Leute hinter der Barriere in Schach zu halten. Inmitten der Menge stand ein unscheinbarer Beobachter. Hinter der Fassade einer teilnahmslosen Miene verfolgte er das Geschehen mit Argusaugen.

KAPITEL 1,5

Schaulustige! So sind sie, die angeblich normalen Menschen. Ob Mann oder Frau, arm oder reich, jung oder alt: Sie bleiben stehen und gaffen, wenn sie einen Unfall oder gar einen Toten sehen – egal, wie schrecklich dieser Anblick sein mag. Sie sind neugierig, ergötzen sich am Leid anderer und sind gleichzeitig erleichtert, dass es nicht sie selbst getroffen hat.

Meine erste Leiche in dieser Stadt, in der alles begann, wirkt auf den ersten Blick nicht furchterregend. Dafür habe ich gesorgt. Ich habe mir viel Mühe gegeben, sie friedlich aussehen zu lassen. Hier, in der freien Natur, in diesem idyllischen Park, ist ein hübsches Plätzchen für einen Toten. Verdient hatte der Kerl es nicht, dass ich ihn dort deponiert habe, wo er sich gern aufgehalten hat, wenn er nachdenken wollte. Das steht sogar in seiner Biografie. Der alte Leibniz war sein Vorbild. Was für ein Gegensatz! Ein Versager bewundert ein Universalgenie. Den Fundort hier zu arrangieren, war die einfachste Lösung. Die Inszenierung in dieser beliebten Gartenanlage ist außerdem medienwirksam, weckt Aufmerksamkeit. Alle werden sich fragen, warum dieser ehrenwerte Mann auf so grausame Weise sterben musste. Erst wenn sie ihn aufschneiden, wird das ganze Ausmaß meiner Strafe sichtbar. Ich will, dass sie in seinem

Leben herumstochern, jedes Steinchen umdrehen, bis die Wahrheit darunter hervorkriecht wie ein ekelhafter, glitschiger Wurm.

Das ist aber längst nicht alles. Es ist erst der Anfang. Meine Liste ist lang. Wenn sie nicht die Verantwortung für ihr Versagen übernehmen, werden sie dafür bezahlen, was sie mir angetan haben. Ich kriege sie alle. Jeden Einzelnen. Keiner wird mir entkommen. Niemand kann sich schützen – denn ich bin wie ein Phantom. Ich schlage zu, wenn keine Menschenseele damit rechnet.

KAPITEL 2

Einmal im Monat traf sich eine Handvoll Kollegen aus Ermittlerkreisen am Donnerstagabend in der Altstadtkneipe »Alibi« zum Stammtisch. Der umfangreiche Rechtsmediziner kam etwas früher als die anderen und bestellte eine Kanzlerplatte. Während er sich über die Riesencurrywurst mit Pommes hermachte, setzte sich Charlotte Stern zu ihm. Bis zu ihrer Pensionierung hatte sie das Kriminalarchiv geleitet und zählte seit Jahren zu diesem Freundeskreis.

»Guten Appetit«, sagte sie statt einer Begrüßung. »Hoffentlich bekommen dir die vielen Vitamine.«

»Passt schon«, erwiderte er grinsend, wobei er sie wohlgefällig musterte. Sie war zwei Jahre älter als er, wirkte aber jünger. »Ich hatte den ganzen Tag keine Zeit, was Vernünftiges zu essen. Im Gegensatz zu dir habe ich niemanden, der mich mittags bekocht. Vielleicht sollte ich auch in eine WG ziehen. Habt ihr zufällig ein Zimmer frei?«

Amüsiert schüttelte sie den Kopf.

»Leider nicht. Außerdem ist das eine Ruheständler-WG. Du müsstest deinen Job aufgeben, aber ohne deine Schnippelei hältst du es sowieso nicht aus.« Flink stibitzte sie ein Kartoffelstäbchen von seinem Teller. »Es sei denn, wir würden dich zu täglichem Küchendienst verdonnern.«

»Horst ist für uns unentbehrlich«, sagte Hannes, der sich mit den Kommissaren Pia Wagner und Martin Drews zu ihnen setzte. »n'Abend zusammen.«

Per Handzeichen bestellte er eine Runde Bier.

Als die Getränke serviert wurden, war der Rechtsmediziner mit seiner Mahlzeit fertig. Zufrieden lehnte er sich zurück, faltete die Hände über seinem stattlichen Bauch und ließ den Blick über die Anwesenden schweifen.

»Alles klar bei dir?« Aufmerksam musterte Charlotte ihn. »Anscheinend habt ihr in der Rechtsmedizin zurzeit besonders viel zu tun.«

»Aber nur, weil die Verbrecher immer verrückter werden.«

Er tauschte einen Blick mit Hannes, der zustimmend nickte. Der Hauptkommissar wusste, dass Charlotte mit den Informationen nicht hausieren gehen würde. Im Gegenteil: Sie würde darüber nachdenken. So manches Mal hatte sie zur Lösung eines Falles beigetragen.

»Oft genügt ein Loch in der Brust oder das Messer im Rücken, um die Todesursache zu erkennen«, fuhr Horst fort. »Plötzlich kommt so ein Killer daher, der sich für besonders schlau hält und so was wie eine Schnitzeljagd durch die Leiche veranstaltet. Oder er hat einfach nur alles, was ihm zur Verfügung stand, ausprobiert. Jedenfalls hat er seinem Opfer Drogen verabreicht, es gezwungen, mit einem langsam wirkenden Gift gewürzte Pizza zu essen, und ihm säurehaltige Getränke eingeflößt. Also muss einer wie ich rausfinden, was in welcher Reihenfolge verabreicht wurde, wie die einzelnen Substanzen für sich und in Kombination mit den anderen wirken. Erst das erlaubt Rückschlüsse auf die genaue Todesursache. Hinzu kommen zahlreiche Frakturen am ganzen Körper.«

»Da fragt man sich, ob der Täter nur auf Nummer sicher gehen wollte oder ob er sein Opfer mit Genuss gequält hat.« Charlotte schaute einen nach dem anderen an. »Sprechen wir über den Toten aus dem Georgengarten? Seit er gefunden wurde, stand gar nichts mehr über ihn in der Zeitung.«

»Morgen erscheint ein Bericht in der Presse«, warf Hannes ein. »Wir haben den Mann erst heute identifiziert.«

»Immerhin. Ich erinnere mich an die Leiche, die Weihnachten 2016 im Georgengarten entdeckt wurde, im Teich beim Leibniztempel. Es hat mehr als zwei Jahre gedauert, bis der Tote identifiziert werden konnte. Im Gegensatz dazu ging das bei euch erstaunlich schnell.« Sie sah, dass Pia eine Grimasse schnitt, und konzentrierte sich auf sie. »Warum habt ihr kein Foto von ihm veröffentlicht, damit ihn schnell jemand erkennt?«

»Das Gesicht war ziemlich zerschlagen«, sagte die Kommissarin. »Dadurch war eine fotografische Identifizierung nicht möglich. Der Tote sah wie ein Monster aus. Das hätten wir der Öffentlichkeit nicht zumuten können. Zumal es nichts gebracht hätte.«

»Wir haben ihn über die Vermisstenmeldungen identifiziert«, fügte ihr jüngerer Kollege Martin Drews hinzu. »Enak Flachsbarth, 69 Jahre alt, pensionierter Psychologe. Vielleicht kannte dein Professor ihn.«

»Ich werde Philipp darauf ansprechen.« Charlottes Interesse war geweckt. »Habt ihr einen Hinweis auf ein Motiv? Oder einen Verdacht, wer den armen Mann ins Jenseits befördert haben könnte?«

»Weder – noch.« Mit ernster Miene schüttelte Hannes den Kopf, bevor er vielsagend lächelte. »Hast du Blut geleckt, Charly? Du kannst es anscheinend immer noch nicht lassen.«

»Ich halte mich da raus«, erwiderte sie zur Überraschung aller. »Meine Abenteuerlust ist erst mal gestillt.« Schelmisch blinzelte sie ihm zu. »Es sei denn, ihr kommt ohne meine brillante Kombinationsgabe nicht aus. Dann lasse ich mich vielleicht überreden, euch zu unterstützen.«

»Never.« Er wollte verhindern, dass Charlotte womöglich erneut in Gefahr geriet. Deshalb erfuhr niemand etwas von dem gefundenen Auge oder der kleinen Sanduhr, die sie in der Jackentasche des Toten entdeckt hatten. »Nur über meine Leiche.«

»Mach dir darüber keine Gedanken«, neckte sie ihn. »Zur Not finde ich gleich mit raus, wer dich auf dem Gewissen hat.«

»Du solltest deinen Ruhestand genießen.«

»Das tue ich.«

»Ich habe eher den Eindruck, dass du in eurer Urnen-WG unterfordert bist.«

»Bin ich nicht, aber meine grauen Zellen wollen hin und wieder mit kniffligen Aufgaben beschäftigt werden.«

»Kauf dir ein Rätselheft für Fortgeschrittene«, schlug Horst vor, der viel für sie empfand. »Ich habe jedenfalls keine Lust auf schlaflose Nächte, weil du schon wieder ermittelst.«

Sie tätschelte lächelnd seinen Arm.

»Schau'n wir mal …«

Im weiteren Verlauf des Abends sprachen sie nicht mehr über den Leichenfund.

Charlotte wurde über ihr Leben in der WG ausgefragt. Sie stellte ihren Alltag mit komischen Begebenheiten dar, sodass viel gelacht wurde. Später berichtete Martin von seiner Beziehungskrise und erhoffte sich Ratschläge. Horst

Fleischmann gab Anekdoten von der Jahrestagung der Deutschen Gesellschaft für Rechtsmedizin in Hamburg zum Besten, die er kürzlich besucht hatte. So wurde es ein unterhaltsamer Abend. Besonders den Kommissaren tat die Ablenkung von den laufenden Ermittlungen gut. Sie würden sich am nächsten Morgen erneut damit beschäftigen müssen, dem Verbrecher auf die Spur zu kommen.

KAPITEL 3

Nach dem gemeinsamen Frühstück verließen die meisten der sechs Bewohner der Senioren-Wohngemeinschaft die große Küche. Professor Philipp Thaler, Gründer der WG und Besitzer des Hauses, zog sich in sein Arbeitszimmer zurück. General a. D. Albert Scheuermann ließ sich zur Physiotherapie fahren, und Diplommeteorologe Conrad Lenz ging ein paar Schritte durch den spätherbstlichen Garten. Er hatte sich hinter dem Haus eine kleine Wetterstation mit Thermometer, Windrichtungsgeber und weiteren Messgeräten eingerichtet. Elisabeth Seegers, die nach ihrem Einzug in dieses Haus ihre Freude am Backen wiederentdeckt hatte, wollte ein neues Rezept für einen Apfelkuchen mit Marzipan und Rosinen ausprobieren. Während sie die Zutaten dafür zusammensuchte, setzte sich Charlotte mit der HAZ an den Küchentisch und vertiefte sich in den Leitartikel. Kurz darauf gesellte sich die oft »Strick-Liesel« genannte Anneliese Grothe zu den Freundinnen. Unaufgefordert reichte Charlotte ihr den Hannover-Teil der Tageszeitung.

»Alter Schwede!«, entfuhr es ihr nach einer Weile, worauf Charlotte fragend aufblickte und Elli über ihre Schulter schaute.

»Was ist?«

»Erinnert ihr euch an die Leiche, die am letzten Samstag im Georgengarten gefunden wurde?« Annelieses Blick wechselte zwischen den Frauen. »Hier steht, dass es schwierig war, den Mann zu identifizieren. Inzwischen weiß man, wer der Tote ist.« Sie atmete tief durch. »Stellt euch vor, ich kannte ihn.«

Erstaunt hob Charlotte die Brauen.

»Du kanntest diesen Flachsbarth?«

»Woher weißt du, wie der … Ach, du hattest ja gestern Stammtisch – wahrscheinlich mit Infos aus erster Hand.«

»Wir haben nur kurz über den Fall gesprochen.«

Sie schob ihren Zeitungsteil beiseite und zog die vor der Freundin liegenden Seiten zu sich heran. Rasch überflog sie den Artikel. Danach betrachtete sie das abgebildete Foto. Es musste vor einigen Jahren aufgenommen worden sein, denn es zeigte keinen fast Siebzigjährigen, sondern einen etwa 50-jährigen Mann mit einer rahmenlosen Brille und wenig Haar.

»Was hattest du denn mit ihm zu tun?«

»Er war Psychologe beim Jugendamt. Unsere Wege haben sich manchmal beruflich gekreuzt. Er müsste aber seit ein paar Jahren im Ruhestand gewesen sein.«

Verstehend nickte Charlotte.

»Was war er für ein Mensch?«

Vage zuckte Anneliese die Schultern.

»Schwer zu sagen … besserwisserisch … Wenn er sich eine Meinung gebildet hatte, ließ er sich noch nicht mal durch logische Argumente umstimmen.«

»Demnach könnte er Feinde gehabt haben.«

Mit vorwurfsvollem Blick trat Elisabeth zu ihnen an den Tisch.

»Das klingt, als würdet ihr mitten in Mordermittlungen stecken. Lasst euch dabei bloß nicht von Philipp erwischen.«

»Wir unterhalten uns nur«, erwiderte Charlotte mit Unschuldsmiene. »Mach dir keine Sorgen, Elli. Die Polizei findet den Täter bestimmt ohne uns. Man soll sich sowieso nur bei der Kripo melden, wenn man sachdienliche Hinweise geben kann.«

»Die haben wir nicht«, gab Anneliese zu. »Ich kannte den Mann ja nur beruflich – und das ist Jahre her.«

Sie schaute zur Tür, als Philipp hereinkam. Er schenkte sich aus der Warmhaltekanne einen Pott Kaffee ein und setzte sich damit den Damen gegenüber. Dabei registrierte er die aufgeschlagene Zeitung, worauf Anneliese auf das abgebildete Foto deutete.

»Sagt dir der Name Enak Flachsbarth etwas?«

»Ist er tot?«

»Wie kommst du darauf?«

»Weil ihr euch anscheinend für ihn interessiert.« Sein wacher Blick wechselte zwischen ihnen. »Was berichtet die HAZ? Wurde er ermordet? Oder ist er nur unter mysteriösen Umständen ums Leben gekommen?«

Charlotte unterdrückte ein Lächeln.

»Anneliese hatte öfter beruflich mit ihm zu tun – und du vielleicht auch?«

Nachdenklich fixierte er das Zeitungsfoto.

»Hin und wieder wurde ich vom Gericht als zweiter Gutachter bestellt.«

»Wozu war das nötig?«

»Wenn es zum Beispiel um die Glaubwürdigkeit eines Jugendlichen ging. Flachsbarth war für die Begutachtung zuständig. Wenn nun der Rechtsbeistand des Angeklagten oder der Staatsanwalt an der psychologischen Beurteilung oder der Prognose zweifelte, wurde ein zweites Gutachten beantragt. Waren alle Beteiligten damit einverstanden, kam ich manchmal ins Spiel.«

»Flachsbarth war außerdem zuständig, wenn eine Inobhutnahme durch das Jugendamt stattfand«, fügte Anneliese hinzu, die jahrelang eine Einrichtung geleitet hatte, in der überwiegend auffällig gewordene Kinder und Jugendliche betreut wurden. »Mitunter können Kinder wegen einer Notsituation nicht in der Familie bleiben. Manche haben psychische Probleme, sind enorm aggressiv. Es gibt viele Gründe, aus denen sie anderweitig untergebracht werden müssen.«

»Verstehe«, sagte Charlotte, bevor sie Philipp anschaute. »Was hattest du für einen Eindruck von Flachsbarth? War er ein so netter und einfühlsamer Psychologe wie du?«

»Natürlich nicht«, scherzte er, wobei er ihr zuzwinkerte. Er wurde aber gleich wieder ernst. »So gut kannte ich ihn nicht.«

»War er kompetent?«

Bedächtig wiegte er den Kopf.

»Unsere Einschätzungen stimmten selten überein. Das sagt aber nicht viel über ihn aus. Vielleicht waren einige seiner Beurteilungen und Prognosen falsch. Genauso gut könnten es meine gewesen sein. Im Gegensatz zu ihm habe ich nach dem Gerichtsurteil meistens nichts mehr über die weitere Entwicklung des Betreffenden erfahren.«

»Demnach kann man nicht ausschließen, dass sich jemand an ihm rächen wollte«, überlegte sie. »Eltern, denen das Kind weggenommen wurde, oder jemand, der von ihm falsch begutachtet worden war und deshalb im Heim aufwachsen musste. Oder ein …«

»Was wird das, Sternchen?«, fragte er mit ruhiger Stimme. »Haben sie dich gestern beim Stammtisch mit Infos geködert?«

Sie wusste, dass er sie liebte und sich um sie sorgte.

»Wir haben eben nur über den Fall gesprochen, weil Anneliese den Mann kannte.«

»Es steht erst heute in der Zeitung, wer der Tote aus dem Georgengarten ist«, fügte die Freundin hinzu. »Ich kannte ihn zwar nicht besonders gut, aber es ist was anderes, wenn ein Mordopfer kein Fremder war. Wahrscheinlich dauert das eine Weile, aber ich denke, ich sollte zu seiner Beerdigung gehen. – Kommt ihr mit?«

»Ich bin dabei.« Charlotte bemerkte selbst, dass ihr die Zusage zu schnell entschlüpft war und dadurch ihr Interesse verriet. »Niemand geht gern allein auf den Friedhof.«

Philipps Blick verriet, dass er sie durchschaute, aber er sagte nichts dazu.

»Hier steht noch ein interessanter Artikel«, teilte Anneliese den Freunden mit. »Ein 84-Jähriger hat eine 77 Jahre alte Frau mit einer Schusswaffe zum Sex gezwungen – und das anscheinend nicht zum ersten Mal.«

»Was sagt man dazu?« Charlotte konnte ein amüsiertes Lächeln nicht unterdrücken. »Das war bestimmt schlimm für die Frau, aber wenn man sich das bildlich vorstellt ... Warum muss ich dabei eigentlich an unseren Freund Pippich und sein Viagra-Experiment im Eichengrund denken?«

Auch Philipp musste schmunzeln.

»Weil man so eine Nummer nicht so schnell vergisst. Wir können ihn ja mal besuchen.«

»Das muss nicht sein.« Damit erhob sich Charlotte. »Ich werde erst mal eine Runde laufen. Conrad hat gesagt, dass es gegen Mittag regnen soll.«

Im Polizeipräsidium wartete Hannes Bremer auf die Rückkehr seiner beiden Kollegen, die unterwegs waren, um Nachbarn des Ermordeten zu befragen. Der Tote hatte in Hannover-Kirchrode in einem Mehrfamilienhaus gewohnt.

Unterdessen las der Hauptkommissar abermals den Obduktionsbericht. Die Vielzahl der Verletzungen, die der Rechtsmediziner festgestellt hatte, dokumentierte ein Crescendo der Wut. Möglicherweise handelte es sich um einen Sadisten, der anderen aus reiner Lust Schmerz zufügte. Bislang gab es keinen Anhaltspunkt in irgendeine Richtung. Sie wussten nicht viel mehr, als dass der Fundort des Toten nicht mit dem Tatort übereinstimmte. An der Leiche war keine Fremd-DNA gefunden worden. Und auf den Aufzeichnungen der Verkehrskameras war nichts Ungewöhnliches zu entdecken. Sie brauchten dringend ein möglichst vollständiges Bewegungsprofil des Ermordeten: Wer hatte den Psychologen wann zuletzt gesehen, wo hatte er sich vermehrt aufgehalten? Das würde sie hoffentlich weiterbringen.

Als Hannes Geräusche von nebenan hörte, schaute er erwartungsvoll durch die große Glasscheibe, die sein Büro von dem der Kollegen trennte. Die beiden zogen ihre warmen Jacken aus, bevor Pia zu ihrem Chef hinüberging.

»Und?«, fragte Hannes gespannt. »Was habt ihr über Flachsbarth rausgekriegt?«

»Nicht viel.« Die erfahrene Kommissarin lehnte sich gegen die Schreibtischkante. »Er lebte seit seiner Scheidung vor beinah 20 Jahren zurückgezogen, hatte anscheinend nicht viele Freunde. Die Nachbarn beschreiben ihn als ruhigen, unauffälligen Mann.«

Martin kam mit zwei Bechern Kaffee dazu und reichte einen davon an die etwas ältere Kollegin weiter. Ernst schaute er anschließend seinen Chef an.

»Die alte Dame, die über ihm wohnt, hat in der letzten Zeit öfter einen weißen Lieferwagen bemerkt, der auf der gegenüberliegenden Straßenseite stand. Der Fahrer ist nach ihren Worten immer im Wagen geblieben. Seit dem Leichenfund ist er nicht wieder aufgetaucht.«

»Ihr glaubt, dass Flachsbarth observiert wurde?«

»Ist jedenfalls nicht auszuschließen. Leider konnte sich die Frau nicht an das Kennzeichen erinnern. Das Modell konnte sie auch nicht genau beschreiben. Allerdings ist sie sicher, dass an dem Transporter kein Firmenlogo angebracht war.«

»Solche Fahrzeuge gibt es vermutlich massenhaft: Firmenwagen, Paketdienste, zum Camper umgebaute Lieferwagen«, resümierte ihr Vorgesetzter wenig begeistert. »Hoffentlich bringt uns die Befragung von Flachsbarths ehemaligen Kollegen weiter.« Er warf einen Blick auf die große Wanduhr. »Aber nicht mehr heute. Erfahrungsgemäß arbeiten die Behörden freitags nur bis mittags.«

»Verbrecher machen aber keinen Feierabend«, sagte Pia. »Wenn das wirklich eine Serie werden sollte, schlägt der Killer wahrscheinlich bald wieder zu.«

»Mal den Teufel nicht an die Wand.«

KAPITEL 3,5

Nichts! Diese Dummköpfe hatten genug Zeit, die Unfähigkeit dieses Psychologen ans Licht zu zerren. Ich wollte, dass die ganze Stadt nach seinem Tod davon erfährt. Aber nichts passiert. Zwei mickrige Artikel in der Zeitung. Kein Wort über die Gegenstände, die ich so sorgfältig ausgesucht habe. Nur vage Angaben über die Verletzungen. Warum erkennen sie meine Kreativität nicht an? Die Polizei hält sich absichtlich bedeckt. Diese Idioten verheimlichen der Öffentlichkeit wichtige Fakten, weil sie wissen, dass es noch nicht vorbei ist. Sie wollen keine Angst schüren, aber die Menschen sollen Angst vor mir haben. Beim nächsten oder übernächsten Toten werden einige Leute ahnen, dass sie ebenfalls auf meiner Liste stehen. Sie werden sich irgendwo verkriechen, aber ich finde sie. Alle. Mir entkommt niemand. Sie werden bitter bereuen, was sie mir angetan haben. Sie haben mein Leben zerstört. Ich muss sie dafür bestrafen, hart bestrafen. Am eigenen Leib sollen sie spüren, was es bedeutet, wenn es keinen Ausweg gibt. Wenn niemand da ist, der ihnen hilft. Sie haben sich das selbst eingebrockt. Auch wenn inzwischen Jahre vergangen sind. Wahrscheinlich haben sie es längst vergessen. Aber ich werde sie daran erinnern, ihnen vor Augen führen, dass ihr Handeln für mich so etwas wie ein Todesurteil bedeutete. Ich will, dass sie ihre Fehler einsehen. Sie sollen zugeben, dass sie versagt haben. Sollten sie sich herausreden, ist es nur gerecht, dass sie sterben müssen – und vorher genauso leiden, wie ich gelitten habe. Endlich kann ich tun, was ich mir seit Jahren ausgemalt habe. Ihre Uhr ist abgelaufen ...

KAPITEL 4

An diesem Samstag läutete Hauptkommissar Bremers Handy eine Stunde später als in der Vorwoche. Schlaftrunken tastete er nach dem Telefon.

»Wer wagt es?«

»Moin, Hannes«, vernahm er die Stimme seiner Kollegin, die bereits morgens um sieben frisch und munter klang. »Wir haben eine Leiche.«

Sofort war er hellwach.

»Wo?«

»In der Aegidienkirche.«

»Weiß Horst Bescheid – und die Spusi?«

»Sind alle unterwegs. Die Staatsanwältin habe ich eben informiert.«

Mit einer Hand schlug Bremer die Decke zurück und schwang die Beine aus dem Bett.

»Okay, ich komme.«

Barfuß lief er ins Bad. Nach kurzer Morgentoilette zog er sich an und verließ ohne Frühstück das Haus. In seinem Beruf kam das häufiger vor – genau wie die Tatsache, dass er selten pünktlich Feierabend machen konnte. An seinen unregelmäßigen Dienstzeiten scheiterten regelmäßig seine Beziehungen.

Auf dem Weg von Döhren in die City kramte er in seinem Gedächtnis nach Informationen über den Fundort der Leiche. Er war kein waschechter Hannoveraner, kam ursprünglich aus Celle. Erst nach der Ausbildung hatte es ihn in die Leinemetropole verschlagen, aber das war immerhin knapp 30 Jahre her. Er wusste dennoch nicht viel mehr, als dass die alte Kirche in der Innenstadt stand und kein Dach hatte.

Er bog vom Friedrichswall nach rechts in die Osterstraße ein, worauf sich die Ruine in sein Blickfeld schob. Uniformierte Beamte waren damit beschäftigt, das Gelände um die Kirche herum abzusperren.

Pia stand an der Straßenecke, sah seinen Wagen und gab Hannes Zeichen, links über die Breite Straße auf den Aegidienkirchhof zu fahren. Dort standen mehrere Autos der Spurensicherung. Als der Hauptkommissar aus dem Fahrzeug stieg, kam seine Kollegin von der anderen Seite herbei. Sie öffnete die Beifahrertür ihres Dienstwagens und holte einen roten Hannoccino-Becher heraus.

»Moin«, begrüßte sie ihren Chef und reichte ihm den Kaffee. Sie wusste, dass Hannes erst einmal eine Ladung Koffein brauchte.

»Danke.« Er schaute sich kurz um. »Wo ist der Eingang?«

Mit dem Kopf deutete sie nach rechts und führte ihn an die zur Breite Straße gelegene Seite der Kirche. Die Gittertür der ersten Spitzbogenpforte war verschlossen. Bei der zweiten war das Metalltor weit geöffnet. Hannes trat in den dachlosen Kirchenraum, blieb stehen und ließ die Szenerie auf sich wirken. Das Innere der Ruine mit seinen charakteristischen dreieckigen Seitengiebeln wurde durch Scheinwerfer bis in den letzten Winkel ausgeleuchtet. Die in Schutzanzüge gekleideten Leute von der Kriminaltechnik sicherten Spuren.

Vor dem Chor war eine große Bodenplatte mittig zum Altar eingefügt. ›Unseren Toten‹, war darin in großen Buchstaben eingemeißelt. Auf dem steinernen Altar befand sich die männliche Leiche. Der Tote lag lang ausgestreckt auf dem Rücken, die Hände wie zum Gebet gefaltet.

Der beleibte Rechtsmediziner Horst Fleischmann begann gerade mit der Leichenschau. Hannes wusste, dass der Freund dabei nicht gestört werden wollte, und blickte sich weiter um. Er sah die weißen gezackten Linien auf den Steinplatten des Kirchenbodens und runzelte die Stirn.

»Das ist die Schattenlinie der Südseite der Ruine. Sie soll an Leben und Tod an diesem besonderen Ort erinnern.«

»Wie passend«, brummte Hannes. Er wunderte sich über die prompte Erklärung, da Pia aus Lübeck stammte. »Woher weißt du das?«

»Als ich damals nach Hannover versetzt wurde, habe ich eine Stadtführung mitgemacht. War interessant. Außerdem habe ich viel über die Stadt gelesen, in der ich lebe. In unserem Beruf kann es nie schaden, gut informiert zu sein.« Schelmisch blinzelte sie ihm zu. »Vorsichtshalber habe ich die Kirche aber vorhin gegoogelt.«

Eine Führung durch Hannover mitzumachen, hatte er sich oft vorgenommen, aber ihm fehlte die Zeit. Seine Augen schweiften zum Turm, der mit herbstlich rot gefärbtem wildem Wein bewachsen war. Ein schöner Anblick, zu dem der Leichenfund nicht so recht passte.

»Wer hat den Toten entdeckt?«

»Männer von der Straßenreinigung. Die werfen morgens immer einen Blick in die Ruine, weil es vorkommt, dass hier Trinker ihre Bierdosen entsorgen. Martin befragt sie gerade draußen auf der anderen Straßenseite.«

Hannes setzte sich in Bewegung, um die links neben dem Altarraum angebrachte Wandtafel näher zu betrachten. Er las, wie viele Todesopfer Krieg und Katastrophen unter den Einwohnern der Stadt gefordert hatten. Über Mordopfer aus jüngerer Zeit stand nichts auf der Gedenktafel.

»Hier hat während meiner ganzen Laufbahn keine Leiche gelegen«, sprach ihn Benno Winkler, der Leiter der Kriminaltechnik, an. »Der Fundort ist allerdings nicht der Tatort.«

Der Hauptkommissar wandte sich um und zählte insgesamt fünf Eingänge mit Gittertüren: an jeder Längsseite zwei und einen direkt in der Mitte des Kirchturms.

»Kann man hier rund um die Uhr überall rein?«

»Nur durch dieses«, Benno wies nach rechts, »und das Tor gegenüber. Die anderen sind permanent verschlossen und durch Vorhängeschlösser gesichert.«

»Also kann der Täter das Opfer nur über den Eingang Breite Straße oder über die Osterstraße hier reingebracht haben. Dabei hat er in Kauf genommen, dass man ihn beobachtet. Warum hat er das riskiert?«

»Nachts ist hier nicht viel Verkehr.«

»Aber von Freitag auf Samstag sind mehr Nachtschwärmer unterwegs als unter der Woche.«

Er ließ den Kollegen stehen, als der Rechtsmediziner mit der ersten Leichenschau fertig war. Mit wenigen Schritten war er bei ihm, wartete jedoch, bis Pia hinzukam.

»Schieß los, Horst.«

»Männliche Leiche, Todesursache unklar.«

»Ist das alles?«

»Er war 72 Jahre alt, Pastor im Ruhestand und …« Er unterbrach sich, als erstaunte Blicke ihn trafen. »Verblüffe ich euch? Ich habe sogar einen Namen: Berthold Rugard. Diesmal hat der Mörder seinem Opfer die Brieftasche gelassen. Wahrscheinlich hat ihm die Identifizierung beim letzten Mal zu lange gedauert.«

»Wenn du davon ausgehst, dass es der gleiche Täter wie bei der Leiche aus dem Georgengarten war, hast du noch was für uns.« Fordernd streckte Pia die Hand aus. »Gib her.«

Ein Klarsichtbeutel wechselte den Besitzer. Die Kommissarin hielt das Tütchen etwas von sich, damit Hannes das kleine, zerbrochene Holzkreuz ebenfalls sehen konnte.

»Der Tote hatte die Teile in den gefalteten Händen«, kommentierte Horst und reichte einen zweiten Beweismittelbeutel weiter. »Die Sanduhr steckte in der Jackentasche. Ein Handy hatte er nicht bei sich. – Alles wie gehabt. Vermutlich werde ich bei der Obduktion auf ähnliche Verletzungen wie bei Flachsbarth stoßen.«

»Verdammt, ich habe es geahnt!«, stieß Hannes hervor. »Wir haben es mit einem Serienkiller zu tun.« Sein Blick suchte den des schwergewichtigen Rechtsmediziners. »Schick uns deinen Bericht so schnell wie möglich.« Ohne eine Antwort abzuwarten, wandte er sich an Pia. »Koordinierst du die Befragung der Anwohner? Ich fahre zur Staatsanwaltschaft. Wir brauchen dringend mehr Leute.«

Da die Staatsanwältin unterrichtet war, würde er sie in ihrem Büro antreffen.

Die Strecke von der Aegidienkirche über den Schiffgraben bis zum Amtssitz im Volgersweg legte er in sieben Minuten zurück. Um diese frühe Stunde herrschte ein geringes Verkehrsaufkommen.

Ohne den großen roten Skulpturen vor dem Haupteingang einen Blick zu schenken, eilte der Hauptkommissar daran vorbei und betrat das Gebäude. Im Lift fuhr er in die

5. Etage. Die Tür zum Arbeitszimmer von Frau Dr. Pauli stand weit offen.

»Kommen Sie rein, Herr Bremer«, sagte sie, als er an der Schwelle zögerte, und winkte ihn heran. »Setzen Sie sich hin – und mich in Kenntnis.«

Er kannte ihre Vorliebe für Wortspielereien, kommentierte sie aber nicht.

»Es ist, wie ich befürchtet habe«, sagte er und nahm auf dem bequemen Lederstuhl vor ihrem Schreibtisch Platz. »Wir können den Toten in der Aegidienkirche dem gleichen Täter zuordnen wie die Leiche aus dem Georgengarten.«

»Woraus schließen Sie das?«

Er berichtete von der Auffindsituation und den bei dem Toten sichergestellten Gegenständen.

»Diesmal ein Kreuz – und eine Sanduhr«, wiederholte sie nachdenklich. »Warum ein kaputtes Kreuz? Zufall oder Absicht?«

»Das könnte bedeuten, dass der Mörder nicht gläubig ist. Oder der Pastor war in seinen Augen kein würdiger Mann Gottes. Vielleicht ist es unabsichtlich zerbrochen und symbolisiert einfach nur den Beruf des Toten.«

»Haben Sie eine Idee, was uns der Killer mit der Sanduhr sagen will?«

Ratlos zuckte Hannes die Schultern.

»Sie könnte was mit Zeit zu tun haben. Vielleicht das letzte Stündlein, das geschlagen hat.«

»Bringt uns das irgendwie weiter?«

»Erst mal nicht. Wir müssen das Obduktionsergebnis abwarten – und den Bericht der KTU. Möglicherweise ergibt sich daraus ein Hinweis auf den Tatort. Der Mann wurde definitiv nicht in der Ruine umgebracht.«

Sekundenlang dachte die Staatsanwältin nach.

»Wie viele Leute benötigen Sie zur Unterstützung?«

»So viele ich kriegen kann.«

»Ich kümmere mich darum.« Mit ernster Miene musterte sie den Hauptkommissar. »Wir brauchen schnelle Ergebnisse – und einen erstklassigen Profiler.« Ihr Blick wurde eindringlich. »Dafür kommt nur einer infrage.«

Sie musste nicht ins Detail gehen.

»Das gefällt mir nicht.«

»Es gibt keinen besseren.«

»Ich weiß.«

KAPITEL 5

Durch gedämpfte Geräusche erwachte Charlotte. Sie war am Vorabend mit Philipp, seiner Schwester Sophia und seinem Schwager Axel Martens auf einer Vernissage im Sofa-Loft gewesen. Anschließend hatten sie in ihrem Lieblingsclub, dem Musikladen, ein Glas Wein getrunken. Dadurch war es spät geworden.

Widerstrebend schlug Charlotte die Augen auf. Trotz geschlossener Jalousien fiel vom Flur her genug Licht in den Raum, um zu sehen, dass Philipp, ihr den Rücken zugewandt, an einer Kommode hantierte.

»Was machst du denn da mitten in der Nacht?«

Er drehte sich herum und setzte sich auf die Bettkante.

»Entschuldige, ich wollte dich nicht wecken.«

»Wie spät ist es denn?«

»Gleich acht.«

»Egal«, entschied sie und hob die Decke etwas an. »Heute ist Sonntag. Komm wieder ins Bett.«

Rasch zog er den Morgenmantel aus und schlüpfte zu ihr unter die Decke. Wohlig schmiegte sie sich an ihn. Er duftete nach einem herben Duschgel. Hatte er die Morgentoilette bereits hinter sich?

»Warum bist du schon aufgestanden?«

»Ich habe nur was vorbereitet.«

»Wofür?«

»Für ein kleines Jubiläum.«

Sie richtete sich etwas auf, stützte den Kopf in die rechte Hand und versuchte, in Philipps Gesicht zu lesen.

»Habe ich etwa einen Termin vergessen?«

Er legte den Arm um Charlottes Schultern und zog sie dicht zu sich heran.

»Vor genau 40 Tagen hat sich mein Leben auf wundervolle Weise verändert.«

»Aha …« Nun wusste sie, was er meinte, tat aber ahnungslos. »Vor etwa sechs Wochen? Da haben wir unsere neue Gemeinschaftskutsche bekommen.«

»Das war tatsächlich ein Highlight«, ging er darauf ein. »Schwer zu toppen, aber du hast es geschafft.«

»Ich? Wie konnte mir denn das gelingen?«

»Du hast mich in dein Bett eingeladen und verführt.«

»Ich dich?«, tat sie entrüstet. »Das habe ich aber ganz anders in Erinnerung.«

»Egal«, wiederholte er mit einem Lächeln in der Stimme. »Wichtig ist das Ergebnis.«

»Es hätte schlimmer kommen können.«

»Du bist ganz schön keck am frühen Morgen.«

»Tja …« Spontan beugte sie sich über ihn und küsste ihn sanft auf die Lippen. »Das hast du nun davon.« Sie schmeckte seinen frischen Atem und strich mit den Fingerspitzen über seine glatt rasierte Wange. »Hast du was vor?«

»Ich dachte, wir frühstücken heute mal im Bett, aber so einen stoppeligen Kerl wollte ich dir nicht zumuten.«

Flink drehte sie sich herum und stand auf.

»Wohin willst du?«

»Nur kurz ins Bad.« Sie wollte sich wenigstens etwas frisch machen und die Zähne putzen.

Wie meistens nach einer Nacht in seinem Bett, hatte sie nur das Oberteil seines Pyjamas an, das ihr knapp bis über die Schenkel reichte. Die passende Hose trug Philipp.

Als sie in sein Schlafzimmer zurückkehrte, sah sie im Licht der Nachttischlampe ein mit Köstlichkeiten beladenes Tablett auf der Matratze. Auf dem Nachtschrank entdeckte sie eine bunte, etwa 30 Zentimeter große Figur. Als Hannoveranerin wusste Charlotte natürlich, dass es sich um die Plastik einer französischen Künstlerin handelte. Am Leibnizufer der Leine bildeten drei dieser Nanas den Grundstein der Skulpturenmeile. Sie waren erst kürzlich gereinigt, poliert und mit einer neuen Hochglanzversiegelung versehen worden, wodurch sie in neuer Pracht erstrahlten.

»Gefällt sie dir, Sternchen?«

»Sehr.«

»Weißt du, wie sie heißt?«

»Mir hat mal jemand erzählt, dass Niki de Saint Phalle sie nach der von Goethe verehrten Charlotte Buff benannt hat.«

»Der Geheimrat hat sie geliebt, aber er musste auf sie verzichten. Ich habe mit meiner Charlotte mehr Glück.«

»Hast du die Skulptur deshalb gekauft?«

»Auch weil ich sie schön finde. Sie symbolisiert viel von dir.«

Skeptisch schaute sie ihn an.

»So üppig bin ich aber nicht.«

»Du hast die Figur eines jungen Mädchens. Aber das meinte ich nicht. Die Bezeichnung ›Nana‹ steht im Französischen für eine moderne, selbstbewusste, erotische Frau mit Lebenskraft.« Dicht zog er sie an sich. »Das bist du auch. Es macht dich unwiderstehlich.«

Unterdessen saßen die anderen WG-Bewohner in der großen Küche des Hauses beim Frühstück.

»Wo bleiben denn Charlotte und Philipp?«, fragte Anneliese, während sie ihrem Lebensgefährten Kaffee nachschenkte. »Bei den beiden ist es gestern wohl spät geworden.«

»Ich habe sie weit nach Mitternacht nach Hause kommen hören«, sagte Conrad. »Sie schlafen sicher noch.«

Mit wissendem Lächeln bestrich Elisabeth eine Brötchenhälfte mit Butter.

»Als ich vorhin den Tisch gedeckt habe, war Philipp hier. Er hat ein Frühstück für zwei mit raufgenommen.«

»Schön, dass er sich Gedanken macht, wie er seinem Sternchen was Gutes tun kann«, sagte die Strick-Liesel versonnen. »Das ist beneidenswert.«

Prompt meldete sich Conrads Gewissen. Er zeigte Anneliese viel zu selten, wie viel sie ihm bedeutete. In diesen Dingen war er ungeübt, wodurch er sich unsicher fühlte. Seit der Trennung von seiner Frau vor fast 35 Jahren hatte es für ihn außer einigen Sexualkontakten keine näheren Beziehungen gegeben.

Als Charlotte später herunterkam, begegnete sie Conrad am Fuße der Treppe.

»Moin.«

»Guten Morgen«, grüßte er zurück, wobei er sie musterte. Sie besaß die Ausstrahlung einer Frau, die mit sich selbst im Einklang war. »Du siehst richtig glücklich und zufrieden aus.«

»Das bin ich. Meiner Familie geht es gut, ich bin gesund, habe keine finanziellen Sorgen, lebe in einem schönen Haus mit wundervollen Menschen zusammen – und habe einen Mann, der mich liebt und den ich liebe. Das ist so viel mehr als manch anderer hat.«

Zustimmend nickte er. Es schien, als wolle er etwas hinzufügen, jedoch er unterließ es.

»Alles gut bei dir?«

Abermals nickte er.

»Entschuldige, Albert wartet auf mich. Wir wollen eine Partie Schach spielen.«

Rasch wandte er sich um und strebte auf die Räume des Generals zu.

Charlotte zuckte die Schultern und ging in die Küche. Dort begrüßte sie Elisabeth, die mit dem Einräumen der Spülmaschine beschäftigt war.

»Kann ich dir helfen?«

»Nicht nötig. Ich bin gleich fertig. Hast du euer Frühstücksgeschirr nicht mitgebracht?«

»Das trägt Philipp gleich runter. Hast du ihm bei der leckeren Auswahl geholfen?«

»Das hat er mir nicht erlaubt. Er wollte das Frühstück für sein Sternchen ganz allein zubereiten.« Sie schloss den Geschirrspüler und drehte sich herum. »Wie war es denn gestern Abend?«

»Die Vernissage war beeindruckend. Tolle, farbgewaltige Bilder und interessante Lichtinstallationen. Danach waren wir mit Sophia und Axel im Musikladen.«

»Magst du sie?«

»Ich bin Philipps Schwester vorher nur einmal im Vorbeigehen begegnet. Ihren Mann kannte ich gar nicht. Zuerst habe ich befürchtet, dass sie mich vielleicht nicht mögen oder genau unter die Lupe nehmen würden, aber sie waren sympathisch offen, als wären wir alte Freunde.«

»So liebenswürdig haben wir Sophia vor kurzem auch kennengelernt. Anneliese hatte sie nach deinem Verschwinden aus dem Internat Rabeneck angerufen. Philipp war fix und fertig. Seine Schwester ist sofort gekommen, um ihm beizustehen.«

»Darüber hat sie kein Wort verloren. Ich bin froh, dass wir uns auf Anhieb so gut verstanden haben.« Sie wandte sich zur Tür. »Hast du unser fleißiges Lieschen gesehen?«

»Ich glaube, Anneliese wollte drüben im Wohnzimmer Zeitung lesen.«

Als Charlotte eintrat, saß die Mitbewohnerin, ihr Tablet-PC in den Händen, auf dem Sofa. Sie war blass und wirkte, als hätte ihr jemand einen Schock versetzt.

»Alles in Ordnung?«

Mit ernster Miene reichte sie das Tablet weiter.

»Lies das bitte mal.«

Charlotte setzte sich und richtete den Blick auf das Display. Dort war eine Website der HAZ zu sehen. ›Leichenfund in der Aegidienkirche‹ lautete die Schlagezeile. Konzentriert las sie den Artikel, bevor sie das abgebildete Foto des Toten mit zwei Fingern größer zog, um es genauer zu betrachten. Es zeigte einen etwa 70-Jährigen mit kurzem grauem Haar und gütigem Lächeln.

Charlotte legte den flachen Computer auf den Tisch und schaute die Freundin an. Sie ahnte, dass Anneliese aus einem bestimmten Grund Interesse an diesem Toten hatte.

»Du kanntest Pastor Rugard.«

»Er war vor Jahren neben der Gemeindearbeit als Jugendseelsorger tätig.«

»Hattet ihr engen Kontakt?«

»Seit seinem Weggang nicht mehr.«

»Und davor?«

Hilflos hob sie die Schultern, ließ sie langsam sinken.

»Wir hatten mal was miteinander, ... vier oder fünf Monate. Bert war ein lieber Kerl, aber furchtbar konservativ. Das ging auf die Dauer nicht gut.«

»Wie lange ist das her?«

»Über 35 Jahre.«

»Trotzdem berührt es dich, wenn du erfährst, dass ein Mensch, der dir mal nahestand, ermordet wurde.«

»Nicht nur das. Außerdem ist er der zweite Mann, den ich kannte, der umgebracht wurde. – Und das innerhalb einer Woche.« Forschend blickte sie ihre Mitbewohnerin an. »Was glaubst du, was das bedeutet – aus kriminalistischer Sicht?«

»Ohne die näheren Umstände zu kennen, ist das schwierig.«

»Komm schon, Charlotte. Was sagt dir deine Spürnase?«

Die ehemalige Leiterin des Kriminalarchivs musste nicht lange darüber nachdenken.

»Kannten sich die Toten?«

»Mit Sicherheit.«

»Da eine Verbindung zwischen beiden Männern besteht, würde ich auf einen Serientäter tippen.«

»Das habe ich befürchtet«, gestand Anneliese. »Darf ich dich um einen Gefallen bitten?«

»Was soll ich tun?«

»Ich muss mit Kommissar Bremer darüber sprechen. Begleitest du mich morgen zu deinen Polizeifreunden?«

»Mach ich. – Wir sollten das aber vorläufig für uns behalten, um unsere Mitbewohner nicht zu beunruhigen.«

Anneliese schien etwas erleichtert zu sein, aber Charlotte ließ sich alles, was sie über die beiden Toten gehört und gelesen hatte, noch einmal durch den Kopf gehen. Nach längerem Nachdenken war sie überzeugt davon, dass sie es hier mit einem Serienkiller zu tun hatten. Sie erinnerte sich, was Horst über den Zustand der ersten Leiche gesagt hatte. Der ermordete Psychologe war auf vielfältige Weise gefoltert worden. Es lag nahe, dass der Pastor ähnliche Qualen durchlitten hatte. Das ließ auf eine große Wut des Täters schließen. Man musste mit weiteren Toten rechnen. Was Charlotte aber am meisten Sorge bereitete, war die Tatsache, dass Anneliese beide Opfer gekannt hatte. Es bestand eine Verbindung zwischen ihr und den Ermordeten. An einen Zufall glaubte sie nicht. Außerdem hatten alle drei mit Kindern und Jugendlichen gearbeitet. Nüchtern betrachtet, könnte die Freundin in großer Gefahr schweben. Darüber sprach Charlotte jedoch nicht.

Später saßen die WG-Bewohner in der Küche beim Mittagessen zusammen, das fast immer Conrad zubereitete. Seit seiner Jugend zählte Kochen zu einer seiner Lieblingsbeschäftigungen. An diesem Sonntag brachte er überbackenes Schweinefilet mit Senf – Sahne-Kruste, Champignons und Kartoffelspalten auf den Tisch. Wie gewöhnlich, lobten die Freunde seine Kochkünste.

»Es freut mich, dass es euch schmeckt.« Seine Augen schweiften von einem zum anderen, kamen bei Anneliese zur Ruhe. »Wann wart ihr eigentlich das letzte Mal auf dem Jahrmarkt?«

»Bei mir ist das Ewigkeiten her«, sagte seine Lebensgefährtin. Mit einem Blick gab sie die Frage an Charlotte weiter.

»Ich war im Sommer vor zwei Jahren mit meinen Enkelkindern auf dem Heiligengeistfeld in Hamburg. ›Dom‹ heißt das Schützenfest dort. Es findet dreimal im Jahr statt.«

Philipp und Albert konnten sich ebenso wenig wie Elisabeth daran erinnern, wie lange ihr letzter Kirmesbesuch her war.

»Heute endet das Oktoberfest. Ich möchte euch einladen. Wir fahren gegen Abend, bummeln über den Festplatz, essen und trinken was und lernen in der Geisterbahn das Gruseln.«

Während seine Mitbewohner zustimmten, schüttelte der General den Kopf.

»Macht das lieber ohne mich. Auf dem Rummelplatz herrscht bestimmt viel Gedränge. Da bin ich mit meinem Rollstuhl nur im Weg.«

»Das könnte dir so passen«, sagte Philipp. »Mitgefangen, mitgehangen.«

»Genau«, stimmte Charlotte ihm zu, während sie Albert anschaute. »Mich interessiert seit damals, ob dein Meisterschuss im Eichengrund nicht reines Glück war. Heute bekommst du die Gelegenheit, uns von deinen Schießkünsten zu überzeugen. Jede von uns Mädels würde sich über eine Rose von der Schießbude freuen.«

Auch die anderen redeten ihm zu. Dadurch konnte er nicht mehr ablehnen. Im Grunde freute er sich sogar darüber. Seit ihrem Kennenlernen wurde er trotz seines Handicaps akzeptiert und in alle Aktivitäten einbezogen. Anfangs hatte er sich aus Unsicherheit hinter seinem Kasernenton versteckt. Er war fast sein ganzes Leben lang Soldat gewesen – mit Einsätzen im In- und Ausland. Für eine enge Beziehung hatte es an Zeit und Gelegenheit gemangelt. Er hatte sich stets eingeredet, nichts zu vermissen. Erst im Alter war ihm bewusst geworden, wie sehr ihm eine Familie und nahe Freunde fehlten, wie einsam er war. Schließlich hatte ihn diese kleine Gruppe in ihren Kreis aufgenommen. Dass seine ruppige Fassade zerbröselt war, verdankte er nicht zuletzt Charlotte. Er würde für sie durchs Feuer gehen.

Am späten Nachmittag orderte Philipp ein Großraumtaxi, das sie zum Schützenplatz brachte. Am Gilde-Tor stiegen sie aus. Der General, der wegen einer Verletzung bei einem Auslandseinsatz nur wenige Schritte laufen konnte, setzte sich in seinen faltbaren Reiserollstuhl. Wie selbstverständlich fasste Elisabeth nach den Schiebegriffen. Anneliese hängte sich bei Conrad ein; Philipp legte den Arm um Charlottes Taille. An geparkten Autos vorbei schlenderten sie auf den Rummel. Ein Gemisch aus lauter Musik, Lockrufen der Betreiber von Fahrgeschäften und Losverkäufern empfing sie. In der Luft hing der Duft von Zuckerwatte, gebrannten Mandeln und Gegrilltem. Vorbei an Kinderkarussell, Autoskooter und Riesenrad bummelten sie über den Festplatz. Philipp zog an einer Bude 20 Lose aus einem kleinen gelben Eimer, erwischte aber nur Nieten. Beim zweiten Versuch war wenigstens ein Trostpreis dabei. Er wählte einen kleinen Teddy aus, den er Charlotte mit großer Geste reichte.

»Pech im Spiel«, flüsterte er ihr dabei zu, »aber unglaublich viel Glück in der Liebe.«

Sie lächelte nur und ließ den Kuschelbären in ihrer Umhängetasche verschwinden, während sie Blickkontakt zu Anneliese aufnahm. Die Freundin hatte eine Schießbude entdeckt und deutete mit dem Kopf hinüber. Charlotte zwinkerte ihr unmerklich zu und ging ein paar Schritte voraus. Die anderen folgten ihr.

»Kompanie halt!« Sie schaute Albert an und salutierte schneidig. »Zeit für Ihre Schießübung, Herr General!«

Würdevoll nickte ihr der aristokratisch wirkende Rollifahrer zu.

»Wegtreten, Rekrut Stern!«

Über seine Schulter gab er Elisabeth ein Zeichen, ihn näher an die Schießbude zu schieben. Er ließ sich vom Schausteller eine Flinte geben und begutachtete sie.

»Das Ding stammt ja aus der Zeit, als das Schießpulver noch gar nicht erfunden war«, monierte er und verlangte ein neueres. Der Budenbesitzer sog scharf die Luft ein und übergab ihm eine andere Büchse. Diese inspizierte Albert genauso gründlich und schien einigermaßen zufrieden mit dem Ergebnis zu sein.

»Schon besser«, brummte er und stemmte sich aus dem Rollstuhl. Er legte das Gewehr an und konzentrierte sich kurz. Den ersten Schuss feuerte er ab, um zu testen, wie die Waffe reagierte.

»Die Justierung scheint in Ordnung zu sein.«

Abermals legte er an. Unter den gespannten Blicken der Freunde visierte er das untere Drittel der Plastikhalterung an, in der eine Rose steckte. Nach zwei Schüssen fiel die Blume. Bei den nächsten beiden Rosen benötigte er nur jeweils einen Schuss.

Der Schausteller legte die Plastikblumen vor ihn auf die Ablage. Albert zückte seine Geldbörse und bezahlte. Die rote Rose überreichte er Charlotte, die gelbe bekam Elli und die orangefarbene schenkte er Anneliese. Gut gelaunt setzte er sich in seinen Rolli.

»Sind die Golden Girls nun zufrieden?«

Charlotte legte die Hand auf seine Schulter.

»Und tief beeindruckt.«

Sie zogen weiter und blieben schließlich an einer Süßwarenbude stehen. Dort gab es Zuckerwatte, Schaumküsse, Waffeln und andere Kalorienbomben. Philipp deutete auf die reiche Auswahl, bevor er Charlotte erwartungsvoll anschaute.

»Wie wäre es mit einem Liebesapfel?«

»Das kann ich meinen Zähnen nicht antun.«

Diese Begründung akzeptierte er, ging näher an den Verkaufsstand und flüsterte mit der Verkäuferin. Zielsicher fasste sie nach den Lebkuchenherzen und fischte eins aus einem der Bündel, die an einer Stange der Bude baumelten. Während Conrad die Herzen sichtete, trat Philipp mit seiner Errungenschaft zu Charlotte und hängte ihr das Lebkuchenherz um. In weißer Zuckerschrift stand darauf, von kleinen roten Herzchen umrahmt: ›Du bist mein Stern‹. Sie bedankte sich mit einem Kuss. Conrad hatte gleich zwei Herzen erstanden. Auf dem blauumrandeten für Elisabeth war: ›Schön, dass es dich gibt‹ zu lesen. Auf dem, das er Anneliese umhängte, ›Traumfrau‹.

Ihr nächstes Ziel war der Grillimbiss. Philipp und Conrad kümmerten sich um die Essensbestellung. Unterdessen brachten die anderen die Getränke zu einem überdachten Tisch im Freien und setzten sich.

Anneliese saß am Ende einer Bank und schaute, an Albert vorbei, zum Kettenkarussell hinüber. Im gleichen Moment drehte sich dort eine rundliche Frau herum. Ihr graues Haar war zu einer altmodischen Frisur hochgesteckt, die wahrscheinlich unter Denkmalschutz stand. Ihre Blicke trafen sich, worauf die Dame mit erstauntem Lächeln herüberkam.

»Frau Grothe? Sind Sie das wirklich?«

Nach kurzem Zögern stand Anneliese auf.

»Hallo, Frau Wüstenhagen. Lange nicht gesehen.«

»Seit acht Jahren bin ich im Ruhestand.« Schnell taxierte sie die anderen Personen am Tisch. »Sie arbeiten nicht mehr im Sonnenhof, oder? Irgendwer hat mir erzählt, dass Sie die Christa-Bernhardt-Stiftung leiten.«

»Dadurch habe ich als Rentnerin noch was um die Ohren.«

»Haben Sie gehört, dass Dr. Flachsbarth und Pastor Rugard tot sind?« Angewidert verzog sie das faltige Gesicht. »Sie wurden ermordet. Man stelle sich das mal vor. Die beiden haben fast ein ganzes Leben lang anderen beigestanden – und nun so etwas. In was für einer Zeit leben wir eigentlich? Ist das nicht schrecklich?«

»Ja, das ist furchtbar.«

Forschend schaute sie Anneliese an.

»Standen Sie denn noch in Kontakt mit Herrn Rugard? Damals wurde ja gemunkelt, dass Sie mal was mit ihm hatten.«

»Die Leute reden viel, wenn der Tag lang ist. Haben Sie das etwa geglaubt?«

»Na ja, so richtig vorstellen konnte ich mir das nicht. Der Herr Pastor war so seriös. Im Gegensatz zu ihm haben Sie immer ein bisschen … flippig gewirkt.«

Innerlich verdrehte Anneliese die Augen. Sie sah Philipp auf den Tisch zukommen, wobei er wie ein gelernter Kellner mehrere Teller in den Händen balancierte.

Frau Wüstenhagen entdeckte ihn ebenfalls, worauf sie übers ganze Gesicht strahlte.

»Na, so was, der Herr Professor! Was machen Sie denn hier?«

Philipp kannte diese Frau vom Jugendamt zur Genüge. Jedes Mal, wenn sie sich beruflich begegnet waren, hatte sie durchblicken lassen, dass sie trotz einer unschönen Scheidung nicht abgeneigt war, es erneut mit einem Mann zu versuchen – und wie gut seine Chancen standen, von ihr erhört zu werden.

»Ich bin mit ein paar Freunden hier – und mit meiner Frau«, fügte er, einer Eingebung folgend, hinzu, als er bemerkte, dass Charlotte aufgestanden war, um ihm zu helfen. Sie nahm ihm zwei Teller ab, worauf er lächelte. »Danke, Schatz.« Die anderen beiden Teller übergab er Anneliese.

»Sie haben geheiratet?«, fragte Gertrud Wüstenhagen überflüssigerweise. »Sagten Sie nicht mal, das käme für Sie nicht mehr infrage?«

»Manchmal ändert man seine Pläne, wenn man dem Menschen begegnet, auf den man sein ganzes Leben lang gewartet hat.«

»So ist das wohl.« Sie warf einen Blick zum Kettenkarussell, das sich nicht mehr drehte. »Ich muss meinen Enkel in Empfang nehmen. Viel Vergnügen weiterhin.«

»Danke, gleichfalls«, wünschte Philipp. Er rutschte neben Charlotte auf die Bank; Anneliese half Conrad, der mit weiteren Tellern an den Tisch trat.

»Das reicht ja für eine ganze Kompanie Soldaten«, meinte der General angesichts der üppigen Auswahl, bevor er sich an Anneliese wandte. »Wer war denn die Dame?«

Sie blickte sich um und überzeugte sich, dass niemand sonst in der Nähe stand.

»Gertrud Wüstenhagen war Sachgebietsleiterin beim Amt für Jugend und Familie.« Sie griff nach der Ketchup-Flasche. »Insgeheim haben wir sie ›alte Taube‹ genannt.«

»Das klingt nicht nach Verbündeten.«

»Das waren wir nie.«

»Warum nicht?«

»Weil sie furchtbar altmodisch und einfältig ist. Mit Kindern kommt sie ganz gut klar, aber sonst ...«

»Und was war mit dem Pastor?«, wollte Elisabeth wissen. »Hattest du nun was mit dem oder nicht?«

Das interessierte vor allem Conrad, der seine Lebensgefährtin aufmerksam ansah.

Die Strick-Liesel zuckte jedoch nur hintergründig lächelnd die Schultern und biss von ihrer Bratwurst ab. Nachdem sie das Stück verspeist hatte, blickte sie in die Runde.

»Fragt mal unseren Sonnyboy, woher *er* sie kennt und warum er Charlotte als seine Frau bezeichnet hat.«

»Das ist kein Geheimnis«, erwiderte Philipp, ohne zu zögern. »Ich hatte mit Frau Wüstenhagen manchmal beruflich zu tun.«

»Kann es sein, dass sie den attraktiven Professor einfangen wollte? Soll sie deshalb glauben, dass Charlotte deine Frau ist?«

»Sicher ist sicher.«

Während des Essens zogen sie sich gegenseitig auf und lachten viel. Zum Abschluss hatte jeder eine Lüttje Lage vor sich stehen. Skeptisch betrachtete Elli das Glas mit dem obergärigen Schankbier und das kleinere Glas mit dem Kornbrand.

»Ich glaube, ich kann nicht aus zwei Gläsern gleichzeitig trinken. Darf ich das nicht einfach zusammenschütten?«

»Auf keinen Fall. Ich zeige dir, wie es geht.«

Anneliese hielt das größere Glas mit allen fünf Fingern. Danach spreizte sie den Mittelfinger ab und schob das kleinere Glas mit dem Stiel zwischen Mittel- und Zeigefinger.

»Das Schnapsglas muss etwas über das Bierglas ragen.« Sie brachte es in die richtige Position. Alle anderen taten es ihr gleich.

»Nicht lang schnacken, Kopf in Nacken!«

Ausgerechnet die Strick-Liesel war es, die beim Trinken etwas von der kostbaren Flüssigkeit verschüttete.

Tadelnd blickte Charlotte sie an.

»Wer kleckert, kommt ins Heim.«

»Da war ich bereits – sogar zweimal. Erst beruflich, danach in der Seniorenresidenz. Wenn ich das nächste Mal umziehe, werde ich wohl Christa und Hugo im Ruheforst Gesellschaft leisten.«

»Die beiden wollen mindestens 20 Jahre ungestört sein«, sagte Conrad. »So lange musst du mit mir vorlieb nehmen.«

»Bis dahin sind wir uralt und klapprig und gehören zur Grabsteinliga.«

»Auch mit Zahnprothese und künstlichem Hüftgelenk wirst du meine Traumfrau sein.«

»Dann sind wir die Ersatzteillager-WG«, fügte Charlotte amüsiert hinzu. »Jeder von uns hat seine eigene Wanderbaustelle.«

KAPITEL 5,5

Ich hasse sie! Alle! Die Polizei ist dumm und unfähig! Wieso glaubt die Kripo, dass sie bestimmen kann, was die Öffentlichkeit erfahren darf – und was nicht? Wie lange wollen sie vor der Welt verheimlichen, auf welche kreative Weise der Seelenklempner und der Pfaffe für ihre Unfähigkeit bestraft wurden? Warum sie ihr Leben nicht durch eine simple Art des Tötens verloren haben, werden sie früh genug erfahren. Offenbar ist die Polizei zu verblendet, um zu erkennen, dass nur jemand mit hoher schöpferischer Begabung in der Lage ist, den Tod in so kleinen, effizienten Schritten herbeizuführen. Und dieses Genie bin ich. Sie haben mich alle verkannt. Immer. Das wird ihnen nun zum Verhängnis. Wahrscheinlich wollen die Ermittler vor den Menschen verbergen, wie blind und hilflos sie im Dunkeln tappen. Sie haben überhaupt nicht begriffen, worum es hier geht. Ich habe ein Meisterwerk kreiert. Diese Stadt ist meine Bühne. Jeder Akt meiner Inszenierung verdient begeisterten Applaus – bis der letzte Vorhang fällt. Alle Welt muss davon erfahren. Die Polizisten dürfen das nicht verschweigen. Aber sie tun es. Warum? Kann es sein, dass sie eine Verbindung zwischen den beiden Männern hergestellt haben, sich aber keinen Reim darauf machen können, warum sie sterben mussten? Bei einer Befragung werden Leute, die sie gekannt haben, erst mal positiv über sie sprechen. Man redet nicht schlecht über Tote! Verdammt! Daran habe ich nicht gedacht! Vielleicht sollte ich der Presse einen Hinweis geben. Journalisten sind es gewohnt, im Leben anderer Leute nach Verfehlungen zu graben. Die Wahrheit muss aus der Finsternis ans Licht kommen! Bald, sehr bald werde ich ihnen mein nächstes Kunstwerk präsentieren. Die ignorante Öffentlichkeit glaubt, dass sie das alles nichts angeht. Mit einer weiteren Leiche wird sie hoffentlich wachgerüttelt und Fragen stellen. Die Angst soll sie packen. Ich werde es sein, der am Ende über alle triumphiert!

KAPITEL 6

Nach dem Frühstück verkündete Anneliese, dass sie in die Stadt fahren würde, da ihre Wollvorräte zur Neige gingen. Charlotte schloss sich scheinbar spontan an, um sich nach Joggingschuhen umzusehen.

»Neue Schuhe können ein ganzes Leben verändern«, meinte Elisabeth. »Cinderella ist das beste Beispiel dafür.«

»Da ihr mich nicht wie Aschenputtel behandelt, muss ich mit meinen Laufschuhen auf keinen Ball gehen.« Mit schelmischem Lächeln stand sie auf. »Meinen Prinzen habe ich sowieso längst gefunden.«

Bald verließen die Freundinnen das Haus. Ihre Absicht, einen Umweg über das Präsidium zu machen, vergaßen sie zu erwähnen.

Da es ein milder, sonniger Herbsttag war, holten sie die Fahrräder aus der Garage. Wie immer musste Charlotte der Strick-Liesel gut zureden, den Helm aufzusetzen.

»Wenn du oben ohne fährst, solltest du deinen Organspenderausweis gut sichtbar auf dem Gepäckträger festklemmen, damit die Rettungskräfte nicht erst danach suchen müssen.«

»Mit Helm sehe ich völlig bescheuert aus.«

»Damit sind wir schon zwei.«

»Du sieht sogar mit einem Eimer auf dem Kopf gut aus.«

»Die Eimermode testen wir alle bei unserer nächsten Fahrradtour. Heute nehmen wir den Helm.«

Anneliese grummelte etwas, das wie »Dickschädel« klang, fügte sich aber. Sie radelten an der Leine entlang, genossen die milde Luft und erfreuten sich am buntgefärbten Laub der Bäume zu beiden Seiten der Wege. Bald durchquerten sie den Döhrener Maschpark und fuhren bis zum Leinewehr. Dort legten sie eine kurze Pause ein und schauten den tosenden Wassermassen zu. Sie ließen die Leineinsel hinter sich und erreichten den Maschsee. Am Ostufer entlang fuhren sie weiter in Richtung des Neuen Rathauses. Nun waren es nur wenige Minuten bis zum Präsidium. Sie schlossen die Räder an dafür vorgesehenen Bügeln an und betraten das Gebäude.

Ein uniformierter Polizeibeamter mittleren Alters kam sofort an den Tresen.

»Guten Tag, Frau Stern.«

»Hallo, Herr Welsch. Wie geht es Ihnen?«

»Danke, ich kann nicht klagen. Ist bei Ihnen alles in Ordnung?«

»Alles im grünen Bereich«, bestätigte sie, bevor sie auf Anneliese deutete. »Das ist meine Freundin Frau Grothe. Wir möchten mit Herrn Bremer sprechen. Ich habe ihm heute Morgen eine Nachricht geschickt. Er erwartet uns.«

»Ich rufe oben an und sage ihm, dass Sie da sind.«

»Danke.«

Sie schlenderten zum Wartebereich hinüber. Während sich Anneliese, die sich zum ersten Mal im Präsidium aufhielt, interessiert umschaute, öffnete Charlotte den langen Reißverschluss ihrer weiß-blauen Softshell-Jacke. Kurz darauf erschien Hannes. Er begrüßte Charlotte mit einer Umarmung, bevor er Anneliese die Hand reichte.

Mit dem Lift fuhren sie hinauf in die 4. Etage, auf der das Büro des Hauptkommissars lag. In seinem Arbeitszimmer bot er den Damen Platz an, setzte sich hinter den Schreibtisch und richtete den Blick erwartungsvoll auf die Strick-Liesel.

»Sie haben möglicherweise Informationen für uns?«

»Es geht um die beiden Toten – Dr. Flachsbarth und Pastor Rugard. Ich kannte sie aus der Zeit meiner Berufstätigkeit.«

»Sie haben den Sonnenhof geleitet – richtig?«

»24 Jahre lang. Bevor mir diese Aufgabe übertragen wurde, habe ich dort bereits gearbeitet. Berthold Rugard bin ich ziemlich exakt vor 36 Jahren zum ersten Mal begegnet.«

»Das wissen Sie so genau?«

»Noch bin ich nicht dement.«

»Sorry, so war das nicht gemeint.«

»Alles gut«, winkte Anneliese ab. »Am 1. November 1983 hat er sich als Jugendseelsorger bei uns vorgestellt und seine Hilfe angeboten. Außerdem war das sein Geburtstag. Zu diesem Anlass hatte er Kuchen mitgebracht.«

»Wenn Sie sich an all das erinnern, können Sie uns bestimmt mehr über ihn sagen. Beispielsweise, was er in den letzten Wochen …«

»Leider nicht«, unterbrach sie ihn. »Wir standen uns eine Weile nahe, aber es hat nicht funktioniert. Danach sind wir uns soweit wie möglich aus dem Weg gegangen. Kurz nach der Trennung habe ich die Heimleitung übernommen, wodurch unsere Zusammenarbeit enger geworden wäre. Er sagte, das würde er nicht aushalten. Deshalb hat er sich nicht mehr so oft auf dem Sonnenhof sehen lassen. Nach Möglichkeit hat er Kinder und Jugendliche in den Räumen der Kirche beraten.«

Während Hannes weitere Fragen stellte, schweifte Charlottes Blick zum Whiteboard an der Wand hinter ihm. Die lange Magnettafel war in zwei Bereiche unterteilt. Links fanden sich Fotos von der Auffindungssituation der Leiche aus dem Georgengarten, rechts aus der Aegidienkirche. Dazwischen waren Notizzettel und Zeichnungen befestigt. Neben der Pinnwand hing eine große Karte der Landeshauptstadt. Die Fundorte der Leichen markierten rote Fähnchen. Der erste nördlich in den Herrenhäuser Gärten, der zweite südöstlich davon in der Stadtmitte. Charlotte schätzte die Entfernung zwischen den Fundorten auf etwa drei Kilometer. Ein Muster zeichnete sich bislang nicht ab.

Nun konzentrierte sie sich auf die Fotos des ersten Toten, die wegen ihrer Größe aus den etwa anderthalb Metern Entfernung gut erkennbar waren. Eine Aufnahme vom Gesicht war – wie am Stammtisch erwähnt – nicht zur Veröffentlichung geeignet. Es glich einer blutigen Masse. Auf einem anderen Foto saß der tote Psychologe zurückgelehnt und mit ausgestreckten Beinen auf einer bunten Bank, der Kopf mit dem Hut war nach vorn gesunken, wodurch das Gesicht nicht zu sehen war. Die Szene wirkte arrangiert. Was hatte der Täter damit bezweckt? Auf den ersten Blick ein friedliches Bild. Sollte man jedoch den Hut anheben, um dem Toten ins Gesicht zu sehen, würde man sich schockiert abwenden. Vorerst fand Charlotte keine Erklärung für dieses Arrangement. Auf der nächsten Aufnahme waren Reifenspuren abgelichtet. Daneben hing ein Bild von einem faltbaren Bollerwagen, dem man die Spuren wahrscheinlich zugeordnet hatte. War das Opfer mit so einem Gefährt zum Fundort transportiert worden?

Die Vergrößerung eines Augapfels auf einem weiteren Foto ließ sie stutzen. Horst hatte am Stammtisch nicht erwähnt, dass dem Toten ein Auge entfernt worden war. Es sah mit den vielen roten Äderchen ohnehin eher wie ein Scherzartikel aus. Sie schaute zur Großaufnahme des Gesichts. Die Lider waren wie bei einem Boxer nach heftigen Schlägen zugeschwollen. Nichts deutete auf die Entfernung eines Auges hin. Demnach war der Augapfel auf dem anderen Foto wahrscheinlich künstlich. Hatte der Killer ihn bei der Leiche platziert? Und was bedeutete die Aufnahme von der Sanduhr? War es möglich, dass es sich um beigelegte symbolhafte Gegenstände handelte, die zunächst keinen Sinn ergaben – außer für den Mörder selbst?

Sie fixierte die Fotos der zweiten Leiche. Da Charlotte mehrmals in der Ruine der Aegidienkirche fotografiert hatte, war für sie offensichtlich, dass der Pastor mit gefalteten Händen auf dem steinernen Altar lag. Eine Nahaufnahme dokumentierte das nahezu unversehrte Gesicht des Mannes. Auf einem anderen Bild war ein schlichtes, in zwei Teile zerbrochenes Kreuz zu sehen, auf dem nächsten eine weitere Sanduhr, die der bei der ersten Leiche glich. Sie ähnelten den kleinen Messgläsern, die ihre Enkel als Zeitvorgabe benutzten, wenn sie Zähne putzten. Abermals betrachtete sie die Abbildung von der Auffindsituation der Leiche. Auch hier wirkte die Szene sorgfältig arrangiert. Der Tote auf dem Altar, hinter dem ein großes Kreuz emporragte, die gefalteten Hände des Geistlichen – und das alles in einer Kirche, was wiederum zu Leben und Beruf des Toten passte. Hier stand anscheinend alles in Verbindung zueinander. Musste das beim ersten Toten nicht genauso gründlich geplant und ausgeführt worden sein, oder hatte der Verbrecher seine Vorgehensweise beim zweiten Mord verfeinert?

»Möglich wäre das«, murmelte sie, worauf Hannes' Blick zu ihr wechselte.

»Was meinst du damit, Charly?«

»Oh, nichts … Ich habe nur laut gedacht. – Eine Alterserscheinung.«

Er beließ es bei einem skeptischen Blick und wandte sich noch einmal an Anneliese. Sie beantwortete seine Fragen so gut wie möglich.

Etwa eine halbe Stunde später stiegen die Freundinnen auf ihre Fahrräder. Dabei bemerkte Charlotte einen am Straßenrand geparkten silbergrauen Mercedes, der ihr bekannt vorkam. Ein Blick auf das Nummernschild bestätigte ihre Annahme. Trotzdem behielt sie ihre Beobachtung für sich. Sie radelten in die Hardenbergstraße, überquerten die Leinebrücke und fuhren weiter Richtung Innenstadt.

In einem Sport-Kaufhaus probierte Charlotte verschiedene Laufschuhe an, während Anneliese nicht nur die große Auswahl, sondern vor allem die Preisunterschiede bestaunte. Zwar erklärte Charlotte ihr etwas von flacher Mittelsohle, niedriger Sprengung und hoher Torsionsfähigkeit, aber das war nicht ihre Welt. Ihre sportlichen Aktivitäten beschränkten sich aufs Radfahren und gelegentliche Schwimmbadbesuche mit Conrad.

Die Läuferin wählte schließlich Schuhe, die teurer waren als drei Paar der bequemen Sneakers, die Anneliese an den Füßen trug. Die Laufschuhe wurden bezahlt und im Rucksack verstaut, die Verpackung blieb im Laden.

Vom Sportgeschäft aus schoben sie die Räder zu einem Kaufhaus mit Handarbeitsabteilung. Die Strick-Liesel brauchte nicht lange, um verschiedene Wollqualitäten zu prüfen und auszusuchen.

Pünktlich zum Mittagessen waren sie zu Hause. Sie brachten ihre Einkäufe hinauf und folgten Conrads Ruf in die Küche. Außer dem Hausherren waren alle Bewohner anwesend.

»Unser Vermieter fehlt noch.« Mit der Klinke in der Hand blieb Anneliese stehen. »Ich sage ihm Bescheid.«

»Philipp ist nicht da«, teilte Elisabeth ihr mit. »Er hat vorhin angerufen. Wir sollen ohne ihn essen.«

Die Strick-Liesel wunderte sich etwas darüber und schaute Charlotte fragend an. Die zuckte jedoch nur die Schultern und setzte sich an den Tisch. Gespannt darauf, was Conrad am Herd gezaubert hatte, hob sie den Porzellandeckel der großen Suppenterrine an. Ein verlockender Duft stieg ihr in die Nase.

»Mmm, was ist das denn Leckeres?«

»Kürbiscremesuppe mit ganzen Früchten«, scherzte Conrad und stellte ein Schälchen mit gerösteten Kürbiskernen dazu. »Nein, mit Sahne und Ingwer.«

Charlotte und Anneliese kamen eben aus dem Wohnzimmer, als Philipp am Nachmittag die Haustür von innen schloss.

»Du warst lange unterwegs«, sprach seine Lebensgefährtin ihn an. »Wir wollten gerade die Suchhunde losschicken.«

»Ich hatte einiges zu erledigen.«

Ihr Blick erfasste seine Aktentasche, die er meistens mitnahm, wenn er in der Universität zu tun hatte. Auch als Emeritus war er noch beratend tätig.

»Warst du den ganzen Tag in der Uni?«

»Auch.«

Sie sah ihm an, dass er nach einem Weg suchte, die Wahrheit zu umgehen.

»Und sonst?«

»Wird das ein Verhör?«, entgegnete er unwirsch. »Für so was habe ich weder Zeit noch Lust.«

»Sorry.« Mit unbewegter Miene fasste sie Anneliese am Arm. »Wollten wir nicht für die Stiftung arbeiten?« Ohne eine Antwort abzuwarten, zog sie die Freundin mit sich zur Treppe, die ins Souterrain führte.

Philipp schaute ihnen mit einem leisen Seufzer nach. Er wollte vermeiden, dass sein Sternchen von seinem Besuch im Präsidium erfuhr. Allein die Tatsache, dass Anneliese die beiden Toten gekannt hatte, genügte wahrscheinlich, um Charlottes Interesse zu wecken. Vermutlich würde sie gern parallel zu den ehemaligen Kollegen ermitteln. Das musste er unter allen Umständen verhindern. Deshalb steckte alles, was diesen Fall betraf, auf einem USB-Stick in seiner linken Hosentasche.

Unterdessen betraten die beiden Frauen das Untergeschoss. Auf dieser Seite des Souterrains befanden sich außer dem Hauswirtschaftsbereich mit Waschmaschine, Trockner und Bügelstation zwei weitere Räume, die Familie Thaler ursprünglich für persönliche Ablagen genutzt hatte. Nach dem Tod seiner Eltern hatte Philipp alle Unterlagen gesichtet, Unwichtiges aussortiert, Akten ins Firmenarchiv überführt. Das Bauunternehmen der Familie leiteten seine Schwester und sein Schwager. Auch seine beiden Neffen arbeiteten mittlerweile dort. Philipp war stiller Teilhaber und meistens nur zweimal im Jahr in der Firma, wenn Geschäftsbericht und Bilanzen erörtert wurden. Die beiden Räume im Untergeschoss seines Elternhauses waren in den letzten Jahren nicht genutzt worden. Durch die Gründung der WG und den Einzug der anderen Bewohner wurde das Haus mit Leben erfüllt. Anneliese war kurz zuvor von ihrer Freundin, der verstorbenen Operndiva Christa Bernhardt, testamentarisch damit beauftragt worden, eine Stiftung zu gründen, die mittellose Künstler unterstützen sollte, und den Vorsitz zu übernehmen. Philipp hatte dafür die Räumlichkeiten im Souterrain zur Verfügung gestellt. Ursprünglich wollten alle WG-ler in der Stiftung mitarbeiten. Nach ihrem Einzug hatten sie die Aufgaben im Haus jedoch neu verteilt. Dadurch waren es seitdem Anneliese und Charlotte, die sich überwiegend damit beschäftigten.

»Wieso war Philipp eben so merkwürdig?« Anneliese griff im Stiftungsbüro nach mehreren Briefen, die sich in den letzten Tagen angesammelt hatten. »Er muss doch kein Geheimnis daraus machen, wo er war.«

»Er war im Präsidium.«

»Woher weißt du das?«

»Ich habe seinen Wagen gesehen.«

»Gibt es einen Grund, das zu verschweigen?«

»Wahrscheinlich steckt er mit Hannes und der Staatsanwältin unter einer Decke.«

»Das verstehe ich nicht.«

»Wie ich das beurteile, haben sie Philipp ins Boot geholt, weil sie den besten forensischen Psychologen brauchen, den sie kriegen können, um ein Täterprofil zu erstellen. Nach dem, was passiert ist, als ich das letzte Mal ermittelt habe, wird er seine Zusage an die Bedingung geknüpft haben, dass ich nichts davon erfahren darf.«

Nun verstand die Freundin.

»Er hat Angst, du könntest dich allzu sehr für den Fall interessieren und eigene Recherchen anstellen, die dich in Gefahr bringen.«

»Genau das vermute ich.«

Nachdenklich setzte sich Anneliese an den Schreibtisch und schlitzte den ersten Umschlag mit einem silbernen Brieföffner in Form einer Ballerina auf.

»Ist seine Sorge berechtigt?«

Kopfschütteln.

»Du würdest die Füße stillhalten – egal, was passiert?«

»Das ist der Plan.«

»Schade.«

»Warum?«

»Nach unserem Besuch im Präsidium wurde mir klar, dass ich da irgendwie mit drinhängen könnte. Eigentlich habe ich gehofft, du würdest mir helfen, rauszufinden, ob da was dran ist.«

»Das ist Aufgabe der Polizei.«

»Hast du deshalb alle Informationen, die dein Hauptkommissar an seiner Pinnwand aufgespießt hat, aufgesogen wie ein Schwamm?«

»Ertappt.« Charlotte setzte sich auf den Stuhl gegenüber. »Natürlich interessiert mich, warum die beiden Männer sterben mussten, aber ich will mich nicht in die Ermittlungen einmischen.«

»Und wenn die Polizei nicht weiterkommt? Kann ich dann mit dir rechnen?«

»Warten wir es erst mal ab.«

In den nächsten zwei Stunden beschäftigten sie sich mit Belangen der Stiftung. Als sie aus den Tiefen des Hauses nach oben stiegen, kam ihnen Elisabeth auf der letzten Stufe entgegen, um sie ans Abendessen zu erinnern.

Zusammen betraten sie die Küche, in der die männlichen WG-Bewohner am Tisch saßen. Vor Philipp stand eine Suppentasse, aus der es dampfte. Conrad hatte für ihn etwas vom köstlichen Mittagessen aufgehoben und heiß gemacht.

Die Damen setzten sich dazu. Im Nu waren sie beim Essen in ein angeregtes Gespräch vertieft.

Charlotte half Elisabeth später, die Küche in Ordnung zu bringen. Aufräumen zählte zwar nicht zu ihren Lieblingsbeschäftigungen, aber sie wollte nicht, dass die älteste weibliche Bewohnerin diese Arbeit allein erledigte. Das führte jedes Mal zu Diskussionen, da Elli froh war, durch die Hausarbeit etwas Sinnvolles zu tun zu haben. So dauerte es an diesem Abend nicht lange, bis sie Charlotte aus der Küche scheuchte.

Sie ging zum Wohnzimmer hinüber, um nachzusehen, wo die anderen steckten. Es war aber nur Philipp anwesend, der die Holzscheite im Kamin angezündet hatte und nun gedankenverloren mit einem Feuerhaken darin herumstocherte.

»Bleib bitte«, sagte er, als Charlotte sich zurückziehen wollte. Er richtete sich auf und hängte den Haken zum übrigen Kaminbesteck an den Ständer. »Ich hätte dich vorhin nicht so abkanzeln dürfen.« Mit bedauernder Miene trat er zu ihr. »Es tut mir leid.«

»Das war meine Schuld.«

»Wie meinst du das?«

»Ich hätte dich nicht fragen sollen, wo du warst. Wahrscheinlich haben sie dich ins Präsidium gebeten, weil du ein Täterprofil erstellen sollst.«

Verwundert kam er näher, bis er dicht vor ihr stand.

»Woher weißt du das?«

»Ich habe deinen Wagen dort gesehen – und 2 plus 2 zusammengezählt.«

»Kann man vor dir eigentlich nichts geheim halten? Ich habe Frau Dr. Pauli nur unter der Bedingung zugesagt, dass du nichts davon erfährst. Sie hat die ganze SOKO dazu verdonnert, dir kein Sterbenswörtchen zu verraten.« Behutsam legte er die Hände auf ihre Schultern. »Was mache ich nur mit dir?«

»Du könntest mich zum Beispiel küssen. Das wäre ein netter Anfang.«

»Warum bin ich nicht selbst darauf gekommen?«

Er zog sie an sich und küsste sie zärtlich.

»Und nun?«

»Ganz einfach, mein Lieber: Während du das gewünschte Profil erstellst, suche ich mir eine andere Beschäftigung.«

»Ist das dein Ernst?«

»Ich mische mich nicht in deine Arbeit ein.«

KAPITEL 7

Leise fluchend stieg der Mann aus seinem klapprigen schmutzig-blauen VW-Polo. Umständlich schloss er den Wagen ab und versenkte den Schlüssel in der Tasche seiner abgewetzten schwarzen Lederjacke. Ein kalter Windstoß fegte über den Asphalt, trieb trockenes Laub vor sich her. Unwillkürlich stellte der Mann den Jackenkragen auf. Dadurch wurde sein strähniger grauer Pferdeschwanz verdeckt, zu dem sein dünnes Haar gebunden war.

»Scheißwetter«, brummte er und schnippte die halbgerauchte Kippe in den Rinnstein. Geräuschvoll zog er die Nase hoch und spuckte den Schleim in die gleiche Richtung. Seit Tagen plagte ihn eine hartnäckige Erkältung. Er hatte sich darauf eingerichtet, im Bett zu bleiben und sich mit einer Mischung aus heißem Tee und hochprozentigem Rum zu kurieren, bevor er sich seiner Leidenschaft hingeben würde: den Toten. Nichts faszinierte ihn mehr. Filmreif inszeniert, übten sie einen besonderen Reiz auf ihn aus. Leichen, die bereits auf den ersten Blick die Fantasie anregten, die auf eine Weise positioniert waren, die Rätsel aufgab. Die dazu aufforderten, ein Puzzleteil nach dem anderen aufzuspüren und zusammenzusetzen, bis ein stimmiges Bild entstand.

Die letzten beiden Ermordeten in dieser Stadt waren ausgesprochen kunstvoll in Szene gesetzt worden, als hätte ein Meister seines Fachs akribisch das Bühnenbild für eine finale Aufführung erschaffen, ehe der Vorhang für immer fallen würde. Im ersten Akt war ein Psychologe der Hauptdarsteller gewesen, im zweiten ein Pfarrer. Damit war das Stück aber nicht beendet. Bis zum Schlussapplaus würden einige Tote hinzukommen – ganz sicher.

Der Mann vergrub die Hände in den Jackentaschen und schlurfte mit gesenktem Kopf zum Eingang des Polizeipräsidiums.

Bei seinem Eintreten lehnte Pia Wagner am Tresen und sprach mit dem uniformierten Beamten, der dahinter stand.

»Der hat uns gerade noch gefehlt«, raunte Siegfried Welsch seiner jungen Kollegin zu, worauf sie sich halb herumdrehte. Beim Anblick des Mannes unterdrückte Pia einen Seufzer. Bartholomäus Plaschke, kurz BP genannt, bezeichnete sich gern hochtrabend als freier Journalist, war aber eher ein Sensationsreporter, der seine Storys an jedes Revolverblatt verkaufte. Außerdem war dieser Mann eine Nervensäge erster Güte.

»Was willst du, BP?« Es klang nicht gerade freundlich. »Du bekommst heute keine andere Antwort als vor ein paar Tagen: Aus ermittlungstaktischen Gründen geben wir keine weiteren Infos raus.«

Dicht vor ihr blieb er stehen.

»Bist du auf Krawall gebürstet? Mensch, Mädchen, mach dich mal locker.«

Er sah wie meistens ziemlich heruntergekommen aus, hatte wie immer keine Zeit mit seinem Rasierer verschwendet und stank wie gewöhnlich nach einem übervollen Aschenbecher.

»Das fällt mir in deiner charmanten Gegenwart schwer«, parierte sie und trat einen Schritt zur Seite. »Also sag, was du willst – und dann verschwinde.«

Er zog ein schmuddeliges Taschentuch hervor und schnäuzte sich geräuschvoll. Seine Nase war genauso gerötet wie seine Augen.

»Ich muss mit deinem Boss sprechen.«

»Keine Chance. Geh nach Hause ins Bett, bevor deine Bazillen anfangen, sich hier heimisch zu fühlen.«

Er grinste und zeigte dabei eine Reihe nikotinverfärbter Zähne.

»Was glaubst du, wo ich alter, kranker Mann bis vor 'ner Stunde war? Ich habe mich nur hergeschleppt, um euch zu helfen.«

Pia wechselte einen kurzen, bedeutungsschwangeren Blick mit ihrem Kollegen und verschränkte die Arme vor der Brust.

»Ich höre.«

»Ich will mit Bremer reden.«

»Der hat keine Zeit.«

»Die wird er sich nehmen, wenn er hört, dass der Killer Kontakt zu mir aufgenommen hat.«

Eindringlich forschte die Kommissarin in seinem zerknitterten Gesicht. Wollte der Typ sie auf den Arm nehmen?

»Wenn das ein Vorwand ist, um …«

»Ich kann meine Infos gern der Presse anbieten, aber ich will keinen Ärger mit der Staatsanwältin. Die hat mich sowieso aufm Kieker.«

»Also gut«, entschied Pia, wandte sich um und gab ihm dabei ein Zeichen, ihr zu folgen. »Komm mit.«

Aus Rücksicht auf ihren empfindlichen Geruchssinn nahm Pia statt des Lifts die Treppe. Mit einem Seufzer folgte Plaschke der Kommissarin. Während sie leichtfüßig die Stufen hinauflief, zog er sich schnaufend am Geländer hoch. Als er schwer atmend oben ankam, erwartete sie ihn mit spöttischem Lächeln.

»Du solltest weniger rauchen und saufen.«

Da er nach Luft schnappte, fiel seine Antwort unverständlich aus.

Auf dem Flur deutete Pia im Vorbeigehen auf die Besucherstühle an der Wand.

»Warte hier.«

Sie wandte sich nach rechts, klopfte kurz an die Tür ihres Chefs und trat ein.

In der Hoffnung, etwas zu entdecken, was sie womöglich übersehen hatten, hatte sich ihr Vorgesetzter über einen Tisch mit Detailaufnahmen von den Leichenfundorten gebeugt.

»Du hast Besuch, Hannes. Draußen sitzt BP.«

Ein vorwurfsvoller Blick traf sie.

»Das ist nicht dein Ernst.«

»Er sagt, der Mörder hätte ihn kontaktiert.«

»Ist das seine neuste Masche, um an Infos zu kommen?«

»Angeblich hat er wirklich was für uns.«

»Hast du das überprüft?«

»Er will nur mit dir reden.«

»Bleibt mir denn nichts erspart?«

Mit einem unterdrückten Stöhnen richtete sich der fast zwei Meter große Hauptkommissar auf und drückte den Rücken durch. Mit langen Schritten ging er zur Tür und öffnete sie.

Der Reporter saß breitbeinig auf dem mittleren von insgesamt fünf Stühlen. Abwartend blieb Hannes vor ihm stehen.

»Seit wann kommst du mit Neuigkeiten zu uns, BP?«

»Seit dieser geniale Täter erkannt hat, dass ich der Beste für diesen Job bin.«

»Für welchen Job?«

»Für die Berichterstattung über ihn.«

Zweifelnd runzelte Hannes die Stirn. Ihm war anzusehen, dass es ihm schwerfiel, dem Mann zu glauben.

»Der Killer hat sich bei dir gemeldet?«

»Müssen wir aufm Flur darüber reden?«

Einen Moment lang zögerte der Ermittler. In seinem Arbeitszimmer war alles sichtbar, was die beiden Morde betraf. Das wäre ein gefundenes Fressen für den Reporter.

Unterdessen hatte Pia einladend die Tür zum Büro geöffnet, das sie mit ihrem jüngeren Kollegen teilte. Hannes warf seiner Kommissarin einen zustimmenden Blick zu und gab Plaschke einen Wink.

Überrascht schaute Martin Drews von der vor ihm liegenden Akte auf, als Pia ohne Erklärung an die große Scheibe trat, durch die man ins Chefzimmer schauen konnte, und die Jalousie herunterließ. Beim Eintreten des Reporters verstand der Kommissar und verdrehte die Augen.

»Wir stören nicht lange«, wandte sich Hannes an ihn und schob Plaschke zu einem Stuhl. Er selbst setzte sich auf die Schreibtischkante, Pia lehnte sich an ein Aktenregal. Aller Blicke richteten sich auf den Reporter, der es sichtlich genoss, im Mittelpunkt zu stehen.

»Spuck's aus«, forderte Hannes ihn auf. »Wir haben nicht ewig Zeit.«

»Krieg ich 'n Kaffee?«

»Treib es nicht zu weit.« Trotz dieser Warnung nahm er Blickkontakt zu Pia auf, die sich in Richtung des niedrigen

Aktenschranks in Bewegung setzte, auf dem die Warmhaltekanne stand. Während sie einen bunten Keramikbecher einschenkte, fixierte der Hauptkommissar den Reporter scharf.

»Also: Schieß los.«

»In meinem Briefkasten lag heute 'n brauner Umschlag. Da waren Fotos drin – und 'n Brief.«

Mit fordernder Geste streckte Hannes die Hand aus.

Umständlich zog Plaschke den Reißverschluss seiner Jacke auf und fischte den Umschlag aus der Innentasche. Unterdessen hatte sich Martin Einmalhandschuhe übergestreift. Er nahm das Kuvert an sich, drückte es an den Längsseiten etwas zusammen und ließ den Inhalt auf seine Schreibtischplatte gleiten. Den Briefumschlag verwahrte er in einer Plastiktüte zur Beweismittelsicherung.

Er wusste, dass der Reporter vor etwa zwei Jahren buchstäblich über eine Leiche gestolpert war. Damals hatte er Gegenstände am Tatort angefasst und mit seinen Spuren kontaminiert. Der Chef der Kriminaltechnik hatte heftig geflucht und Plaschke ins Präsidium zitiert, um Finger- und Handabdrücke abzunehmen, damit man über das Ausschlussverfahren ermittlungsrelevante Spuren herausfiltern konnte. Da für eine Speicherung keine Rechtsgrundlage existierte und aus Gründen des Datenschutzes durften damals die Abdrücke des Reporters nicht gespeichert werden. Er würde sie ein weiteres Mal abgeben müssen.

»Hat das außer dir jemand angefasst?«

Plaschke zog die Nase hoch und schüttelte den Kopf. Dankbar nahm er den Kaffeebecher von Pia entgegen. Dabei fiel ihr Blick auf die beiden gelb-braun verfärbten Finger seiner rechten Hand. Das verdankte er den selbstgedrehten filterlosen Glimmstängeln, ohne die er selten anzutreffen war. Es passte zu seiner ungepflegten Erscheinung.

Die Polizistin konzentrierte sich auf den Inhalt des Umschlags, den Martin ausgebreitet hatte. Je zwei Fotos lagen, den jeweiligen Opfern zugeordnet, auf dem Schreibtisch. Das Ermittlungsteam stellte schnell fest, dass es sich um Momentaufnahmen des Entsetzens, immenser Schmerzen und Todesangst handelte. Die schreckensgeweiteten Augen der Opfer dokumentierten wahrscheinlich die letzten Lebensminuten der Ermordeten.

Pia griff nach dem bedruckten Papier, das Martin in eine Klarsichthülle gesteckt hatte, um eventuelle Spuren nicht zu verwischen. Hannes bat seine Kollegin, den Text vorzulesen.

»*Ich habe Sie ausgewählt, weil wir uns ähnlich sind. Wir sind beide Außenseiter. Sie sollen die Wahrheit über Flachsbarth und Rugard aufdecken und veröffentlichen. Recherchieren Sie, wie die Toten wirklich waren: unfähig, inkompetent und nicht in der Lage, richtige Entscheidungen zu treffen. Dadurch haben sie großes Unheil angerichtet und Leben zerstört. Sie haben die Verantwortung dafür nicht übernommen. Deshalb mussten sie sterben – deshalb wird es weitere Leichen geben. Auch diese Versager werden nicht einfach getötet. Sie sollen das lange Leiden ihrer Opfer nachempfinden, erleben, was es bedeutet, zu wissen, dass niemand ihnen helfen wird.*

Schreiben Sie, wie genial ich sie verurteilt und ausgelöscht habe. Die Fotos beweisen, dass ich kein Spinner oder Trittbrettfahrer bin. Sie werden erkennen, dass es eine große Kunst ist, jemanden langsam sterben zu lassen. Ich bin ein brillanter Künstler. Jahrelang habe ich mir meine Vorgehensweise bis ins kleinste Detail ausgemalt, daran gefeilt und eine große Inszenierung geplant, die ich nun verwirkliche, bis jeder seine verdiente Strafe erhalten hat. Sie wer-

den der erste Zeitungsmann sein, der die ganze Wahrheit aufdeckt. Lassen Sie dabei die unfähige Polizei aus dem Spiel. Von mir bekommen Sie die Chance auf die Story Ihres Lebens.« Mit ernster Miene blickte Pia auf. »Unterschrift: *Der ›Regisseur‹*.«

Sekundenlang war es still.

Hannes zwang sich, das Gehörte nicht sofort zu kommentieren. Was er zu sagen hatte, war nicht für die Ohren der Presse bestimmt.

»Es war eine gute Entscheidung, damit zu uns zu kommen, BP. Ich muss nicht erst betonen, dass davon kein Wort an die Öffentlichkeit gelangen darf. Ich spreche nachher mit der Staatsanwältin.«

»Sag der Pauli, dass ich aus freien Stücken hier war. Dann sind wir hoffentlich quitt.«

»Nur wenn du die Klappe hältst.«

»Mach ich. – Dafür will ich die Story exklusiv, wenn alles vorbei ist.«

»Ich rede mit der Staatsanwältin«, versprach Hannes. »Geh bitte mit Martin zur Kriminaltechnik. Du kennst das ja. Wir müssen deine Fingerabdrücke ausschließen – obwohl ich nicht glaube, dass der ›Regisseur‹ so unvorsichtig war, welche zu hinterlassen.«

Kurz darauf war der Hauptkommissar mit seiner Kollegin allein.

»An der Echtheit des Briefes besteht schon wegen der Fotos kein Zweifel«, sagte er und rieb sich das Kinn. »Sogar Hinweise auf das Motiv hat uns der Mörder geliefert.« Rasch nahm er die Nachricht vom Tisch und richtete die Augen darauf. »Er beschreibt die Opfer als unfähig und inkompetent, als nicht in der Lage, richtige Entscheidungen zu fällen. – Ihn betreffend? Haben sie dadurch Unheil über ihn gebracht, sein Leben zerstört?«

»Das kann man daraus schließen«, stimmte sie ihm zu. »Anscheinend will er sich an allen rächen, die er für sein zerstörtes Leben verantwortlich macht. Da werden zu unseren beiden Opfern wohl einige dazukommen. Wenn wir ihn nicht bald stoppen, reichen Horsts Kühlfächer nicht aus.«

Damit hatte sie zweifellos recht.

»Zuerst werde ich die Staatsanwältin informieren. Ich fahre gleich zu ihr. Danach muss ich Professor Thaler über den neuen Sachverhalt unterrichten. Das könnte wichtig fürs Profil sein.«

»Wenn du ihn zu Hause besuchst, wirst du Charly über den Weg laufen.«

»Mir fällt sicher eine plausible Erklärung ein.« Er deutete auf die Kisten mit Jugendamt-Unterlagen, die sich vor einem der Aktenschränke stapelten. »Macht ihr inzwischen damit weiter, alle Fälle rauszusuchen, an denen sowohl Flachsbarth als auch Rugard beteiligt waren.«

»Hoffentlich finden wir überhaupt was, das uns weiterbringt. Nach so langer Zeit …«

»Ich weiß, wie mühsam das ist, aber wir haben keine Wahl. Irgendwo da drin muss es einen Hinweis auf den Täter geben.«

Mit ernster Miene betrachtete Frau Dr. Pauli die Scans der Fotos, bevor sie die Kopie des Briefes las, den Hannes ihr vorgelegt hatte.

»Das gefällt mir gar nicht«, sagte sie, als sie aufsah. »Er nennt sich ›Regisseur‹. Offenbar glaubt er, dass er die Fäden in der Hand hält. Wir brauchen dringend Ergebnisse, sonst mordet er munter weiter.«

»Wir arbeiten mit Hochdruck daran.« Der Hauptkommissar hockte auf der Stuhlkante vor dem Schreibtisch der Staatsanwältin, als wolle er gleich aufspringen. »Meine Leute durchforsten Aktenberge bis zurück in die Zeit vor über 30 Jahren. Wir wissen nicht, ob sie überhaupt vollständig sind. Ein paar Kollegen sind seit Tagen unterwegs und befragen Nachbarn, Freunde oder ehemalige Mitarbeiter der Opfer. Einige sind inzwischen im Ruhestand oder verzogen oder sonst wie unauffindbar. Zusätzlich habe ich Kollegen von der Operativen Fallanalyse angefordert, aber die haben wie immer viel zu wenig Leute zur Verfügung.«

Das leuchtete ihr ein. Nach kurzem Überlegen hob sie die feingeschwungenen Brauen.

»Wieso hat er sich ausgerechnet an Plaschke gewandt?«

»Weil der dafür bekannt ist, dass er sich selten an die Regeln hält? Ein Sensationsreporter, der keine Skrupel hat, im Dreck zu wühlen.« Er zuckte die Schultern. »Die Artikel von BP sind immer reißerisch und hart an der Grenze des guten Geschmacks. Wahrscheinlich dachte der ›Regisseur‹, BP würde sofort zu Geld machen, dass er ihn kontaktiert hat. Das hätte er vermutlich sogar getan, wenn Sie ihn nicht im Visier hätten. Der Mann hat einen Riesenrespekt vor Ihnen.«

»Das will ich ihm auch raten«, erwiderte sie mit einem kleinen Lächeln. »Er wird es nicht wagen, darüber zu schreiben. Wie ich ihn kenne, will er dafür die Story als Gegenleistung exklusiv von uns.«

»So ist es.«

»Meinetwegen.« Sie stand auf, blieb aber hinter ihrem Schreibtisch stehen. »Gibt es sonst etwas Wichtiges?«

»Ich bringe Kopien zu Professor Thaler. Vielleicht kann er uns eine erste Einschätzung geben.«

»Das halte ich für keine gute Idee. Sie wissen, unter welcher Bedingung er uns hilft.«

»Keine Sorge, Frau Stern wird nichts davon erfahren.«

»Unterschätzen Sie diese Frau nicht. Wir haben öfter erlebt, dass sie ein besonderes Gespür hat.«

»Diesmal wird sich Charly nicht einmischen«, sagte er zuversichtlich. »Ich melde mich, wenn es Neuigkeiten gibt.«

Von der Staatsanwaltschaft im Volgersweg nahm der Hauptkommissar die schnellste Route nach Wülfel. Über die Hildesheimer erreichte er nach knapp 20 Minuten sein Ziel. Er stellte seinen Dienstwagen an der Straße ab und passierte das offen stehende Tor. Mit langen Schritten ging er über das weitläufige Grundstück und stieg die drei Granitstufen hinauf. Die sechs Namensschilder an der Hauswand über dem Klingelknopf entlockten ihm ein Lächeln. Er war immer noch verwundert darüber, wie rasch sich Charlotte entschlossen hatte, hier einzuziehen. Fraglos bot dieses Haus eine Menge Komfort, war geräumig und verfügte über einen großen Garten. Die Bewohner waren durchweg sympathisch. Vor etwa drei Jahren war die Freundin gezwungen, sich nach dem Tod ihres Mannes ihr Leben neu einzurichten und hatte mit der Zeit ihre Unabhängigkeit schätzen gelernt. Obwohl sie nie darüber gesprochen hatte, schien ihr etwas Wichtiges gefehlt zu haben. Was verständlich war. Hannes freute sich für sie, dass sie in Philipp Thaler wieder einen geliebten Menschen gefunden hatte.

Er verdrängte, dass er sich genau so etwas wünschte, und läutete.

Charlotte kam leichtfüßig die Treppe herunter.

»Ich bin unterwegs!«, rief sie in Richtung des Wohnzimmers, als der sanfte Doppelklang des Gongs ertönte, strebte auf die Haustür zu und öffnete.

»Hannes.« Überrascht lächelte sie. »Mit dir hätte ich nicht gerechnet.« Sie beschrieb eine einladende Geste. »Du möchtest bestimmt zu Philipp.«

An ihr vorbei betrat er das Haus.

»Woher weißt du das?«

»Eingebung?«, schlug sie vor und schloss die Tür. »Ich bringe dich zu ihm.«

Durch die Wohnhalle führte sie den Gast zum Arbeitszimmer des Professors. Nach kurzem Anklopfen ging sie hinein. Philipp saß an seinem von Unterlagen übersäten Schreibtisch am Computer.

»Du hast Besuch.«

Beim Anblick des Hauptkommissars nahm er die Lesebrille ab und erhob sich erstaunt.

»Herr Bremer. Was verschafft mir die Ehre?«

»Ich war zufällig in der Nähe …«

Charlotte verschränkte die Arme vor der Brust, während sie den Freund gespannt ansah.

»… da fiel mir ein, dass ich Sie schon lange was fragen wollte …«

Ein wissendes Lächeln erschien auf Charlottes Gesicht.

»… zu einem alten Fall.«

»Nun lass es gut sein, Hannes. Ich bin dann mal weg.«

Verblüfft schaute er ihr nach, bis sie die Tür von außen geschlossen hatte.

»Anscheinend bin ich ein schlechterer Lügner, als ich dachte.«

»Charlotte hat den Braten längst gerochen.« Philipp deutete auf die kleine Sitzgruppe. »Sie weiß, dass ich das Profil erstellen soll.«

»Aber nicht von uns.« Hannes setzte sich abermals nur auf die Sofakante. Ein Zeichen seiner Anspannung. »Machen Sie deshalb womöglich einen Rückzieher?«

Kopfschüttelnd nahm der Hausherr ihm gegenüber Platz. »Sie hat versprochen, sich rauszuhalten.«

»Das erleichtert mich, obwohl das so gar nicht zu ihr passt.«

»Wahrscheinlich ist sie kuriert – jedenfalls für ein Weilchen.«

Sie tauschten einen verstehenden Blick.

»Warum sind Sie trotz unserer Abmachung hier?«, fragte Philipp. »Gibt es was Neues?«

»Der Killer hat sich gemeldet.«

Mit knappen Worten erzählte er von Plaschke, während er die für den Professor gescannten Fotos und eine Briefkopie aus der Tasche zog und auf den Tisch legte.

»Moment«, bat Philipp und holte seine neue Brille. »Die Hilfsmittel werden immer mehr«, kommentierte er, als er sich zu seinem Gast setzte. Zuerst griff er nach den Fotos und studierte sie eingehend. Ohne die Aufnahmen zu kommentieren, nahm er das Blatt zur Hand. Konzentriert las er den Text – erst einmal, danach ein weiteres Mal.

Hannes versuchte, sich seine Nervosität nicht anmerken zu lassen. Der Professor genoss als Gutachter höchste Anerkennung. Er würde beides wohlüberlegt kommentieren.

»Was schließen Sie daraus?«

»Dieser Brief untermauert meine erste Einschätzung: Wir haben es mit einem hochintelligenten Täter zu tun, der fest davon überzeugt ist, dass er absolut richtig handelt. Er bestraft seine Opfer für deren Versagen, durch die er gelitten hat.« Nachdenklich zog er die Brille von der Nase. »Ob dieses Leiden real ist oder nicht, kann ich ohne persönliche Begutachtung des Mannes nicht beurteilen. Wenn er das allerdings bereits seit der Kindheit so empfindet …«

»… ist seine Todesliste viel länger, als ich befürchtet habe«, vollendete Hannes. »Können Sie mir auf die Schnelle mehr über den Killer erzählen?«

»Wenn ich das richtig deute«, sagte Philipp und tippte mit dem Zeigefinger auf die Briefkopie, »ist er Perfektionist. Er überlässt nichts dem Zufall. Außerdem braucht er Anerkennung. Die Welt soll erfahren, wie genial er ist.«

»Ein Psychopath?«

»Gut möglich. Ich vermute eine schwere Persönlichkeitsstörung. Was er seinen Opfern zufügt, lässt auf sehr geringe Empathie schließen. Der Geltungsdrang deutet auf NPS, eine narzisstische Persönlichkeitsstörung.«

»Und der Name, den er sich gegeben hat?«

Sekundenlang überlegte Philipp.

»Ein Regisseur ist ein Spielleiter. Er inszeniert das Stück. Es ist sein künstlerisches Werk. Dass er eine Kombination aus verschiedenen Fähigkeiten vorweisen kann, wissen wir ja bereits. Medizinisch, dramaturgisch und logistisch scheint er auf der Höhe zu sein. Seine gewählte Ausdrucksweise spricht für einen höheren Bildungsgrad. Mehr kann ich im Augenblick nicht sagen. Spekulationen bringen uns nicht weiter.«

»Okay.« Fast gleichzeitig standen sie auf. Hannes beugte sich hinunter, nahm die mitgebrachten Kopien vom Tisch und reichte sie Philipp. »Die brauchen Sie vielleicht fürs Profil. Aber nicht offen rumliegen lassen, sonst gerät Charly vielleicht in Versuchung.«

»Das werden wir beide verhindern.«

KAPITEL 8

Charlotte war beunruhigt – seit Hannes vor zwei Tagen Philipp aufgesucht hatte. Die Tatsache, dass der Freund kaum ein privates Wort mit ihr gewechselt hatte und gegangen war, ohne sich von ihr zu verabschieden, ließ nur einen Schluss zu: Es gab Neuigkeiten, die sie auf keinen Fall erfahren sollte. Er war ihr aus dem Weg gegangen, um keine neugierigen Fragen zu provozieren. Da Philipp als Profiler darüber informiert worden war, schien es den Täter unmittelbar zu betreffen. War er womöglich viel gefährlicher als angenommen? Die Ermittlungen könnten Zusammenhänge ergeben haben, die weitere Opfer aus dem gemeinsamen beruflichen Umfeld der beiden Toten befürchten ließen. Das ahnte sie schließlich seit dem zweiten Leichenfund. Von diesem Zeitpunkt an hielt sie es für möglich, dass Annelieses Kontakt zu beiden Männern eine Rolle spielen könnte und sie dadurch in Gefahr war.

Charlotte hätte sich gern mit jemandem darüber ausgetauscht, aber mit wem? Mit Anneliese konnte sie nicht darüber reden, ohne die Freundin zu beunruhigen. Philipp hatte sie gesagt, sie würde sich raushalten. Conrad würde in Panik geraten, wüsste er, in welcher Gefahr seine Liesel eventuell schwebte. Ihre Mitbewohner Elisabeth und

Albert konnte sie damit nicht belasten. Die ehemaligen Kollegen im Präsidium kämen ebenso wenig infrage wie die Staatsanwältin. Familie und sonstige Freunde überhaupt nicht. Ihr fiel nur eine Person ein, die außerdem verschwiegen war.

Ihren Mitbewohnern sagte Charlotte, sie hätte etwas zu erledigen und würde zum Mittagessen nicht zu Hause sein. Das war zwar ungewöhnlich, aber weder Philipp noch die anderen stellten Fragen. Ihre Wohngemeinschaft funktionierte unter anderem deshalb so gut, weil sie nicht ständig beieinander hockten, sondern gegenseitig ihre Freiräume respektierten.

Sie betrat das Institut für Rechtsmedizin nicht zum ersten Mal. Dennoch verspürte sie wie bei den wenigen vorherigen Besuchen ein beklemmendes Gefühl. Neben DNA-Analysen, toxikologischen Untersuchungen oder der Begutachtung von Missbrauchsopfern wurden hier durch Gewaltverbrechen zu Tode Gekommene obduziert.

Im Eingangsbereich roch es nach Desinfektionsmitteln. Von einer jungen Ärztin erfuhr Charlotte, in welchem der vier Obduktionssäle sie den Freund finden würde.

Sie ging ein Stück über den Flur. Langsam, bedächtig setzte sie einen Fuß vor den anderen, als könnte ein Geräusch ihrer Absätze die Ruhe der Toten stören. Vor einer breiten Edelstahltür blieb sie stehen und drückte auf den Öffnungsschalter. Mit leisem Summen glitt die glänzende Schiebetür zur Seite. Die Besucherin wurde im Vorraum der Obduktionssäle von kühler Luft und einem aufdringlich süßlichen Geruch empfangen. An den weiß gefliesten Wänden standen auf einer Seite Metallregale, auf der anderen befanden sich Kühlfächer, in denen die Leichen darauf warteten, dass ein Rechtsmediziner ihre Todesursache ans Licht brächte. Ein Mann im OP-Kittel kam mit einem Gefäß herein, das mit einem grünen Tuch abgedeckt war. Charlotte bat ihn, Dr. Fleischmann zu sagen, dass sie ihn sprechen wollte. Danach verließ sie fluchtartig den Vorraum, um im Flur zu warten.

Nach der Autopsie riss der Rechtsmediziner die dünne, mit Blutspritzern übersäte Einwegschürze herunter und streifte die schnittfesten Handschuhe ab. Er wusch sich gerade die Hände, als sein Kollege zu ihm ans Waschbecken trat.

»Draußen wartet eine Frau auf dich.«

Horst deutete zum Obduktionstisch, auf dem eine männliche Leiche lag.

»Eine Angehörige?«

»Eher nicht.«

»Hat sie nicht gesagt, wie sie heißt?«

»Ich habe ihren Namen nicht richtig verstanden. Ist wohl privat.«

Der Rechtsmediziner runzelte die Stirn.

»Das kann nicht sein. Wie sieht sie denn aus?«

»Groß, blond, sehr attraktiv. Himmlisch, würde ich sagen – und ein bisschen blass um die Nase.«

Der Gesichtsausdruck von Horst Fleischmann wechselte von ungläubig zu erfreut. Es gab nur eine Frau in seinem Freundeskreis, auf die diese Beschreibung zutraf – und zu der aufgrund ihres Nachnamens die Bezeichnung »himmlisch« passte. Er versetzte dem Jüngeren einen leichten Schlag vor die Brust. Offenbar hatte der Kollege ihn an der Nase herumgeführt.

»Du hast den Namen dieser Dame genau verstanden.«

»Du kennst sie also. Lass sie nicht warten, sonst verschwindet sie vielleicht wie eine Sternschnuppe am Horizont.«

Mit Papiertüchern trocknete Horst nachdenklich seine Hände. Charlotte kam selten ins Institut – obwohl sie sich länger kannten als die Freunde im Präsidium. Er erinnerte sich genau an ihre erste Begegnung. Damals hatte er knapp die Hälfte seines derzeitigen Gewichts auf die Waage gebracht und über volles Haupthaar verfügt. Charlottes Mann war ein befreundeter Kollege, mit dem er zusammen im Vinzenzkrankenhaus gearbeitet hatte. Maximilian Stern hatte ihn irgendwann einmal zum traditionellen Tiergartenfest eingeladen, das er mit seiner Familie jedes Jahr am zweiten Samstag im Oktober besuchte. Dieses Fest war ein Dankeschön für die vielen Eicheln und Kastanien, die Kinder für die Tiergartenbewohner sammelten. Sie bekamen dafür eine Baumscheibe als Eintrittskarte. Horst hatte das Bild vor Augen, wie Charlotte damals auf ihn zukam: an jeder Hand ein Kind und ein fröhliches Lächeln im Gesicht. Diese Mischung aus Wärme, Intelligenz und Humor hatte ihn sofort fasziniert. Sie besaß eine Ausstrahlung, der er sich nicht entziehen konnte. Zum ersten Mal in seinem Leben hatte er sich Hals über Kopf verliebt. Gleichzeitig wurde ihm die Aussichtslosigkeit dieser Empfindungen klar. Man musste Charlotte nur mit ihrem Mann zusammen sehen, um zu wissen, dass jeder Versuch, sie für sich zu gewinnen, zum Scheitern verurteilt war. Maximilians Tod vor etwa drei Jahren hatte nichts daran geändert. Horst liebte Charlotte seit jeher in der Stille. Dieses Gefühl war für ihn so selbstverständlich geworden wie das Atmen. Die Baumscheibe, die ihre kleine Tochter für das Sammeln der Herbstfrüchte erhalten und ihm geschenkt hatte, besaß er immer noch.

Der Rechtsmediziner streifte einen weißen Arztkittel über, bevor er auf den Flur trat.

Charlotte hörte das leise Quietschen seiner Gummisohlen und wandte sich schuldbewusst vom Fenster um.

»Entschuldige den Überfall. Ich hätte vorher anrufen sollen.«

»Kein Problem.« Forschend musterte er sie. »Du kommst nicht oft hierher, Charlotte.« Er war der Einzige aus dem Kreis, der sie selten Charly nannte. »Was ist passiert?«

»Nichts – jedenfalls bislang. Das ist etwas kompliziert. Darf ich dich zum Mittagessen einladen? Oder kannst du hier nicht weg?«

»Gib mir ein paar Minuten zum Umziehen.«

Sie legte kurz die Hand auf seinen Arm.

»Danke, Horst. Ich warte draußen.«

Verständnisvoll schaute er ihr nach. Niemand kam wirklich gern ins Rechtsmedizinische Institut. Für ihn gehörte der Geruch des Todes längst zu seinem Alltag. Besucher taten sich schwer damit.

Bald darauf saßen sie in Charlottes schwarzem Golf. Da Horst erst am Nachmittag den nächsten Termin hatte, konnten sie sich Zeit lassen. Deshalb fuhren sie zu einem von Charlottes Lieblingsrestaurants, dem idyllisch am Maschsee gelegenen Pier 51.

Sie nahmen an einem freien Fenstertisch Platz und bestellten beide ein Fischgericht. Charlotte entschied sich für Strozzapreti mit Champignon-Lauchsauce und geräucherter Forelle, Horst wählte das Schwertfischsteak mit Knoblauch und Kräutern. Als sie die Vorspeise – Blumenkohl-Currysuppe mit Hähnchenstreifen – genossen hatten und auf das Hauptgericht warteten, schaute der Rechtsmediziner sein Gegenüber erwartungsvoll an.

»Nun erzähl mal, was du auf dem Herzen hast.«

»Es geht um den Toten aus dem Georgengarten und um den aus der Aegidienkirche …«, begann sie, wurde aber sofort von ihm unterbrochen.

»Drüber kann und will ich nicht mit dir sprechen.«

»Ich weiß, Frau Dr. Pauli hat euch zum Schweigen verdonnert.«

»Bei aller Liebe, erwartest du etwa, dass ich mich darüber hinwegsetze?«

»Selbstverständlich nicht.« Sie berichtete zunächst, was sie über den Fall mitbekommen hatte. Horst hörte ihr mit unverkennbar wachsendem Erstaunen zu.

»Woher hast du diese ganzen Infos? Von uns weißt du nur, was am Stammtisch geredet wurde. Philipp hat dir garantiert nichts erzählt – und von dem Brief wird dir erst recht keiner was gesagt haben.«

»Das meiste habe ich mir nach meinen eigenen Wahrnehmungen zusammengereimt – dazu ein bisschen Logik und Intuition.«

»Wie machst du das bloß?«, fragte er sichtlich beeindruckt. »Man könnte meinen, dass du zum Ermittlungsteam gehörst. Allerdings weiß ich nicht, wie ich dir helfen kann.«

»Ich brauche deinen Rat. Es geht um Anneliese. Sie hatte nicht nur beruflich mit beiden Opfern zu tun. Mit Rugard war sie sogar eine Zeit lang liiert. Hältst du es für möglich, dass sie in Gefahr ist?«

»Nur weil sie die beiden kannte? Die hatten mit zahlreichen anderen Personen Kontakt – beruflich wie privat.«

»Und wenn mehrere davon sowohl untereinander als

auch mit einem einzigen ehemaligen Heimbewohner in Verbindung stehen?«

»Ist das nicht ein bisschen zu weit hergeholt?«

Hilflos zuckte Charlotte die Schultern.

»Ich habe über viele Möglichkeiten nachgedacht. Es könnte sein, dass sie alle irgendwie an der Heimunterbringung eines Kindes beteiligt waren. Vielleicht wurde es aus irgendwelchen Gründen aus der Familie genommen, hat sehr darunter gelitten und will sich im Erwachsenenalter dafür rächen.«

»Das kann ich mir nicht vorstellen. Beide Opfer waren bereits einige Jahre im Ruhestand. Soviel ich weiß, haben sie seitdem ehrenamtlich für das Diakonische Werk gearbeitet, auch in der Obdachlosenhilfe oder mit psychisch Kranken. Vielleicht sind sie dort jemandem auf die Füße getreten.«

»Mmm.« Sollte der Täter aus diesem Bereich stammen, war ihre Angst um Anneliese unbegründet. Nachdenklich ließ sie den Blick aus dem Fenster über das Wasser schweifen. Der See lag völlig ruhig. Einige Schwäne und Enten dümpelten in Ufernähe. »Du hast vorhin einen Brief erwähnt. Was ist damit?«

»Ach, das war nichts Wichtiges. Das habe ich nur am Rande mitbekommen.«

Charlotte glaubte ihm kein Wort. Sie wollte ihn aber nicht in einen Konflikt bringen.

»Nach deiner Meinung ist es also Zufall, dass Anneliese die beiden Toten kannte.«

Nachdrücklich nickte der Rechtsmediziner.

»Mach dir nicht immer so viele Sorgen. Deine Freundin hat sicher nichts zu befürchten.«

Während des Essens zerstreute er Charlottes letzte Bedenken.

Später brachte sie den Freund zum Institut zurück. Auf dem Heimweg dachte sie über das Gespräch mit Horst nach. Es hatte ihr gutgetan – und sie beruhigt. Wahrscheinlich neigte sie dazu, Gespenster zu sehen.

Als sie heimkam, war es still im Haus. Einige ihrer Mitbewohner zogen sich nach dem Mittagessen gern in ihre Räume zurück, um ein wenig zu ruhen. Philipp zählte nicht dazu. Ihr war klar, wo sie ihn suchen musste. Da das Profil des Doppelmörders so schnell wie möglich gebraucht würde, vermutete sie den Professor in seinem Arbeitszimmer. Sie durchquerte den Wohnraum und steuerte auf die offen stehende Verbindungstür zu. Als sie näher kam, hörte sie Philipps Stimme. Offenbar telefonierte er. Um nicht zu stören, wandte sich Charlotte ab. Im gleichen Moment schnappte sie Wortfetzen auf:

»Killer … verdammt gefährlich …«

Abrupt blieb sie stehen. Einen Moment lang war nur Papierrascheln zu hören.

»Ich kann Ihnen nur raten, den Mann unter Polizeischutz zu stellen«, ertönte Philipps eindringliche Stimme. »Der ›Regisseur‹ hat ihm praktisch einen Auftrag erteilt, den er nicht erfüllt hat. Darüber wird er sehr wütend sein. Es ist nicht auszuschließen, dass er sich dafür rächen will.«

Unbemerkt und sehr nachdenklich verließ Charlotte den Raum.

KAPITEL 9

Normalerweise war Hannes wach, bevor ihn das Klingeln des Weckers aus dem Schaf reißen konnte. An diesem Morgen war es anders. Er war erst weit nach Mitternacht ins Bett gekommen und hatte das gegen Morgen einsetzende penetrante Gepiepe im Halbschlaf durch einen gezielten Schlag zum Schweigen gebracht, bevor sein Bewusstsein abermals abgetaucht war. Etwa zwei Stunden später vernahm er aus weiter Ferne das Brummen seines stummgeschalteten Smartphones. Schlaftrunken tastete er danach und bewahrte das dicht an der Nachttischkante zappelnde Gerät im letzten Moment vor dem Absturz. Hannes schlug die Augen auf, wischte über das Display und führte das Handy ans Ohr.

»Was?«

»Ich bin es«, vernahm er Pias Stimme. »Wir haben eine Leiche.«

Leise stöhnend drehte er sich von der Bauch- in die Rückenlage.

»Schon wieder? Wo?«

»Vorm Anzeiger-Hochhaus, im Eingangsbereich.«

»Sind die Kollegen informiert?«

»Noch nicht, die Nachricht kam eben erst rein.«

»Alles klar. Wir treffen uns dort. Ich beeile mich.«

Nach einem kurzen Abstecher ins Bad stieg er in seine Klamotten und verließ mit leerem Magen das Haus. Nach kurzem Zögern setzte er sich in Bewegung. In der letzten Nacht war er minutenlang im Flussviertel herumgekurvt, bis er einen Parkplatz in einer Nebenstraße gefunden hatte. Nun musste er mehrere Hundert Meter bis dorthin laufen. Dabei überlegte er, dass es sich eigentlich nicht um einen Mord des ›Regisseurs‹ handeln konnte, der seine Leichen beide Male in der Nacht von Freitag auf Samstag an einem besonderen Platz der Stadt abgelegt hatte. Wenn der Täter seine Vorgehensweise nicht geändert hatte, müssten sie es an diesem Montagmorgen mit einem anderen Mörder zu tun haben.

Hannes setzte sich hinters Steuer, griff nach dem Magnetblaulicht und schob es durchs Seitenfenster aufs Fahrzeugdach.

Zügig fuhr er Richtung Innenstadt. Über Friedrichswall, Leibnizufer und Goethestraße erreichte er die Goseriede. Uniformierte Beamte waren dabei, das Gelände weiträumig von der Sparkasse bis zur Kestner-Gesellschaft abzusperren. Die Taxen auf dem Halteplatz vor dem Anzeiger-Hochhaus mussten den Einsatzfahrzeugen weichen.

Der Hauptkommissar stieg aus und schaute an der rotbraunen Klinkerfassade des Gebäudes hinauf. Die grüne, erst 2019 restaurierte Kupferkuppel ließ sich von seinem Standort aus nur erahnen. ›Hannoversche Allgemeine Zeitung‹ stand in großen goldenen Lettern über der ersten Fensterreihe.

»Backsteinexpressionismus«, sagte Pia, die neben ihm stehenblieb und ihm einen Becher Kaffee reichte. »Das war mal das erste Hochhaus der Stadt.«

»Danke.« Vorsichtig nahm er einen Schluck von dem heißen Getränk, bevor er sich umsah.

In der mittleren der breiten Eingangsnischen des Bauwerks herrschte emsiges Treiben. Zwischen abgestellten Fahrrädern und spurensuchenden Kriminaltechnikern führte Horst die erste Leichenschau durch. Hannes wollte einen Blick auf den Toten werfen, aber der Rechtsmediziner verdeckte ihn durch seine massige Gestalt.

»Weißt du Näheres?«

Mit ernster Miene trat Pia dicht vor ihn hin.

»Das wird dir nicht gefallen.« Sie zog ihr Handy aus der Tasche. »Als die Meldung reinkam, dachte die Besatzung des Streifenwagens zuerst, ein Obdachloser würde hier seinen Rausch ausschlafen.« Sie zeigte ihm das Foto des Toten, das sie vor Eintreffen der Kollegen aufgenommen hatte.

»Scheiße!« Verärgert blickte er sie an. »Ich habe seine Überwachung gestern gleich nach dem Anruf des Professors veranlasst. Irgendwas muss da schiefgelaufen sein.«

»Die beiden Kollegen stehen seit gestern Abend gegen 19.00 Uhr vor seiner Bruchbude. Sie sagten, seitdem sei niemand raus- oder reingegangen.«

»Demnach war er zu dem Zeitpunkt nicht mehr daheim. Möglicherweise hat der ›Regisseur‹ ihn beobachtet. Er hat BP im Präsidium verschwinden sehen und ihn später aus dem Haus gelockt.« Er dachte einen Augenblick nach. »Wenn Martin kommt, soll er gleich mit einem Team der Spusi hinfahren. Wenn wir Glück haben, finden sie in seiner Wohnung Fingerabdrücke oder andere Spuren.«

Pia entfernte sich ein paar Schritte und rief den Kollegen an. Unterdessen sah Hannes, dass der Rechtsmediziner seinen Aluminiumkoffer schloss. Anscheinend war er mit der ersten Begutachtung fertig. Der Hauptkommissar trat zu ihm und konnte dadurch den Toten sehen. Er wandte sich aber schnell ab. Der Anblick einer Leiche war für ihn nicht mehr so schrecklich wie in seiner Anfangszeit bei der Mordkommission. Wenn es sich bei dem Toten jedoch um jemanden handelte, den er kannte, setzte ihm das fast genauso zu wie bei einer Kinderleiche.

»Moin, Horst. Kannst du was zur Todesursache sagen?«

»Er wurde erschlagen. Ich tippe auf einen Baseballschläger. Nach den Verletzungen zu urteilen, war dabei große Wut im Spiel.«

»Todeszeitpunkt?«

»Ungefähr vor zehn bis zwölf Stunden. Fundort ist nicht der Tatort.« Er wischte sich mit dem Ärmel des dünnen weißen Overalls über die Stirn. »Sonst alles wie gehabt.«

»Sicher?«, fragte Hannes, obwohl er nicht daran zweifelte.

»Unter seinem Arm klemmte die Morgenausgabe der HAZ. Und in seiner Jackentasche steckte eine kleine Sanduhr. Der Kollege von der Technik hat die Sachen eingetütet.«

Er winkte die beiden Männer mit der Zinkwanne heran, die den Toten ins Rechtsmedizinische Institut überführen würden.

Wie gewohnt saßen die WG-Bewohner nachmittags in der Küche bei Kaffee und Kuchen zusammen. Elisabeths Backkünsten waren die leckeren Brombeer-Birnenschnitten zu verdanken. Von Montag bis Freitag probierte sie neue Kuchenrezepte aus. Was übrig blieb, wurde fürs Wochenende eingefroren.

Anneliese stand neben dem General und schenkte Kaffee für ihn ein, während die Radionachrichten liefen.

»... wurde heute Morgen in der Innenstadt von Hannover eine Leiche gefunden.«

Die Strick-Liesel zog die Hand mit der Kanne zurück, obwohl die Tasse erst zu einem Viertel gefüllt war.

Als Albert protestieren wollte, schnitt sie ihm durch eine Geste das Wort ab.

»Psst!«

»... aus zuverlässiger Quelle erfahren haben, handelt es sich bei dem Toten um einen Reporter.«

Zur Verwunderung aller sprang Philipp auf.

»Das darf nicht wahr sein!«

Auf dem Weg hinaus fischte er sein Handy aus der Jackentasche. In der Wohnhalle rief er den Hauptkommissar an.

»Wie konnte das passieren?«, fragte er, ohne sich mit einer Begrüßung aufzuhalten. »Glauben Sie, ich habe Sie zu meinem Vergnügen gewarnt, bevor das Profil fertig war? Warum haben Sie ihm nicht ein paar Aufpasser geschickt oder ihn in Schutzhaft genommen? Dadurch wäre ...«

»Halten Sie mal die Luft an, Professor«, fiel Hannes ihm ins Wort. »Wir haben ihm sofort zwei Mann vor die Tür gestellt. Offenbar war er zu dem Zeitpunkt aber nicht mehr zu Hause.«

»Tut mir leid«, entschuldigte sich Philipp sofort. »Wurde er aus seiner Wohnung entführt?«

»Wahrscheinlich nicht. Jedenfalls gab es dort keine Kampfspuren. Unsere Spezialisten überprüfen seine Telefonverbindungen und seinen Mailverkehr auf einen Kontakt, den wir vielleicht dem ›Regisseur‹ zuordnen können.«

»Halten Sie mich auf dem Laufenden?«

»Geht klar.«

»Danke. – Und nichts für ungut.«

Auf dem Weg zurück in die Küche steckte er das Handy ein. Seine Mitbewohner, die einen Teil des Gesprächs mitgehört hatten, blickten ihn erwartungsvoll an. Philipp setzte sich jedoch wortlos und griff nach der Kuchengabel.

»Nun sag schon«, forderte Anneliese ihn auf. »Wer ist der Tote?«

»Das tut nichts zur Sache.«

»Hat er was mit den anderen beiden Toten zu tun?«

»Das kann ich dir nicht beantworten.«

Unterdessen versuchte Albert, auf sich aufmerksam zu machen, indem er die Hand hob.

»Kann ich bitte noch etwas Kaffee …«

Anneliese brachte ihn durch einen Blick zum Schweigen.

»Ich muss es wissen, Philipp.«

Er blieb stumm – mehr aus Verwunderung darüber, dass sich Charlotte völlig heraushielt.

»Morgen steht es sowieso in der Zeitung. Also kannst du es mir jetzt sagen.«

Während Philipp mit sich rang, schielte der General nach der Warmhaltekanne, die Anneliese zwar abgestellt hatte, aber festhielt. Charlotte zog behutsam daran, worauf die Freundin sie losließ, ohne Philipp dabei aus den Augen zu lassen. Albert atmete hörbar auf und lehnte sich in seinem Rolli zurück, als Charlotte seine Tasse füllte. Ein dankbarer Blick belohnte sie.

Der Professor sah sich weiterhin forschenden Blicken ausgesetzt. Er nippte an seinem Kaffee, bevor er die Strick-Liesel aus ernsten Augen ansah.

»Der Tote von heute hatte nichts mit den beiden anderen Leichen gemeinsam.«

»Woher weißt du das?«

»Ich habe mit Herrn Bremer gesprochen.«

»Weil der Tote irgendwas mit deinem Profil zu tun hat«, schob sie nach. »Also gibt es eine Verbindung zu den ermordeten Männern.« Mit einem Seufzer setzte sie sich. »Halte mich bitte nicht für blöd, Philipp. Ich habe zwar nicht Charlottes kriminalistisches Talent, aber logisch denken kann ich. Du warst aufgebracht, weil es trotz deiner Warnung – wovor auch immer – einen weiteren Toten gab.«

Er wechselte einen Blick mit Charlotte, sah, dass sie nicht nur amüsiert war, sondern gespannt schien, wie er sich aus der Affäre ziehen würde.

»Also gut«, sagte er schließlich. »Der Killer hat den Reporter sozusagen beauftragt, über das Versagen der Opfer zu recherchieren und die Ergebnisse zu veröffentlichen. Außerdem sollte er in seinem Artikel die Genialität des Täters hervorheben.«

»Des ›Regisseurs‹, oder?«, vermutete Charlotte, worauf er die Stirn runzelte.

»Woher hast du diesen Namen?«

»Den habe ich irgendwo aufgeschnappt.« Blitzschnell kombinierte sie. »Er hat dem Reporter einen Brief mit Anweisungen geschrieben. – Oder?«

Fassungslos lehnte sich Philipp zurück.

»Ich kapituliere. Vor euch kann man anscheinend nichts verbergen.«

Gespannt blickte Anneliese ihn an.

»Bitte sag uns, wie der Reporter hieß.«

»Bartholomäus Plaschke.«

»BP?«

Zum ersten Mal schaltete sich nun Conrad in das Gespräch ein.

»Du kanntest den Mann?«

»Wir hatten ja nicht nur auffällig gewordene Kinder bei uns«, erklärte seine Lebensgefährtin. »Vor langer Zeit gab es mal einen Missbrauchsfall. Ein Vater hatte seine Tochter über Jahre misshandelt und sexuell missbraucht. Die Kleine kam übergangsweise zu uns auf den Sonnenhof. BP ist auf der Jagd nach Infos dauernd auf dem Gelände rumgeschlichen. Schließlich habe ich ihn durch die Polizei entfernen lassen und ihn wegen Hausfriedensbruchs angezeigt.«

»So was sieht ihm ähnlich«, fügte Charlotte hinzu. »Man soll ja über Tote nichts Schlechtes sagen, aber ich habe öfter von seinem rücksichtslosen Vorgehen gehört, wenn er eine gute Story witterte. Er ist den Kollegen nicht nur einmal in die Quere gekommen.«

»Das war kein besonders sympathischer Typ.« Anneliese schüttelte sich. »Mit seinen kleinen Augen, den fettigen Haaren und dem dünnen Zopf hat er mich immer an Hop Sing, den chinesischen Koch der Cartwrights, erinnert.«

»Aus ›Bonanza‹«, fügte Conrad verstehend hinzu. »Es ist ewig her, dass die Jungs durch den Wilden Westen geritten sind.«

»Diese ganze Geschichte gefällt mir nicht«, fasste Elisabeth ihre Befürchtungen zusammen. »Einer von euch hat immer mit Mord und Totschlag zu tun. Normal ist das nicht für Leute, die im Lehnstuhl ihren Ruhestand genießen sollten.«

»Das machen wir, wenn wir alt sind«, erklärte Anneliese trocken. »Mir wäre es allerdings auch lieber, wenn ich mit den Toten nichts zu tun gehabt hätte. Es ist schlimm, wenn Menschen, die man kannte, sterben. Wenn sie aber alle ermordet wurden, ist das echt ätzend.«

KAPITEL 9,5

Was für ein Idiot! Dachte der etwa, mich ungestraft hintergehen zu können? Dieser Narr hat doch tatsächlich abgestritten, dass er direkt zur Polizei gelaufen ist! Wie dumm kann man eigentlich sein? Ich hatte ihm die Chance für eine Bombenstory gegeben – und er war zu feige, sie zu schreiben. Unfassbar! Nicht ohne Grund war meine Wahl auf ihn gefallen, auf einen Reporter, der bedenkenlos und sehr detailliert über jede noch so ekelhafte Tat berichtet hat. Wie hätte ich ahnen können, dass er plötzlich Skrupel hat? Angeblich wollte er die Staatsanwältin nicht verärgern. So ein Schwachsinn. Der Typ war völlig heruntergekommen. Es kostete mich einige Überwindung, ihn überhaupt anzufassen. Wie kann man sich nur so gehenlassen? Einfach widerlich, wie der gestunken hat. Zu allem Überfluss hat der Kerl Rotz und Wasser geheult, damit ich ihn verschone. Was für eine jämmerliche Gestalt. Plaschke hatte den Tod verdient. Ich war so wütend, dass er meine Erwartungen nicht erfüllt hat! Was soll ich nun machen? Einen weiteren Schreiberling von der Presse kontaktieren? Nein. Anscheinend ist das nicht der richtige Weg. Ich muss mir etwas anderes einfallen lassen. Aber zuerst muss ich mich mit dem nächsten Namen auf meiner Liste beschäftigen.

Mein Konzept ist durch diesen Plaschke ohnehin durcheinandergeraten. Bei ihm musste ich zwar improvisieren, aber das ist mir ganz gut gelungen. Daran erkennt man den Meister. Ab sofort gehe ich genau nach Plan vor. Ich werde meine Inszenierung wieder sorgsam vorbereiten. Sie wird die ganze Stadt in Staunen versetzen. The show must go on!

KAPITEL 10

Charlotte nahm die Tageszeitung nach dem Frühstück mit hinauf in ihre Räume. Viel gab der Artikel über den Leichenfund im Eingangsbereich des Anzeiger-Hochhauses nicht her. Kein Hinweis auf eine Verbindung zu den vorherigen Morden, nur die Vermutung über die Todesursache: Anscheinend wurde der Reporter erschlagen.

Philipp hatte indirekt bestätigt, dass der Täter sich tatsächlich ›Regisseur‹ nannte. Er hatte BP einen Brief mit Anweisungen geschrieben, die der Zeitungsmann nicht befolgt hatte. Musste er deshalb sterben?

Wie so oft in den letzten Tagen ertappte sich Charlotte beim Grübeln über diesen Fall. Da Anneliese die mittlerweile drei Toten gekannt hatte, wuchs ihre Sorge um die Freundin wieder. Außerdem handelte es sich um einen ungewöhnlichen Killer, der sie vor allem aus psychologischer Sicht interessierte. Sie hatte nach dem Abitur ein paar Semester Psychologie studiert, das Studium aber aus Liebe zu ihrem Mann aufgegeben. Da das Geld knapp war, hatte sie sich einen Job gesucht, damit Maximilian sein Medizinstudium beenden konnte. Das Interesse an psychologischen Aspekten und Analysen war geblieben. Durch ihre jahrzehntelange Arbeit im Kriminalarchiv war ihr Wissen über Täterprofile gewachsen.

Immer wenn sie intensiv nachdachte, verspürte sie den Drang, sich zu bewegen. Ein Blick aus dem Fenster hinauf zum grauen Himmel, aus dem sich ein feiner Sprühregen über den Garten legte, verlockte nicht zu einem Aufenthalt im Freien. Deshalb setzte sich Charlotte auf den weichen Teppich. Sie trug schwarze Leggings, einen bequemen roten Pullover und bunte Wollsocken an den Füßen. Das ideale Outfit für ein paar Dehnübungen. Dabei ließ sie ihre Gedanken schweifen. Erst als es an der Tür klopfte, hielt sie inne.

»Immer hereinspaziert!«, rief sie, worauf Anneliese öffnete, aber auf der Schwelle stehenblieb.

»Hast du einen Moment für mich?«

»Komm rein.«

Sorgfältig schloss die Strick-Liesel die Tür von innen und kam zögernd näher. Charlotte beugte den Oberkörper weit über ihr ausgestrecktes rechtes Bein, bevor sie geschmeidig aufstand. Rasch klaubte sie herumliegende Klamotten vom Sofa und deponierte sie auf dem Schreibtischstuhl. Es gelang ihr selten, alles immer sofort ordentlich an seinen Platz zu legen. Darüber ärgerte sie sich regelmäßig.

»Setz dich – und sag mir, was ich für dich tun kann.«

Während die Freundin auf der Couch Platz nahm, bemerkte sie den Teddy, den Philipp auf dem Oktoberfest gewonnen hatte. Der kuschelige kleine Kerl saß neben einer Vase auf dem Sideboard. Charlotte hockte sich im Schneidersitz in einen Sessel und schaute Anneliese fragend an.

»Seit ich mit Conrad zusammen bin und wir alle hier wohnen, hatte ich immer seltener Schlafstörungen. In letzter Zeit liege ich aber wieder stundenlang wach.«

»Wegen der Morde.«

»Die lassen mir keine Ruhe. Ich muss wissen, ob der Täter vielleicht als Kind bei uns auf dem Sonnenhof war.«

»Warum?«

»Wenn wir … wenn ich womöglich was falsch gemacht habe …« In einer hilflosen Geste hob sie die Hände, ließ sie frustriert sinken. »Der Gedanke, dass ich mitschuldig sein könnte, macht mich fertig.«

»Du sorgst dich bestimmt unnötig. Wir haben bislang überhaupt keine Informationen über den Verbrecher.«

»Das ist es ja eben. Und deine Freunde von der Polizei werden uns nichts sagen: dir nicht – und mir schon gar nicht. Von Philipp erfahren wir sowieso nichts. Deshalb will ich versuchen, selbst was rauszufinden.«

»Das ist keine gute Idee.«

»Du würdest das an meiner Stelle genauso machen. Aber ich kenne weder die Vorgehensweise der Polizei noch weiß ich, wo man am besten ansetzen könnte. Deshalb brauche ich deine Hilfe.«

Charlotte hatte geahnt, worauf dieses Gespräch hinauslaufen würde. Sie konnte ihr Interesse an diesem Fall schlecht leugnen, aber sie hatte Philipp gesagt, sie würde sich nicht einmischen. Zwar hatte sie es ihm nicht direkt versprochen, aber …

»Mir wird gerade klar, in welchen Konflikt ich dich bringe«, sagte Anneliese schuldbewusst und stand auf. »Tut mir leid, das war nicht fair von mir. Vergiss, was ich gesagt habe.«

»Setz dich wieder hin«, verlangte Charlotte. »Lass uns mal überlegen, wie wir an Informationen kommen könnten.«

Verwundert plumpste die Strick-Liesel aufs Sofa zurück. »Du hilfst mir?«

»Nur, wenn das unter uns bleibt.«

»Ehrensache.«

»Gut.« Sie kreuzte die Beine und beugte sich etwas vor. »Von wem wir nichts erfahren, hast du eben gesagt. Gehen wir mal davon aus, dass BP nicht nur mit der Polizei gesprochen hat. Wer käme sonst infrage?«

»Freunde oder Kollegen?«

»Viele Freunde hatte er vermutlich nicht. Der war eher ein Einzelgänger.«

»Vielleicht jemand von der Presse? Er könnte wie damals damit geprahlt haben, dass er an einer ganz großen Story dran ist.«

»Das ist wohl am wahrscheinlichsten«, stimmte Charlotte ihr nachdenklich zu. »Möglicherweise weiß meine Nachbarin etwas.« Sie lachte über Annelieses verdatterten Gesichtsausdruck. »Sie ist Redakteurin bei der HAZ.« Rasch warf sie einen Blick auf ihre Armbanduhr. »Das könnte ich schaffen. Oft fährt sie erst mittags in die Redaktion. Ich ziehe mich schnell um.«

Eine Viertelstunde später saß Charlotte in ihrem Wagen und fuhr in die Südstadt. Tagsüber war in dem ehemaligen Beamtenviertel die Parkplatzsituation nicht so katastrophal. Deshalb fand sie auf Anhieb einen Stellplatz in ihrer Straße.

Sie betrat ihre Wohnung, zog die Jacke aus und öffnete die Balkontür, um frische Luft hereinzulassen. Im nächsten Moment erklang eine Stimme von nebenan.

»Charlotte?«

Perfektes Timing! Sie ging hinaus. Auf dem Nebenbalkon stand die Nachbarin und beugte sich etwas zu ihr hinüber.

»Hallo, Marlene.«

»Ich habe Geräusche aus deiner Wohnung gehört. Man weiß ja nie.«

In diesem Acht-Parteien-Haus passten die Bewohner aufeinander auf. Sie verstanden sich gut, übernahmen in der Urlaubszeit gegenseitig das Blumengießen oder Briefkastenleeren und trafen sich hin und wieder zum Klönen.

»In letzter Zeit war ich nicht oft hier.«

»Bleibst du echt für immer in der WG? Was wird dann aus deiner schönen Wohnung? Willst du sie verkaufen?«

»Erst mal werden wir sie für Gäste nutzen, wenn meine Kinder oder Freunde zu Besuch kommen. Außerdem kann ein Rückzugsort nicht schaden, wenn ich mal allein sein möchte.«

»Da ist was dran«, gab Marlene ihr recht und wuselte mit der Hand durch ihr kurzgeschnittenes dunkles Haar. »Stimmt es eigentlich, dass du mit Professor Thaler liiert bist?«

»Du kennst ihn?«

»Ist ja kein Unbekannter in der Stadt.« Sie deutete nach oben zum Balkon einer Hausbewohnerin. »Marlies hat euch neulich zusammen gesehen. Er war der Uni-Professor ihres Neffen.«

Daran erinnerte sich Charlotte.

»Und wie läuft es bei dir? Heute stand ein Bericht über deinen ermordeten Kollegen in der Zeitung.«

»Der arme Plaschke. Schrecklich, dass er so enden musste.«

»Anscheinend hatte er Feinde.«

»Viel weiß ich nicht über ihn, da er freier Journalist war. Er war nicht sehr beliebt bei den Kollegen, hatte zu niemandem näheren Kontakt.« Ratlos zuckte die Redakteurin die Schultern. »Man kann über ihn sagen, was man will, aber wenn er an was dran war, hat er sich festgebissen.«

»Vielleicht ist er jemandem auf die Füße getreten – und der hat sich dafür gerächt.«

»Ich glaube, da steckt mehr dahinter. Angeblich hat die Staatsanwaltschaft brisantes Material über die Morde aus dem Georgengarten und der Aegidienkirche in seiner Wohnung beschlagnahmt. Wahrscheinlich Fotos. Aber woher er die hatte … Keine Ahnung.«

»Die Polizei wird das bestimmt rausfinden.«

»Offenbar hältst du nach wie vor große Stücke auf deine ehemaligen Kollegen, aber dieser Täter scheint ihnen haushoch überlegen zu sein. Der führt die Polizei gekonnt an der Nase rum. Wie heißt es in so einem Fall? ›Die Kripo ermittelt ergebnisoffen‹.«

»Vielleicht sind sie ihm längst auf der Spur.«

»Nee, nee. Laut meiner Quellen haben sie keinen blassen Schimmer. Wir planen morgen einen großen Artikel. Deshalb muss ich gleich in die Redaktion.« Sie hob die Hand in einer Abschied nehmenden Geste. »Lass mal von dir hören.«

»Versprochen.« Charlotte rieb sich die Arme. »Bis bald.« Ohne Jacke spürte sie nun deutlich die herbstliche Kühle und ging hinein.

Im Wohnzimmer blickte sie sich nachdenklich um. Alles war sauber und aufgeräumt. Ursprünglich war ihre Putzfee einmal in der Woche gekommen. Seit ihrem Umzug in die WG hatten sie sich auf einen dreiwöchigen Rhythmus geeinigt. Da ihre Grünpflanzen mit ihr das Zuhause gewechselt hatten, gab es nichts mehr zu tun. Charlotte schloss die Balkontür, ging ins Schlafzimmer und öffnete den Kleiderschrank, um einige warme Sachen einzupacken.

Später fuhr sie zum nahe gelegenen Büchergeschäft ihres Vertrauens. In Cruses Buchhandlung war sie langjährige Kundin. Dort hatte sie seit jeher nicht nur die Schulbücher ihrer Kinder, sondern jeglichen Lesestoff bestellt. Auch die neuesten Krimis holte sie sich stets dort. Sie schätzte die gute Beratung und besorgte sich ihre Lektüre lieber in einem örtlichen Laden statt im Internet. Diesmal suchte sie zwei Abenteuerbücher für ihr Pflegekind aus. Anton würde das Wochenende in der WG verbringen.

Philipp hatte das fertige Profil per Mail an die Staatsanwältin und den Leiter der SOKO geschickt. Am Nachmittag fuhr er wie verabredet ins Präsidium, um Fragen zu beantworten. Im großen Besprechungsraum saßen nicht nur Hannes und seine beiden engsten Mitarbeiter. Sogar Frau Dr. Pauli war erschienen. Neben ihr nahm der Rechtsmediziner Platz. Zahlreiche Polizeibeamte, die zur Sonderkommission gehörten, waren ebenfalls gekommen. Vor jedem lag ein Ausdruck des umfangreichen Profils. Die Anwesenden diskutierten darüber, bis die Staatsanwältin um Ruhe bat. Sie sprach ein paar einleitende Worte, danach schaute sie Philipp an.

»Beantworten Sie uns bitte ein paar Fragen zum Profil, Herr Professor. Sie schreiben dem ›Regisseur‹ eine narzisstische Persönlichkeitsstörung zu. Anscheinend befindet er sich damit in prominenter Gesellschaft – wenn man mal über den großen Teich guckt.« Verhaltenes Lachen wurde hörbar. »Wie würden Sie ihn mit einfachen Worten beschreiben?«

»Bei ihm liegt ein signifikanter Defekt in Konstellation mit einer psychosozialen Behinderung vor – wenn man mal über den großen Teich guckt.« Abermals wurde leise gelacht. »Aber nun zu unserem Fall: Der ›Regisseur‹ ist rücksichtslos und manipulativ. Er besitzt kaum Mitgefühl oder Schuldbewusstsein, Empathie scheint ein Fremdwort für ihn zu sein. Er ist nicht oder nur sehr selten fähig, emotionale Bindungen einzugehen.«

»Ist so was angeboren?«, wollte Martin wissen. »Oder vererbt? Woher kommt diese Störung?«

»Dafür kann es viele Gründe geben. Auslöser kann beispielsweise ein früher Verlust der Eltern sein. In dieser Hinsicht können wir aber nur spekulieren, solange wir die Biografie des Täters nicht kennen.« Er schaute in die Runde. »Narzissten brauchen die Öffentlichkeit. Sie wollen bewundert werden. Deshalb inszeniert der Kerl die Leichenfundorte. Er bezeichnet sich als ›Regisseur‹, als denjenigen, der für das großartige Werk verantwortlich ist. Er empfindet sich allen anderen Menschen gegenüber in jeder Hinsicht als überlegen.«

»Woran machen Sie das fest?«, fragte Hannes, worauf Philipp sich ihm zuwandte.

»Das entnehme ich dem Brief, den er dem Reporter geschrieben hat. Nachdem ich das Schreiben analysiert hatte, musste ich das Profil korrigieren. Inzwischen bin ich zu dem Schluss gekommen, dass der Mann offenbar hochintelligent, aber wahrscheinlich auch größenwahnsinnig ist.«

»Wenn es nicht nach seinen Vorstellungen läuft, handelt er entsprechend«, fügte Pia hinzu. »Plaschke hat nicht so funktioniert, wie er es wollte, hat sich sogar gegen ihn gewandt, indem er zur Polizei ging. BP hat sozusagen seine Regieanweisungen nicht befolgt. Dafür hat der Killer ihn mit dem Tod bestraft.«

»Richtig«, bestätigte Philipp. »Plaschke war kein lange vorher geplantes Opfer. Trotzdem hat sein Mörder keine

Spuren hinterlassen, sondern wie bei den Morden zuvor ›sauber‹ gearbeitet.«

»Der Typ scheint wirklich gut organisiert und dazu ziemlich schlau zu sein«, fügte Martin hinzu. »So steht es im Profil. Anscheinend ist jeder, der ihm in die Quere kommt, ein Todeskandidat.«

»Der ›Regisseur‹ hat sich vorgenommen, Angst und Schrecken zu verbreiten«, nahm Philipp den Faden auf. »Alle Welt soll von seinem grandiosen Werk erfahren, aber die Zeitungen berichten kaum darüber. Das hat seiner Selbstbewunderung einen herben Schlag versetzt. Seine immense Wut bekam der bedauernswerte Reporter zu spüren.«

»Könnte er depressiv sein?«, fragte Hannes. »Wir hatten es vor Jahren mal mit einem Täter zu tun, der nicht nur eine narzisstische Persönlichkeitsstörung, sondern außerdem Depressionen hatte.«

»Das ist nicht auszuschließen. In dem Fall könnte er suizidal sein. Sein Größenwahn hat sich wahrscheinlich aus einem Minderwertigkeitsgefühl entwickelt. Antidepressiva verstärken den Wahn in den meisten Fällen.«

»Viel weiter bringt uns das erst mal nicht«, sagte Martin, und es klang etwas enttäuscht.

»Leider kann ich nur mit den Fakten arbeiten, die mir zur Verfügung stehen. Alles andere wäre unseriös.«

In der nächsten halben Stunde beantwortete er viele Fragen.

»Wie schätzen Sie sein weiteres Vorgehen ein?«, wollte die Staatsanwältin abschließend wissen.

»Er hat eine Todesliste. Also wird er weitermorden. Erst wenn die Polizei ihn stoppt, hört das auf. Normalerweise würde ich Ihnen raten, die Öffentlichkeit zu warnen, aber dadurch bekäme er die Aufmerksamkeit in den Medien, die er unbedingt haben will, und fühlt sich bestätigt. Das sollte man eigentlich vermeiden.«

KAPITEL 11

Der Hauptkommissar war sauer – stocksauer. Er stürmte morgens ins Büro seiner Teamkollegen und knallte die HAZ auf den Schreibtisch seiner Kollegin.

»Wer hat da nicht dichtgehalten?«

»Wovon redest du?«

Wortlos faltete er die Zeitung auseinander und schlug den Hannover-Teil auf, den er Pia reichte.

›Regisseur‹ hält nach drei Morden weiterhin die Fäden in der Hand«, las sie die Schlagzeile. »Polizisten sind Statisten in einem grausamen Spiel.« Sie überflog den halbseitigen Artikel, der sich mit den Morden befasste und in dem über das Motiv spekuliert wurde. Angeblich stammte die Information, dass der Verbrecher sich ›Regisseur‹ nannte, aus einer zuverlässigen Quelle. »Du denkst, einer von uns hat mit der Presse gesprochen?«

»Irgendwie muss durchgesickert sein, wie er sich nennt.« Er hob die Hände, als sie zu einem Protest ansetzte. »Ich meine nicht dich oder Martin. Wahrscheinlich hat das einer aus der SOKO unbeabsichtigt ausgeplaudert. Dadurch fühlt sich unser Täter bestimmt richtig gut – und bestätigt. Am Ende inspiriert ihn das zu neuen Inszenierungen.«

In der Senioren-WG stand Conrad, nur mit Boxershorts bekleidet, im Schlafzimmer vor dem Spiegel und betrachtete mit kritischem Blick seinen Bauchansatz. Er bewohnte mit seiner Lebensgefährtin die zweite Etage der linken Hausseite. Direkt unter ihnen hatte sich Elisabeth eingerichtet; im Erdgeschoss war der General eingezogen. Auf der gleichen Ebene befanden sich die Küche sowie Wohn- und Arbeitszimmer des Hausherrn. Charlotte wohnte auf der rechten Seite in der ersten Etage in den ehemaligen Räumen von Philipps Tochter, und sein Schlafzimmer lag darüber.

Nachdem er sich angekleidet hatte, ging Conrad nach nebenan in den Wohnraum seiner Etage. Anneliese saß in einem Sessel und las die E-Paper-Ausgabe der HAZ auf ihrem Tablet.

»Ich habe einen Entschluss gefasst, Liesel.«

Fragend schaute sie zu ihm auf.

»Ab morgen werde ich jeden Tag schwimmen gehen.«

»Aha.« Sie war mit ihren Gedanken nicht ganz bei der Sache. Der Artikel über den ›Regisseur‹ beunruhigte sie. »Warum denn?«

»Weil ich was für meine Figur tun muss. Und für meine Gesundheit. Ellis Backkünsten kann ich nicht widerstehen. Also muss ich Gegenmaßnahmen ergreifen.«

»Mach das.«

»Du findest mich also zu dick.«

»Passt schon.«

»Es wäre aber einfacher, wenn ich so schlank wie Philipp wäre. Der kann essen, was er will, ohne zuzunehmen. – Und er macht überhaupt keinen Sport – außer Radfahren.«

»Er ist halt ein ganz anderer Typ.«

»Du fändest es also besser, wenn ich genauso wäre.«

»Nein. Du bist du und er ist er.«

»Und wenn …«

»Conrad«, fiel sie ihm ins Wort. »Wird das eine verschleppte Midlife-Crisis? Meinetwegen kannst du gern bleiben, wie du bist. Und wenn du ein bisschen abnehmen möchtest, gehst du eben täglich schwimmen. So einfach ist das.«

»Würdest du mich begleiten?«

»Aber nicht jeden Tag.«

Er unterdrückte ein Grinsen.

»Warum nicht?«

»Weil ich kein Bewegungs-Junkie bin.« Sie legte das Tablet auf den Tisch und stand auf. »Lass uns nach unten gehen. Die anderen warten mit dem Frühstück auf uns.«

Um sich ein genaues Bild von den Leichenfundorten zu machen, beschloss Charlotte, sich vor Ort umzusehen. Sie wollte verstehen, aus welchem Grund der Täter diese Plätze gewählt hatte. Bei Pastor Rugard war ein Zusammenhang zu einer Kirche leicht herzustellen. Bei Enak Flachsbarth gelang ihr das nicht.

Beim Mittagessen schlug sie ihren Mitbewohnern einen Spaziergang im Georgengarten vor. Man müsse die goldenen Oktobertage und das ungewöhnlich milde Wetter ausnutzen, bevor der graue, regnerische November käme, in dem man sich lieber vor dem Kamin aufhielte. Außerdem wollte sie die Herbststimmung mit der Kamera einfangen. Das entsprach sogar der Wahrheit. Allerdings plante sie, zusätzlich ein paar Aufnahmen von der Bank in der Nähe der Augustenbrücke zu schießen, auf der man den ersten Toten gefunden hatte.

So stiegen sie am Nachmittag in ihre neue Gemeinschaftsanschaffung, einen Hyundai H1 Travel. In diesem

Fahrzeug fanden bis zu acht Personen Platz und der Rollstuhl konnte bequem transportiert werden. Philipp lenkte den Wagen bis zu dem kleinen Parkplatz in der Nähe des Wilhelm-Busch-Museums. Von dort aus gingen sie zu Fuß in den Georgengarten. Charlotte fotografierte die großen alten Bäume, die ein buntes Herbstkleid trugen. Auch Philipp hatte seine Kamera dabei, mit der er nicht nur Naturmotive im Park aufnahm, sondern einige Fotos von seinen Mitbewohnern – besonders von Charlotte – machte. Als sie es bemerkte, nahm sie ihn mehrmals ins Visier. Bald erreichten sie den großen Teich, auf dem nicht nur Enten und Gänse, sondern vereinzelte goldgelbe Blätter schwammen. Zwei mächtige Trauerweiden am Ufer verwehrten den Blick auf die Augustenbrücke. Charlotte erkannte die Parkbank am Weg sofort, von der eine Aufnahme an der Pinnwand im Präsidium hing. Im Näherkommen schoss sie einige Fotos. Offenbar hatte sich ein Sprayer hier ausgetobt. Die gesamte Bank bedeckten Schriftzeichen in Grün, Violett, Rosa und Türkis, die für den Betrachter wenig Sinn ergaben. An der Lehne flatterte ein Streifen des rot-weißen Absperrbandes, auf dem ›Polizeiabsp‹ zu lesen war. Der Rest war weggerissen und in den danebenstehenden Papierkorb gestopft worden. Während ihre Begleiter dem Treiben der Wasservögel zuschauten, setzte sie sich nach kurzem Zögern auf die Bank und schaute über den Teich zum Leibniztempel hinüber. Zwischen den Säulen brach sich das Sonnenlicht und er spiegelte sich mit umstehenden Bäumen malerisch im Wasser. Sie hob die Kamera und betätigte mehrmals den Auslöser. Danach erhob sie sich sofort und wandte sich nach rechts. Über der schmalsten Stelle des Teichs spannte sich die Bogenbrücke, die mit ihrer Reflexion im Teich ein beliebtes Motiv darstellte. Charlotte steuerte darauf zu und bemerkte erst, dass Philipp ihr gefolgt war, als er nach ihrer Hand griff. Er führte sie bis zu einem Pfahl, der mit bunter Wolle versehen war. Zwischen gehäkelten roten Herzen war ein Schild eingearbeitet, auf dem stand: ›Liebespaare bitte hier küssen‹. Mit Lausbubenmiene nahm er sein Sternchen in die Arme und küsste es zärtlich. Danach führte er Charlotte auf die Augustenbrücke und bat sie, sich an das kunstvolle, mit Blüten verzierte Metallgeländer zu stellen. Sie tat ihm den Gefallen, lehnte sich dagegen und lächelte strahlend in die Kamera. Unterdessen kamen auch Anneliese und Conrad der Aufforderung zum Kuss nach.

Sie spazierten eine knappe Stunde durch den Park – bis der General Kaffeedurst meldete. Ein plausibler Grund, zu ihrem Wagen zurückzukehren. Philipp kutschierte seine Mitbewohner auf direktem Weg zum Restaurant »Radieschen«, das in der Nähe der Herrenhäuser Gärten idyllisch in der Steintormasch lag. Nachdem sie sich dort gestärkt hatten, fuhren sie an der Gracht entlang zurück nach Hause.

Als die anderen hineingingen, fasste Philipp nach Charlottes Arm.

»Warte mal, Sternchen.«

Fragend wandte sie sich zu ihm um.

»Das war ein schöner Nachmittag. Der Spaziergang hat uns allen gutgetan.« Sein wissender Blick suchte ihre Augen. »Wie sehen denn deine Pläne für morgen aus? Vielleicht sollten wir uns zur Abwechslung etwas Historisches anschauen. Beispielsweise die Aegidienkirche.«

Charlotte fragte sich, warum ihr bei der Planung des Ausflugs nicht klar gewesen war, dass Philipp ihr auf die Schliche kommen würde.

»Als Kind war ich oft mit meinen Eltern im Georgengarten – und später mit meiner Familie. Mich hat einfach interessiert, wieso jemand einen Menschen erst äußerst brutal umbringt und den Toten danach an einem so wundervollen Ort platziert.«

»Hast du rausgefunden, was sich der Täter dabei gedacht haben könnte?«

»Leider nicht.«

»Für ihn macht das bestimmt Sinn.« Er legte den Arm um ihre Schultern. »Können wir es dabei belassen?«

Zustimmend nickte sie.

Im Präsidium saß Hannes mit dem Rücken zu seinem Schreibtisch auf dem Drehstuhl und starrte nachdenklich auf die Pinnwand. Er hatte sich die Fotos bestimmt hundertmal angesehen und mehrmals die Berichte der Kriminaltechnik und des Rechtsmediziners gelesen – ohne auch nur einen Schritt voranzukommen. Die Spurensicherung hatte weder an den Fundorten noch in den Wohnungen der Opfer etwas Verwertbares gefunden. In den Obduktionsprotokollen waren bei den ersten beiden Toten ähnliche Verletzungen aufgeführt. Nur das zerschlagene Gesicht des Psychologen wich davon ab. Der Reporter war, wie vermutet, mit großem Kraftaufwand erschlagen worden. Die Herkunft der Tageszeitung, die beim Toten gefunden wurde, konnte nicht geklärt werden. Möglicherweise hatte der Verbrecher sie ganz früh am Hauptbahnhof erstanden. In den Zeitungsshops erinnerte sich niemand an einen auffälligen Kunden. Auch die Sichtung der Aufnahmen von den 160 Überwachungskameras im Bahnhofsgebäude und an den Gleisen brachte keine neuen Erkenntnisse. Die Nachfragen bei den Tankstellen, die zeitig die aktuellen Ausgaben der Tageszeitungen geliefert bekamen, ergaben ebenfalls keinen Treffer. Da es keine Hinweise auf das Aussehen des Täters gab, waren alle Bemühungen zum Scheitern verurteilt.

Auf der Suche nach gemeinsamen Fällen der Toten kämpften sich nebenan Pia und Martin seit Tagen durch Aktenberge. Die anderen Kollegen der SOKO befragten Nachbarn der drei Ermordeten, Anwohner der Fundorte und jeden, der irgendwie mit den Männern zu tun gehabt haben könnte.

Als es an der Tür klopfte, drehte sich Hannes in seinem Stuhl herum.

»Ja?«

Benno Winkler von der Kriminaltechnik kam herein.

»Wir haben was. Das Mobilphone von Flachsbarth wurde eingeschaltet.«

Sofort sprang der Hauptkommissar auf.

»Habt ihr es lokalisiert?

»Das Signal kommt vom Gelände der Uni. Ich schicke es euch aufs Handy.«

»Okay! Danke, Benno.«

Mit zwei Schritten war Hannes an der Verbindungstür und öffnete sie. Kurz informierte er Pia und Martin, die alles stehen und liegen ließen und ihrem Chef hinausfolgten.

Über Lavesallee, Leibnizufer und Nienburger Straße erreichten sie innerhalb von zehn Minuten das imposante Welfenschloss, das Hauptgebäude der Leibniz-Universität. Auf einem Sockel inmitten einer Grünfläche vor der Hochschule stand das bronzene Niedersachsenross in stolzer Pose auf seinen Hinterhufen. Zahlreiche Studenten hasteten daran vorbei.

»Laut Profil ist der ›Regisseur‹ zwischen 40 und 50«, sagte Martin. »Hier laufen nur junge Leute rum. Anscheinend hat sich der Professor geirrt.«

»Das glaube ich nicht«, sagte Pia, während sie den Bereich, auf dem der rote Punkt auf ihrem Handydisplay blinkte, mit der Umgebung abglich. »Der ist eine Koryphäe auf seinem Gebiet. – Wir müssen nach rechts.«

Sie ließen den Eingangsbereich mit den Löwenstatuen links liegen und liefen am Audimax vorbei zur Rückseite der Uni in den Welfengarten. In der parkartigen Anlage hielten sich viele junge Leute auf. Pia deutete zu einer Gruppe aus etwa acht Studenten, die in Teichnähe zusammenstanden.

»Einer von denen müsste es sein. Warten wir auf die Verstärkung?«

»Das dauert zu lange«, entschied Hannes. »Inzwischen entwischt er uns womöglich. Wir nehmen sie von drei Seiten in die Zange.«

Sie näherten sich der Gruppe aus verschiedenen Richtungen.

Der Hauptkommissar zückte seinen Dienstausweis und trat als Erster zu der Gruppe.

»Kriminalpolizei. Ihre Ausweise bitte.«

Sofort wirbelte einer der jungen Männer herum und lief los. Pia heftete sich an seine Fersen; Martin verfolgte ihn von der anderen Seite. Sie rannten an einer riesigen Trauerweide vorbei über die Lavesbrücke, liefen zwischen hohen Bäumen und Büschen weiter. Während Martin an dem Flüchtenden dran blieb, jagte Pia quer über den Rasen und schnitt ihm den Weg ab.

»Stehenbleiben!«, rief sie, als sie ihn fast erreicht hatte, aber er reagierte nicht. Mit einem Sprung hechtete sie nach seinen Beinen und brachte ihn zu Fall. Sie setzte sich rittlings auf ihn, drehte seine Arme nach hinten und legte ihm Handschellen an. Atemlos kam Martin dazu, worauf sich Pia aufrappelte. Sie erntete ein anerkennendes Grinsen des jüngeren Kollegen.

»Mitkommen!«, sprach der Kommissar den am Boden liegenden Mann an und zog ihn hoch.

Zusammen führten sie ihn über die Grasfläche, wobei sie von allen Seiten neugierig gemustert wurden. Einige Studenten bannten diese Szene auf ihr Handy. Hannes ging zum Parkplatz voraus, auf dem soeben ein Mannschaftswagen der Polizei hielt. Nach kurzem Wortwechsel übernahmen die Beamten den vorläufig Festgenommenen.

Da gegen den jungen Mann bislang nur ein Anfangsverdacht vorlag, durfte er im Präsidium nicht erkennungsdienstlich behandelt werden. Es hatte lediglich eine Identitätsfeststellung stattgefunden. Seitdem schmorte er in Anwesenheit eines Polizisten im Vernehmungsraum. Hannes, Pia und Martin beobachteten ihn durch die große Glasscheibe, ohne selbst von ihm gesehen zu werden. Sie warteten auf die Staatsanwältin und den Professor. Der Hauptkommissar hatte ihn telefonisch hergebeten, weil er ihn bei der ersten Befragung für eine Einschätzung dabeihaben wollte.

Frau Dr. Pauli und Philipp trafen fast gleichzeitig ein. Nach einer kurzen Begrüßung betraten Hannes und Pia den Vernehmungsraum und setzten sich dem Studenten gegenüber.

Der Hauptkommissar legte eine Beweismitteltüte, in der sich das Telefon des toten Psychologen befand, auf den Tisch. Unterdessen schlug Pia einen Aktendeckel auf, der die Personalien des Festgenommenen enthielt: Jon Wiencke, geboren in Gehrden, 22 Jahre alt, Mathematik- und Informatikstudent im fünften Semester.

»Warum halten Sie mich hier fest?«, fragte er gereizt. »Ich habe nichts verbrochen.«

Völlig ruhig schaute Hannes ihn an.

»Sagt Ihnen der Name Enak Flachsbarth etwas?«

»Nie gehört.«

Der Hauptkommissar deutete auf das eingepackte Handy. »Erklären Sie mir mal, warum Sie sein Mobiltelefon bei sich hatten.«

Unruhig rutschte der junge Mann auf seinem Stuhl herum.

»Wann waren Sie das letzte Mal im Georgengarten?«

»Keine Ahnung. Ist 'ne Weile her.«

»Obwohl der direkt gegenüber der Uni liegt?«

Wiencke zuckte die Schultern.

»Sie wohnen zur Untermiete in der Emdenstraße«, übernahm Pia. »Gehen Sie zu Fuß zur Uni?«

»Ich fahre mit dem Rad.«

»Der kürzeste Weg führt laut Karte durch den Georgengarten. Ich wette, wenn wir Ihre Kommilitonen befragen, bestätigen die, dass Sie diese Strecke nehmen.«

»Na und? Ist ja kein Verbrechen.«

»Hören Sie mir mal gut zu«, verlangte Hannes. »Sie hatten heute Cannabis dabei. 28 Gramm, um genau zu sein. Letztes Jahr haben Sie das erste Mal gegen das Betäubungsmittelgesetz verstoßen. Diesmal kommen Sie nicht mit einem blauen Auge davon. Dafür werde ich sorgen.« Eindringlich blickte er den jungen Mann an. »Also noch mal: Woher kannten Sie Flachsbarth? Hatten Sie mal Ärger mit dem Jugendamt? – Antworten Sie! Wir kriegen es sowieso raus!«

»Fuck, ich kannte den nicht! Das Handy habe ich gefunden.«

»Wo?«

»Nicht weit von der Uni. An der Straßenbahnhaltestelle Schneiderberg. Hab mich da morgens mit einem Kumpel getroffen. War 'n Samstag. Wir sind nach Leverkusen gefahren. 96 hat da gespielt.«

»Warum haben Sie das Telefon erst heute eingeschaltet?«

»Weil der Akku leer war und ich kein Ladekabel für das Teil hatte. Musste ich erst besorgen.«

»Das sollen wir Ihnen glauben?« Aus zusammengekniffenen Augen musterte Pia ihn. »Das Telefon gehörte dem Toten aus dem Georgengarten. Haben Sie es ihm nach dem Mord abgenommen?«

»Nein, verdammt!«

»Warum haben Sie das Handy nicht abgegeben?«

»Ich wollte erst mal testen, ob es funktioniert. Vielleicht hätte ich rausgekriegt, wem es gehört, und Finderlohn kassiert.«

Hannes gab Pia ein Zeichen. Daraufhin verließen sie den Vernehmungsraum. Nebenan saß die Staatsanwältin mit Philipp und Martin.

»Und?«, fragte Hannes. »Was denken Sie?«

»Der Herr Professor hat nach zwei Minuten gesagt, dass Wiencke nicht unser Täter ist«, erwiderte Frau Dr. Pauli. »Zuerst war ich skeptisch, aber inzwischen bin ich der gleichen Meinung.«

Mit einem Seufzer lehnte sich der Hauptkommissar gegen die Wand. Die Worte der Staatsanwältin deckten sich mit seiner Einschätzung.

»Es wäre ja auch zu schön gewesen. Mehr als Fundunterschlagung und Verstoß gegen das Betäubungsmittelgesetz können wir ihm nicht nachweisen.« Er gab das Mobiltelefon des Toten an Martin weiter. »Unsere Spezialisten sollen sich das mal genauer ansehen. Vielleicht finden Sie irgendeinen Hinweis darin.«

»Benno hat gerade angerufen.« Martin schob sein Tablet zu ihm hinüber, um ihm zu zeigen, was der Kollege von der Kriminaltechnik entdeckt hatte. Auf dem Display war eine Videosequenz von der Festnahme des Studenten zu sehen. »Das geistert bereits durch die sozialen Medien.«

»Mit den wildesten Spekulationen«, fügte Hannes hinzu, als er einige Kommentare gelesen hatte. »Okay, das ist nicht mehr zu ändern. Wir müssen ganz von vorn anfangen.«

»Wahrscheinlich hat der ›Regisseur‹ das Handy des Toten absichtlich an der Haltestelle deponiert«, sagte Philipp. »Er wird darauf spekuliert haben, dass der Finder es nicht zur Polizei oder ins Fundbüro bringt.«

»Der Mistkerl wollte uns auf eine falsche Fährte locken«, schloss sich Pia an. »Vermutlich hat er das Video längst gesehen. Er ist schlau genug, die richtigen Schlüsse daraus zu ziehen.«

Frustriert stimmte der Hauptkommissar ihr zu.

»Und wir stehen wie die Deppen da.«

KAPITEL 11,5

Nun hat sich meine Hoffnung erfüllt. Der Tod des Reporters hat also tatsächlich etwas bewirkt. Die Presse hat die Polizei an den Pranger gestellt. Endlich! Nun weiß die Öffentlichkeit, dass ich für die drei Toten verantwortlich bin. Es war ein geschickter Schachzug von mir, Plaschke aus dem Weg zu räumen. Er war genauso ein Versager wie die beiden Männer auf meiner Liste, die ich zuerst bestraft habe. Hoffentlich werden die Presseleute nun richtig recherchieren und tiefer graben. Sie müssen weit in die Vergangenheit zurückgehen. Bestimmt wollen sie wissen, warum ihr freier Mitarbeiter durch meine Hand sterben musste. Irgendwann begreifen sie vielleicht die Zusammenhänge, erkennen, wie inkompetent die Toten waren – alle drei! Die Unfähigkeit der Polizei hat die Handyaktion gezeigt. Auch in dieser Hinsicht hat sich meine Hoffnung erfüllt. Die haben sich komplett zum Narren gemacht und sich dabei sogar filmen lassen. Der »Regisseur« taucht seitdem öfter in den Medien auf. Darüber bin ich besonders froh. Ob die Presse diesen Namen durch den Brief an den Reporter erfahren hat? Oder gibt es bei der Polizei eine undichte Stelle? Möglicherweise hat Plaschke vor seinem Tod einen Kollegen eingeweiht. Obwohl er umgehend zur Polizei gelaufen ist, wollte er sich diese großartige Story sicher nicht entgehen lassen. So dumm war er nicht. Wahrscheinlich hat er Kopien angefertigt. Das kann mir nur recht sein. Die ganze Stadt soll mich fürchten! Jeder, der die Toten gut kannte oder beruflich mit ihnen zu tun hatte, soll Angst haben, dass er auf meiner Liste steht. Allen soll klar werden, dass ich Herr über Leben und Tod bin. *Ich* bestimme den Spielverlauf. Denn ich bin der ›Regisseur‹!

KAPITEL 12

Anneliese wartete ungeduldig darauf, dass Conrad mit seiner Schwimmtasche das Haus verlassen würde. Er saß an seinem Laptop und verglich Preise für Jahreskarten, Öffnungszeiten und Entfernungen.

»Ich habe mich für das ›aquaLaatzium‹ entschieden«, teilte er seiner Lebensgefährtin schließlich mit. »Das Schwimmbad liegt von hier aus am nächsten. Auch alles andere stimmt. Außerdem ist das Angebot groß: Schwimmhalle, Fitness, Sauna, Wellness, Massagen.«

»Sehr schön.«

»Wahrscheinlich kaufe ich ein Bonusband. Da zahlt man eine Einlage und erhält bei jedem Besuch Prozente auf den Preis. Wenn du mitkommst, gilt das für uns beide.«

»Prima.«

»Dann packe ich mal meine Tasche.«

»Mach das.«

»Hast du Lust, mich zu begleiten?«

»Vielleicht morgen.«

»Gut.«

Als Conrad das Haus verlassen hatte, tadelte sie sich, dass sie so kurz angebunden gewesen war. Sie liebte diesen Mann, und er empfand genauso für sie. Deshalb durfte er nicht erfahren, was sie vorhatte. Er würde sich unnötig sorgen und jede Menge Gründe finden, aus denen ihr Vorhaben gefährlich werden könnte. Außerdem hatte sie Charlotte versprochen, mit niemandem darüber zu reden. Daran würde sie sich halten. Ohne die Hilfe der Freundin wäre sie aufgeschmissen.

Wenige Minuten später klopfte sie eine Etage tiefer an Charlottes Tür.

»Komm rein«, ertönte es von drinnen, worauf sie die Klinke herunterdrückte und öffnete.

»Bist du fertig?«

»Gleich.« Die Freundin schlüpfte in die bequemen Stiefeletten und griff nach ihrer Umhängetasche. »Warum hat das so lange gedauert?«

»Du weißt, wie gründlich Conrad ist. Er musste erst sämtliche Schwimmbadangebote vergleichen. Schließlich hat er sich für das Altbewährte entschieden.«

Zusammen gingen sie die Treppe hinunter und warfen einen Blick in die Küche.

»Wir fahren zum Eichengrund und sehen nach dem Rechten«, wandte sich die Strick-Liesel an Elisabeth. »Zum Mittagessen sind wir zurück.«

»Herzliche Grüße an unsere ehemaligen Mitbewohner.«

»Werden wir ausrichten.«

Bevor Charlotte ihr Erstaunen über das eben gehörte Ziel kundtun konnte, zog Anneliese sie am Arm mit sich nach draußen.

»Du willst zum Eichengrund? Ich dachte, wir fahren zum Sonnenhof.«

»Zum Eichengrund«, sagte Anneliese, während Charlotte mit Hilfe der Fernbedienung ihren Wagen entriegelte. »Ich erzähle dir gleich, warum.«

»Da bin ich aber gespannt.«

Nachdem sie eine Weile schweigend unterwegs waren, warf Charlotte der Freundin einen kurzen Seitenblick zu.

»Warum Eichengrund?« Sie wusste natürlich, dass die Seniorenresidenz zur Stiftung gehörte und Anneliese als Vorsitzende dort einmal im Monat nachschaute, ob alles in Ordnung war, aber das hatte sie erst in der letzten Woche getan.

»Du hast gestern gesagt, dass es vielleicht hilft, in alten Unterlagen vom Sonnenhof zu stöbern, um jemanden zu finden, der mit den beiden Toten und mir in Verbindung steht. Deshalb habe ich meiner Nachfolgerin spätabends eine WhatsApp geschickt. Ich habe Grit gefragt, ob ich sie heute besuchen kann. Sie hat geantwortet, dass sie drei Wochen Urlaub in Griechenland macht.«

»Kann uns ihre Vertretung nicht weiterhelfen?«

»Die kenne ich leider nicht. Ich glaube kaum, dass sie mich an den Computer lassen würde.«

»Das erklärt aber nicht unsere Fahrt zum Eichengrund.«

»Ich habe die halbe Nacht über eine Alternative nachgedacht. Während Conrad neben mir ein paar Bäume abgeholzt hat, ist mir was eingefallen. Als ich vor anderthalb Jahren pensioniert wurde, musste ich aus meiner Dienstwohnung raus. Ich bin von dort aus in das Apartment im Eichengrund gezogen. Im Gegensatz zu der Vierzimmerwohnung musste ich meinen Kram nun in zwei Räumen unterbringen. Ein Umzugsunternehmen hat meine Sachen in die Residenz transportiert. Aus Platzmangel sind viele Kartons in den Keller gewandert.«

»Ich wusste gar nicht, dass es dort Kellerräume für Bewohner gibt.«

»Man kann sie zur Unterkunft dazumieten.«

»Ich ahne, was jetzt kommt«, sagte Charlotte lächelnd. »Als du in die WG gezogen bist, hast du die Kartons im Eichengrundkeller gelassen. Wer hätte dir das als Stiftungschefin verbieten sollen?«

»Gut kombiniert, Miss Marple«, neckte Anneliese die Freundin. »Erst als ich im Sommer nach einem Fotoalbum gesucht habe, weil Conrad unbedingt Jugendbilder von mir sehen wollte, bin ich auf die Kisten mit den alten Unterlagen aus dem Sonnenhof gestoßen.«

»Von denen du bis dahin nichts wusstest?«

»Vorher bin ich nie da unten gewesen. Ich hatte mich darauf verlassen, dass die Spedition nur meine Sachen mitgenommen hat. Offenbar haben sie den kleinen Kellerraum nebenan mit leergeräumt. Darin waren einige Kisten mit Unterlagen, die wir nach der segensreichen Erfindung des Computers nach und nach digital erfasst hatten. Eigentlich sollten sie irgendwann geschreddert werden, wurden aber schlichtweg vergessen.«

»Und du hast sie im Eichengrund gelassen.«

»Ich wollte mich längst um die Entsorgung kümmern, aber du weißt ja, wie das ist. Es kommt immer was dazwischen.«

»Wem sagst du das? Auch bei mir stehen unausgepackte Umzugskisten im Keller. Nach dem Tod meines Mannes habe ich unser Reihenhaus verkauft und mir was Kleineres gesucht. Von manchen Dingen konnte ich mich einfach nicht trennen. Wahrscheinlich werden mich meine Kinder verfluchen, wenn sie meinen Haushalt irgendwann auflösen müssen und auf die Leichen in meinem Keller stoßen.«

»Bei deiner guten Aufklärungsquote werden es nicht viele sein«, meinte Anneliese amüsiert. »Hoffentlich haben wir bei der Suche heute genauso viel Erfolg. – Selbst wenn wir mit dem Lesen der Akten wahrscheinlich gegen sämtliche Datenschutzrichtlinien verstoßen.«

Bald parkte Charlotte den Wagen vor der Seniorenresidenz. In der Lobby wurden sie freundlich von einem jungen Rezeptionisten begrüßt.

»Frau Grothe, Frau Stern – schön, Sie zu sehen.«

»Hallo, Herr Riedel.« Fragend schaute Charlotte ihn an. »Geht es Ihnen gut – und Ihrer Großmutter?«

»Es könnte nicht besser sein. Wir sind froh, dass wir uns haben, und verbringen viel Zeit zusammen.«

»Das freut mich.«

»Kann ich etwas für Sie tun?«

»Im Moment nicht«, sagte Anneliese. »Ich hole ein paar Sachen aus meinem Kellerraum. Vielleicht brauche ich später Hilfe, um sie ins Auto zu bringen.«

»Kein Problem. Sagen Sie einfach Bescheid.«

Im Präsidium herrschte seit Tagen eine angespannte Stimmung. Der Hauptkommissar hatte seinen jungen Kollegen am Morgen losgeschickt, weil er mit Gertrud Wüstenhagen, der ehemaligen Leiterin des Jugendamts, sprechen wollte. Vielleicht erinnerte sie sich an ein besonders dramatisches Ereignis während ihrer Dienstzeit. Martin sollte sie abholen, kam aber allein zurück.

»Die alte Dame war nicht zu Hause«, teilte er seinem Chef mit. »Der Nachbar hat sie seit ein paar Tagen nicht mehr gesehen, nur ab und zu Geräusche aus ihrer Wohnung gehört. Er hat mir die Telefonnummer der Tochter aufgeschrieben.« Martin kramte in seiner Jackentasche und zog einen kleinen, etwas zerknitterten Zettel hervor. »Ich rufe sie mal an.«

Ohne eine Antwort abzuwarten, ging er nach nebenan in sein Büro, in dem Pia sich seit Stunden durch alte Unterlagen kämpfte. Sie blickte ihn fragend an, aber er setzte sich wortlos an seinen Schreibtisch und wählte die notierte Nummer.

Während er telefonierte, widmete sich Pia der Akte, die vor ihr lag. Erst als das Wort »Vermisstenanzeige« fiel, horchte sie auf.

»Wer wird vermisst?«, fragte sie, als er das Gespräch beendete. Statt zu antworten, nahm er durch die große Glasscheibe Blickkontakt mit Hannes auf und gab ihm ein Zeichen, herüberzukommen. Als der Hauptkommissar in der Verbindungstür auftauchte, ließ Martin die Bombe platzen.

»Gertrud Wüstenhagen ist seit gestern verschwunden. Sie wollte nachmittags mit ihrem jüngsten Enkel in den Zoo gehen, ist aber nicht wie verabredet erschienen. Ihre Tochter hat heute Morgen eine Vermisstenanzeige aufgegeben.«

Betroffenes Schweigen. Jeder von ihnen wusste, was das Verschwinden der Frau bedeuten konnte.

Hannes vergrub die Hände in den Hosentaschen.

»Wir können wohl davon ausgehen, dass eine 73-Jährige nicht einfach ein paar Tage verreist, ohne ihre Familie davon zu unterrichten.«

»Ihre Tochter sagte, dass ihr Enkel ihr Ein und Alles ist. Sie hätte ihn nicht grundlos enttäuscht.«

»Wir dürfen keine Zeit verlieren. Nehmt euch alle zur Verfügung stehenden Kollegen und fangt mit den üblichen Ermittlungen an.« Er wandte sich an Martin: »Erkundige dich im Kommissariat, das die Vermisstenanzeige aufgenommen hat, was sie bislang in die Wege geleitet haben. Sie sollen uns weiterhin unterstützen. Die Krankenhäuser müssen zuerst abtelefoniert werden. Überprüft alle Polizeiberichte im fraglichen Zeitraum und die Unfallberichte. Zeitgleich müssen Nachbarn befragt werden. Wir benötigen Informationen, wann und wo Frau Wüstenhagen zuletzt gesehen wurde. Außerdem brauchen wir ihre Handydaten. Vielleicht hilft uns ein Bewegungsprofil weiter.«

»Sonst noch was?«

Hannes überlegte kurz.

»Für eine großflächige Suche haben wir keine örtlichen Anhaltspunkte, aber wir schreiben die Vermisste sofort zur Fahndung aus.«

»Öffentlichkeitsfahndung?«

»Noch nicht, Pia.« Er blickte in die Runde. »Wir glauben alle nicht an einen Zufall. Also gehen wir davon aus, dass sich die Frau in der Gewalt des ›Regisseurs‹ befindet. Wenn wir die Medien einschalten, erfährt er, dass wir sie suchen. Das könnte ihr Todesurteil sein.«

»Denkst du wirklich, dass wir sie lebend finden?«

Hilflos zuckte er die Schultern.

»Macht euch an die Arbeit. Ich fahre zu Frau Grothe. Sie kannte die Wüstenhagen bestimmt aus ihrer Zeit auf dem Sonnenhof. Vielleicht kann sie uns irgendwie weiterhelfen.«

Mit einem Reisstrohbesen fegte Elisabeth vorsichtig neben dem herbstlichen Arrangement aus Laterne, Kürbis und Blumenschale das bunte Laub vom Podest vor der Haustür. Dabei sah sie die silbergraue Limousine, die auf dem geschwungenen Weg aufs Haus zufuhr. Vor den Garagen stoppte der Wagen und der Hauptkommissar stieg aus.

Mit langen Schritten kam der Hüne auf die zierliche Seniorin zu.

»Hallo, Frau Seegers.«

»Guten Tag, Herr Bremer.«

Er deutete auf den Besen.

»Ist das nicht ein aussichtsloser Kampf gegen die Blätter?«

»Eigentlich wollte ich ein paar Flugübungen machen«, scherzte sie. »Damit ich für Halloween gerüstet bin.«

»Darf ich mal als Copilot mitfliegen?«

»Jederzeit. Dann müssen Sie sich aber gut an mir festhalten.«

»Mit dem größten Vergnügen.« Schmunzelnd warf Hannes einen Blick auf den ausgehöhlten Kürbis, in den jemand ein grinsendes Gesicht mit vielen Zahnlücken geschnitzt hatte. »Den Damen dieser WG traue ich inzwischen fast alles zu. Vergessen Sie aber bitte nicht, bei Nachtflügen für eine vorschriftsmäßige Beleuchtung zu sorgen.«

»Wir haben Stirnlampen«, parierte sie. »Möchten Sie zu Charlotte?«

»Zu Frau Grothe. Ist sie zu Hause?«

Elli nickte, lehnte den Besen gegen die Wand und zog ein Schlüsselbund aus der Tasche ihrer warmen Strickjacke. Nach dem Öffnen der Tür beschrieb sie eine einladende Geste.

»Kommen Sie rein, Herr Wachtmeister.«

Er trat ein und blieb in der Wohnhalle stehen.

»Einen Moment bitte, ich schaue mal, wo Liesel steckt.«

Während sie im Wohnzimmer verschwand, ging Hannes ein paar Schritte auf und ab. Er sah Charlotte und Philipp aus der Küche kommen.

»Bis nachher«, sagte sie und wandte sich nach rechts, worauf er flink nach ihrem Arm griff und sie zu sich heranzog.

»Hast du nicht was vergessen?«

»Wonach gelüstet es dich denn?«

»Das verrate ich dir heute Abend. Aber ein kleiner Vorgeschmack könnte nicht schaden.«

Sie beugte sich etwas vor und tupfte einen Kuss auf seinen Mund.

»Mehr gibt es vorläufig nicht, Herr Professor. Sie sollen in ein paar Tagen einen Vortrag halten, der erst halb fertig ist. Darauf müssen Sie sich konzentrieren.«

»Musst du immer so vernünftig sein, Sternchen?« Er sah Hannes, der zögernd hinter ihr näher trat. »Wir haben Besuch.«

Charlotte drehte sich herum und hob überrascht die Brauen.

»Hannes, wo kommst du denn her?«

»Frau Seegers hat mich reingelassen, aber ich wollte das junge Glück nicht stören.«

Sie ahnte, was in ihm vorging. Der Freund sehnte sich nach einer beständigen Beziehung.

»Irgendwann triffst du die Richtige.«

Ihm war klar, dass er vor ihr nichts verbergen konnte. Sie kannte ihn einfach zu gut.

»Du wolltest mich ja nicht.«

»Du mich auch nicht«, ging sie darauf ein. »Weil du nicht auf alte Schachteln stehst.«

»Aber auf kluge Frauen mit Lebenserfahrung. Ich habe vorhin bereits mit Frau Seegers geflirtet.«

Wie aufs Stichwort kam Elisabeth zurück.

»Herr Bremer möchte Anneliese sprechen. Wisst ihr, wo sie steckt?«

»Wahrscheinlich im Stiftungsbüro«, sagte Charlotte. »Ich hole sie.«

Als sie mit der Freundin heraufkam, hörten sie die Stimmen der anderen aus der Küche. Bei ihrem Eintreten stand der Hauptkommissar auf und reichte Anneliese die Hand.

»Hoffentlich störe ich nicht bei etwas Wichtigem, Frau Grothe. Uns brennt die Zeit unter den Nägeln. Vielleicht können Sie uns mit ein paar Auskünften weiterhelfen.«

»Wenn ich kann – gerne«, erwiderte sie und setzte sich neben Philipp. Charlotte nahm an der Stirnseite des Tisches Platz. »Worum geht es?«

Sekundenlang lauschte er auf das Blubbern der Kaffeemaschine. Er hatte sich gegen ein Einzelgespräch entschieden. Die anderen waren wahrscheinlich sowieso auf dem Laufenden.

»Wir prüfen zurzeit sämtliche berufliche Verbindungen zwischen den beiden Toten. Dabei ist völlig unklar, wie weit wir zurückgehen müssen: 20 Jahre, 30 oder 40? Dem Profil nach könnte der ›Regisseur‹ der Vater eines Kindes sein, das in Obhut genommen wurde. Vielleicht hat er es missbraucht oder sonst wie misshandelt, saß im Gefängnis, hat keine Familie mehr und ist nun auf eine späte Rache aus.«

»Oder er wurde als Kind Opfer solcher Taten und deshalb aus der Familie genommen«, fügte Anneliese hinzu. »Er könnte das Erlebte jahrelang verdrängt haben.«

»Irgendein Ereignis – möglicherweise der Tod eines Elternteils – könnte der Auslöser für die zurückgekehrte Erinnerung sein«, vollendete Philipp. »Das muss für ihn so unerträglich sein, dass er glaubt, alle Beteiligten von damals bestrafen zu müssen.«

»Wir gehen erst mal von einer der beiden Vater-Kind-Szenarien aus, weil sie am wahrscheinlichsten sind. Dadurch ist die Anzahl der eventuell Betroffenen, die wir überprüfen müssen, enorm hoch. Das Gleiche gilt für die vielen Mitarbeiter vom Jugendamt, die in all den Jahren dort gearbeitet haben. Wir müssen rausfinden, ob einer von ihnen möglicherweise gefährdet ist.« Er lächelte Elisabeth dankend zu, die einen Pott Kaffee vor ihm abstellte, und wandte sich direkt an Anneliese. »Fällt Ihnen jemand ein, der über einen längeren Zeitraum mit Flachsbarth und Rugard zusammengearbeitet hat?«

»Die alte Taube«, entschlüpfte es Anneliese, was sie sofort bedauerte. »Tut mir leid, das ist ein Spitzname. Ich meinte Gertrud Wüstenhagen. Sie war Sachgebietsleiterin beim Amt für Jugend und Familie.« Sie dachte kurz nach. »Etwa 20 Jahre lang.«

»Seit wann ist sie im Ruhestand?«

»Seit acht Jahren.« Sie sprach nicht weiter, als Conrad und Albert, vom Kaffeeduft angelockt, in die Küche kamen. Erst nachdem beide mit einer Tasse versorgt waren, konzentrierte sich Anneliese wieder auf das Gespräch. »Wir haben sie letzte Woche auf dem Oktoberfest getroffen. Sie war mit ihrem Enkel dort.«

»Hat sie irgendwas gesagt? Womöglich, dass sie sich bedroht fühlt?«

»Leider haben wir nur kurz miteinander gesprochen. Sie fragte mich, ob ich von den Morden gehört hätte und wie schrecklich das alles ist. – Danach hat sie mit Philipp geredet.«

Verwundert wechselte sein Blick zu ihm.

»Sie kennen die Frau?«

»Manchmal hatte ich mit ihr zu tun«, bestätigte Philipp und erzählte, unter welchen Umständen.

»Warum haben Sie uns nicht längst gesagt, dass Sie beruflich mit Flachsbarth in Berührung gekommen sind, Professor?« Der Vorwurf in Hannes' Stimme war nicht zu überhören.

»Weil es für diesen Fall nicht relevant ist«, erwiderte Philipp völlig ruhig. »Wir hatten genau viermal miteinander zu tun. Pastor Rugard kannte ich gar nicht. Es ist also nicht wahrscheinlich, dass ich auf der Todesliste stehe.«

Charlottes Augen weiteten sich erschrocken. Sie hatte immer nur befürchtet, dass Anneliese in Gefahr sein könnte, aber nicht Philipp.

Er bemerkte ihre Reaktion und griff über den Tisch hinweg nach ihrer Hand.

»Sei unbesorgt, Sternchen. Ich habe mir die vier Gutachten und die dazugehörigen Akten genau angesehen. Es deutet absolut nichts darauf hin, dass es da einen Zusammenhang gibt.«

Abrupt entzog sie ihm ihre Hand. Sie hatte sich die ganze Zeit aufs Zuhören und Beobachten beschränkt. Nun brodelte es in ihr.

»Und das erfahre ich mal eben so ganz nebenbei? Warum redest du nicht mit mir?«

»Ich wollte dich nicht beunruhigen.«

»Du wolltest, dass ich überhaupt nichts über diesen Fall erfahre!«

»Komm wieder runter, Charly«, sagte Hannes, der zwischen ihnen vermitteln wollte. »Es ist ganz normal, wenn ...«

»Halt du dich da raus!«, fuhr sie ihn an. »Verschweigst du uns etwa nichts? Du redest die ganze Zeit um den heißen Brei herum. Irgendwas ist passiert. Und es hat mit dieser Frau Wüstenhagen zu tun, auf die du rein zufällig das Gespräch gelenkt hast. Was ist mit ihr? Habt ihr sie irgendwo tot aufgefunden?«

Aller Augen richteten sich auf den Hauptkommissar, der überlegte, wie er reagieren sollte. Um Zeit zu gewinnen, setzte er die Tasse an die Lippen. Er war angenehm überrascht, dass der Kaffee genau so schmeckte, wie er ihn mochte – mit viel Milch und wenig Zucker. Offenbar funktionierte das Gedächtnis von Frau Seegers ausgezeichnet.

»Also gut«, sagte er schließlich und schaute Charlotte an. »Dir konnte ich ja noch nie was vormachen.« Nach einem Blick in die Runde fuhr er fort: »Ich verlasse mich darauf, dass alles, was hier besprochen wird, unter uns bleibt. Gertrud Wüstenhagen ist seit gestern spurlos verschwunden. Wir müssen davon ausgehen, dass der ›Regisseur‹ sie in seiner Gewalt hat.«

»Wie furchtbar.« Anneliese war sichtlich geschockt. »Und ich habe vorhin diesen blöden Spruch gemacht. Das tut mir wirklich leid.«

»Noch haben wir keine gesicherten Erkenntnisse«, versuchte Hannes sie zu beruhigen. »Sie könnte sich eine Auszeit genommen haben und spontan ein paar Tage verreist sein.«

Das hielt die Strick-Liesel für ausgeschlossen.

»Sie war nie spontan. Bei ihr musste immer alles minutiös geplant und akribisch genau durchgeführt werden.«

»Wissen Sie sonst etwas über Frau Wüstenhagen, was uns weiterbringen könnte?«

»Über private Dinge hat sie nie gesprochen – jedenfalls nicht mit mir. Ich glaube, sie hat mich nie so richtig ernst genommen. Ich war ihr zu unkonventionell, zu flippig, wie sie das nannte.«

Conrad hatte genug gehört, um besorgt zu reagieren. Er sprach aus, was Charlotte und Philipp dachten.

»Diese Frau hatte zu allen Opfern Kontakt«, sagte er, wobei er den Hauptkommissar fixierte. »Das Gleiche gilt für meine Lebensgefährtin. Was werden Sie tun, um Anneliese zu schützen?«

»Nicht jeder, der irgendwann mal mit den Toten zu tun hatte, ist automatisch gefährdet.«

Ungläubig starrte Conrad den Hauptkommissar an.

»Soll das heißen, dass Sie nichts unternehmen?«

»Ehrlich gesagt, haben wir nicht genug Leute zur Verfügung, um allen eventuell infrage kommenden Personen einen Beamten vor die Tür zu stellen.« Aus ernsten Augen schaute er Anneliese an. »Wir können Sie aber in Schutzhaft nehmen, wenn Sie das möchten.«

»Das fehlte mir noch«, lehnte sie sein Angebot ab. »Ich passe selbst auf mich auf.«

Trotz der nun entflammenden Diskussion blieb sie bei ihrer Entscheidung.

Nachdem sie am Abend lange zusammengesessen hatten, verschwanden die WG-Bewohner nach und nach in ihren Räumlichkeiten. Für Philipp hatte sich bislang keine Gelegenheit ergeben, allein mit Charlotte zu sprechen. Er wusste, dass sie ihm sein Schweigen über die Möglichkeit, auf der Todesliste des ›Regisseurs‹ zu stehen, übelnahm. Deshalb hatte sie sich zurückgezogen, ohne auf ihn zu warten. Wahrscheinlich wollte sie allein sein, dachte er und stieg die Treppe zu seinem Schlafzimmer hinauf. Nach dem Duschen zog er eine dunkelblaue Pyjamahose und ein weißes T-Shirt an. Alles drängte ihn, zu Charlotte zu gehen, aber er fürchtete, nicht willkommen zu sein. Unruhig tigerte er vor dem Kleiderschrank auf und ab. Vor ein paar Wochen hatten sie sich im Internat Rabeneck in einer ähnlichen Situation befunden. Nach einer kleinen Auseinandersetzung hatten sie getrennt voneinander geschlafen, ohne sich zu versöhnen. Am nächsten Tag überschlugen sich die Ereignisse und er musste fürchten, sein geliebtes Sternchen nie wiederzusehen.

Charlotte putzte sich wie immer minutenlang die Zähne. Dabei stieg sie über das Frotteetuch, das wie so oft nach dem Duschen achtlos auf dem gefliesten Boden gelandet war. Mitten in der Bewegung hielt sie inne. Sie hatte sich vorgenommen, kein Chaos mehr um sich herum zu verbreiten – und sei sie noch so beschäftigt. Das hatte in den letzten Tagen sogar recht gut geklappt. Nun verfiel sie erneut in das alte Muster. Sie machte sich zu viele Gedanken, weil es zwischen Anneliese und den drei Toten eine Verbindung gab. Mittlerweile wurde sogar die ehemalige Leiterin des Jugendamts vermisst. Zu allem Überfluss hatte Philipp Kontakt mit ihr und einem der Opfer gehabt. Er hielt das für einen Zufall. Und wenn es nicht so war? Wenn er genauso in Gefahr schwebte wie Anneliese? Oder war die Freundin nur zufällig in diese Sache geraten? Gedankenverloren schüttelte Charlotte den Kopf. Sie glaubte nicht daran. Das passte alles viel zu gut zusammen. Bei Philipp konnte sie das nicht mit Bestimmtheit behaupten. War er wirklich sicher, dass er nicht auf dieser verflixten Todesliste stand, oder wollte er sie nur beruhigen? Mit der Zahnbürste im Mund bückte sie sich nach dem Duschtuch, hob es auf und hängte es über die Heizung. Warum glaubten Männer immer, man könne Frauen die Wahrheit nicht zumuten? Dass sie geschont werden mussten? Während sie ihre

Zahnpflege beendete, wurde ihr bewusst, dass sie Philipp ihren Ärger deutlich hatte spüren lassen, obwohl er es nur gut gemeint hatte. Vor einiger Zeit hatte sie sich geschworen, nie wieder in Unfrieden schlafen zu gehen, weil man nie wusste, was über Nacht passierte, ob man jemals die Gelegenheit bekäme, dem geliebten Menschen sein Verhalten zu erklären.

Jedes Geräusch vermeidend, trat Charlotte auf den Flur. Es war still im Haus. Ihre Mitbewohner schienen bereits zu schlafen. Auf jedem Treppenabsatz stand ein rundes Tablett mit unterschiedlich großen cremefarbenen Stumpenkerzen, die durch kleine LED-Lämpchen im Inneren erhellt wurden. Anneliese hatte diese gemütliche Dekoration für die dunkle Jahreszeit ausgewählt. Dadurch konnte man sich gut orientieren. So stieg Charlotte in ihren dicken Socken die Treppe hinauf. Auf halbem Weg kam ihr eine Gestalt entgegen. Im Näherkommen erkannte sie Philipp.

»Wo willst du denn so spät hin?«

»Zu dir«, antwortete er ebenso leise. »Und du?«

»Zu dir.«

»Das trifft sich gut.« Behutsam griff er nach ihrer Hand. »Komm.«

Er führte sie in sein Schlafzimmer und schloss die Tür. Erst im Licht der Nachttischlampe sah Charlotte, dass er sich seinen Laptop und das Oberteil seines Schlafanzugs unter den Arm geklemmt hatte.

»Was hast du damit vor?«

Mit treuherzigem Blick reichte er ihr die Pyjamajacke.

»Das Teil steht dir viel besser als mir. Immer wenn du es trägst, ist alles so harmonisch zwischen uns.«

Ohne zu zögern, schlüpfte sie hinein. In Kombination

mit knielangem hellgrünem Sleep-Shirt und roten Socken wirkte das etwas abenteuerlich, aber das war ihr egal.

»Es tut mir leid, dass ich so zickig war.«

»Das war meine Schuld.«

»Du wolltest mich nicht beunruhigen.«

»Trotzdem hätte ich mit dir darüber reden sollen.«

»Dann tu es jetzt.«

»Aus diesem Grund war ich statt mit Rosen ganz unromantisch mit meinem Laptop auf dem Weg zu dir.«

Er platzierte den Computer auf der Matratze und klappte ihn auf. Nach wenigen Mouse-Klicks erschien eine Übersicht auf dem Monitor.

»Schau dir das bitte mal an.«

Charlotte hockte sich vors Bett und zog das Notebook dichter heran. Philipp hatte die wichtigen Fakten aller vier Fälle aufgelistet. Bei den von ihm begutachteten Kindern handelte es sich durchweg um Mädchen, die missbraucht oder misshandelt worden waren. Der erste Fall lag elf Jahre zurück, der letzte vier. Die Opfer waren mittlerweile zwischen 15 und 8 Jahre alt und somit zu jung für diesen Rachefeldzug. Bei allen waren die Väter die Täter. Von ihnen war einer durch Suizid aus dem Leben geschieden, einer saß nach einem Unfall im Rollstuhl, ein weiterer hinter Gittern. Der vierte war nach Anordnung von Sicherheitsverwahrung in der Psychiatrie gelandet, wo er sich aufgrund negativer Prognosen bis dato befand.

Erleichtert klappte Charlotte den Laptop zu.

»Alles gut?«, fragte Philipp und half ihr auf.

Sie seufzte und lehnte sich an ihn.

»Danke. Jetzt bin ich beruhigt. – Jedenfalls, was dich betrifft.«

»Du sorgst dich um Anneliese.«

»Du nicht?«

»Doch.« Liebevoll drückte er sie an sich. »Vielleicht ist ihre Verbindung zu den Opfern aber wirklich nur Zufall. Ich kann mir jedenfalls nicht vorstellen, dass unsere Liesel in ihrem Job einen so gravierenden Fehler gemacht haben könnte, dass sich jemand dafür an ihr rächen will.«

»Das glaube ich auch nicht. Trotzdem werden wir alle erst ruhig schlafen, wenn der ›Regisseur‹ hinter Schloss und Riegel sitzt.«

»Wir müssen versuchen, das alles für eine Weile zu vergessen.«

»Anton wird uns auf andere Gedanken bringen. Holen wir ihn morgen zusammen aus dem Internat ab?«

»Wo du hingehst, da will auch ich hingehen.«

»Gut zu wissen.« Sie lächelte verheißungsvoll und griff nach seiner Hand. »Erst mal gehe ich in dein Bett.«

KAPITEL 13

Die Fahndung nach Gertrud Wüstenhagen lief auf Hochtouren. Landesweit war die alte Dame einer von vielen Vermisstenfällen. In Deutschland wurden täglich etwa 250 bis 300 Fahndungen neu erfasst und gegebenenfalls gelöscht.

Eine großangelegte Suchaktion konnte bislang nicht eingeleitet werden, da es keine Informationen über den letzten Aufenthaltsort der ehemaligen Jugendamtsmitarbeiterin gab. In ihrer Wohnung wurde ihr Handy gefunden, aber es konnten keine verwertbaren Spuren gesichert werden, die auf eine Entführung hingedeutet hätten. Daraus war zu schließen, dass die Frau von einem anderen Ort aus verschwunden war. Wahrscheinlich war sie zu Fuß unterwegs gewesen. Ihr Auto stand vor dem Haus, in dem sie wohnte. Der »Regisseur« könnte die Vermisste auf der Straße abgepasst und in einen Wagen gezerrt haben. Aber das waren nur Spekulationen. Es gab keine Zeugen. Alle Nachbarn in der kleinen Straße, in der sie wohnte, waren befragt worden. Niemand hatte etwas gesehen.

Im Hinblick auf den ermordeten Reporter sah es nicht besser aus. Sein Mailverkehr und seine Telefonverbindungen waren überprüft worden, hatten aber nichts Auffälliges ergeben. Er war beim Verlassen des Hauses von niemandem gesehen worden. Allerdings gab es dort eine Hintertür. Über den Hof konnte man auf das Nachbargrundstück bis zur Einfahrt einer Werkstatt gelangen und somit auf Umwegen die Straße erreichen. Es gab jedoch keinen Hinweis darauf, ob Plaschke überhaupt, und wenn ja, allein oder in der Gewalt des »Regisseurs« auf diesem Wege verschwunden war.

Die Ermittler gingen davon aus, dass der Mörder seine Opfer entführte und in ein Versteck brachte. Dort hielt er sie mindestens einen Tag lang gefangen. Da das genaue Datum des Verschwindens der ersten beiden Männer unbekannt war, wussten die Ermittler nicht, wie viel Zeit bis zum Auffinden ihrer Leichen vergangen war. Laut rechtsmedizinischem Gutachten war es eine Tatsache, dass er seine Gefangenen über einen längeren Zeitraum folterte, bevor er sie tötete. Offenbar ging er dabei nach Plan vor. Er arbeitete seine persönliche Todesliste ab. Seine Taten schienen gut vorbereitet zu sein. Selbst beim dritten, spontan ausgeführten Mord war er umsichtig vorgegangen. Ihm war nicht der kleinste Fehler unterlaufen, sodass die Polizei nach wie vor im Dunklen tappte. Sie kannte weder seine Identität noch die Namen der künftigen Opfer. Dass Gertrud Wüstenhagen die nächste Tote sein würde, war trotz allem nur Spekulation – obwohl vieles dafür sprach. Dieses Stochern in trüben Gewässern war für alle Mitarbeiter der SOKO frustrierend. Sie konnten nur hoffen, dass der »Regisseur« irgendwann unvorsichtig würde und eine Spur hinterließ. Aber wie viele Leichen würde es bis dahin geben?

Am frühen Nachmittag fuhren Charlotte und Philipp nach Rabeneck. Vor einigen Wochen hatten sie dort zur Aufklärung eines Falles um verschwundene Kinder beigetragen. Dabei hatte Charlotte einen elfjährigen Ausreißer kennengelernt und ins Herz geschlossen. Schon nach kurzer Zeit vertraute der Junge ihr und war sogar mit ihr gegangen, obwohl er befürchten musste, in einem Heim untergebracht zu werden. Mit seinem Einverständnis hatte Charlotte die Vormundschaft für ihn beantragt und ihn im Internat angemeldet, damit er unter Gleichaltrigen sein konnte. Finanziert wurde das durch ein Stipendium der Christa-Bernhardt-Stiftung, der Anneliese vorstand. Die Heimfahrtswochenenden verbrachte Anton in der WG, in der er sich sehr wohlfühlte.

Philipp stellte den Wagen auf dem Parkplatz vor dem Tor ab. Zu Fuß gingen sie über das Schulgelände. Auf der Höhe des alten Wehrturms trafen sie den Internatsleiter Michael Peters, der sie herzlich begrüßte.

»Wie macht sich Anton?« Obwohl Charlotte sich mehrfach danach erkundigt hatte, war sie wegen der dramatischen Vorgeschichte des Jungen stets etwas besorgt. »Gibt es irgendwelche Probleme?«

»Überhaupt nicht. Der Bub hat sich gut eingelebt. Im Unterricht hat er dank seiner raschen Auffassungsgabe keine Schwierigkeiten.«

»Das freut mich.«

Er verabschiedete sich mit den Worten, dass er einen Termin hätte, und eilte in Richtung Hauptgebäude. Hand in Hand gingen die Besucher weiter. Als sie schnelle Schritte von einem Nebenweg hörten, blieben sie stehen. Im nächsten Moment schlang Anton die Arme um Charlottes Taille und schmiegte sich an sie. Er hatte seinen Rucksack geschultert und sein Käppi in der Hand.

»Hallo, mein Junge.« Liebevoll zauste sie seinen Lockenkopf. »Woher weißt du, dass wir schon da sind?«

»Du hast am Telefon gesagt, dass ihr ungefähr um zwei kommt. Deshalb habe ich mich zehn Minuten vorher bei Frau Brandt abgemeldet und bin nach oben zu den Physikräumen gegangen. Vom Flurfenster kann man bis auf den Parkplatz gucken.«

Wohlwollend schaute Philipp ihn an. Er mochte diesen aufgeweckten Jungen.

»Anscheinend konntest du es kaum erwarten.«

»Bist du etwa nicht gern mit Charly zusammen?«, lautete seine schlagfertige Antwort. »Es ist wirklich toll hier. Aber ich freue mich, wenn ich bei euch sein darf.«

»Uns geht es genauso. Tage vorher diskutieren wir bereits darüber, was wir zusammen unternehmen könnten. Conrad überlegt, was er kochen soll, wenn du da bist, und Elli wühlt sich durch ihre Backrezepte, auf der Suche nach einem Kuchen, der dir am besten schmecken könnte.«

»Und das alles wegen mir?« Zuerst schien er erfreut darüber. Er war es nicht gewohnt, dass jemandem sein Wohlergehen am Herzen lag. Ihm war aber bewusst, welche Folgen das haben konnte. »Ihr müsst das nicht für mich machen. Irgendwann wird euch das zu viel und ihr seid froh, wenn ich im Internat bleibe.«

Charlotte ahnte, was in ihm vorging.

»In einer Familie macht man sich Gedanken umeinander.«

»Wir alle haben dich gern bei uns«, fügte Philipp hinzu, nahm ihm das Käppi mit dem 96-Logo aus der Hand und setzte es ihm auf den Lockenkopf.

Auf dem Weg nach Hannover erzählte Anton begeistert vom Internatsleben, von neuen Freunden und spannendem Unterrichtsgeschehen. Besonders viel Freude machte dem musikalisch sehr begabten Kind der Einzelunterricht im Fach Musik.

»Sogar auf einem richtigen Flügel darf ich spielen. Ich kann ein richtig guter Pianist werden, wenn ich fleißig übe. – Das hat Monsieur de Vellot gesagt.«

Durch den Rückspiegel warf Philipp ihm einen kurzen Blick zu.

»Hat er dich nicht über Charlotte ausgefragt?«

»Ein paarmal. Ich glaube, der ist in sie verknallt.«

»Das befürchte ich auch.«

»Du musst dir keine Sorgen machen. Ich habe ihm erklärt, dass du ihr Mann bist.«

»Das beruhigt mich ungemein.«

Charlotte hielt sich aus diesem Männergespräch komplett heraus, konnte ein amüsiertes Lächeln aber nicht unterdrücken.

Da das Internat in der Region Hannover lag, erreichten sie nach einer knappen halben Stunde Fahrt ihr Ziel. Kaum hatten sie das Haus betreten, kamen die Bewohner aus allen Richtungen herbei, um den Jungen zu begrüßen.

»Bevor wir Kaffee trinken, sollte Anton seine Sachen raufbringen«, schlug Elisabeth vor. »Wir kümmern uns inzwischen um den Kakao.«

Charlotte ging mit dem Jungen die Treppe hinauf, die anderen verschwanden in der Küche. Auf der Etage zu ihren Räumen wollte Anton abbiegen, aber Charlotte hielt ihn auf.

»Wir müssen weiter rauf. Du kannst schließlich nicht immer bei mir schlafen.«

Etwas irritiert und ein klein wenig enttäuscht, blieb er an ihrer Seite. Im zweiten Stock blickte er sie ratlos an. Hier lagen Philipps Zimmer. Auf dieser Etage war er das erste Mal. Sollte er bei ihm …?

»Das wäre keine Dauerlösung«, beantwortete sie seine stumme Frage und zeigte nach links zu einer sonnengelb gestrichenen Nische. Vier Stufen, begleitet von einem weißen Holzgeländer, führten hinauf zu einer Tür. Charlotte nahm ein Schild von der untersten Stufe, hielt es aber so, dass er es nicht lesen konnte.

»Willst du nicht mal reingehen?«

Zögernd stieg er hinauf und öffnete die Tür. Staunend blieb der Junge auf der Schwelle stehen. Tageslicht flutete das Dachstudio durch ein breites, spitzes Fenster. Ein Podest aus Holz ersetzte die Fensterbank und war durch Kissen zum gemütlichen Sitzplatz gestaltet. Auf einer Seite stand ein Bett mit großen Schubladen darunter, die viel Stauraum boten. Unter der Schräge auf der anderen Seite gab es einen Schreibtisch. Statt hoher Schränke reihte sich ein langes Sideboard daran. Die Decke war mit weißen Holzpaneelen verkleidet, die vereinzelten Stützbalken in der gleichen Farbe gestrichen. An der Wand über dem Schreibtisch hing ein Hannover-96-Poster.

Charlotte schob den Jungen in den Raum und beschrieb eine allumfassende Geste.

»Ursprünglich war das Philipps Gästezimmer. Er hat vorgeschlagen, meine Wohnung in der Südstadt als Gästewohnung zu nutzen, damit du ein eigenes Zimmer bekommst. Es musste nur ein bisschen renoviert und neu eingerichtet werden. Alle haben mitgeholfen und jeder hat was dazugestellt. Von Elli ist das Keyboard, der CD-Player von Albert. Conrad hat die 96-Bettwäsche und das Poster im Fanshop erstanden und Anneliese hat die restliche Deko besorgt. Von Philipp und mir ist der Laptop auf dem Schreibtisch.« Sie hielt inne, als Anton nichts dazu sagte. »Gefällt es dir nicht?«

Er drehte sich zu ihr herum, seine Augen schwammen in Tränen.

»Ich hatte noch nie ein eigenes Zimmer.«

»Wo hast du denn bei … deinen Eltern geschlafen?«

»Auf dem Flur hinter dem Vorhang war eine Nische. Da stand ein altes Schlafsofa.«

»Bei uns hast du ein richtiges Zimmer mit einem richtigen Bett.«

»Warum macht ihr das alles für mich? Für ein fremdes Kind?«

Charlotte setzte sich auf die Matratze und klopfte mit der flachen Hand einladend neben sich. Nach kurzem Zögern legte er seinen Rucksack ab und setzte sich neben sie.

»Beantworte mir mal eine Frage, Anton: Magst du mich?«

»Sogar sehr. Weißt du das nicht?«

»Du magst eine fremde Frau?«

»Das bist du nicht.« Er horchte in sich hinein. »Das warst du von Anfang an nicht.«

»Umgekehrt war es genauso. Ich habe dich schnell liebgewonnen – und meine Mitbewohner mögen dich genauso sehr. Kannst du das akzeptieren?«

Er nickte, wobei er sie anstrahlte.

»Ich hab's verstanden.«

»Also sind wir mit diesem Thema ein für alle Mal durch. – Okay?«

Abermals nickte der Junge.

»Gut. Lass uns zu den anderen gehen, sonst wird der Kakao kalt.«

Als sie hinausgingen, hängte Charlotte das Holzschild an einen Nagel neben der Tür. ›Antons Nest‹ stand darauf.

In der Küche liefen die 15-Uhr-Nachrichten. Nach den News aus aller Welt folgten regionale Informationen und eine Kurzzusammenfassung über die jüngsten Morde in Hannover. Es wurde darüber spekuliert, wann mit dem nächsten Opfer zu rechnen sei. Die ersten beiden Toten waren im wöchentlichen Rhythmus gefunden worden. Der Reporter wurde als Ausnahme bezeichnet, da dessen Tod vermutlich nicht geplant war. Sollte der Täter nun zu seiner ursprünglichen Vorgehensweise zurückkehren, war es nicht unwahrscheinlich, dass innerhalb der nächsten 24 Stunden eine weitere Leiche auftauchen würde.

Die WG-Bewohner diskutierten über diese Möglichkeit, wobei Befürchtungen hinsichtlich der Identität dieses Opfers zur Sprache kamen. Niemand zweifelte daran, dass es sich dabei um Gertrud Wüstenhagen handeln würde.

»Genug davon«, sagte Anneliese, als Charlotte mit dem Jungen hereinkam. Aller Augen richteten sich erwartungsvoll auf das Kind.

Anton setzte sich links neben Philipp. Charlotte nahm ihm gegenüber Platz. Der Junge schien zu überlegen, was er sagen sollte. Schließlich schaute er den Professor an.

»Danke für das Nest.«

»Gefällt es dir?«

»Es ist toll.«

»Als ich so alt war wie du, bin ich oft nach oben geschlichen, auf das Podest geklettert und habe aus dem Fenster geschaut. Es war der höchste Punkt des Hauses. Ich habe das Zimmer ›Storchennest‹ genannt. Weil es damals keine Hochhäuser gab, konnte man bei schönem Wetter unglaublich weit gucken.«

»Charly hat mir von den Sachen erzählt, die ihr alle für mich gekauft habt.« Scheu blickte er in die Runde. »Danke.«

»Das haben wir gerne getan«, sagte Anneliese. »Und nun machen wir uns alle mal wieder locker«, fügte sie hinzu, um dem Jungen über die Verlegenheit hinwegzuhelfen. »Hast du den Kürbis draußen vor der Haustür gesehen? Wir haben ein paar kleinere Exemplare im Schuppen liegen. Wenn du Lust hast, kannst du mir morgen helfen, sie auszuhöhlen. Danach schnitzen wir schauerliche Gesichter hinein.«

Begeistert stimmte Anton zu. Im Nu machten Gruselgeschichten die Runde. Jeder trug ein unheimliches Erlebnis bei. Als Conrad von einem mysteriösen Vogelschwarm erzählte, fiel Elisabeth etwas ein.

»Ich muss nachher frisches Wasser in die Vogeltränke füllen. Das habe ich heute Morgen vergessen.«

»Darf ich das tun?«, fragte Anton, der sich nützlich machen wollte. »Ich weiß, wie das geht.«

»Gern, mein Junge. Die Gießkanne steht auf der Terrasse.«

Tatsächlich verschwand Anton später ins Freie. Er holte die grüne Kanne und ging damit in den kleinen Steingarten. Dort steckte die Tränke auf einem dünnen Metallspieß in etwa einem Meter Höhe zwischen den Pflanzen, sodass vierbeinige Räuber nicht nach oben klettern konnten. Der Junge klaubte die hineingefallenen Blätter aus der Wasserschale, spülte das Gefäß aus und befüllte es neu. Minutenlang schaute er den Meisen zu, die unermüdlich zum Futterhaus flogen, das in dem alten Apfelbaum hing. Schließlich brachte er die Gießkanne auf die Veranda zurück. Durch den Lichtschein, der durch die Terrassentür von Alberts Wohnraum fiel, sah Anton ihn in seinem Rollstuhl sitzen.

Im Schoß des Generals lag ein kleines graues Etwas, das er gedankenverloren streichelte.

Erstaunt trat der Junge dichter heran, worauf Albert ihn bemerkte. Unschlüssig blickte er das Kind einen Moment lang an. Schließlich gab er ihm ein Zeichen, hereinzukommen. Er lenkte seinen Rolli bis zur Tür und öffnete sie. An ihm vorbei schlüpfte Anton in den Raum.

»Was hast du da?«

»Ein Kätzchen. Als ich heute Morgen gelüftet habe, ist es hier reingeschlichen und hat sich neben die Heizung gelegt.«

Neugierig betrachtete der Junge das Tier, das sich zusammengekauert an Albert schmiegte.

»Die ist aber klein – und so dünn.«

»Die ist wohl ganz jung. Und abgemagert. Ich wollte sie füttern, aber sie hat nur ein bisschen an der Milch geschleckt.«

»Willst du sie behalten?«

Ein tiefer Seufzer löste sich von Alberts Lippen.

»Liebend gern, aber das geht leider nicht.«

»Warum nicht?«

»Das verstehst du nicht.«

Anton setzte sich abwartend auf einen Hocker.

»Erklär es mir.«

»Kannst du dir vorstellen, wie das ist, wenn man immer auf Hilfe angewiesen ist? Die anderen sagen zwar nichts, aber ich falle ihnen bestimmt zur Last. Wie könnte ich ihnen obendrein ein Haustier zumuten?«

Anton erinnerte sich an das, was Charlotte gesagt hatte.

»Hast du die anderen gefragt?«

Traurig verneinte der General. Gern würde er für dieses hilflose kleine Wesen sorgen. Es gab sonst niemanden, der zu ihm gehörte. Er war dankbar, dass die Freunde ihn in diesem Haus aufgenommen hatten. Auf keinen Fall wollte er diese Freundschaft überstrapazieren.

»Darf ich sie mal halten?« Ehe Albert ablehnen konnte, hatte der Junge das graue Tier vorsichtig gegriffen und hielt es auf Augenhöhe. Dadurch sah er, dass es weiße Pfötchen und einen weißen Bauch hatte. »Ich sorge dafür, dass du hierbleiben darfst.« Er zog den Saum seines Sweaters etwas in die Länge und setzte die kleine Fellnase in den entstandenen Stoffbeutel. Entschlossen ging er zur Tür.

»Anton!« Mit Schwung wendete der General seinen Rolli. »Was hast du vor?«

»Lass mich mal machen.« Flink war er draußen.

Da Philipp gesagt hatte, er müsse an einem Vortrag arbeiten, lief der Junge direkt zu seinem Arbeitszimmer. Er klopfte an die Tür und ging hinein.

»Darf ich dich mal stören?«

Der Professor nahm die Brille ab und schaute den Jungen aufmunternd an. Für Anton war er eine Art Vaterfigur. Er vertraute Philipp. Langsam kam er näher und blieb vor dem Schreibtisch stehen. Dabei achtete er darauf, dass das Kätzchen nicht zu sehen war.

»Das hier ist dein Haus, oder?«

»Mmm …«

»Also bist du der Bestimmer.«

»Um Haus und Grundstück kümmere ich mich.« Philipp unterdrückte ein Schmunzeln. Er war gespannt, worauf der Junge hinauswollte. »Handwerker, Reparaturen und so weiter. Wenn es sich um etwas handelt, das alle Bewohner betrifft, entscheiden wir zusammen.«

Kommentarlos nahm der Junge diese Erklärung hin. Albert zu helfen war nicht so einfach, wie er gedacht hatte.

Das kleine Kätzchen bewegte sich in seinem Versteck, was Philipp nicht entging.

»Raus mit der Sprache, Anton: Was hast du auf dem Herzen – und unter dem Pullover? Da bewegt sich doch was. Ist das ein Tier?«

Vorsichtig förderte der Junge das Fellknäuel zutage.

»Das Kätzchen ist Albert zugelaufen – so wie ich Charly.«

»So, so …« Amüsiert übernahm Philipp das Tier und betrachtete es. »Mit Katzen kenne ich mich nicht aus, aber die Kleine scheint unterernährt zu sein. Lass uns mal fragen, ob einer von den anderen Katzenerfahrung hat.«

Mit dem Kopf gab er Anton ein Zeichen, ihm in den Wohnraum zu folgen. Einige der Freunde saßen dort zusammen. Philipp schickte den Jungen in die Küche, um Elli zu holen. Kurz darauf kam er mit ihr und Albert zurück.

»Wir haben einen kleinen zerzausten Gast«, sagte Philipp. »Kennt sich jemand von euch mit diesen Vierbeinern aus?«

»Im Sonnenhof hatten wir immer eine Katze.« Anneliese griff nach dem kleinen Wesen, hob es hoch und begutachtete es von allen Seiten. Danach setzte sie sich, nahm das Tier auf den Schoß und drehte es für eine kurze Untersuchung behutsam auf den Rücken.

»Ein kleiner Kater.« Das Wollknäuel maunzte einen heiseren Protest. »Du klingst wie Grönemeyer.«

Charlotte streckte die Hand aus und kraulte den Kater.

»Was machen wir denn nun mit … Grönemeyer? Sollte der Bursche nicht von einem Tierarzt untersucht werden?«

Anneliese schloss sich diesem Vorschlag an.

»Gesund sieht er nicht aus. Außerdem sollten wir sicher sein, dass er kein Ungeziefer einschleppt.«

»Dafür übernehme ich die Kosten«, meldete sich der General zu Wort. »Und für Futter und was der kleine Kerl sonst so braucht.«

»Okay«, übernahm die Strick-Liesel. »Conrad, kannst du mal googeln, welcher Tierarzt freitags um diese Uhrzeit offen hat?«

Sofort zückte ihr Lebensgefährte sein Smartphone. Es dauerte einen Moment, bis er einen Veterinär herausgesucht hatte. Er stellte eine Verbindung zur Praxis her. Gleich darauf berichtete er seinen Mitbewohnern, dass sie ohne Termin kommen könnten, und nannte ihnen die Adresse.

Charlotte und Anneliese fuhren mit Anton und dem kleinen Kater dorthin. Dem weißen Lieferwagen, der ihnen in einigem Abstand folgte, schenkten sie keine Beachtung.

KAPITEL 14

Hauptkommissar Hannes Bremer wusste, wie dringend er ein freies Wochenende brauchte, um Kraft zu tanken und um eine neue Sichtweise auf die Morde zu gewinnen. Dennoch war er an diesem Samstagmorgen früh auf den Beinen. Laut Profil handelte der »Regisseur« zwanghaft. Warum sollte er sein zeitliches Muster ändern? Er nutzte die Nächte von Freitag auf Samstag für seine Inszenierungen. Wahrscheinlich würden ihn die vermehrten Einsatzwagen, die in den dunklen Stunden in der Stadt Streife fuhren, nicht daran hindern. Der Kerl war zu gerissen, um sich erwischen zu lassen. Davon war Hannes überzeugt. Für ihn stand genauso außer Zweifel, dass der Täter Gertrud Wüstenhagen in seiner Gewalt hatte. Er mochte gar nicht daran denken, was die Frau erleiden musste, konnte nur hoffen, dass er ein weibliches Opfer nicht so grausam quälen würde.

Mit einer Tasse Kaffee saß Hannes am Küchentisch und warf einen müden Blick auf die roten Leuchtziffern der Digitaluhr am Herd. Kurz nach sechs. Seine Augen schweiften weiter zum Fenster. Draußen war es dunkel. Im matten Licht der Straßenlaterne glitzerten Regentropfen auf der Scheibe, sammelten sich an verschiedenen Stellen und verschwanden als feine Rinnsäle im Nirgendwo. Gedankenverloren beobachtete der Kommissar die Spuren des nachlassenden Regens – bis ihn das Brummen seines Handys aufschreckte. Das Telefon lag in Reichweite auf der Tischplatte. Er warf einen Blick auf das Display, bevor er den Anruf annahm.

»Moin, Martin. Wo liegt sie?«

»Bei Bahlsen, Podbi 11.«

»Bin schon unterwegs.«

Während er aufstand, steckte er das Telefon in die Tasche. Im Stehen trank er den letzten Schluck Kaffee, bevor er die Tasse in die Spüle stellte. Er ging in den Flur, zog die warmen Boots und die Steppjacke über, griff nach dem Schlüsselbund und verließ die Wohnung.

Sein Wagen stand nur wenige Meter von der Haustür entfernt. Rasch programmierte er das Navi, um die kürzeste Strecke zum Fundort zu erfahren. Mit eingeschaltetem Blaulicht und Martinshorn fuhr er Richtung Messeschnellweg, ließ nach wenigen Minuten erst das Congress Centrum links und kurz darauf den Zoo rechts liegen. Vorbei an den kahlen Bäumen der Eilenriede zu beiden Seiten der empfohlenen Route, erreichte er die Podbielskistraße, die von den Einheimischen liebevoll »Podbi« genannt wurde. Beim Abbiegen waren die zahlreichen Einsatzfahrzeuge zu erkennen, die in zweiter Reihe parkten. Zusätzlich sah er die ersten Übertragungswagen auf der gegenüberliegenden Straßenseite. Besonders bei Fällen, bei denen man von einem Serientäter ausging, war die Presse hochsensibilisiert und stand in den Startlöchern. Meistens wurde der Polizeifunk abgehört. So konnte es passieren, dass Reporter vor den Ermittlern am Tat- oder Fundort auftauchten. Die ersten Fotos kursierten manchmal im Internet, ehe die Beamten eintrafen. Der Informationsfluss kam rasend schnell in Gang. Hannes hasste das.

Die Fahrbahn war abgesperrt. Deshalb stellte er seinen Wagen hinter dem rot-weißen Flatterband ab. Zahlreiche starke Scheinwerfer tauchten die Szenerie in gleißend helles Licht. In weiße Overalls gekleidete Mitarbeiter der Kriminaltechnik waren mit der Suche nach Spuren beschäftigt. Wie immer, wenn er zum Fundort einer Leiche gerufen wurde, ließ Hannes die Umgebung auf sich wirken. Der langgezogene historische Verwaltungsbau mit seiner Jugendstilfassade, den Sprossenfenstern und Arkaden schien vor nicht allzu langer Zeit saniert worden zu sein. Vorbei an der alten Feuerwache List, ging der Hauptkommissar langsam am Gebäude entlang. In großen goldenen Buchstaben waren rechts neben dem ersten Torbogen die Worte ›Leibniz Keks‹ auf dem hellen Kalkstein angebracht; auf der anderen Seite der Firmenschriftzug, wie er ihn von Kekspackungen kannte. Hannes passierte die vier mit Gittern geschützten Eingänge gegenüber der U-Bahn-Station und strebte auf das Ende des Baus zu, an dem reges Treiben herrschte. Auch hier wurden Spuren gesichert, während der Rechtsmediziner bei der Leichenschau die Tote durch seinen breiten Rücken verdeckte.

So warf Hannes einen Blick hinauf zu den beiden an der Fassade angebrachten Brezelmännern, die einen vergoldeten Keks trugen. Natürlich erinnerte sich der Kommissar an den Keks-Klau, der Anfang 2013 weltweit für Schlagzeilen sorgte. Nach dem Diebstahl des großen Kekses meldete sich ein selbsternanntes Krümelmonster und forderte von der Firma Bahlsen, sie solle alle Stationen des Kinderkrankenhauses in Hannover mit Leibniz-Keksen versorgen und die ausgesetzte Belohnung für die Wiederbeschaffung in Höhe von 1.000 Euro an das Tierheim Krähenwinkel spenden. Andernfalls würde der Keks bei Oskar in der Mülltonne landen. Vor Erfüllung der Forderung wurde der Keks allerdings um den Hals der Sachsenross-Statue vor der Leibniz-Universität entdeckt. Der Kekshersteller spendete daraufhin großzügig Kekse an so viele soziale Institutionen, wie der Leibniz-Keks Zähne hat: bundesweit an 52 soziale Einrichtungen. Der Dieb wurde nie gefunden. Deshalb stellte die Staatsanwaltschaft die Ermittlungen schließlich ein.

»Morgen«, begrüßte Martin seinen Chef und deutete nach rechts. »Wie wir befürchtet haben: Bei der Toten handelt es sich um Gertrud Wüstenhagen. Er hat sie im Wandbrunnen deponiert.«

Hannes hatte nichts anderes erwartet. Er schob sich vor einen der Kriminaltechniker. Von dieser Position aus sah er das kleine steinerne Becken, in dem die ehemalige Jugendamtsmitarbeiterin mehr saß als lag. Kopf und Schultern lehnten schräg unter den Füßen einer Skulptur, die unschwer als Wasserträgerin zu erkennen war. Die Beine der Toten ragten vorn über den Brunnenrand.

Horst Fleischmann gab zwei Männern die Anweisung, die Leiche herauszuheben und auf die ausgebreitete Folie zu betten. Er selbst drehte sich zu Hannes herum und reichte ihm einen Beweismittelbeutel, in dem eine längliche gelbe Kekspackung steckte.

»Butterkekse«, kommentierte er. »Die hatte sie in der Hand. Die Sanduhr hat der Kollege von der Spusi mitgenommen.«

Interessiert betrachtete Hannes die Packung, auf die in großen blauen Buchstaben der Name ›Leibniz-Keks‹ gedruckt war. Er gab Pia ein Zeichen, die neben ihn trat.

»Wieder so ein rätselhaftes Symbol wie bei der ersten Leiche. Wir wissen bislang nicht, was das Auge bedeuten könnte. Zwischen dem Kreuz und dem Pastor ist der Zusammenhang klar – aber Kekse?«

»Irgendwas wird sich der ›Regisseur‹ dabei gedacht haben«, erwiderte ihr Chef und gab den Beutel an den Techniker weiter. Fragend schaute er den korpulenten Freund an. »Kannst du uns was zur Todesursache sagen, Horst?«

»Leider nicht. Die Leiche weist keine äußeren Verletzungen auf.«

»Ungefährer Todeszeitpunkt?«

»Schwer zu sagen.« Der Rechtsmediziner öffnete den langen Reißverschluss seines weißen Overalls. »Die Temperatur lag letzte Nacht bei um die 5 Grad. Je nachdem, wie lange sich die Leiche im Freien befand, könnte die Frau seit etwa sieben bis zehn Stunden tot sein. Genaueres …«

»Nach der Obduktion«, vollendete Hannes. »Ich weiß.«

Leise vor sich hin summend, kam Anton die Treppe herunter. Er hatte in der ersten Nacht in seinem neuen Zimmer tief und fest geschlafen. Nachdem Charlotte eine Weile bei ihm gesessen hatte, war er aufgestanden, um das Rollo vom Dachfenster hochzuziehen. Von seinem Bett aus konnte er den Sternenhimmel sehen. Als er auf der Straße gelebt hatte, war das fast ein alltäglicher Anblick gewesen. Nun war er froh und dankbar, dass er eine Familie gefunden hatte und in einem schönen Zimmer unter einer warmen Decke in die Sterne schauen konnte.

Da der Junge nicht wusste, wie lange die anderen Bewohner schliefen, schlich er in die Küche. Dort waren Elli und Conrad aber bereits mit der Vorbereitung des Frühstücks beschäftigt.

»Moin«, begrüßte Anton sie, hielt die Nase in die Luft und schnupperte. »Was riecht denn hier so lecker?«

»Wir haben uns heute was Besonderes ausgedacht«, sagte Conrad und deutete zum Herd. »Ein englisches Frühstück.«

»Was ist das?«

Lächelnd strich Elisabeth über seinen Lockenkopf.

»Cornflakes oder Müsli. Außerdem gibt es gebratene Würstchen, Rührei oder Spiegelei, Frühstücksspeck, Kartoffelrösti, gebratene Champignons und gegrillte Tomaten. Wir haben Toast und verschiedene Marmeladensorten oder geräucherten Fisch.«

»Dazu trinken wir Fruchtsaft, Kaffee oder Tee«, erklärte Conrad und wendete die Würstchen in der Pfanne. »Für dich kochen wir Kakao.«

»Hat jemand Geburtstag?«

Beide schüttelten den Kopf.

»Ihr macht das einfach nur so?«

Beide nickten.

»Cool! – Darf ich euch helfen?«

»Wenn du magst, kannst du den Tisch decken«, schlug Elli vor. »Du weißt ja, wo alles steht.«

Sofort machte sich Anton an die Arbeit. Danach durfte er Conrad beim Zubereiten des Rühreis helfen. Nach und nach kamen die anderen WG-ler in die Küche. Nur der General fehlte. Philipp bat den Jungen, Albert zu holen. Es dauerte nicht lange, bis er mit dem Rollstuhlfahrer zurückkehrte. Quer über seinen Beinen lag eine karierte Decke und darauf das zusammengerollte Kätzchen.

Charlotte registrierte das mit einem Lächeln. Ihr war nach der Rückkehr vom Tierarzt aufgefallen, wie liebevoll sich Albert um das kleine, zerzauste Wesen kümmerte – und wie gut ihm das tat. Beiläufig hatte sie sich erkundigt, ob jemand aus der WG an einer Tierhaarallergie litt. Später hatte Anton ihr in seinem Zimmer erzählt, wie gern der General für den Vierbeiner sorgen würde. Das bestätigte ihre Ahnung, sodass sie vor dem Einschlafen mit Philipp darüber gesprochen hatte. Sie musste gar nicht viel sagen, denn er hatte die gleiche Beobachtung gemacht wie sie. So waren sie sich über ihr weiteres Vorgehen schnell einig.

Sie genossen und lobten das reichhaltige Frühstück. Schließlich wechselte Philipp einen verschwörerischen Blick mit Charlotte und wandte sich wie abgesprochen an die Mitbewohner.

»Bislang hatten wir – außer ein paar nächtlichen Plagegeistern im Sommer – nie ein Tier im Haus. Wahrscheinlich hat keiner von uns einen Gedanken daran verschwendet und es ist für uns alle ungewohnt …«

»Schon gut«, unterbrach Albert ihn resigniert. »Ich weiß, dass ich den kleinen Kerl nicht behalten kann.«

Anneliese bedachte ihn mit einem strengen Blick. Sie hatte sich ebenfalls Gedanken über den Verbleib des Vierbeiners gemacht.

»Lass Philipp erst mal ausreden.«

»Machen wir es kurz: Ich gehe davon aus, dass der Kater herrenlos ist. Anton und Charlotte haben sich gestern dafür ausgesprochen, dass der General seine Unterkunft mit dem Kleinen teilen darf, sofern sich kein Besitzer meldet. Was ist mit den anderen? Hat einer von euch etwas gegen einen weiteren Hausbewohner?«

»Keine Einwände«, sagte Conrad. Anneliese und Elisabeth schlossen sich mit einem Kopfschütteln an. Aller Augen richteten sich auf Albert, dem man die Rührung deutlich ansah.

»Glaubt ihr wirklich, dass ich das schaffe? Wie soll ich …«

Aufmunternd lächelte Charlotte ihm zu.

»Mach dir keine Sorgen. Zusammen kriegen wir das hin.«

»Danke – ihr seid wunderbar.«

»Wie soll der Kleine denn nun heißen?«

»Er hat seit gestern einen Namen.« Sanft strich er dem Tier übers Fell. »Ich finde, dass ›Grönemeyer‹ gut zu ihm passt.«

»Ich auch.« Anton strahlte zuerst Philipp, danach den General an. »Der Tierarzt hat gesagt, dass er ein Britisch-Kurzhaar-Mix ist. Er muss einen Chip bekommen. Außerdem sollen wir ihn kastrieren lassen.«

»Schscht …«

Bevor jemand etwas dazu sagen konnte, bat Anneliese durch eine Geste um Ruhe. Sie hatte im Nachrichtenüberblick etwas gehört, was sie aufhorchen ließ. Sie sprang auf und stellte das Radio lauter.

»Hannover: In den frühen Morgenstunden wurde im Stadtteil List vor dem Stammhaus der Firma Bahlsen eine Frauenleiche gefunden. Der Hund eines Spaziergängers hat die Tote beim Gassigehen entdeckt. Nach unbestätigten Informationen handelt es sich dabei um eine seit Tagen vermisste Rentnerin. Obwohl Spekulationen laut wurden, dass die Tote ein weiteres Opfer des ›Regisseurs‹ sein könnte, ermittelt die Polizei in alle Richtungen. – Nun zu den Neuigkeiten in der Rathaus-Affäre: Wie heute bekannt wurde …«

Anneliese reduzierte die Lautstärke und setzte sich an den Tisch.

»Damit war wohl zu rechnen. Inzwischen sind es vier und die Polizei ist keinen Schritt weiter.«

»Vier was?« Gespannt schaute Anton sie an. »Vier tote Frauen?«

»Nein.« Charlotte warf der Strick-Liesel einen beschwörenden Blick zu. »Wir müssen nachher ein paar Sachen für Grönemeyer kaufen. Kommst du mit?«

Die Freundin verstand. Anton musste mit der Mordserie nicht konfrontiert werden.

»Wir sollten bald fahren. Samstags ist es in den Läden immer ziemlich voll.«

Am frühen Nachmittag ging Philipp zu Albert hinüber, um Anton zu holen. Der Junge saß auf dem Teppich und spielte mit dem kleinen Kater.

»Kommst du, Anton? Wir wollen an die frische Luft.«

Das Kind warf einen schnellen Blick auf die altmodische Tischuhr, die in einem gedrechselten Holzgehäuse steckte. In einer knappen Stunde begann das DFB-Pokalspiel. Sein Lieblingsverein musste gegen den VfL Wolfsburg antreten, was er gern gesehen hätte. Das konnte er nun vergessen. Lustlos rappelte er sich hoch. Der Elfjährige versuchte, sich nicht anmerken zu lassen, dass er lieber vor dem Fernseher sitzen würde. Er betrachtete nicht nur Charlotte und Philipp, sondern alle WG-Bewohner als seine neue Familie. Sie gaben sich viel Mühe mit ihm. Er wollte nicht undankbar erscheinen. So folgte er dem Professor in die Wohnhalle, wo sie von Conrad erwartet wurden.

»Das wird heute ein Männerausflug«, sagte der Wetterfrosch und reichte dem Jungen seine warme Jacke. »Begeistert sieht du nicht aus. Hast du was Besseres vor?«

»Eigentlich wollte ich mir das Pokalspiel angucken«, gab Anton zu. »Aber es gibt heute Abend bestimmt eine Zusammenfassung in der Sportschau.«

»Fußball?«, wiederholte Philipp, der mit der Hand hinter dem Rücken näher kam. »Warst du schon mal im Stadion?«

Ein Schatten flog über das Gesicht des Jungen.

»Für so was hatten wir kein Geld. Mein Vater hat lieber Schnaps gekauft. Taschengeld habe ich nicht bekommen, sonst hätte ich für eine Eintrittskarte gespart.«

»Als hätten wir es geahnt«, sagte Conrad, bevor er auf Philipp zeigte. »Wir beide haben unser Sparschwein für einen Stadionbesuch geschlachtet.«

Philipp nahm die Hand hinter dem Rücken hervor. Dadurch wurde der schwarz-weiß-grün-gestreifte Schal sichtbar, den er dem Jungen um den Hals schlang. Seinen eigenen Fan-Schal zog er aus der Manteltasche, während Conrad seinen unter der Jacke hervorholte und umband.

»Anneliese hat sie für uns gestrickt, damit man gleich erkennt, dass wir 96-Fans sind.«

Aus großen Augen schaute Anton die Männer an.

»Ihr wollt wirklich mit mir ins Stadion?«

»Was für eine tolle Idee«, sagte Charlotte, die diese Szene von der Treppe aus beobachtet hatte. Sie blieb vor Anton stehen und zupfte seinen Schal zurecht. »Das ist für euch alle das erste Mal. Du musst gut auf die beiden aufpassen.«

»Du kannst dich auf mich verlassen«, versprach er mit ernster Miene, bevor er grinste. »Los, Jungs! Sonst kommen wir zu spät!«

Kaum hatten die Fußballfans das Haus verlassen, ging Charlotte ins Souterrain hinunter. Anneliese saß im Stiftungsbüro am Schreibtisch. Neben ihr stand ein Umzugskarton und vor ihr lag die aufgeschlagene Akte eines ehemaligen Heimkindes vom Sonnenhof. Beides sonderte die modrige Duftnote eines feuchten Kellers ab.

»Wie sieht es aus? Hast du einen Hinweis gefunden?«

Anneliese verneinte, richtete sich etwas auf und bewegte die Schultern, um die Verspannung zu lösen.

»Ich sortiere erst mal alle aus, von denen ich glaube, dass sie wegen ihres Alters oder der Vorgeschichte nicht infrage kommen.«

»Obwohl wir die Mädchen vorgestern rausgenommen haben, sind das sehr viele.« Charlotte fixierte die Kartons mit den Mädchenakten. »Hoffentlich haben wir keinen Fehler gemacht. Wenn es sich beim ›Regisseur‹ um den Vater eines Mädchens handelt …«

»Warten wir erst mal ab, ob wir bei den Jungen fündig werden.«

Charlotte war damit einverstanden. Sie trat an die große fahrbare Stellwand und drehte sie etwas zur Seite. Nun hatte sie die in den letzten Tagen daran befestigten Informationen gut im Blick. In der oberen Reihe hingen Zettel mit den Namen der Opfer. Sogar den der Frau vom Jugendamt hatte Anneliese bereits ergänzt. Darunter waren die Zeitungsausschnitte über die Morde befestigt. Charlotte hatte Fotos der Fundorte von ihrem Spaziergang im Georgengarten und aus ihrem Fotoarchiv vom Altar der Aegidienkirche beigesteuert. Sie hatte sogar eine Nahaufnahme vom Anzeiger-Hochhaus gefunden. Da sie im Laufe der Jahre ziemlich alle historischen Gebäude in ihrer Heimatstadt fotografiert hatte, wusste sie, dass sie Aufnahmen vom Stammhaus des Keksherstellers Bahlsen besaß. Sie würde das entsprechende Bild heraussuchen, sowie Informationen über die genaue Fundstelle der Toten vorlagen. Die Zeitungen würden am Montag sicher darüber berichten.

Charlotte musste sich nicht bis zur nächsten Woche gedulden. Am frühen Abend erschien Hannes Bremer in der WG. Er wollte mit Anneliese sprechen. Da die Fußballfreunde noch nicht zurück waren, führte Elisabeth ihn ins Wohnzimmer, bot ihm Platz an und rief die Freundinnen herauf.

»Ihr habt von der Leiche wahrscheinlich in den Nachrichten gehört«, sagte er nach der Begrüßung. »Bei der Toten handelt es sich um Gertrud Wüstenhagen.«

Beide nahmen auf dem Sofa Platz. Fragend schaute Anneliese den Hauptkommissar an.

»Wie kann ich Ihnen helfen?«

»Außer Ihnen steht uns im Moment niemand zur Verfügung, der uns nähere Auskünfte über die Tote in ihrer Funktion als Jugendamtsleiterin geben könnte. Ist Ihnen bekannt, ob sie beruflich eine engere Beziehung zu jemandem aus der Firma Bahlsen hatte?«

Nach kurzem Überlegen schüttelte Anneliese den Kopf.

»Nicht, dass ich wüsste.«

»Du glaubst, dass man sie dort nicht zufällig abgelegt hat«, schloss Charlotte aus seiner Frage. Blitzschnell erfasste sie die Zusammenhänge. »Der zweite Tote war Pastor. Dazu passte der Fundort Aegidienkirche. Der Psychologe wurde im Georgengarten gefunden. Könnte es bei ihm eine Verbindung zur Uni geben? Oder gab es einen anderen Grund, seine Leiche genau dort zu deponieren?«

»Das wissen wir nicht. Leider ist das Motiv für den Ablageort nicht so offensichtlich wie bei Pastor Rugard.«

»Das bei ihm gefundene Symbol lässt keine Rückschlüsse zu?«

Verdutzt zogen sich Bremers Brauen zusammen. Über seiner Nasenwurzel bildete sich eine steile Falte.

»Woher, zum Teufel, weißt du von den Symbolen? Darüber sind keine Informationen an die Öffentlichkeit gegeben worden. Hat dich dein Professor etwa eingeweiht?«

»Philipp hat mir gar nichts erzählt«, betonte sie. »Als ich mit Anneliese bei dir im Präsidium war, habe ich die Fotos an deiner Pinnwand gesehen.«

»Das hat deine grauen Zellen mobilisiert und deinen kriminalistischen Spürsinn herausgefordert.«

Sie konnte sich ein Lächeln nicht verkneifen.

»Ich habe mich aber ganz professionell verhalten und mit keiner Menschenseele darüber gesprochen.«

»Braves Mädchen«, neckte er sie. »Welche Vermutungen hast du denn hinsichtlich der Symbole angestellt?«

»Anscheinend sind sie die Signatur des Täters. Das Kreuz ist wohl nicht erklärungsbedürftig. Über das Auge habe ich lange nachgedacht. Da es dem Psychologen zugeordnet ist, könnte es bedeuten, dass er etwas Wichtiges aus dem Blick verloren hat – oder irgendwo nicht richtig hingesehen hat.«

»Da könnte was dran sein.«

Anneliese hörte den beiden staunend zu. Zwar hatte sie wie Charlotte im Polizeibüro des Hauptkommissars den gleichen freien Blick auf die Fotos gehabt, aber nachdem sie das blutige, zerschlagene Gesicht von Flachsbarth gesehen hatte, war ihr die Lust am genaueren Anschauen der Aufnahmen vergangen. Als der Hauptkommissar die Freundin nun nach ihrer Meinung zu den Sanduhren fragte, erinnerte sich sogar die Strick-Liesel daran.

»Das hat auf jeden Fall was mit Zeit zu tun«, sagte Charlotte. »Vor ein paar Tagen habe ich über Sanduhren recherchiert. Seitdem halte ich mehrere Interpretationen für möglich: Die Uhr der Opfer ist abgelaufen. Oder sie steht für die Vergänglichkeit des menschlichen Lebens.

Sanduhren können individuell Unterschiedliches symbolisieren, etwa den Tod oder wie schnell die Zeit vergeht. Vielleicht wollte der Täter ausdrücken, dass es an der Zeit ist, Rache zu nehmen oder jemanden zu bestrafen. Im 16. Jahrhundert war das Stundenglas Sinnbild für die Vergänglichkeit der Lebenszeit und für den Tod. Möglicherweise hat der ›Regisseur‹ sogar eine Sanduhr benutzt, um den Opfern ihre verbleibende Lebenszeit vor Augen zu halten.«

»Das deckt sich ungefähr mit unseren Vermutungen.«

»Habt ihr bei dem Reporter keine gefunden?«

»Doch.«

»Und außerdem?«

»Eine druckfrische Tageszeitung.«

»Das passt zum Beruf des Opfers.« Erwartungsvoll schaute sie ihn an. »Verrätst du mir, was er der Toten von heute Morgen beigelegt hat? Eine Sanduhr und …?«

»Kekse.«

Ein vorwurfsvoller Blick traf ihn.

»Warum sagst du nicht einfach, dass mich das nichts angeht, anstatt mich auf den Arm zu nehmen?«

Vergnügt zwinkerte er ihr zu.

»Wenn, dann würde ich dich *in* den Arm nehmen.«

Nun schaltete sich Anneliese in das Gespräch ein.

»Frau Wüstenhagen hatte wirklich Kekse bei sich? Was für welche?«

»Butterkekse.«

Das schien sie nicht zu wundern.

»Leibnizkekse, oder? Die hatte sie immer in der Tasche – für die Kinder.«

»Der ›Regisseur‹ muss das gewusst haben. Deshalb hat er ihre Leiche bei Bahlsen abgelegt.« Plötzlich ergab das alles einen Sinn. »Nun kennen wir wenigstens in diesem Fall den Zusammenhang. – Danke, Frau Grothe.«

Als der Hauptkommissar gegangen war, sprachen die Freundinnen über das, was sie erfahren hatten.

»Wenn der ›Regisseur‹ von den Keksen wusste, ist es wahrscheinlich, dass er als Kind mit Frau Wüstenhagen in Kontakt kam«, sagte Charlotte, worauf Anneliese ihr beipflichtete.

»Inzwischen ist er erwachsen und will sich für irgendwas rächen. Ich glaube, wir sind auf der richtigen Spur, wenn wir die Väter ausschließen und uns auf die Akten der Jungen konzentrieren.«

Am Abend im Bett berichtete Conrad ausführlich vom Stadionbesuch. Er beschrieb die Atmosphäre und die Begeisterung des Jungen, obwohl die Roten 0:2 verloren hatten.

»Schade, dass wir das Spiel nicht gewonnen haben, aber die Gegner sind in der 20. Minute in Führung gegangen. Anton hatte vorher gesagt, dass die eine harte Nuss sind. Das hat sich leider bewahrheitet. Der Junge versteht eine Menge von Fußball.«

»Anscheinend hat er dich mit seiner Begeisterung angesteckt«, sagte Anneliese und schlüpfte neben ihm unter die Decke. »Du magst ihn sehr, oder?«

Mit ernster Miene rückte ihr Lebensgefährte näher.

»Ich habe mir immer viele Kinder gewünscht. Vielleicht, weil ich Einzelkind war.« Er seufzte. »Aber es sollte nicht sein. Meine Ex wollte zuerst ein paar Jahre warten, und später hat es nicht geklappt. Schließlich wurde nichts mehr daraus, weil es zur Trennung kam.«

»Bei mir hat es sich nicht ergeben. Meine Männer waren nie so gestrickt, dass ich mir vorstellen konnte, ein Kind mit einem von ihnen aufzuziehen.«

»Dafür hast du in deinem Leben viele Kinder um dich gehabt. Bei mir ist Anton der erste engere Kontakt. Es ist eine neue und sehr schöne Erfahrung, wenn man etwas von seinem Wissen an einen so jungen Menschen weitergeben kann.«

KAPITEL 14,5

Was für eine gelungene Inszenierung. Es ist faszinierend, der Polizei bei der Arbeit zuzusehen. Wenn sie wüssten, dass ich mich in wechselnder Maskerade unter die Schaulustigen mische und ihre Gespräche mit anhöre. Wie ein Chamäleon kann ich mein Äußeres verändern. Dadurch war es nicht schwer, zu erfahren, dass sich die Menschen inzwischen vor dem »Regisseur« fürchten. Und das ist gut so. Außer mir war niemand in der Lage, das Fehlverhalten der von mir Getöteten aufzudecken. Niemand hat sie zur Rechenschaft gezogen. Niemand hat sie bestraft. Ich bin Ankläger, Richter und Henker zugleich. Keiner von ihnen konnte sich glaubhaft verteidigen. Deshalb kam nur ein Schuldspruch infrage. Ich musste das höchste Strafmaß festsetzen und den Tod verhängen.

Nun muss ich mich auf die nächste Person konzentrieren, die auf meiner Liste steht. Ich weiß, wie schwer es in diesem Fall wird, die Wahrheit ans Licht zu bringen. Ich bin das erste Mal unsicher. Hat sie tatsächlich Schuld auf sich geladen oder hatte sie keine andere Wahl? Lange Zeit wollte ich es nicht glauben, wollte nicht wahrhaben, dass ausgerechnet sie mich im Stich gelassen hat. Monatelang habe ich mich an die Hoffnung geklammert, dass sie ihr Versprechen hält, habe mir ausgemalt, was sie bewogen haben könnte, wortbrüchig zu werden. Zuerst muss ich herausfinden, was damals geschehen ist – und danach handeln. Niemand soll mir vorwerfen, ich hätte womöglich voreilig oder fälschlicherweise jemanden gerichtet und zum Tode verurteilt. Kein Mensch kann mich ein primitives Monster nennen, das aus Lust tötet. Im Gegenteil: Alle werden meine Urteile als logische Konsequenz für unmenschliches Versagen betrachten.

KAPITEL 15

Anneliese verbrachte viel Zeit damit, die Unterlagen aus dem Sonnenhof durchzuarbeiten. Conrad blieb nicht verborgen, dass seine Lebensgefährtin öfter als sonst im Stiftungsbüro verschwand. Das gab ihm zu denken. Er fragte sich, ob sie sich in die Arbeit stürzte, weil sie in ihrer Beziehung etwas vermisste. Mitte der Woche sprach er sie schließlich nach dem Frühstück darauf an. Er brauchte Gewissheit.

»Kommst du nachher mit ins Schwimmbad?«

»Heute nicht.«

Forschend schaute er sie an.

»Gehst du mir aus dem Weg?«

»Natürlich nicht. Ich habe im Moment einfach eine Menge um die Ohren.«

»Normalerweise habt ihr für die Stiftung nicht so viel zu tun. Neuerdings hältst du dich jeden Tag stundenlang da unten auf. Langweile ich dich?«

Sie schüttelte den Kopf, während sie überlegte, wie sie ihm das erklären sollte. Schließlich entschied sie sich für die Wahrheit – wenigstens halbwegs.

»Bist du immer noch besorgt, weil ich alle Opfer des ›Regisseurs‹ kannte?«

»Natürlich bin ich das. Wahrscheinlich habe ich so lange Angst um dich, bis der Kerl gefasst ist.«

»Ich möchte dazu beitragen, ihm auf die Spur zu kommen. Charlotte hilft mir, die alten Akten vom Sonnenhof durchzusehen. Vielleicht stoßen wir auf ein Kind, das vor Jahrzehnten zwangsweise bei uns untergebracht war und sich dafür rächen will.«

Conrad war sichtlich entsetzt. Die Frisur unter seiner Nase sträubte sich. Mit Daumen und Zeigefinger strich er seinen Schnurrbart glatt.

»Mischst du dich jetzt auch schon in die Ermittlungen ein? Hast du vergessen, wie gefährlich das sein kann?«

»Ich kenne die Kinder, die in unserer Obhut waren, am besten. Dadurch könnte ich der Polizei zuarbeiten, damit der Täter möglicherweise schneller geschnappt wird. Das ist in unserer aller Interesse.«

Einen Moment lang dachte er darüber nach.

»Ihr ermittelt wirklich nur am Schreibtisch?«

»Richtig.«

»Alles andere überlasst ihr Herrn Bremer und seinen Leuten?«

»Das ist der Plan.«

»Du ziehst nicht mit Charlotte los, um den Killer aus der Reserve zu locken oder gar zu fangen?«

»Glaubst du, ich bin lebensmüde? Außerdem würde Charlotte da nicht mitspielen. Es hat Tage gedauert, bis sie überhaupt zugestimmt hat, mir zu helfen.«

Es beruhigte Conrad, dass sich die Freundinnen nur mit den Akten beschäftigten. Hoffentlich würden sie dem Kommissar bald den entscheidenden Tipp geben können, damit der Mörder endlich gefasst und weggesperrt würde.

»Versprich mir, dass du das Haus nicht allein verlässt, bis

der ›Regisseur‹ hinter Schloss und Riegel sitzt. Wenn dich die Polizei nicht beschützen kann, wird immer einer von uns in deiner Nähe sein.«

»In Ordnung.« Sie beugte sich vor und küsste ihn auf den Mund. »Mach dir nicht so viele Sorgen. Wir finden raus, ob er ein Sonnenhofkind war. Und dann schnappen sie ihn.«

Die Auswahl möglicher Kandidaten war schwerer als angenommen. Anneliese ging zunächst von den Gründen der Inobhutnahme aus. Sofern Gutachten und Prognosen vorlagen, bezog sie diese mit ein. Schließlich kam ihre eigene Wahrnehmung der betreffenden Kinder hinzu. Leider erinnerte sie sich nicht an jeden Jungen, der im Laufe der Jahre auf dem Sonnenhof untergebracht war, da einige nur kurzfristig dort lebten. Zu mehreren ihrer Schützlinge hatte sie nie den Kontakt verloren – andere waren irgendwann in ihr Elternhaus zurückgekehrt oder von einer Pflegefamilie aufgenommen worden. Manche blieben bis zur Volljährigkeit im Heim und verschwanden auf Nimmerwiedersehen.

Nach der ersten Sichtung der Unterlagen blieben 21 Akten übrig. Das waren eindeutig zu viele. Anneliese brauchte Hilfe. Nach einem Blick zur Uhr griff sie nach ihrem Smartphone.

Charlotte hatte den sonnigen Vormittag zum Laufen genutzt. In den Sommermonaten war sie oft in der Leinemasch unterwegs. Für die dunklere und feuchtere Jahreszeit hatte sie kürzlich den Park der Sinne für sich entdeckt, den sie bisher nur von Exkursionen mit der Kamera kannte. Sie war nach ihrer Rückkehr nach oben gegangen, hatte geduscht und war gerade mit dem Anziehen fertig, als ihr Telefon läutete.

»Rennst du noch durch die Botanik?«

»Normalerweise trabe ich gemütlich durch die Landschaft. Solltest du auch mal versuchen.«

»Sportlich bin ich eine Nullnummer. Bei mir reicht es nur zu gelegentlichen Wasserspielen mit Conrad.«

»Immerhin.« Charlotte lachte leise. »Übrigens bin ich seit einer halben Stunde zurück – falls du mich brauchst.«

»Kommst du runter?«

»Bin gleich da.«

Mit zwei Bechern Kaffee betrat Charlotte wenig später das Büro. Sie stellte einen davon neben Anneliese auf dem Schreibtisch ab, den anderen setzte sie an die Lippen. Die Freundin erklärte ihr, wie weit sie gekommen war.

»Das sind zu viele«, schloss sie. »Es dauert ewig, bis wir jeden davon überprüft haben.«

»Was schlägst du vor?«

»Möglicherweise bringt es uns weiter, wenn du dir die restlichen Akten mal vornimmst. Vielleicht kann man aus psychologischer Sicht einige Kandidaten ausschließen.«

»Darum solltest du besser Philipp bitten.«

Anneliese griff nach dem Kaffeebecher.

»Du weißt, wie gründlich er ist. Bis er alle 21 Kinder analysiert hätte, würde viel zu viel Zeit vergehen.« Sie trank einen Schluck. »Immerhin hast du doch genau wie er Psychologie studiert.«

»Aber nur ein paar Semester.«

»Ist es dir nicht schwergefallen, das Studium für deinen Mann aufzugeben?«

»Nur am Anfang. Es war aber die einfachste Lösung – und ich hatte sie Max vorgeschlagen. Das Geld reichte hinten und vorn nicht, wir wollten zusammenbleiben und irgendwann Kinder. Dafür sollte wenigstens einer von uns eine solide Ausbildung haben. Max war ein paar Semester weiter.« Sie zwinkerte Anneliese zu. »Außerdem hätte er die Kinder kaum bekommen können. Spätestens zu diesem Zeitpunkt hätte ich das Studium zumindest unterbrechen müssen. Damals waren die meisten Männer nicht so emanzipiert, Hausmann zu werden, während die Frau das Geld verdient.«

»Trotzdem hast du dir einen Job gesucht und euren Lebensunterhalt finanziert. Hast du damals gleich für die Polizei gearbeitet?«

»Durch Zufall habe ich eine Vertretungsstelle beim Ordnungsamt bekommen – wahrscheinlich, weil ich eine rasche Auffassungsgabe hatte und ganz gut tippen konnte. Mein Chef hat mir danach ein paar Stellenausschreibungen auf den Tisch gelegt. So bin ich irgendwann zu einer Ausbildung bei der Polizei gekommen. Als unsere Tochter geboren wurde, war ich gerade fertig damit. Später habe ich verschiedene Lehrgänge absolviert und wurde verbeamtet. Schließlich hat man mir sogar die Leitung des Kriminalarchivs übertragen.«

»Eigentlich eine schöne Karriere.«

»Es war viel Glück dabei. Heutzutage ist das bestimmt nicht mehr so einfach.«

Nachdenklich richtete Anneliese den Blick auf die Akten. »Psychologische Kenntnisse hast du jedenfalls. Dazu dein Spürsinn – damit kommen wir bestimmt weiter.«

»Okay, lass es uns versuchen.«

Am frühen Abend besuchte Charlotte den Vortrag: »Rechtspsychologie – Diagnostik und Prognose«, den Philipp in einem voll besetzten Hörsaal der MHH hielt. Beeindruckt lauschte sie seinen Worten. Philipp verstand es, seine Zuhörer in seinen Bann zu ziehen, indem er kein trockenes Referat hielt, sondern ihnen das Thema lebendig und mit einer Prise Humor näherbrachte. Charlotte gestand sich ein, dass sie stolz auf den Mann war, den sie liebte.

Nach dem Vortrag fuhren sie zum Musikladen, um den Abend bei einem Glas Wein ausklingen zu lassen.

Hauptkommissar Bremer war am Samstag früh aufgestanden, weil er mit einem weiteren Leichenfund rechnete. Nach dem Duschen warf er einen Blick auf sein Handy, aber auf dem Display wurde kein verpasster Anruf angezeigt. Eilig rasierte er sich und zog sich an. In der Küche fielen die letzten Kaffeetropfen durch den Filter in die Glaskanne. Hannes stellte die Maschine ab und schenkte sich einen Becher ein. Er nahm die halbvolle Milchpackung aus dem Kühlschrank, schraubte den Deckel ab und schnupperte an der Öffnung. Seit er die Qualität seines Kaffees vor einiger Zeit durch saure Milch von aromatisch in ungenießbar verwandelt hatte, war er vorsichtig geworden. Er setzte sich an den Küchentisch, gab Milch und Zucker in die Tasse, rührte um und wartete. Nichts passierte. Schließlich stand er auf und schaltete das Radio ein. Nach den 7-Uhr-Nachrichten steckte er eine Scheibe Weißbrot in den Schlitz des Toasters und schlug drei Eier in die Pfanne. Das erste Mal seit Wochen konnte er an einem Samstag sein Frühstück in Ruhe genießen. Misstrauisch schielte er zu seinem Smartphone, aber es gab keinen Mucks von sich. Während er die dritte Tasse Kaffee trank, fragte er sich, was das zu bedeuten hatte. Er war sicher gewesen, dass spätestens mit dem ersten Tageslicht ein weiteres Opfer des ›Regisseurs‹ aufgefunden würde. Hatte er die Leiche diesmal so versteckt platziert, dass sie nicht so rasch von irgendwelchen Hundebesitzern, Joggern oder Straßenreinigern entdeckt wurde? Dass der Killer den Schutz der Nacht nicht für eine seiner makabren Inszenierungen genutzt hatte, erschien dem Hauptkommissar unwahrscheinlich. Allerdings hielt er den Täter nicht für so dumm, einer der vielen Polizeistreifen in die Arme zu laufen. Die mehr als 20.000 Hektar Stadtfläche konnten sowieso nicht lückenlos überwacht werden. Das war ohnehin nicht nötig. Anscheinend hatte der meistgesuchte Verbrecher Hannovers ein Faible für bekannte Gebäude. Deshalb wurden die Top-Sehenswürdigkeiten wie das Neue Rathaus, einige Kirchen in Citylage, Skulpturen, Brunnen und die historische Altstadt die ganze Nacht über in regelmäßigen Zeitabständen kontrolliert.

Inzwischen bemühte sich der Tag, das Dunkel zu verdrängen. Vor dem Küchenfenster zog die milchig-graue Wand eines Spätherbstmorgens herauf. Viele Menschen blieben angesichts der trüben Wochenendwetteraussichten im Bett. Normalerweise zählte Hannes nicht zu den leidenschaftlichen Frühaufstehern. Nun war er aber nach drei Tassen Kaffee putzmunter und wartete auf seinen Einsatz. Gegen zehn Uhr rief er in der Zentrale an. Keine besonderen Vorkommnisse, lautete die Auskunft. Offenbar hatte der ›Regisseur‹ seine Vorgehensweise geändert. Große Auswirkungen auf die Ermittlungen würde das nicht haben. Immerhin ließ eine heiße Spur auf sich warten. Das ärgerte Hannes nicht nur, es forderte ihn heraus. Er wollte endlich Ergebnisse erzielen, irgendetwas finden, das sie weiterbrachte. In der Hoffnung, auf etwas Übersehenes zu stoßen, fuhr er ins Präsidium.

KAPITEL 16

Anneliese und Charlotte hatten die infrage kommenden Akten zusammen durchgearbeitet. Am Dienstagvormittag befanden sich drei Stapel auf dem Schreibtisch. Auf jedem klebte ein Notizzettel. Auf dem ersten stand handschriftlich: ›nsw‹ = nicht sehr wahrscheinlich. Dabei handelte es sich um elf Kandidaten. Auf dem zweiten war zu lesen: ›kms‹ = könnte möglich sein. Dieser Stapel bestand aus sechs Akten. Der dritte trug die Aufschrift: ›dtv‹ = dringend tatverdächtig. Hier waren es nur vier.

»Und nun?«, fragte Charlotte. »Was machen wir damit?«

Die Strick-Liesel tippte auf den kleinsten Haufen.

»Wir müssen rausfinden, was aus den Jungs geworden ist.«

»Wir? So war das nicht abgesprochen. Das sollten wir der Polizei überlassen.«

»Bislang haben wir nichts Konkretes vorzuweisen. Dein Kommissar hat was Besseres zu tun hat, als seine Zeit mit unseren Hobby-Ermittlungen zu verschwenden. Der glaubt im Leben nicht, dass unser Ausschlussverfahren Hand und Fuß hat.«

»Damit hätte er sogar recht. Das meiste basiert auf Intuition und Bauchgefühl, vermischt mit einer Portion Küchenpsychologie.«

»Stell dein Licht nicht unter den Scheffel. Ich fand es beeindruckend, wie du die Jungen analysiert hast.«

»Wahrscheinlich hast du dir über den nächsten Schritt bereits Gedanken gemacht«, ging Charlotte darüber hinweg. »Wo willst du ansetzen?«

»Man sollte sich einen nach dem anderen vornehmen. Rausfinden, wo und unter welchen Umständen sie heute leben. Diese Infos müsste man mit dem Profil abgleichen, das Philipp erstellt hat.«

Unvermittelt stand Charlotte auf.

»Auf keinen Fall werde ich in seinen Unterlagen rumschnüffeln.«

»Das verlangt niemand von dir. Immer, wenn die Sprache auf den ›Regisseur‹ kam, habe ich mir hinterher Notizen gemacht und dazu im Internet nachgelesen. Von dir habe ich schließlich gelernt, wie man recherchiert. Das muss reichen.« In banger Erwartung blickte sie die Freundin an. »Bleibst du an Bord oder steigst du aus?«

Mit einem Seufzer setzte sich Charlotte.

»Dich kann man ja nicht unbeaufsichtigt lassen.«

Anneliese unterdrückte ein Lächeln.

»Zumal ich einer langen Ahnenreihe von Nervensägen entstamme.«

»Das habe ich befürchtet.« Sie klappte den Laptop auf. »Lass uns auf altbewährte Weise anfangen. Wie heißt der erste Kandidat?«

»Andreas Pieper – mit ›ie‹.«

Charlotte öffnete die Suchmaschine und tippte den Namen plus Hannover ein. Mehr als 160.000 Ergebnisse. Das bedeutete viel Arbeit.

Anneliese ging am zweiten Computer mit dem nächsten Namen genauso vor. Nach etwa anderthalb Stunden blickte sie auf.

»Hast du was gefunden?«

»Möglich …« Charlotte war nicht sicher. »Der hier könnte der richtige Andreas Pieper sein. Gib mir bitte mal das Foto.«

Anneliese nahm es aus der Akte, stand auf und trat hinter die Freundin. Auf dem Monitor ihres Laptops war das Bild eines Mannes im Alter von ungefähr 40 Jahren zu sehen. Er hatte dunkles Haar und trug eine Brille. Nach einem kurzen Vergleich nickte die Strick-Liesel.

»Das könnte er tatsächlich sein.«

Sie gab das Foto an Charlotte weiter.

Nicht nur Haarfarbe und Brille stimmten überein, sondern auch das runde Gesicht.

»Das Foto ist aus einem Artikel der HAZ von 2014«, erklärte sie. »Damals war er 39 Jahre alt. Das passt also. Er hat sich von der Kanalbrücke Gollstraße gestürzt. Das ist kurz vor der Hindenburg-Schleuse.«

»Heißt die noch so? Ich dachte, die wäre umbenannt worden.«

»Diese ganze Umbenennerei ist wirklich Schwachsinn. Man kann die Geschichte nicht ändern, indem man sie verleugnet. Wenn man tief genug gräbt, findet man wahrscheinlich bei jedem, nach dem eine Straße oder ein Gebäude benannt wurde, ein Haar in der Suppe.«

»Das sehe ich genauso. Ein zusätzliches Hinweisschild – wie bei der Nazikunst am Maschsee – wäre angebrachter. Aber der Beirat hat ja sonst nichts zu tun.« Fragend hob Anneliese die Brauen. »Andreas Pieper hat also tatsächlich Suizid begangen?«

»Es scheint jedenfalls so. Der Kapitän eines Frachtschiffs hat den Sprung gesehen, war aber zu weit weg, um ihn zu retten. Pieper konnte nur tot geborgen werden. Hinweise auf Fremdverschulden lagen nicht vor. Hier steht, dass er in verschiedenen Heimen aufgewachsen ist und psychische Probleme hatte.«

»Das passt alles zusammen. Kannst du das ausdrucken? Wir legen es vorsichtshalber in die Akte.«

Nach zwei Mausklicks begann der Drucker zu arbeiten.

»Wie sieht es mit deinem Kandidaten aus? Hast du was entdeckt?«

»Ich habe einen Ralf Eggers gefunden, der …« Sie setzte sich an ihren Computer und las stichwortartig vor. »… in Zusammenhang mit einem Tötungsdelikt verhaftet wurde. Vor acht Monaten. Mehr steht hier nicht. Es gibt nur diesen einen Bericht darüber.« Ihr Blick wechselte zu Charlotte. »Dem Alter nach könnte er es sein. Vielleicht sitzt er im Knast, oder sie haben ihn laufenlassen und er ist untergetaucht. Darüber können wir nur spekulieren.«

»Nicht unbedingt.« Charlotte nahm ihr Smartphone vom Tisch und griff auf eine Nummer zu. »Hallo, Carla«, sagte sie, als sich ihre ehemalige Kollegin aus dem Kriminalarchiv meldete. »Wie geht es dir?«

»Charlotte! Schön, dass du dich meldest. Wenn man den täglichen Wahnsinn nicht mitrechnet, geht es mir gut. – Und dir?«

»Sehr gut sogar. Inzwischen lebe ich in der WG, von der ich dir erzählt habe. Wir sind ein munterer Haufen Senioren, der zu jeder Schandtat bereit ist.«

»Klingt gut. Hauptsache, ihr habt Spaß.«

»Darauf kannst du wetten.« Blitzschnell überlegte sie sich eine glaubwürdige Geschichte. »Wir machen viel zusammen. Zurzeit bereite ich mit einer Mitbewohnerin ein … Ehemaligentreffen vor. Sie hat mal den Sonnenhof geleitet und möchte ihre früheren Schützlinge einladen. Durch Zufall haben wir erfahren, dass einer von den Jungs straffällig wurde. Da wir ihn nicht aufspüren konnten, ist es möglich, dass er in Haft ist.«

»Soll ich mal nachsehen, ob wir was über ihn haben?«

»Das würde uns tatsächlich weiterhelfen.« Sie griff über den Schreibtisch hinweg nach der betreffenden Akte und schlug sie auf. »Ich will dich aber nicht in Schwierigkeiten bringen. Vom Datenschutz mal abgesehen …«

»Nun sag schon: Wie heißt der Bursche?« Charlotte war einige Jahre ihre Vorgesetzte gewesen und sie hatten sich immer gut verstanden. Außerdem hatte sie stets auf ein kollegiales Miteinander geachtet und nie die Chefin herausgekehrt.

»Ralf Eggers, geboren am 25.11.1975 in Gehrden.«

»Moment …«

Charlotte gab Anneliese ein Zeichen, dass ihre Taktik funktionierte. Sie wartete geduldig, bis sich Carla zurückmeldete.

»Charlotte? Du kannst deiner Freundin sagen, wenn das Treffen in den nächsten anderthalb Jahren stattfinden soll, kann sie nicht mit Eggers Teilnahme rechnen. So lange bleibt er Staatsgast.«

»Ich richte es aus. Danke, Carla, du bist ein Schatz.«

»Gern geschehen. Bis bald.«

»Wir sehen uns. – Und grüß bitte den Rest des Teams. – Ciao!«

Sie legte das Handy beiseite, griff nach dem Kugelschreiber und fügte den Unterlagen eine Notiz hinzu, bevor sie die Akte Anneliese reichte.

Die Freundin warf nur einen kurzen Blick darauf.

»Wenn man die richtigen Kontakte hat, erledigen sich manche Dinge fast von selbst.« Zufrieden griff sie nach dem nächsten Aktendeckel. »Daniel Schwarting, geboren am 13.04.1979.«

Charlotte gab die Daten in die Suchmaschine ein, fand aber nur wenige Informationen. Schnell stellte sich heraus, dass es sich dabei um eine andere Person gleichen Namens handeln musste, da das Alter stark von dem des Gesuchten abwich. Ein weiterer Daniel Schwarting war anscheinend Tierpfleger im hannoverschen Zoo. Zu ihm existierten aber keine näheren Angaben. Schließlich stieß sie auf eine Eintragung im Telefonbuch ihrer Heimatstadt. Anneliese wollte zum Hörer greifen, aber Charlotte hinderte sie daran, indem sie ihre Hand auf den Apparat legte.

»Wir können da nicht einfach anrufen. Sollte er unser Killer sein, würde er uns mit Sicherheit keine Auskunft geben. Dafür wäre er gewarnt.«

»Die Adresse steht dabei, oder? Wir fahren einfach hin.«

»Und dann?«

»Erst mal gucken wir, ob er da wirklich wohnt – danach sehen wir weiter.«

»Toller Plan«, sagte Charlotte wenig begeistert, aber sie sah der Freundin die Entschlossenheit an. »Wann?«

»Nach dem Mittagessen?«

»Meinetwegen.«

Anneliese konnte es kaum erwarten. Mit Mühe konzentrierte sie sich auf das Tischgespräch. Ihre Gedanken beschäftigten sich mit den Akten ihrer ehemaligen Heimkinder. Hatten sie wirklich die richtige Auswahl getroffen? Wenn ja, müsste einer der beiden Übriggebliebenen mit dem

›Regisseur‹ identisch sein. War das nicht zu einfach? Sie hatten nur ein paar Tage für die Sichtung der Akten gebraucht, während die Polizei bereits wochenlang ermittelte – allerdings von einer anderen Ausgangsposition. Ohne Hilfe wäre sie selbst aufgeschmissen gewesen. Obwohl Charlotte nur im Schritttempo mit ihr unterwegs war. In jedem anderen Fall hätte sie vermutlich Vollgas gegeben. Das lag sicher nicht nur daran, dass sich die Freundin eigentlich aus diesem Fall heraushalten wollte. Sie sprach es zwar nicht aus, aber Anneliese ahnte, dass sie sich ihretwegen so zögerlich verhielt. Charlotte war beunruhigt, weil sie nicht nur alle Opfer kannte, sondern häufigen beruflichen Kontakt zu ihnen gehabt hatte. Das waren zwei Berührungspunkte, die darauf hindeuten konnten, dass sie sich in Gefahr befand. Vorstellen konnte sich Anneliese das nicht so richtig. Inobhutnahmen wurden zunächst von Mitarbeitern des Jugendamts in die Wege geleitet. Genau wie die Art der Unterbringung. Jedenfalls vorläufig. Alles Weitere wurde von einem Richter entschieden. Als Leiterin des Sonnenhofs war sie allenfalls zum Verhalten der Kinder während ihres Aufenthalts befragt worden, aber nie in Entscheidungen involviert gewesen. Deshalb gab es keinen Grund, sich an ihr zu rächen. Vorausgesetzt, der ›Regisseur‹ war über diese Abläufe informiert. Sollte er seinen Hass allerdings auf alle Erwachsenen konzentriert haben, mit denen er damals gezwungenermaßen zu tun hatte …

»Liesel?« Conrad stieß sie am Arm an. Prompt kullerten die zwei Rosenkohlröschen von ihrer Gabel auf den Teller zurück. »Möchtest du noch eine Frikadelle?«

»Was? Nein, danke.«

»Du hast kaum was gegessen. Schmeckt es dir nicht?«

»Es ist sehr lecker. Ich war nur in Gedanken.«

Sie zwang sich, unter seinem besorgten Blick brav ihren Teller leer zu essen.

Charlotte ahnte, was die Freundin beschäftigte – zumal sie selbst so ziemlich alle möglichen Varianten rund um Anneliese Rolle in diesem Stück in Erwägung gezogen hatte.

Nach dem Essen räumten sie gemeinsam den Tisch ab. Anneliese sagte im Beisein aller, sie wolle etwas erledigen, und bat Charlotte, sie zu fahren, da sie selbst kein Auto mehr besaß.

So verließen sie bald das Haus, ohne dass jemand Verdacht schöpfte. Als sie losfuhren, saß die Strick-Liesel ungeduldig auf dem Beifahrersitz.

»Willst du nicht das Navi programmieren?« Sie zeigte Charlotte den Zettel mit dem notierten Straßennamen. »Keine Ahnung, wo das ist.«

»Aber ich.«

»Echt?«

»Eine ehemalige Kollegin wohnt in der Gegend. Das ist in Ricklingen.«

»Sicher?«

Charlotte trat an der Grundstücksausfahrt auf die Bremse, bevor sie sich Anneliese zuwandte.

»Wollen wir die Plätze tauschen?«

»Sorry …« Sie atmete tief durch. »Ich bin schrecklich nervös. Vielleicht stehen wir gleich dem Killer gegenüber – und ich kannte ihn als Kind.«

»Wir können die Sache sofort abbrechen und Hannes informieren. Das wäre wahrscheinlich sowieso am vernünftigsten.«

»Du machst dir Sorgen. Warum?«

»Weil das ziemlich gefährlich werden könnte.«

»Das hat dich nie von Ermittlungen abgehalten.«

»Das war etwas anderes.«

Aus ernsten Augen schaute Anneliese sie an.

»Inzwischen kenne ich dich gut genug, um zu wissen, dass du hier wirklich nur mir zuliebe mitmachst. Obwohl der Fall dich interessiert, hätte ich dich nicht überreden können, mir zu helfen, wenn du nicht mit jeder Leiche besorgter geworden wärst. Du befürchtest das Gleiche wie Conrad: Dass ich auf der Todesliste stehen könnte. – Und die Chancen dafür stehen nicht schlecht, oder?«

Charlotte manövrierte um eine eindeutige Antwort herum.

»Wir wissen zu wenig über den Täter. Deshalb können wir nur Vermutungen anstellen.« Sie fuhr an, überzeugte sich, dass die Straße frei war, und bog nach links ab. »Hilf mir bitte mal auf die Sprünge. Nachdem wir so viele Akten durchgearbeitet haben, erinnere ich mich nicht mehr genau an diesen Fall. Wieso war der Junge bei euch? Daniel …?«

»Schwarting. Die Mutter starb an Krebs; der Vater hat den ganzen Tag auf dem Bau gearbeitet. Dadurch war der Junge nach der Schule auf sich allein gestellt. Er hat sich viel auf der Straße rumgetrieben und schließlich einer Jugendbande angeschlossen. Dann kam es wie so oft: Schlägereien, Ladendiebstähle, Schulschwänzen. Dem überforderten Vater wurde das Sorgerecht entzogen – und Daniel kam zu uns auf den Sonnenhof. Damals war er 13 und pubertär.« Sie dachte kurz nach. »Ein aggressiver und verschlossener Junge. Kein Wunder: Seine ganze Welt war aus den Fugen geraten. Niemand hat ihm bei der Trauer um seine Mutter beigestanden.«

»Sein Verhalten war so etwas wie ein Hilferuf«, fügte Charlotte hinzu. »Wenn in so einem Moment keiner da ist, der ein Kind auffängt, äußert sich das wahrscheinlich oft in Aggressionen.«

»Das habe ich nicht nur einmal erlebt«, bestätigte Anneliese. »So ein Kind braucht viel Liebe und Verständnis. Trotzdem gelingt es leider selbst mit jeder Menge Geduld nicht immer, den erlittenen Schaden zu beheben.«

Während sie sich darauf konzentrierte, von ihren Erfahrungen mit auffällig gewordenen Kindern zu erzählen, entspannte sich Anneliese allmählich. Ihre Nervosität wuchs erneut, als Charlotte von der Hauptstraße abbog.

»Die nächste rechts müsste es sein.«

Sie fuhr in die Straße hinein und fand nach kurzer Suche die richtige Hausnummer. Auf der gegenüberliegenden Seite entdeckte sie eine Parklücke. Nach dem Aussteigen blieben sie zunächst am Wagen stehen.

Das rote Backsteingebäude machte einen gepflegten Eindruck. Hecken aus Blutberberitze trennten den Gehweg von den Vorgärten. Der Buchsbaum an der Hauswand zwischen den drei weißen, überdachten Eingangstüren war mannshoch gestutzt. Insgesamt umfasste der achtstöckige Gebäudekomplex drei Häuser. Ein Stück weiter rechts von den Haupteingängen gab es jeweils einen tiefergelegten Eingang, der durch den schrägen Aufgang auf den Fahrradkeller schließen ließ. Möglicherweise konnte man von dort aus direkt ins Haus gelangen. Somit standen bei Bedarf zwei Fluchtwege offen.

Charlotte hakte die Freundin unter.

»Dann mal los.«

Sie überquerten die Straße, gingen am Mülltonnenhäuschen vorbei und stiegen die sieben Stufen zum Entrée hinauf. Im verglasten Windfang blieben sie stehen. Auf dem Klingelbrett befanden sich 24 Namensschilder in 8 Reihen. Demnach lagen auf jeder Etage drei Wohnungen. Außerdem zeugte der Lautsprecher von einer Gegensprechanlage. Anneliese streckte den Finger aus.

»Soll ich?«

»Trau dich.«

Sie drückte den Klingelknopf neben dem Namen Schwarting. Nichts geschah. Auch nach dem zweiten Versuch rührte sich nichts. Ratlos schaute sie Charlotte an.

»Und nun?«

»Das ist deine Show.«

Ein tiefer Seufzer löste sich von den Lippen der Strick-Liesel. Während sie überlegte, was sie nun tun sollten, ergriff Charlotte die Initiative. Sie legte beide Hände auf das Klingelbrett, um möglichst viele Knöpfe gleichzeitig zu erwischen.

»Hallo?«

»Ja?«

»Wer ist da?«

»Paketdienst!«, antwortete sie forsch, wobei sie der Freundin zuzwinkerte.

Sofort ertönte der Summer, sodass sie ins Haus gelangten.

»Du bist mir ja eine.«

»Manchmal muss man eben ein bisschen kreativ sein.«

Bei den Briefkästen blieben sie stehen. Anneliese dachte abermals angestrengt nach. Dennoch fiel ihr nichts ein, das sie nun tun könnten.

»Hast du einen Vorschlag?«

»Wir könnten unter einem Vorwand Nachbarn nach irgendjemandem fragen, der hier angeblich mal gewohnt hat, und das Gespräch wie zufällig auf Schwarting lenken. Vielleicht kommen wir dadurch an Informationen über ihn.«

»Gute Idee.«

Sie wandten sich nach links, um zu den Fahrstühlen zu gelangen, als eine Frau das Haus betrat. Sie war mit einem Weidenkorb und einer Einkaufstasche beladen. Die Freundinnen traten zur Seite und ließen sie vorbei. Am Aufzug trafen sie erneut aufeinander.

»Welche Etage?«, fragte die etwa Vierzigjährige in der Kabine mit Blick auf Charlotte.

»In die fünfte, bitte.«

»Genau wie ich.« Sie wählte das Stockwerk, bevor sie Charlotte musterte. »Darf ich fragen, zu wem Sie wollen?« Offenbar bemerkte sie deren Zögern und lächelte. »Ich frage nicht aus Neugier. Unsere Nachbarn sind verreist, und die kleine Wohnung nebenan steht seit zwei Monaten leer.« Ihr offener Blick wechselte zwischen den Frauen. »Anscheinend wollen Sie zu mir.«

»Sie sind Frau Schwarting?«, erwiderte Charlotte geistesgegenwärtig. »Es wäre nett, wenn Sie uns ein paar Fragen beantworten könnten.«

Da sich die Lifttüren öffneten, griff die Bewohnerin nach ihrem Korb und der Baumwolltasche.

Auf dem Weg über den Flur zur Wohnungstür dachte Charlotte fieberhaft über eine plausible Erklärung nach.

Unterdessen wurde Anneliese immer nervöser. Konnte das gutgehen? Wenn diese so harmlos aussehende Frau mit ihrem Mann unter einer Decke steckte? Die vielen Einkäufe reichten mindestens für zwei Personen. Vielleicht saß der Kerl in der Wohnung wie eine Spinne, die nur darauf wartete, dass sie ihm ins Netz ging. Charlotte würde er dabei einfach als Kollateralschaden betrachten. Oder hatte er sich womöglich in der angeblich leerstehenden Wohnung eingenistet und nutzte sie als Tatort für seine Grausamkeiten? Wenn es so wäre, musste er sich gar nicht mehr die Mühe machen, die ehemalige Leiterin des Sonnenhofs zu entführen. Naiv, wie sie war, spazierte sie freiwillig in ihr Unglück. Unwillkürlich blieb Anneliese stehen. Am liebsten hätte sie sofort die Flucht ergriffen, aber sie konnte Charlotte nicht ihrem Schicksal überlassen. Sie musste sie irgendwie warnen. Aber wie?

Sie sah, wie die Frau ihre Einkäufe abstellte und die Wohnungstür aufschloss. Bevor sie eintrat, wandte sie sich um.

»Sie haben mir gar nicht gesagt, wer Sie sind und worum es überhaupt geht.«

»Ich bin Charlotte Arndt.« Obwohl ihre Menschenkenntnis signalisierte, dass von Frau Schwarting keine Gefahr ausging, blieb sie auf der Hut. Deshalb benutzte sie vorsichtshalber ihren Mädchennamen, unter dem sie erst kürzlich ermittelt hatte. »Wir sind vom Sonnenhof.«

»Das ist ja eine Überraschung.« Ein entschuldigendes Lächeln huschte über das Gesicht der Frau. »Man liest und hört so viel über Betrüger, die sich unter irgendeinem Vorwand Zutritt zu Wohnungen verschaffen, um die Leute auszurauben.«

»Man kann nicht vorsichtig genug sein«, pflichtete Charlotte ihr bei. »Sie kennen den Sonnenhof? Hat Ihr Mann Ihnen davon erzählt?«

»Ja. – Aber kommen Sie bitte rein.«

Sie brachte die Einkäufe in die Küche und führte die Damen ins Wohnzimmer. Dort bot sie den Besucherinnen Platz an.

»Ich stehe Ihnen gleich zur Verfügung, aber ich brauche dringend einen Kaffee. Trinken Sie eine Tasse mit?«

Charlotte ignorierte Annelieses warnenden Blick und stimmte für sie beide zu. Daraufhin zog sich die Hausherrin abermals in die Küche zurück.

»Jetzt bleib mal locker«, raunte Charlotte dem Nervenbündel an ihrer Seite zu. »Sie wird uns nicht gleich vergiften.«

»Aber vielleicht betäuben.«

»Da du neuerdings Schlafstörungen hast, wäre so eine Tiefschlafphase fast wie ein Wellnesswochenende.«

»Wieso bin ich bloß mit dir hierhergekommen?«

»Das war *deine* Idee. Schon vergessen?«

Anneliese schluckte eine Antwort hinunter, als Frau Schwarting mit einem Tablett hereinkam. Sie stellte Tassen, Milchkännchen und Zuckerdose auf den Tisch und verschwand, um die Glaskanne zu holen. Nachdem sie kurz darauf den Kaffee eingeschenkt hatte, setzte sie sich zu ihren Besucherinnen.

»Sie kommen also vom Sonnenhof«, nahm sie den Faden wieder auf. »Sammeln Sie Spenden?«

»Wir sind aus einem anderen Grund hier.« Charlotte hoffte, überzeugend zu sein. Da sie nicht genau wusste, wie lange das Heim existierte, bemühte sie sich um vage Formulierungen. »Der Sonnenhof feiert Ende des Jahres Jubiläum – mit einer großen Feier. Meine Kollegin und ich, wir gehören zum Organisationsteam. Wir haben eine Namensliste von Kindern, die zeitweise dort gelebt haben. Damit wir sie einladen können, überprüfen wir nun die Adressen.«

»Wie nett. Sie planen ein Ehemaligentreffen.« Sie griff nach ihrer Kaffeetasse. »Schade, dass mein Mann nicht daran teilnehmen kann.«

»Warum nicht?«

Ohne einen Schluck zu sich genommen zu haben, stellte Frau Schwarting die Tasse auf den Tisch zurück. Warum trank sie nicht? Sie hatte vorhin behauptet, dass sie dringend einen Kaffee brauchte.

»Daniel ist schwer krank. Seit ein paar Tagen ist er in einem Hospiz.«

Misstrauisch runzelte Anneliese die Stirn. Allmählich begriff sie die Zusammenhänge. Der Mann war also krank und wusste, dass er nicht mehr lange leben würde. Deshalb wollte er sich vor seinem Tod an allen rächen, die er für schuldig an seiner Inobhutnahme hielt. Seine Krankheit schritt schneller als erwartet voran, und seine Frau brachte ihn in ein Hospiz. Deshalb war am letzten Wochenende keine Leiche aufgetaucht.

Sie schaute zu Charlotte, die sich behutsam nach der Krankheit erkundigte, während sie nach ihrer Tasse griff. Unwillkürlich hielt Anneliese den Atem an.

»Magenkrebs.« Eine Träne rollte über die Wange ihrer Gastgeberin. »Das erste Mal wurde Daniel vor zwei Jahren operiert. Im April noch mal. Nach der Chemo dachten wir, er hätte es auch diesmal geschafft, aber vor drei Monaten ging es ihm immer schlechter. Die Ärzte haben Metastasen im ganzen Körper entdeckt. Seitdem wurde er von Tag zu Tag dünner und schwächer, bis er letzte Woche auf eigenen Wunsch ins Hospiz kam.«

»Sie brauchen nun viel Kraft«, sagte Charlotte mitfühlend, setzte die Tasse an die Lippen und probierte das aromatische Getränk. »Wir hätten Sie gar nicht mit so Unwichtigem behelligen sollen.«

»Mein Mann wird sich freuen, wenn ich ihm von Ihrem

Besuch berichte. Er hat nur selten von seiner Zeit auf dem Sonnenhof erzählt, wollte das alles hinter sich lassen. Nachdem er akzeptiert hatte, dass er nicht mehr lange lebt, kam das alles wieder hoch. Seitdem spricht er öfter über sein Leben vor unserer Ehe. Er sagte, dass er nach dem Tod seiner Mutter völlig aus dem Gleichgewicht geraten sei, wütend und aggressiv war. Die Eingewöhnung im Heim fiel ihm unglaublich schwer. Im Nachhinein wäre die Unterbringung dort aber ein Glück für ihn gewesen.«

Abermals nahm sie ihre Tasse vom Tisch. Diesmal trank sie daraus, was Anneliese enorm erleichterte. Charlotte beobachtete es und unterdrückte ein Lächeln. Sie wandte sich an ihre Gastgeberin und ermunterte sie, weiterzuerzählen.

»Auf dem Sonnenhof gab es eine Frau, die sich geduldig um Daniel gekümmert hat. Anscheinend hat sie bald bemerkt, dass dort nicht der richtige Ort für ihn ist. Sie hat nicht nur für psychologische Hilfe gesorgt, sondern sich dafür eingesetzt, dass er einen der begehrten Plätze in einer Wohngruppe auf einem speziellen Bauernhof bekommt.« Sie dachte kurz nach. »Ich glaube, der hieß irgendwas mit Landliebe oder so.«

»Landluft.«

Beide Frauen blickten Anneliese an, als schienen sie verwundert, dass sie sprechen konnte.

»Das war ein ehemaliger Bauernhof in dörflicher Lage. Auf einem 3.000 Quadratmeter großen Grundstück stand ein Fachwerkhaus, in dem die Kinder und Jugendlichen mit ihren Betreuern zusammenlebten. Außerdem gab es dort allerlei Getier: Schafe, Ziegen, Hühner, Esel, Ponys, Kaninchen ... Die wurden unter Anleitung von den Bewohnern versorgt. Dadurch lernten sie, Verantwortung zu übernehmen. Leider existiert dieser Hof heute nicht mehr.«

Davon wusste Frau Schwarting von ihrem Mann.

»Bei Daniel wurde dort die Liebe zu Tieren geweckt. Deshalb hat er später eine Ausbildung zum Tierpfleger gemacht. Dass er nicht mehr auf die schiefe Bahn geraten ist, verdankt er im Grunde dieser Frau, von der er gar nicht mehr weiß, wie sie wirklich hieß. Sie wurde von allen nur ›Strick-Liesel‹ genannt.«

Beschämt senkte Anneliese den Blick. Sie nahm die Kaffeetasse vom Tisch, trank ohne zu zögern.

»Das war eine ausgezeichnete Pädagogin«, bemerkte Charlotte. »Inzwischen ist sie im Ruhestand.« Sie griff noch einmal nach ihrer Tasse. »Nach dem, was Sie sagten, hat Ihr Mann wahrscheinlich keinen Kontakt zu ehemaligen Sonnenhof-Kindern.«

»Nein.«

Charlotte leitete ihren Abgang ein, indem sie behauptete, weitere Adressen überprüfen zu müssen.

Im Flur bedankten und verabschiedeten sie sich. Anneliese streckte der Frau die Hand entgegen.

»Alles Gute – und herzliche Grüße an Daniel.«

»Dann sind Sie …?«

Anneliese nickte nur und verließ hinter Charlotte die Wohnung. Die Freundin steuerte aber nicht auf den Lift zu, sondern wandte sich zur Treppe. Sie trabte die Stufen hinab, sodass die Strick-Liesel Mühe hatte, mit ihr Schritt zu halten. Als sie im Erdgeschoss ankam, lehnte Charlotte lässig an der Wand.

»Wo bleibst du denn, Liesel? Wirkt der Kaffee etwa schon?«

»Mach du dich nur lustig über mich.«

Amüsiert legte Charlotte den Arm um ihre Schultern.

»Na, komm. Zu Hause warten sie sicher auf uns.«

KAPITEL 17

Bald nach dem Frühstück brach Philipp auf, da er zur Verabschiedung eines ehemaligen Kollegen in die Uni eingeladen war. Conrad ging nach oben, um sein Schwimmzeug zusammenzusuchen. Als die Männer das Haus verlassen hatten, verschwanden ihre Partnerinnen im Stiftungs-Büro.

Anneliese setzte sich an den Schreibtisch und griff nach einer Akte.

»Ein Kandidat ist übrig. Das muss unser Killer sein.«

»Könnte«, korrigierte Charlotte sie und nahm ihr gegenüber Platz. »Möglicherweise liegen wir mit unserer Auswahl völlig daneben. In Daniel haben wir uns auch komplett geirrt.«

»Wir haben nicht bedacht, dass er sich so positiv entwickeln würde.«

»Was er dir verdankt. Du hast ein gutes Gespür für Menschen und ihre Bedürfnisse.«

Bescheiden winkte die Strick-Liesel ab.

»Das war schließlich mein Job.«

»Ich glaube, du hast immer ein bisschen mehr als nur deinen Job getan. Deshalb kann ich mir nicht vorstellen, dass jemand einen Grund haben könnte, sich an dir zu rächen.«

»Im Laufe der Jahre habe ich bestimmt viele Fehler gemacht. So wie wir alle. Nobody is perfect.« Sie schlug die Akte auf. »Kannst du mal im Internet nach einem Odo Voigt suchen? Voigt mit ›o i‹.«

Charlotte tippte den Namen in die Suchmaschine. Vom Nachnamen gab es 17.500 Einträge, aber es war keiner mit dem Vornamen Odo darunter.

»Nichts«, sagte Charlotte. »In den Telefonbüchern ist deutschlandweit niemand mit diesem Namen aufgeführt. Keine Eintragung in den sozialen Netzwerken. Heutzutage kommt es selten vor, dass ein Erwachsener keine Spur im Internet hinterlassen hat. Er könnte vielleicht geheiratet und den Namen seiner Frau angenommen haben. Oder er ist tot. Mehr fällt mir dazu nicht ein.« Sie schaute zu Anneliese hinüber. »Das war es dann wohl.«

So schnell gab die Freundin nicht auf.

»Möglicherweise finden wir hier einen Anhaltspunkt.« Sie blätterte in der umfangreichen Akte. »Der Junge war nicht lange auf dem Sonnenhof. Nur knapp sechs Wochen. Von dort aus kam er nach Uhlenbrock.«

»Uhlenbrock? Irgendwo habe ich schon mal davon gehört.«

»Das ist eine Psychiatrische Klinik in der Nähe des Flughafens. Soviel ich weiß, wurde sie nach dem Krieg von einem Professor Egon Uhlenbrock eröffnet. Zuerst war das ein privates Sanatorium für betuchte Leute mit psychischen Problemen. Ende der 70er-Jahre hat sein Sohn Walter seine Nachfolge angetreten. Seitdem werden dort auch Kassenpatienten behandelt.«

»Aber Odo Voigt war bei seiner Einweisung ein Kind.«

»Dort gab es eine Kinder- und Jugendpsychiatrie.«

»Warum wurde er eingewiesen?«

»Er war kurzfristig in verschiedenen Heimen, bevor er zu uns kam. Sein Vater hatte die Familie verlassen, die Mutter tröstete sich mit wechselnden Männerbekanntschaften. Odo wurde übermäßig aggressiv, hat gezündelt, Tiere gequält und andere Kinder mit Steinen beworfen. Als er auf den Sonnenhof kam, war er acht und hatte einen Suizidversuch hinter sich. Die Experten waren sich nicht einig, ob er sich wirklich umbringen oder nur Aufmerksamkeit wecken wollte.«

»Hat sich sein Verhalten bei euch geändert?«

Anneliese seufzte.

»Leider nicht. Ich erinnere mich, dass ich einen ganz guten Draht zu ihm hatte. Ein intelligenter Junge, der langsam anfing, mir zu vertrauen. Es dauerte eine Weile, bis wir bemerkten, dass er andere Kinder heimlich verprügelt hat – nur weil sie die gleiche Aufmerksamkeit bekamen. Er hat ihnen aufgelauert und sie aus dem Hinterhalt überfallen. Wenn wir ihn zur Rede stellten, hat er alles abgestritten. Im Grunde war er bereits zu diesem Zeitpunkt nicht mehr tragbar. Wir haben ihn trotzdem bei uns behalten, weil wir das Gutachten abwarten wollten. Kurze Zeit später gab es einen Zwischenfall mit einem anderen Jungen. Angeblich soll Odo ihm den Arm gebrochen haben. Er hat zwar beteuert, dass er das nicht war, aber die etwas ältere Betje hatte behauptet, sie hätte alles beobachtet. Odo wurde am gleichen Tag abgeholt und nach Uhlenbrock gebracht.«

»Das ist heftig«, sagte Charlotte nachdenklich. »Hältst du es für möglich, dass er nie entlassen wurde und bis heute in der Klinik ist?«

»Das könnte sein.« Sie warf einen weiteren Blick in die Unterlagen. »Telefonisch werden sie uns dort bestimmt keine Auskunft geben. Lass uns morgen mal hinfahren.

Wenn sie uns sagen, dass er in Gewahrsam ist, müssen wir uns die anderen Akten noch mal genauer ansehen.«

Charlotte googelte die Klinik, um die genaue Adresse zu erfahren. Sie stieß hörbar die Luft aus, als sie auf eine Schlagzeile stieß.

»Das ist ja interessant.«

»Was?«

»In der Klinik hat es gebrannt – vor etwa drei Monaten. Fast der gesamte Patientenkomplex wurde zerstört. Er ist teilweise einsturzgefährdet. Nur das Verwaltungsgebäude blieb unversehrt.«

»Gab es Verletzte?«

»13 Tote und viele Schwerverletzte.«

»Und Professor Uhlenbrock?«

»Moment.« Charlotte überflog einen Artikel. »Uhlenbrock wurde mit Schädelbruch aus den Trümmern gezogen. Ihn hat ein herabgestürzter Balken erschlagen. Er wurde 72. – Erstaunlich, dass er nicht längst im Ruhestand war.«

»Privatpatienten hätte er sogar noch mit 100 behandeln können. Soweit ich weiß, hat schon sein Vater bis ins hohe Alter Patienten betreut.«

»Walter Uhlenbrock war unverheiratet«, las Charlotte. »Keine Kinder. Offenbar wurde bereits vor dem Unglück nach einem geeigneten Nachfolger gesucht.« Mit fragendem Blick schaute sie auf. »Kanntest du ihn?«

»Nicht wirklich. Ich war mal zu einem Vortrag von ihm über psychische Störungen bei traumatisierten Kindern. Hinterher gab es einen kleinen Empfang, bei dem wir einander vorgestellt wurden. Wir haben aber nur ein paar Worte gewechselt. Er war ein charismatischer, von sich überzeugter Mann, der sich nicht in seine Arbeit reinreden ließ. Er hat seine Patienten gern von allem abgeschirmt. Mir hat er damals nicht erlaubt, den Jungen zu besuchen.«

Anneliese stand auf und trat hinter Charlotte, die inzwischen auf die Seite mit den Fotodateien gewechselt hatte. Auf einigen Aufnahmen waren verrußte Ruinen zu sehen, auf anderen die komplette Klinik vor dem Brand. Ein Bild zeigte die Rückansicht eines Gebäudes vom Garten aus. Mit den drei Erkern, dem kleinen Glockenturm und den teilweise von Moos und wildem Wein bewachsenen Backsteinen wirkte es beklemmend, fast unheimlich. Aus dem verwildert wirkenden Garten führte eine Treppe hinauf, die sich auf halber Höhe teilte und auf der rechten und linken Seite weiter nach oben in einer Balustrade mündete. Rundbogentüren führten ins Innere des Hauses.

»Toll«, sagte Charlotte. »Da würde ich gern mal mit der Kamera reingehen.«

»Das sieht aus wie ein Horrorhaus aus einem Gruselfilm.«

»Eben. Das erinnert mich an die ›lost places‹, die es rund um den Globus gibt. Da schlägt jedes Fotografenherz höher.«

»Wegen so alter Gemäuer?«

»Bei Gelegenheit zeige ich dir ein paar Fotos, die ich letztes Jahr in Brandenburg gemacht habe. Besonders die Beelitz-Heilstätten sind faszinierend.«

Anneliese legte die Hand auf ihre Schulter.

»Nimm morgen deine Kamera mit. Vielleicht findest du ein richtig schönes, gruseliges Motiv.«

»Du willst da trotzdem hin? Die Klinik ist seit dem Brand geschlossen.«

»Aber die Verwaltung existiert noch. Und wenn da keiner ist, gibt es bestimmt einen Hausmeister, der uns Auskunft geben kann. Sicher kann er uns sagen, was aus den überlebenden Bewohnern geworden ist.«

»Okay, aber lass uns bitte gleich fahren, sonst habe ich meinen Fitnesskurs umsonst abgesagt.«

Damit war Anneliese einverstanden. Sie gingen hinauf, zogen sich um und trafen sich zehn Minuten später in der Wohnhalle.

Diesmal programmierte Charlotte das Navi, da sie nur die ungefähre Lage der Klinik kannte. Über die B3 und A2 fuhren sie Richtung Flughafen, ließen ihn links liegen und nahmen die Straße zum Waldsee Krähenwinkel. Nicht weit davon entfernt meldete die sachliche Stimme des Navigationsgeräts, dass sie ihr Ziel erreicht hätten. Charlotte stoppte auf dem verwahrlost aussehenden ehemaligen Klinikparkplatz und nahm ihre Kamera vom Rücksitz.

Bald standen die Freundinnen vor einem geschlossenen schmiedeeisernen Tor, das an roten Backsteinpfeilern befestigt war. Von dort aus verlief zu beiden Seiten ein hoher Zaun. Auf einem Schild stand in großen schwarzen Buchstaben: ›Klinik Uhlenbrock‹. Und darunter kleiner gedruckt: ›Bitte klingeln‹. Charlottes Blick folgte dem Pfeil, der nach rechts zu einem der Pfosten zeigte, an dem ein Messingknopf angebracht war. Sie zögerte jedoch. Sie hätte das Gelände gern auf eigene Faust erkundet. Ein Hausmeister würde sie hier sicher nicht frei herumlaufen lassen. Auf einem Schild am Gitter stand: ›Betreten verboten! Eltern haften für ihre Kinder‹.

»Uns hätte eigentlich klar sein müssen, dass das Klinikgelände umzäunt ist, damit hier nicht jeder einfach reinspazieren kann.«

»Und damit die Insassen nicht türmen können«, fügte die Strick-Liesel hinzu. »Leider können wir uns dadurch nicht in Ruhe umschauen.« Sie fixierte das Tor, als könne sie sich durch ärgerliche Blicke Zutritt verschaffen. Drüber klettern kam nicht infrage, jedenfalls nicht für sie. Charlotte traute sie das zwar ohne weiteres zu, aber die würde sie wahrscheinlich für verrückt erklären. Was nun?

Während sie darüber nachdachte, griff ihre Begleiterin nach dem Knauf des Tores und rüttelte daran. Unverhofft sprang das Schloss auf. Es quietschte fürchterlich, als sie das Tor so weit aufdrückte, dass sie sich hindurchschieben konnten.

»Das nächste Mal probieren wir zuerst aus, ob abgeschlossen ist.«

Anneliese grinste.

»Anscheinend hat sich nach dem Feuer niemand mehr die Mühe gemacht, alles gründlich zu verriegeln.« Sie blickte sich um. »Wohin zuerst?«

»Mich interessieren die Brandruinen am meisten«, gab Charlotte zu. »Ich möchte ein paar Fotos schießen, bevor hier vielleicht ein Hausmeister auftaucht und uns rauswirft.«

Sie gingen auf ein langgestrecktes Gebäude zu, dem man den Brandschaden von weitem ansah. Davon schoss Charlotte die ersten Fotos. Wo ursprünglich Fenster waren, befanden sich nur schwarze Löcher. Das Dach war teilweise abgedeckt. Vereinzelte Sonnenstrahlen tasteten sich durch das verkohlte Gebälk ins Innere.

Nach einem Blick in die Runde wählte Charlotte den Eingang zu einem Gebäudeteil, der vom Feuer offenbar weitgehend verschont geblieben war. Die Türen waren nicht abgeschlossen. Zögernd folgte Anneliese der Freundin hinein. Die Wände waren mannshoch blassgelb gekachelt. Darüber war die Farbe bis hoch zur Decke abgeplatzt. Den Boden bedeckten Teile von Putz, Dreck und kleine Steinchen. Es sah nach einem Wasserschaden aus, der wahrscheinlich durch die Löscharbeiten entstanden war. Je tiefer sie ins Gebäude vordrangen, umso dämmeriger wurde das Licht.

Während Charlotte fasziniert fotografierte, empfand Anneliese die Atmosphäre als unheimlich und bedrückend. Von einem breiten, hallenähnlichen Raum zweigten in vier Richtungen Flure ab, die im Nichts zu enden schienen. In der Nähe stand ein Rollstuhl. Ein altes Modell, völlig verdreckt und mit halb heruntergerissener Rückenlehne. Bei allen vier Reifen fehlte die Gummiummantelung. Dieses ausgediente Gefährt erinnerte Anneliese an ein Gerippe. Das rostige Metallbett auf dem rechten Flur produzierte Bilder in ihrem Kopf von einem fixierten, schreienden Patienten, der hier festgehalten wurde, obwohl er kerngesund war. Auch die an den Wänden lehnenden Matratzen mit den Schimmelflecken lösten Unbehagen in ihr aus. Unwillkürlich erschauerte sie.

Charlotte bemerkte es und dirigierte sie ins Freie. Sie schlug vor, als Nächstes zum Verwaltungsgebäude zu gehen. Da sie es auf den Fotos im Internet gesehen hatten, mussten sie nicht lange suchen.

Der älteste Teil von Uhlenbrock war unschwer zu erkennen. Die Tür auf der Vorderseite war verschlossen. Deshalb umrundeten sie das Haus mit dem Glockentürmchen. Vom trostlos anmutenden Garten aus stiegen sie die Stufen hinauf auf die Balustrade. Die Türen in den drei Arkaden waren ebenfalls verschlossen und zusätzlich mit Brettern vernagelt.

Mit der Kamera in der Hand trat Charlotte an ein Geländer, hielt das Objektiv zum Garten hin und drückte die Videotaste. Langsam bewegte sie sich im Kreis, um möglichst viel von der Umgebung einzufangen. Schließlich ließ sie den Apparat sinken.

»Hier kommen wir nicht rein. Außer uns scheint überhaupt kein Mensch auf dem Gelände zu sein.«

»Wir müssen aber irgendwie an Infos über Odo Voigt kommen. Vielleicht gibt es einen Seiteneingang.«

Anneliese setzte sich in Bewegung und ging voraus. An der rechten Längsseite gab es keinen Eingang. Allerdings entdeckte sie ein Fenster in der ersten Etage, das einen Spalt breit offen stand. Sie machte Charlotte darauf aufmerksam, die daraufhin den Kopf schüttelte.

»Da kommen wir auch mit Räuberleiter nicht hoch.«

»Bist du schwindelfrei?«

»Ja, warum?«

»Hast du Höhenangst?«

»Nein, wieso?«

Anneliese zeigte in den Garten hinein.

»Da drüben an dem großen Apfelbaum lehnt eine Leiter.«

»Soll heißen?«

»Ich hole sie – und du steigst rauf.«

»Das hast du dir ja fein ausgedacht.«

»Ja, ne?«

»Wenn mich jemand dabei beobachtet, komme ich in Teufels Küche.«

»Ich besuche dich dort – versprochen.«

Charlotte atmete tief ein, folgte der Freundin aber.

Gemeinsam trugen sie die Leiter aus dem Garten und lehnten sie an die Hauswand. Sehr vertrauenserweckend sah das Holzgestell nicht aus.

»Halt das Ding gut fest.«

»Als hinge mein Leben davon ab.«

»Das tut es. Wenn das hier schiefgeht, reißt Hannes uns beiden den Kopf ab.«

Sie schob die Kamera, die sie an einem Gurt um den Hals trug, vorn unter die Jacke und zog den Reißverschluss hoch. Vorsichtig erklomm sie Sprosse für Sprosse. Als sie das Fenster erreichte, drückte sie mit einer Hand gegen die Scheibe. Nichts geschah. Anscheinend war das alte Holz verzogen. Die abblätternde Farbe war ein Zeichen, dass der letzte Anstrich lange zurücklag. Charlotte verlagerte ihr Gewicht und legte beide Hände auf den Rahmen. Unter dem Druck gab der Fensterflügel mit einem knarzenden Geräusch nach. Er fegte einige Porzellangefäße von der Fensterbank, bis er weit in den Raum ragte. Mühelos kletterte Charlotte hinein und schaute sich um. Sie entdeckte Teller, Tassen, eine Kaffeemaschine und einen altmodischen Spültisch. Offensichtlich war sie in einer kleinen Teeküche gelandet.

Sie beugte sich kurz aus dem Fenster.

»Die Suche nach dem Büro kann eine Weile dauern. Lauf ja nicht weg.«

»Keine Sorge, ich halte hier Wache.«

Gespannt auf das, was sie erwartete, betrat Charlotte den Flur, der mit seinen historischen hellgrauen Achteckfliesen und dunkelgrauen Einlegern nicht nur einen besonderen Charme besaß, sondern außerdem einen sauberen Eindruck machte. Sofort öffnete sie ihre Jacke und griff nach der Kamera. Aus mehreren Perspektiven fotografierte sie die Fliesen und besann sich danach auf ihre eigentliche Mission. Gleich der zweite Raum, den sie betrat, schien ein Büro zu sein, wie zwei Schreibtische und die halbhohen Aktenschränke an den Wänden verrieten. Sie waren unverschlossen und mit alphabetisch geordneten Hängeregistern ausgestattet. In der dritten Schublade entdeckte sie die Akten mit dem Buchstaben V. Mit flinken Fingern selektierte sie die Patientennamen und fischte die Unterlagen »Voigt« heraus. Nach jahrzehntelanger Tätigkeit im Kriminalarchiv war sie geübt darin, etwas schnell zu finden. Mit einem Blick prüfte sie den aufgedruckten Vornamen. Treffer! Das Geburtsdatum stimmte ebenfalls überein. Außerdem war auf dem Aktendeckel ein Zeitraum eingetragen: 13.09.1984 bis 20.04.1994. Das musste die Zeitspanne von seiner Aufnahme in der Klinik bis zu seinem 18. Geburtstag sein. Wurde er danach entlassen oder gab es weitere Akten? Rasch sah Charlotte die anderen Schränke durch und stellte fest, dass es sich ausnahmslos um die Akten von Kindern handelte. Aber wo befanden sich die der erwachsenen Patienten? Sie überlegte, ob sie zunächst diese Papiere abfotografieren sollte, aber das waren mindestens 100 Seiten. Es würde zu lange dauern, jedes einzelne Blatt abzulichten. Ein Kopiergerät konnte sie nirgends entdecken. Vielleicht in einem der anderen Räume? Möglicherweise würde sie dort auf die Folgeakten stoßen.

Sie klemmte sich die Unterlagen unter den Arm und betrat den nächsten Raum. Hier gab es eine ähnliche Einrichtung. Allerdings waren die Schränke verschlossen. Sie entdeckte einen Brieföffner auf dem Schreibtisch. Sollte sie es wagen, gewaltsam …? Ein scharrendes Geräusch, das von irgendwo über ihr zu kommen schien, ließ sie innehalten.

Da war es wieder! Irgendjemand schien sich in der oberen Etage aufzuhalten. Mensch oder Tier? Die Sache wurde ihr zu brenzlig. Am Ende würde man ihr Einbruch vorwerfen. Das wollte sie nicht riskieren. Sie schob die Akte vorne in den Hosenbund, zog den Stoff der Jacke darüber und den Reißverschluss bis fast unters Kinn. Auf leisen Sohlen lief sie zurück in die Teeküche. Dort stieg sie auf einen Stuhl, von dort aus auf die Fensterbank und rückwärts auf die Leiter. Mit einer Hand griff sie nach dem Fensterflügel und zog ihn so weit wie möglich zu.

Anneliese atmete bei ihrem Erscheinen erleichtert auf und hielt mit beiden Händen die Holme der Leiter fest.

»Lass uns von hier verschwinden«, sagte Charlotte, als sie festen Boden unter den Füßen hatte.

»Warum hast du es plötzlich so eilig?«

»Das erkläre ich dir unterwegs. Vorher bringen wir die Leiter zurück.«

Kaum hatten sie den Parkplatz erreicht, entriegelte sie mit der Fernbedienung die Fahrzeugtüren. Während Anneliese auf der Beifahrerseite einstieg, öffnete Charlotte den Kofferraum des Golfs, legte die Kamera und die Akte hinein. Diesmal fuhr sie los, ohne dem Navi Beachtung zu schenken. Der Heimweg war kein Problem für sie. Sie warf keinen Blick in den Rückspiegel. Sonst hätte sie vielleicht den Mann bemerkt, der sein Gesicht dicht an die Stäbe des Tores presste und ihrem Wagen mit wirrem Blick hinterherstarrte, bis er nicht mehr zu sehen war.

Anneliese blickte die Freundin auf dem Rückweg fragend von der Seite an.

»Was war denn, dass du so schnell wegwolltest?«

»Da waren merkwürdige Geräusche, die irgendwo von oben kamen. So ein leises Scharren oder Schlurfen.«

»Ein Tier?«

»Es könnte genauso gut ein Mensch gewesen sein.« Sie hielt an einer Kreuzung an einem Stoppschild. Behutsam stupste sie Anneliese am Arm an. »Vielleicht ein vergessener Patient, der da oben sein Unwesen treibt«, fügte sie mit tiefer Stimme hinzu. »Ein Psychopath, der nur darauf wartet, dass ihm jemand in die blutigen Finger gerät.«

»Hör schon auf.« Die Strick-Liesel schüttelte sich. »Mir hat das Chaos in der Brandruine gereicht. Wenn man sich vorstellt, dass Menschen in den Krankenzimmern qualvoll ums Leben gekommen sind … Echt gruselig.«

Charlotte bog in die Hauptstraße ein.

»Falls da wirklich jemand war, könnte er uns gesehen haben.«

»Der hätte uns bestimmt angesprochen.«

»Oder er wollte – genau wie wir – unentdeckt bleiben. Jedenfalls hielt ich es für besser, einer Konfrontation aus dem Weg zu gehen. Sollte es der Hausmeister gewesen sein, hätte er womöglich die Polizei gerufen. Gemäß § 244 StGB muss man bei Einbruch mit einer Freiheitsstrafe von sechs Monaten bis zu zehn Jahren rechnen.«

»Du kennst dich gut aus.«

»So was hat man in meinem Job zwangsläufig mitbekommen.«

»Wären wir verhaftet worden, hätten wir uns eben eine Zelle geteilt.«

»Nimm es mir nicht übel, aber ich lebe lieber mit Philipp zusammen.«

»Und ich mit Conrad.«

»Da sind wir uns ja wieder mal einig.«

Anneliese lachte leise.

»Hast du wenigstens irgendwas gefunden, was uns weiterhilft?«

Charlotte erzählte, was sie entdeckt hatte. Ob es ihre Nachforschungen weiterbringen würde, musste sich herausstellen.

KAPITEL 17,5

Ich habe sie inzwischen mehrmals gesehen – und sofort wiedererkannt. Leider war sie nie allein. Das wäre *die* Chance gewesen, aber es war jedes Mal nicht der richtige Zeitpunkt. Nun bin ich unsicherer als je zuvor. Ich habe so lange auf sie gewartet. Sie ist nie gekommen. Ob sie sich an mich erinnert? Nach so vielen Jahren? Sie sah nett und unschuldig aus, aber ist sie das wirklich? Wenn ich nur wüsste, was ich nun tun soll. Vielleicht gewinne ich neue Erkenntnisse, wenn ich ihren Namen auf der Liste vorläufig überspringe. Der nächste mögliche Todeskandidat kann mir vielleicht Auskunft über ihre Rolle in diesem Stück geben. Immerhin haben sie sich alle gekannt und oft zusammengearbeitet. Sie haben über das weitere Leben von hilflosen Kindern entschieden. Aber sie haben sich nicht gründlich genug informiert und dadurch großes Leid über einige von uns gebracht. Dafür müssen sie zur Rechenschaft gezogen werden. Ich finde heraus, ob sie zu den Schuldigen zählt. Sollte sie unschuldig sein, muss ich mir mein weiteres Vorgehen genau überlegen und sie eventuell von meiner Liste streichen. Allerdings verspüre ich das Bedürfnis, nach so langer Zeit mit ihr zu sprechen. Ich brauche Erklärungen.

Vorher muss ich mich aber um die falsche Schlange kümmern. Das wäre längst erledigt, wenn mir dieser dämliche Reporter nicht dazwischengekommen wäre. Der Kerl hat meinen ganzen Zeitplan durcheinandergebracht. Um das ins Lot zu bringen, könnte ich allerdings eine Rolle doppelt besetzen. Das wäre eine besondere Herausforderung für einen ›Regisseur‹. Sozusagen zwei parallele Aufführungen mit unterschiedlichen Inszenierungen. Diese Idee gefällt mir. Sehr sogar.

KAPITEL 18

Nach dem Frühstück wollten Charlotte und Anneliese die Kinderakte von Odo Voigt lesen. Bislang wusste nur Conrad, was sie im Stiftungsbüro taten. Philipp schien keinen Verdacht zu schöpfen. Er war derzeit gut beschäftigt. Er pendelte zwischen der Universität, dem Polizeipräsidium und seinem Haus hin und her. Außerdem recherchierte er für sein nächstes Buch. Diesmal sollte es kein Sachbuch, sondern ein Krimi werden.

Die Freundinnen kamen die breite Treppe herunter und durchquerten die Wohnhalle, als es an der Tür läutete. Durch den Spion sah Charlotte eine ihr unbekannte Frau und öffnete.

»Ja, bitte?«

»Guten Tag. Ich bin Rena Lenz. Ist mein Mann zu Hause?«

»Ihr Ex-Mann«, korrigierte Charlotte sie automatisch, aber die Frau lächelte nachsichtig.

»Wir sind nicht geschieden. – Ist er da?«

»Kommen Sie bitte rein.« Sie ließ sich ihre Überraschung nicht anmerken und beschrieb eine einladende Geste. »Moment, ich schaue nach, wo Conrad steckt.«

Während die Besucherin im Eingangsbereich stehenblieb, starrte Anneliese sie entgeistert an. Conrads Frau? Er war überhaupt nicht geschieden? Warum hatte er sie belogen? Weil seine Frau so verdammt attraktiv war? Groß und schlank, gut aussehend und sehr gepflegt, dabei modisch-elegant gekleidet. Zu einem cremefarbenen Mantel trug sie hohe schwarze Stiefel. Das blonde Haar war perfekt frisiert.

»Wohnt Conrad ihretwegen in dieser WG?«, sprach die Fremde sie an, wobei sie mit dem Kopf in die Richtung deutete, in die Charlotte verschwunden war. »Er hatte ja immer ein Faible für bemerkenswerte Frauen.«

Mühsam rang Anneliese nach Fassung.

»Halten Sie es nicht für möglich, dass er meinetwegen hier eingezogen sein könnte?«

Ein mitleidiger Blick streifte sie. In ihren Jeans und dem schlichten Fleece-Pullover wirkte sie wahrscheinlich wie eine graue Maus.

»Ich fürchte, Sie sind nicht sein Typ«, lautete die bedauernde Antwort. »Conrad hat einen exzellenten Geschmack. Deshalb hat er sich vor Jahren für mich entschieden.«

Sie war zwar sonst nicht auf den Mund gefallen, aber nun fehlten Anneliese die Worte. Außerdem erinnerte sie sich an ihren Irrtum im Eichengrund, als sie gedacht hatte, dass Conrad in Charlotte verliebt sei. Ganz so abwegig war diese Annahme also nicht gewesen. Im nächsten Moment fragte sie sich, woher Frau Lenz überhaupt wusste, dass Conrad hier wohnte. Wahrscheinlich stimmte es genauso wenig, dass er keinen Kontakt mehr mit ihr hatte. Quälte er sich ihretwegen neuerdings beinahe täglich im Schwimmbad? Anneliese fühlte sich wie ferngesteuert, als sie sich Richtung Küche in Bewegung setzte.

Unterdessen kam Charlotte mit Conrad aus dem Wohnzimmer. Sein skeptischer Gesichtsausdruck verwandelte sich in ein strahlendes Lächeln, als er seine Frau erkannte.

»Rena! Das ist ja eine Überraschung!« Ohne zu zögern, schloss er sie in die Arme. Einen Moment später hielt er sie etwas von sich und betrachtete sie wohlwollend. »Schön wie eh und je. Wie machst du das nur?«

»Fünfzig Prozent gute Gene, fünfzig Prozent Max Factor«, scherzte sie. »Sind deine Mitbewohner eigentlich immer dabei, oder können wir hier irgendwo ungestört reden?«

»Selbstverständlich respektieren wir gegenseitig unsere Privatsphäre. Lass uns ins Wohnzimmer gehen.«

Fassungslos blickte Anneliese den beiden nach. Plötzlich fühlte sie sich wie ein Gast in ihrer Beziehung zu Conrad. Sie hastete in die Küche, blieb am Fenster stehen und atmete tief durch. Sie bemerkte nicht, dass Charlotte ihr gefolgt war.

Elisabeth hielt beim Ausrollen des Kuchenteigs inne.

»Was ist denn los, Liesel? Du siehst aus, als wäre dir ein Geist begegnet.«

»Ein Gespenst würde mich nicht aus den Latschen hauen.«

»Conrads Frau ist eben gekommen.«

Elli schaute Charlotte unter hochgezogenen Brauen an.

»Du meinst, seine Ex ist hier einfach so reingeschneit?«

»Sie hat behauptet, dass sie gar nicht geschieden sind.«

»Ach …« Ihr Blick wechselte zwischen ihren Mitbewohnerinnen. »Was sagt denn Conrad dazu?«

»Er hat ein bisschen rumgedruckst, als ich ihn geholt habe, und wollte sich die Frau erst mal ansehen.«

»Und wie er sie angesehen hat!«, erregte sich Anneliese. »Mich hat er überhaupt nicht beachtet.«

»Wahrscheinlich war er viel zu perplex.«

»Nimm du ihn nur in Schutz! Ihr hattet ja von Anfang an einen besonderen Draht zueinander!« Aufgebracht stürmte die Strick-Liesel aus der Küche.

»Unser Lieschen ist ganz schön in Fahrt. Es hätte nicht viel gefehlt, und sie hätte mir das Nudelholz aus der Hand gerissen, um ihre Konkurrentin damit aus dem Haus zu jagen.«

»Das Auftauchen seiner Frau hat Anneliese kalt erwischt. Sie ist verletzt, weil Conrad ihr offenbar nicht die Wahrheit gesagt hat.« Sie wandte sich zur Tür. »Wir wollten eigentlich im Stiftungsbüro arbeiten, aber das wird wohl nichts mehr. Falls sie mich sucht, ich bin oben in meinem Zimmer.«

Conrad war ziemlich durcheinander. Mit diesem Besuch hätte er niemals gerechnet. Für ihn war das Thema Ehe längst abgehakt. Seine Frau hatte ihn vor 32 Jahren von heute auf morgen verlassen, weil sie sich unsterblich in einen australischen Geschäftsmann verliebt hatte. Nach dem ersten Schock wollte er ihren Aufenthaltsort ausfindig machen, um die Scheidung einzureichen. Als das mehrmals misslungen war, hatte er es aufgegeben. Er brauchte keine offiziellen Scheidungspapiere – zumal für ihn nach dieser Pleite feststand, dass er sich nicht noch einmal binden würde. Mit den Jahren war der Groll auf seine Frau verblasst. Mittlerweile hatte er völlig verdrängt, dass er vor dem Gesetz nach wie vor verheiratet war.

Nachdem sie einige Höflichkeiten ausgetauscht hatten, schaute er seine Frau aufmerksam an.

»Bist du glücklich geworden?«

Sie nickte mit ernster Miene.

»Es tut mir leid, wie es damals gelaufen ist, aber ich konnte einfach nicht anders handeln. Jeremy musste nach Australien zurück. Er hat mich angefleht, mit ihm zu kommen. Hätte ich erst lange darüber nachgedacht, was ich dir damit antue, hätte ich es wahrscheinlich nicht fertiggebracht. Ich musste mich schnell entscheiden.«

»Es war nicht leicht, aber ich habe es überlebt«, erwiderte er lapidar. »Was blieb mir anderes übrig?«

»Warum hast du nie die Scheidung eingereicht?«

Mit knappen Worten erklärte er die Umstände.

»Ist dir nie eine Frau begegnet, die geheiratet werden wollte?«

»Nein.« Er wollte mit ihr nicht über sein Liebesleben reden, das kaum existiert hatte, bis ihm Anneliese begegnet war. »Und du? Wollte dich dein ... Lebensgefährte nicht zu seiner Ehefrau machen?«

»Er hat akzeptiert, dass das unmöglich war.«

»Ist er mit dir nach Deutschland gekommen?«

»Jeremy ist im Mai an einem Hirntumor gestorben.«

»Das tut mir leid.« Was sollte er sonst sagen? »Habt ihr Kinder?«

»Eine Tochter. Sie lebt in England.«

Ein Schatten flog über sein Gesicht. Nach ihrer Hochzeit hatten sie oft über ihren Kinderwunsch gesprochen, aber es hatte nie geklappt.

»Jeremy war nicht ihr leiblicher Vater.«

»Ihr habt sie adoptiert?«

Sie schwieg einen Moment. Dann schaute sie ihn aus ernsten Augen an.

»Sie ist meine leibliche Tochter – und deine.«

»Was?«

Seine Augen weiteten sich ungläubig. Er sprang auf, als könne er die Tragweite ihrer Worte im Sitzen nicht begreifen. Unruhig ging er ein paar Schritte auf und ab, blieb stehen.

»Wie heißt sie?«

»Arianna.«

»Wie meine Mutter.« Conrad konnte es kaum glauben. Er hatte eine Tochter. Das Kind, das er sich immer gewünscht hatte.

»Auf dem Totenbett hat Jeremy ihr gestanden, dass er zwar ihr Vater, aber nicht ihr Erzeuger ist. Seitdem gibt sie keine Ruhe. Sie will ihren leiblichen Vater unbedingt kennenlernen. Ich konnte sie nicht länger hinhalten. Deshalb sind wir nach Hannover gekommen.«

Unterdessen hielt Anneliese es nicht mehr aus. Sie brauchte klare Verhältnisse. Wenn Conrad einen Funken Anstand besaß, würde er sie dieser Frau als seine Lebensgefährtin vorstellen. Wenn nicht … Sie mochte nicht darüber nachdenken. Beherzt betrat sie den Wohnraum und blieb nach zwei Schritten wie angewurzelt stehen, als sie Conrad in inniger Umarmung mit seiner Frau erblickte.

»Du hast mich heute zum glücklichsten Menschen der Welt gemacht«, sagte er sichtlich ergriffen. »Seit Jahren wünsche ich mir nichts sehnlicher.« Nun erst bemerkte er Anneliese. Er nahm den Arm seiner Frau. »Komm.« Bei seiner Lebensgefährtin blieben sie kurz stehen. »Liesel, stell dir vor, ich habe eine Tochter! Ist das nicht großartig? Wir fahren gleich zu ihr. Ich kann es kaum erwarten, sie kennenzulernen. Heute Abend erzähle ich euch alles ausführlich.«

Schon waren sie zur Tür hinaus. Wie gelähmt blieb Anneliese mitten im Raum stehen. Als sie Motorengeräusche von draußen vernahm, kam Leben in sie. Entschlossen verließ sie den Wohnraum und lief die Treppe hinauf.

Charlotte lag, in einen Küstenkrimi vertieft, auf der Couch. Am Ende eines spannenden Kapitels ließ sie das Buch sinken, überdachte die Fakten und spekulierte über den möglichen Täter. Spätestens nach der ersten Hälfte eines solchen Romans tat sie das. Ihr Spürsinn gab ihr meistens recht. Nur selten lag sie daneben. Als es an der Tür klopfte, hatte sie sich auf die Freundin eines Opfers festgelegt.

»Wer stört?«

Zaghaft wurde die Tür geöffnet und Anneliese steckte den Kopf herein.

»Tut mir leid, dass ich dich vorhin so angeraunzt habe.«

»Kein Problem. Komm rein.« Charlotte schwang die Beine vom Sofa und setzte sich auf. Erstaunt musterte sie die große Tasche, die ihre Mitbewohnerin abstellte, bevor sie die Tür von innen schloss. »Was hast du denn vor? Willst du verreisen?«

Die Strick-Liesel sank in einen Sessel.

»Ich brauche eine Auszeit.«

»Wegen Conrads Frau? Du solltest nichts überstürzen. Er kann dir das sicher erklären.«

»Darauf habe ich so viel Lust wie ein Schwein auf das Messer. Conrad hat mich belogen. So was kann ich überhaupt nicht vertragen. Anscheinend vertraut er mir nicht. Wer weiß, was er mir sonst noch verheimlicht hat.«

»Weglaufen ist keine Lösung. Rede mit ihm.«

»Ich muss das erst mal sacken lassen und über Konsequenzen nachdenken. Deshalb muss ich hier weg.«

»Wo willst du denn hin?«

»Keine Ahnung. Vielleicht in ein Hotel. Oder zum Eichengrund. Christa hat mir ein lebenslanges Wohnrecht eingeräumt. Die Penthousewohnung ist seit dem Frühjahr frei. Ich könnte mir ein Bett reinstellen lassen.«

»Glaubst du, dass du dich in einem anonymen Hotelzimmer oder in einer leeren Wohnung wohlfühlen würdest?« Charlotte stand auf und trat an eine Kommode, auf der eine ovale silberfarbene Schale stand, in der sich lauter Kleinkram angesammelt hatte. Sie fischte ein Schlüsselbund heraus und ließ es im Vorbeigehen in Annelieses Schoß fallen, bevor sie sich setzte.

Verblüfft griff die Freundin danach und erkannte es sofort.

»Ist das dein Ernst? Du bietest mir deine Wohnung an?«

»Spricht etwas dagegen?«

Anneliese war ein paarmal bei Charlotte zu Hause gewesen, hätte aber nicht damit gerechnet, dass sie dort Asyl finden könnte.

»Danke, das ist lieb von dir.«

»Wozu hat man Freunde?«

»Die anderen dürfen aber nicht wissen, wo ich bin. Auch Philipp nicht. Du weißt, wie er ist. Er wird zwischen uns vermitteln wollen und Conrad sagen, wo ich untergeschlüpft bin. Ich will nicht, dass er dort aufschlägt. Erst mal muss ich Zeit für mich haben.«

»Von mir erfährt niemand was. – Soll ich dich fahren?«

»Danke, ich nehme ein Taxi«, sagte Anneliese und erhob sich. Charlotte begleitete sie zur Tür.

»Melde dich, wenn du was brauchst.«

Sie umarmte Charlotte kurz und verließ wenig später ungesehen das Haus.

Conrad tauchte vorerst nicht auf. Deshalb übernahmen Elisabeth und Charlotte das Regiment in der Küche. Da sie nicht wussten, was ihr Mitbewohner fürs Mittagessen geplant hatte, holte Elli alles, was eine schmackhafte Mahlzeit ergeben könnte, aus dem Kühlschrank: bunte Paprika, Tomaten, Zucchini, Champignons. Charlotte legte Hähnchenbrustfilets aus der Gefriertruhe dazu, die sie rasch in der Mikrowelle auftaute. Während Elli das Gemüse putzte, schnitt Charlotte zwei Zwiebeln in Ringe und das Fleisch in Streifen. Schließlich schichteten sie sämtliche Zutaten in eine große feuerfeste Form, übergossen alles mit gewürzter Sahne und streuten geraspelten Käse darüber. Als der Auflauf im Ofen schmorte, deckten sie zusammen den Tisch.

Zum Abendessen war Conrad immer noch nicht zu Hause. Die vier übriggebliebenen WG-ler beschlossen, sich nach der Tagesschau im Wohnzimmer zum Doppelkopfspielen zu treffen. Da die Kollegen den Stammtisch wegen der Ermittlungen verschoben hatten, ließ Charlotte das Fitnesstraining ebenfalls ausfallen. Draußen regnete und stürmte es, sodass sie keine Lust verspürte, das Haus zu verlassen. Ein Abend im Kreise der Freunde erschien ihr verlockender. Sie wollte gerade hinuntergehen, als ihr Smartphone das Eintreffen einer Nachricht signalisierte. Sie nahm das Telefon vom Tisch, sah, dass Anneliese die Mitteilung geschickt hatte, und öffnete sie. Es waren nur vier Worte: ›Danke für deine Freundschaft‹. Charlotte war zuerst gerührt. Sekunden später schlich sich eine leise Sorge ein. Conrads Verhalten hatte seine Liesel sicher stärker getroffen, als sie sich hatte anmerken lassen. Würde sie etwas Unüberlegtes tun? Unruhig ging Charlotte ein paar Schritte auf und ab. Schließlich stopfte sie wahllos ein paar Klamotten in ihre Sporttasche, zog eine Trainingshose über die Leggings und die Laufschuhe an. In einer Schublade kramte sie nach dem Zweitschlüssel für ihre Wohnung.

Mit der Tasche über der Schulter betrat sie das Wohnzimmer.

»Tut mir leid, ich werde gebraucht.« Das war nicht ungewöhnlich. Sie war öfter für ihre Trainerin eingesprungen und griff zu dieser Ausrede, um die anderen nicht zu beunruhigen. »Ihr könnt ja Skat spielen. – Bis nachher.«

Wenige Minuten später war sie unterwegs in die Südstadt. Während die Scheibenwischer im immer gleichen Rhythmus die Regentropfen von der Windschutzscheibe drängten, überdachte Charlotte ihr womöglich vorschnelles Handeln. Normalerweise neigte die Freundin nicht zu Kurzschlussreaktionen. Anneliese war eine gefestigte Persönlichkeit. Sie konnte einerseits resolut, andererseits sehr einfühlsam sein. Eine starke Frau, die half, ohne lange zu fragen. In der letzten Zeit kam allerdings vieles zusammen. Menschen, die sie gekannt hatte, waren ermordet worden. Sie musste fürchten, auf der Todesliste des ›Regisseurs‹ zu stehen. Und nun die Sache mit Conrad. War das zu viel für sie gewesen? Andererseits fragte sich Charlotte, wie sie sich verhalten sollte, falls sie sich irrte. Immerhin konnte sie nicht in ihrer Wohnung auftauchen und sagen, dass sie nur mal eben nachsehen wollte, ob die Freundin sich etwas angetan hätte. Anneliese würde an ihrem Verstand zweifeln oder enttäuscht über diese Fehleinschätzung sein.

Als die Tankstelle an der Hildesheimer Straße in Sicht kam, wusste Charlotte, was sie tun musste.

Bei der Ankunft vor ihrem Wohnhaus fuhr der Wagen von einem Pizza-Bringdienst aus einer Parklücke. Sie manövrierte ihren Golf hinein, griff den großen Eisbecher vom Beifahrersitz und stieg aus. Im leichten Regen lief sie zum Hauseingang. Sie überlegte kurz, ob sie klingeln sollte, benutzte aber den Schlüssel. In ihrer Wohnung sah sie den Lichtschein aus dem Wohnzimmer und machte sich bemerkbar.

»Anneliese?« Keine Antwort. Beunruhigt ging sie hinein, sah die spaltbreit geöffnete Balkontür. »Anneliese!«

»Hier draußen.«

Erleichtert stellte Charlotte den Eisbecher auf dem Tisch ab und trat hinaus.

»Was machst du hier im Dunkeln?« Sie sah ein Aufglimmen und blieb neben der Freundin stehen. »Seit wann rauchst du?«

Anneliese hob die Hand mit der Zigarette, die nun unschwer als Joint zu erkennen war.

»Das Ding ist aus der kleinen Metalldose, die Christa mal als Reserve bei mir gelassen hat. Sie braucht sie ja nicht mehr.« Sie sog an dem Glimmstängel und inhalierte den Rauch. »Irgendwas mache ich wohl falsch. Ich warte die ganze Zeit auf das Ihr-könnt-mich-alle-mal-Gefühl, aber nichts passiert.«

Amüsiert lehnte sich Charlotte gegen die Brüstung.

»Das Kraut ist wahrscheinlich uralt und wirkt nicht mehr.«

»Pech gehabt.« Sie drückte die Kippe im Blumenkasten aus. Als von der Freundin ein vorwurfsvolles Räuspern erklang, nahm sie den Stummel und steckte ihn in die flache Blechdose zurück. Schließlich folgte sie Charlotte hinein und musterte sie fragend.

»Warum bist du überhaupt hier? Solltest du nicht im Fitnessstudio sein – oder zumindest beim Stammtisch?«

»Den haben wir verschoben.« Sie zeigte auf das Eis. »Ich dachte, du hast vielleicht Lust, dir mal wieder mit mir zusammen die Figur zu ruinieren.«

»Jetzt gibt es ja keinen Grund mehr, darauf zu achten.«

»Unsinn. – Ich hole Löffel.«

Kurz darauf saßen sie in der Essecke, jeder mit einem langstieligen Löffel bewaffnet, den Eisbecher zwischen sich und ließen es sich schmecken.

»Sorry«, sagte die Strick-Liesel in die Stille hinein. »Ich hätte dir die Nachricht nicht schicken sollen. Damit habe ich dich anscheinend beunruhigt. Nur deshalb hast du dich bei dem Schietwetter auf den Weg gemacht.« Als Charlotte widersprechen wollte, fuhr sie rasch fort: »Ich wollte einfach nur, dass du weißt, wie viel mir unsere Freundschaft bedeutet.« Sie zuckte die Schultern. »Ihr habt euch wahrscheinlich nie gefragt, warum ich Quasselstrippe immer die Klappe gehalten habe, wenn ihr von eurer Kindheit, Eltern und Geschwistern erzählt habt.«

»Du hast jedes Mal einen flotten Spruch gemacht, anstatt etwas über deine Familie preiszugeben. Ich dachte, dass ihr Probleme hattet, und wollte nicht an alte Wunden rühren. Wahrscheinlich erging es unseren Mitbewohnern ähnlich.«

»Das sollte kein Vorwurf sein. Ich habe nie über meine Familie gesprochen, weil … weil ich keine hatte.«

Obwohl in Charlotte Mitgefühl aufstieg, fragte sie nicht nach den vermutlich dramatischen Umständen. Anneliese würde darüber sprechen, wenn sie das Bedürfnis verspürte. Und das tat sie.

»Meine Eltern sind mit ihrem alten Käfer verunglückt, als ich in der 1. Klasse war. Ein Lastwagen ist an einer Kreuzung voll in sie reingekracht. Sie hatten keine Chance.«

»Das tut mir leid. Es muss furchtbar für ein kleines Mädchen sein, so früh die Eltern zu verlieren.«

»Ich kam aus der Schule und sie waren nicht mehr da. Niemand war da. Keine Großeltern, keine Geschwister, keine Verwandten. Niemand.«

Betroffen schaute Charlotte sie an, worauf sich Anneliese zu einem Lächeln zwang.

»Ich hatte Glück im Unglück, denn ich kam in ein ausgezeichnetes Kinderheim.«

Allmählich begriff Charlotte.

»Du warst ein Sonnenhofkind?«

»Den gab es schon zu meiner Zeit. Damals waren dort nicht nur auffällig gewordene oder traumatisierte Kinder untergebracht. Zuerst hieß es, sie würden bald eine Pflegefamilie für mich finden, aber die interessierten sich nur für kleinere Kinder. Mich wollte niemand. Eine wunderbare Erzieherin nahm die traurige kleine Liesel unter ihre Fittiche. Thea wurde so was wie meine Ersatzmutter – und mein Vorbild. Von ihr habe ich unglaublich viel über den Umgang mit Kindern gelernt. Als sie später die Heimleitung übernahm, begann ich mit dem Studium. Nach dem Abschluss bin ich auf den Sonnenhof zurückgekehrt. Kurz vor ihrer Pensionierung wurde Thea schwerkrank und man hat mir die Leitung übertragen.«

»Und Thea?«

»Sie war meine Familie. Ich habe sie fast bis zum Schluss bei mir behalten und gepflegt.«

»Das ist bewundernswert.«

»Das war selbstverständlich. Thea hatte mir Liebe und Geborgenheit geschenkt. Sie war immer für mich da. Nun war ich an der Reihe.« Aus ernsten Augen schaute sie Charlotte an. »Jetzt verstehst du vielleicht, dass ich nicht viele

Möglichkeiten hatte, enge Freundschaften zu schließen. Es hat nur für lockere Bekanntschaften und ein paar Beziehungen gereicht. Fast mein ganzes Leben spielte sich auf dem Sonnenhof ab. Erst in Christa Bernhardt habe ich eine echte Freundin gefunden. Du hast dich nach ihrem Tod so rührend um mich gekümmert, mich an allem teilhaben lassen. Und heute … Ich wollte dir mit dieser WhatsApp einfach nur sagen, wie viel mir deine Freundschaft bedeutet.«

»Glaubst du, ich empfinde das anders? Du hast mich im Eichengrund so nett in eurer Runde aufgenommen und mir später durch dein schnelles Handeln sogar das Leben gerettet.« Ein wissendes Lächeln erschien auf ihrem Gesicht. »Wahrscheinlich warst du es, die diese Kaffeerunde gegründet hat.«

»Zuerst habe ich Albert mit der Aussicht auf ordentlichen Kaffee geködert. Mir schien es, als wäre seine grantige Art Ausdruck seiner Einsamkeit. Richtig aufgetaut ist er allerdings erst durch dich.«

»Das kann nicht sein.«

»Von wegen. Die Nächste war Elli. Ich habe sie einfach einbezogen, um ihre Teilnahmslosigkeit zu torpedieren, aber erst deine Initiative hat sie aus der Reserve gelockt.«

»Das war nur ein kleiner Schubs.«

»Aber sehr wirkungsvoll.«

»Und wer kam als Nächster dazu?«

»Conrad. Es war offensichtlich, dass der neue Bewohner Anschluss suchte. Er war mir sofort sympathisch und passte gut in die Runde. Zu dem Zeitpunkt ahnte ich nicht, dass mal mehr aus uns werden würde. Bei uns war das sozusagen Liebe auf den hundertsten Blick. Und da kommst du abermals ins Spiel.«

»Ich habe gar nichts getan.«

»Du hast ihn ermuntert, mich anzubaggern – das hat er mir damals gestanden.«

»Ich habe ihm nur auf die Sprünge geholfen, weil er zu schüchtern war, der Frau, die er liebt, seine Gefühle zu gestehen.«

»Lange haben sie ja nicht existiert. Ich habe von Anfang an befürchtet, dass ich für ihn nur die zweite Wahl bin.«

»Weil du dachtest, dass er in mich verliebt sein könnte. Ist er aber nicht.«

»Aber in seine Frau. Alte Liebe rostet nicht. Du hast gesehen, wie happy er war. Außerdem haben sie ein Kind zusammen. Das hat er sich immer gewünscht. Da kann ich nicht mithalten.«

»Natürlich kannst du das. Dieses Kind ist erwachsen. Es besteht kein Grund, seinetwegen Familie zu spielen. Außerdem liebt Conrad nicht sie, sondern dich. Daran darfst du nicht zweifeln. Ihr sprecht euch aus, und alles wird gut.«

»Schön wär's.« Das klang gar nicht optimistisch. »Noch vor kurzem dachte ich, jeder Tag ohne einen kleinen Zettel am Zeh sei bereits ein guter Tag. Aber am Leben zu sein reicht nicht. Ohne Liebe fehlt etwas Entscheidendes.«

»Genauso ist es. Deshalb müsst ihr miteinander reden.«

»Wahrscheinlich hast du recht.« In komischer Verzweiflung wedelte Anneliese mit dem Löffel in der Luft. »Wenn das nichts bringt, dann parshipe ich eben. Das machen schließlich viele Restposten.«

Als Charlotte heimkam, war es still im Haus. Sie machte sich in ihren Räumen für die Nacht fertig, bevor sie die Treppe hinaufstieg und Philipps Schlafzimmer betrat. Ohne Licht einzuschalten, schlich sie zum Bett und schlüpfte unter die Decke.

»Du kommst spät.«

»Mmm …«

»Warst du bei Liesel?«

Statt zu antworten, kuschelte sie sich an ihn.

»Hast du sie in deiner Wohnung untergebracht?«

»Philipp …«

Man brauchte kein Hellseher zu sein, um die Zusammenhänge zu ahnen.

»Du musstest ihr versprechen, es niemandem zu verraten.« Er legte den Arm um ihre Taille und küsste sie auf die Schläfe. »Schön, dass sie dich hat. – Schlaf gut, Sternchen.«

»Du auch.«

KAPITEL 19

Conrad war in der Nacht nicht nach Hause gekommen. Deshalb saßen nur vier Bewohner am Frühstückstisch. Die Stimmung war seltsam bedrückt.

»Davor habe ich mich insgeheim gefürchtet«, sagte Elisabeth und schob die Krümel auf ihrem Teller mit dem Messer hin und her. »Dass es irgendwann mal Unstimmigkeiten gibt und unsere WG zerbröselt.«

»So weit ist es noch lange nicht.« Philipp nickte ihr aufmunternd zu. »Die beiden werden sich bald vertragen.«

»Und wenn nicht?« Wie wenig Verständnis Albert für das Verhalten des Wetterfroschs aufbrachte, hatte er mehrmals verkündet. »Wie kann Conrad nur so blöd sein? Liesel ist nicht nur ein Pfundskerl, sondern so was wie die Mutter der Kompanie. Wir brauchen sie hier.«

»Das wird schon.« Charlotte war zuversichtlich. »Bis dahin müssen wir uns die Aufgaben teilen. Besonders in der Küche. Hat jemand einen Vorschlag fürs Mittagessen? Ich fahre zum Supermarkt.«

Anneliese stand nach dem Duschen so wie Gott und ihr Kuchenkonsum sie schufen in ihrem Domizil vor dem Spiegel und betrachtete sich kritisch. Früher hieß ihre Bodylotion Nivea, inzwischen immer öfter Voltaren. Na und? Die Erdanziehungskraft war ebenfalls nicht zu leugnen. So schlank wie in ihrer Jugend war sie nicht mehr, aber trotz der nun ausgeprägteren Rundungen recht ansehnlich geblieben. Männer wurden im Alter auch nicht schöner! Manche sahen vielleicht mit grauen Schläfen interessanter aus, aber der zunehmende Verfall war bei ihnen genauso wenig aufzuhalten. Und Conrads Frau? Unter dem perfekt aufgetragenen Make-up verbarg sich ebenfalls ein Auslaufmodell. Außerdem hieß sie gar nicht Rena, sondern Renate. Er hatte mal erwähnt, dass sie sieben Jahre jünger als er war. Demnach müsste sie nun Anfang 60 sein. Das beunruhigte Anneliese nicht so sehr wie die Tatsache, dass er gerade Vater geworden war. Wie oft hatte er davon gesprochen, beruflich alles erreicht zu haben, aber das Wichtigste im Leben, eine Familie und Kinder, hätte er nicht zustande gebracht. Er würde seine Tochter kennenlernen und alles dafür tun, an ihrem Leben teilhaben zu können. Das würde seine Entscheidung, mit wem er künftig zusammen sein wollte, erheblich beeinflussen. Anneliese machte sich keine Illusionen.

Sie zog sich an und setzte sich mit einer Tasse Kaffee in die Küche. Während sie trank, geriet sie ins Grübeln. Warum hielten ihre Beziehungen nicht dauerhaft? Irgendwann war es immer vorbei. Lag es an ihr? War sie zu kompliziert, zu anstrengend, weil sie meistens sagte, was sie dachte, und häufig in die Jugendsprache verfiel, die sie jahrelang gehört und die auf sie abgefärbt hatte? Letztlich würde sie allein dastehen. Unwillkürlich fragte sie sich, warum es in der heutigen Zeit noch Menschen gab, die nicht an eine neue Liebe im Alter glaubten, die sich nicht vorstellen konnten, dass man sich ein Leben lang nach Zärtlichkeit und Geborgenheit sehnte. Das hörte nicht einfach auf, nur weil man nicht mehr jung und knackig war. Das hatte sie selbst erlebt. Und nun? Vielleicht sollte sie sich gleich die Kugel geben. Wer brauchte sie denn? Die Stiftungsarbeit könnte locker jemand anderes übernehmen.

Kaum war diese Lösung durch ihren Kopf geschwirrt, erschrak sie über ihre depressive Stimmung und schüttelte die Endzeitgedanken ab. Trotz mancher Niederlage hatte sie sich nie hängenlassen. Damit würde sie nun nicht anfangen. Es ging immer weiter – irgendwie. Auf alle Fälle würde ihr Ablenkung nicht schaden. Sie schaute sich in der Küche um, aber dort gab es kaum etwas zu tun. Die zwei Eislöffel und die Kaffeetasse waren rasch abgespült. Danach ging sie ins Schlafzimmer und machte das Bett. Und nun? Warum hatte sie ihr Strickzeug nicht mitgenommen? Oder wenigstens die Kinderakte von Odo Voigt? Dadurch hätte sie etwas zu tun. Ratlos setzte sie sich auf die Matratze – und wurde mit ihrem Konterfei konfrontiert. Sie stand auf, trat an den großen Schrank mit der verspiegelten Tür und blickte sich aus müden Augen an. Sie sah aus wie eine graue Maus. In den letzten Monaten hatte sie ihr Äußeres vernachlässigt. Ihr dichtes Pferdehaar wirkte stumpf, der ursprüngliche Haarschnitt war rausgewachsen, und die Farbe erinnerte an ein schmutziges Grau. Sollte sie zu ihrem ehemaligen straßenköterblond zurückkehren? Aber das würde niemanden vom Hocker reißen. Wenn sie da an Conrads Frau dachte – kein Vergleich. Sie musste etwas tun. Schon, um ihr Selbstwertgefühl aufzupäppeln. Sie wusste, dass Charlotte immer zu ihrem Friseur in die Südstadt fuhr. Dort würde man sie bestimmt gut beraten. Ihr fehlte nur die Adresse. Sollte sie die Freundin anrufen? Ihr fiel das kleine Kästchen mit den Visitenkarten ein, das im Wohnzimmer auf der Kommode neben dem Telefon stand. Tatsächlich fand sie dort die Karte eines Salons.

»Lutherstraße«, murmelte sie, zog ihr Smartphone aus der Tasche, googelte die Adresse und sah, dass sie von der Sallstraße links abbiegen musste. Von dort waren es nur wenige Meter. Diesen Bereich kannte sie. Nicht weit davon entfernt befand sich das Henriettenstift, das Krankenhaus, in dem vor Jahren ihre Ziehmutter behandelt wurde.

Kurz darauf verließ Anneliese das Haus und marschierte los. Laut Herrn Google waren es nur zwölf Minuten Fußweg. Die Bewegung würde ihr guttun. Bald erreichte sie die Sallstraße. Die Fußgängerampel sprang auf Rot.

Anneliese blieb zwischen anderen Passanten am Bordstein stehen. Sie achtete nicht auf den Mann, der sich dicht hinter ihr befand. So dicht, dass er einen Hauch ihres Parfums wahrnehmen konnte. So dicht, dass ein kurzer Rempler genügen würde, sie vor den Lastwagen zu stoßen, der in diesem Moment über die Kreuzung donnerte.

Im Fokus der Polizeiermittlungen stand weder der Sonnenhof noch die ehemalige Leiterin des Heims. Man ging vorläufig nicht davon aus, dass die Fäden dort zusammenliefen. Der wichtigste Ausgangspunkt der SOKO war das Jugendamt. Bis auf den Reporter waren alle Ermordeten für das Amt tätig gewesen. Deshalb konzentrierte man sich auf die hier vorliegenden Akten über einen Zeitraum von 30 Jahren, verglich die Fälle und suchte nach Übereinstimmungen. Es blieben schließlich Tausende übrig, in denen die Toten zusammengearbeitet hatten. Nur bei einem Bruchteil ließ sich eine Verbindung zum Sonnenhof herstellen.

Es gab in Hannover und der Region weitere Einrichtungen für Kinder, bei denen es sowohl mit dem Jugendamt als auch mit den toten Mitarbeitern Berührungspunkte gab. Die Zahl der Inobhutnahmen hatte mit den Jahren um etwa 65 Prozent zugenommen. Es war mühsam und zeitaufwendig, alle Unterlagen zu sichten. Mehrmals wurde Philipp zur Unterstützung der Polizeipsychologen zurate gezogen.

»Ich weiß nicht, ob dieser ganze Aufwand wirklich was bringt«, sagte Pia, als Hannes eine Tasse Kaffee auf ihrem Schreibtisch abstellte. »Wir haben keinen gesicherten Anhaltspunkt, dass alle drei Morde auf den gleichen Fall zurückzuführen sind.«

»Aber es liegt nahe. Oder hast du eine andere Erklärung?«

»Mir wurde eben klar, dass ein Zusammentreffen des Täters mit den drei Opfern zeitlich unabhängig voneinander erfolgt sein könnte.«

»Kannst du das präzisieren?«

Pia dachte einen Moment lang nach.

»X wird aus irgendeinem Grund aus der Familie genommen. Flachsbarth erstellt ein psychologisches Gutachten von X und plädiert für die Heimunterbringung. Frau Wüstenhagen stimmt zu und veranlasst alles Weitere. X hat Schwierigkeiten, sich in der neuen Umgebung einzuleben. Die Heimleitung nimmt irgendwann Kontakt mit Rugard auf, der sich als Jugendseelsorger um X kümmert. Darüber wird das Jugendamt nicht informiert. Deshalb taucht der Name des Pastors nicht in den Akten auf.«

»Und wir haben X längst aussortiert, weil er anscheinend nicht mit allen drei Opfern in Verbindung steht«, ergänzte Hannes und kratzte sich am Kinn. »Das wäre eine Möglichkeit, aber wir können vorläufig nicht alle Eventualitäten berücksichtigen. Wir verfahren weiter wie bisher. Einen anderen Anhaltspunkt haben wir nicht. Mich macht ganz kribbelig, dass sich der ›Regisseur‹ so lange still verhält.«

»Nach dem, was er in seinem Brief an BP geschrieben hat, müsste es noch mehrere Tote geben«, warf Martin ein. »Ich habe in irgendeiner Statistik gelesen, dass Serienkiller durchschnittlich sechs Morde begehen, bevor sie gefasst werden.«

»Demnach müssten wir uns auf drei weitere Tote einstellen, wenn wir BP ausschließen. Worauf wartet der ›Regisseur‹? Macht er eine künstlerische Pause oder ist was in seiner Planung schiefgelaufen?«

»Hoffentlich«, sagte Pia. »Dadurch müsste er improvisieren und es gäbe eine minimale Chance, dass ihm diesmal ein Fehler unterläuft.«

Am Nachmittag zeichnete sich eine Wende in den Ermittlungen ab. Benno Winkler von der Kriminaltechnik platzte ins Büro des Hauptkommissars.

»Wir haben was.«

Gespannt sprang Hannes auf.

»Schieß los!«

»Am Fundort des 4. Opfers wurden wie in jedem öffentlichen Raum zahlreiche Spuren gesichert, die bislang keinen Hinweis auf den Mörder ergaben. Nun endlich haben wir was gefunden.« Er reichte dem Kollegen einen Aktendeckel, aber Hannes bat ihn um eine kurze mündliche Zusammenfassung. »Ich komme direkt aus der Rechtsmedizin. Horst hat mir den Bericht mitgegeben.«

»Und?«

»Wie immer wurden Kleidung und Haut des Opfers Millimeter für Millimeter abgeklebt. Die Analyse der gesicherten Fasern hat nichts ergeben. Bei einer Probe, die gestern untersucht wurde, handelte es sich um zwei winzige Hautpartikel, die nicht dem Opfer zugeordnet werden konnten.«

»Aller Wahrscheinlichkeit nach stammen sie also vom Täter. Endlich mal eine gute Nachricht. Anscheinend wird er unvorsichtig.«

»Nicht unbedingt. Jeder Mensch verliert pro Minute zwischen 80 und 100 klitzekleine Hautschuppen.«

»Konnten die Kollegen DNA extrahieren?«

»Mit Hilfe der PCR-Methode wurde die DNA in vitro vervielfältigt. Der Spurenleger ist definitiv männlich. Wir haben ihn durch unsere Datenbank gejagt, aber keinen Treffer erzielt.«

»Trotzdem gute Arbeit, Benno«, lobte Hannes. »Zurzeit hilft uns das leider nicht weiter.«

»Bring mir einen Verdächtigen, und ich sage dir, ob er euer Killer ist.«

Nach dem Abendessen saßen die WG-ler im Wohnzimmer. Philipp las in einem Fachbuch über Fallanalysen, Charlotte war mit ihrem kleinen Netbook auf den Knien beschäftigt. Während Elisabeth einen Knopf an eine Bluse nähte, vertiefte sich der General in die Wochenzeitung des Verteidigungsministeriums »Bundeswehr aktuell«. Grönemeyer spielte auf dem Teppich mit einem Wollknäuel, das die Strick-Liesel dem kleinen Kater vor zwei Tagen überlassen hatte.

»'n Abend zusammen«, sagte Conrad im Hereinkommen. »Tut mir leid, dass ich so lange weg war. Liesel hat sich bestimmt um alles gekümmert. Ich hatte ihr auf die Mailbox gesprochen.« Sein Blick schweifte durch den Raum. »Ist sie oben?«

»Anneliese ist nicht hier«, gab Philipp ihm Auskunft. »Sie hat sich eine Auszeit genommen.«

»Was?« Verständnislos schaute der Ankömmling in die ernsten Gesichter. »Warum?«

»Das solltest du am besten wissen«, sagte Charlotte in vorwurfsvollem Ton. »Wie konntest du ihr verschweigen, dass du verheiratet bist? Du hast uns allen in dieser Hinsicht nicht die Wahrheit gesagt.«

Leise aufstöhnend sank er in einen Sessel.

»Ich habe immer von Trennung geredet, nie von Scheidung.«

»Widersprochen hast du aber nicht, wenn jemand das Wort benutzt hat.«

»Ja, ich weiß.« Mit ruhiger Stimme erzählte Conrad, was dazu geführt hatte, dass seine Bemühungen, die Scheidung über die Bühne zu bringen, gescheitert waren. »Irgendwann habe ich aufgegeben. Es war mir gleichgültig. Ich wollte mich sowieso nie mehr binden.«

»Trotzdem hättest du es Anneliese sagen müssen, als ihr ein Paar wurdet.«

»Das habe ich mich nicht getraut«, gestand er. »Ich hatte Angst, dass sie mich zurückweist, wenn sie es erfährt.«

Philipp legte sein Buch zur Seite und beugte sich etwas vor.

»Das macht es nicht besser. Verständlicherweise ist Liesel verletzt und enttäuscht – zumal sie es auf diese Weise erfahren musste. Warum hast du es ihr nicht sofort erklärt, anstatt sie auszuschließen?«

»Weil ich völlig überrumpelt war. Ich hätte nie damit

gerechnet, noch mal von Rena zu hören. Und plötzlich steht sie vor der Tür als wäre nichts gewesen.«

»Eine gutaussehende, selbstbewusste Frau«, warf Elli ein. »Ich bin ihr zwar nur kurz in der Diele begegnet, aber mir ist aufgefallen, wie sehr sie dich offenbar beeindruckt hat.«

»Rena sieht fabelhaft aus, aber das hat mich nicht wirklich überrascht. Mich hat ihr Geständnis umgehauen, dass sie damals, als sie fortging, im 2. Monat schwanger war.« Trotz des Ernstes der Lage stahl sich ein Lächeln auf sein Gesicht. »Ich habe eine erwachsene Tochter. Ist das nicht toll?«

Die Begeisterung seiner Mitbewohner hielt sich in Grenzen.

»Jetzt mal Klartext«, verlangte der General. »Hast du vor, unsere Liesel deswegen auszumustern? In dem Fall wirst du dir eine neue Unterkunft suchen müssen. Wir werden nicht zulassen, dass sie deinetwegen ins Exil geht.«

Conrad schaute einen nach dem anderen an. Offensichtlich standen sie geschlossen hinter seiner Lebensgefährtin. Das rührte ihn.

»Wofür haltet ihr mich eigentlich? Natürlich freue ich mich, dass ich plötzlich eine Tochter habe. Und ich möchte sie so oft wie möglich sehen. Das ändert aber nichts daran, dass ich Liesel liebe. Mit ihr möchte ich alt werden. – Falls sie mich noch will«, fügte er leise hinzu.

KAPITEL 20

Nachdem Anneliese einen Teil der Nacht vor dem Fernseher verbracht, zwei Krimis hintereinander geguckt und eine halbe Flasche Rotwein verklappt hatte, war ihr Schlaf tief und traumlos gewesen. Beim Blick in den Spiegel fragte sie sich nicht mehr: Restaurieren oder unter Denkmalschutz stellen? Der Weg zu Charlottes Coiffeur hatte sich gelohnt. Normalerweise war dort ohne Termin nichts zu machen, aber als sie den Namen der Freundin erwähnt hatte, wurde sie mit Wartezeit angenommen. Die nette Friseurin verstand ihr Handwerk. Auf ihren Rat ließ Anneliese ihr Haar pastellgrau färben, was frischer aussah. Der neue Kurzhaarschnitt wirkte frech und ließ sie jünger erscheinen. Da sie außer einem Lippenstift kein Make-up benutzte, hatte sie sich zusätzlich Brauen und Wimpern färben lassen. Das Gesamtergebnis gab ihrem angeschlagenen Selbstbewusstsein erheblichen Auftrieb.

Nach einem Gang zum Bäcker um die Ecke saß Anneliese am Morgen am Küchentisch und las beim Frühstück die HAZ. Die Wochenendausgabe war mit dem Anzeigenteil recht umfangreich. Deshalb sortierte sie zunächst die Stellenangebote und die Todesanzeigen aus. Dafür interessierte sie sich nicht. Beim Immobilienteil hielt sie inne. Sollte sie sich vorsichtshalber danach erkundigen, was der Markt hergab? Oder sollte sie notfalls in den Eichengrund ziehen? Die Bewohner würden sich wahrscheinlich das Maul über sie zerreißen, wenn sie dorthin zurückkehrte.

Es fühlte sich so an, als hätte sie in Conrad den Menschen gefunden, auf den sie seit Ewigkeiten gewartet hatte – jemanden, mit dem sie ihren Lebensabend verbringen wollte. Zuerst hatten sie ein paar Wochen in der Seniorenresidenz zusammengelebt, danach in der WG. Dieses halbe Jahr kam ihr viel länger vor.

Sie seufzte leise und schaute sich um. Hier fühlte sie sich wohl. Ob Charlotte ihr diese Wohnung vermieten würde, wenn es hart auf hart käme? Die Lage war ausgesprochen gut. Nicht weit bis zur nächsten U-Bahn-Station oder zur Bushaltestelle. In wenigen Minuten erreichte man die Innenstadt oder den Maschsee. Oder sollte sie sich noch einmal ein Auto anschaffen? Sie hatte sich viel zu abhängig von anderen gemacht. Allerdings wurde es immer schwieriger, einen Parkplatz zu finden – egal in welchem Stadtteil.

Anneliese schob diese Gedanken beiseite und widmete sich ihrer Lektüre. Danach überlegte sie, wie sie die Zeit totschlagen sollte. Normalerweise halfen Shoppen und Schokolade bei Kummer. Sie könnte in die City fahren und ihr Geld unter die Leute bringen. Ein schickes Outfit passend zu ihrem neuen Style konnte nicht schaden.

Während sie darüber nachdachte, schenkte sie sich Kaffee nach. Sie griff nach der zweiten Brötchenhälfte und biss hinein. Während sie kaute, läutete es. Sie hoffte inständig, dass Charlotte dichtgehalten hatte. Sollte Conrad draußen stehen, würde sie ihn nicht reinlassen. Sie wollte ihn nicht sehen.

Zögernd ging sie in die Diele. Dort musste sie sich erstmal mit der Gegensprechanlage anfreunden. Sie nahm den Hörer.

»Ja?«

»Ich stehe hier oben vor der Tür«, vernahm sie eine Stimme aus dem Treppenhaus. »Können Sie bitte mal aufmachen, Frau Stern?«

Anneliese legte den Hörer zurück und schaute durch den Spion. Draußen stand ein Mann im blauen Kittel, der wie ein Handwerker aussah. Sie öffnete die Tür ein Stück weit und blickte ihn fragend an.

»Guten Morgen, Frau Stern. Entschuldigen Sie die frühe Störung. Die Hausverwaltung schickt mich. Wie Sie wissen, lesen wir immer im Oktober die Wasseruhren ab. Ich war in den letzten Tagen zweimal hier, aber Sie waren nie zu Hause. Haben Sie die Nachricht in Ihrem Briefkasten nicht gefunden? Oder waren Sie im Urlaub?«

»Meine Freundin ist nicht da. Ich wohne nur vorübergehend hier.«

»Auch gut.« Ein freundliches Lächeln erschien auf seinem Gesicht. »Trotzdem brauche ich die fehlenden Zählerstände. Ich bin deswegen extra an meinem freien Samstag losgefahren. Mein Chef macht mir die Hölle heiß, wenn er am Montag nicht sämtliche Zahlen auf dem Tisch hat. Ich muss nur kurz in Ihr Bad.« Als Anneliese zögerte, schaute er sie verständnisvoll an. »Wenn ich bedrohlich auf Sie wirke, können Sie gern Ihre Freundin anrufen und sie fragen, ob das in Ordnung ist. Ich warte so lange im Treppenhaus.«

Wahrscheinlich sah sie Gespenster. Warum sollte dieser

nette Mensch ihr was tun? Er machte nur seinen Job. Sie trat zur Seite und beschrieb eine einladende Geste.

»Das wird nicht nötig sein.«

»Danke.« Er schien erleichtert. »Es dauert nur zwei Minuten.«

Sie schloss die Wohnungstür und führte ihn zum Badezimmer. Verwundert drehte sie sich herum, als er ihr nicht hineinfolgte.

»Regel Nummer 1: Lasse niemals einen Fremden in deine Wohnung, selbst wenn er nett und harmlos aussieht und seine Geschichte glaubhaft klingt. Regel Nummer 2: Wenn du ihn trotzdem reinlässt, verschließe nicht die Wohnungstür, damit du im Notfall flüchten oder um Hilfe schreien kannst. Regel Nummer 3: Setze dich nicht gegen ihn zur Wehr, denn er ist stärker als du und könnte außerdem bewaffnet sein.«

In der Senioren-WG saßen die Bewohner am Frühstückstisch. Der Wetterfrosch schrieb eine Einkaufsliste und fragte, ob jemand einen besonderen Wunsch hätte.

»Bring mir bitte einen großen Beutel Studentenfutter mit«, bat Elisabeth, die diese Knabbermischung liebte. »Außerdem brauchen wir Küchenrollen.«

»Die Leckerlis für Grönemeyer gehen zur Neige«, sagte der General. »Bist du so gut und kaufst welche?«

Conrad schrieb alles auf und blickte in die Runde.

»Glaubt ihr, dass Liesel heute zurückkommt?« Außer Achselzucken bekam er keine Antwort. »Ich habe bestimmt hundertmal eine Nachricht auf ihrer Mailbox hinterlassen, aber sie meldet sich nicht. Wisst ihr wirklich nicht, wo sie steckt?«

Elli und Albert schüttelten den Kopf, Philipp trank seine

Tasse leer und Charlotte begann, das Geschirr zusammenzustellen.

Conrads Blick konzentrierte sich auf sie.

»Dir hat sie bestimmt gesagt, wo sie hinwill. Bitte, Charlotte.«

»Tut mir leid, ich kann dir nicht weiterhelfen.«

Nach seiner Rückkehr vom Supermarkt verschwand Conrad in der Küche und verstaute die Einkäufe. Obwohl es mindestens noch zwei Stunden bis zum Mittagessen dauerte, schnippelte er die Zutaten für einen Eintopf und schaltete den Herd an. Er bat Elisabeth, ein Auge auf den Topf zu haben, und stieg die Treppe in die erste Etage hinauf. Entschlossen, sich nicht abwimmeln zu lassen und diesmal eine befriedigende Antwort zu fordern, klopfte er an die Tür.

»Ja?«

Zögernd trat der Mitbewohner ein, sah, dass Charlotte am Fenster stand, das Smartphone am Ohr.

»Bis bald, Lisa.« Offenbar sprach sie mit ihrer Tochter. »Grüß bitte Stefan und gib Sonja und Jonas einen Oma-Kuss. – Ciao!«

Sie schaltete das Telefon aus und legte es auf den Tisch. Aus ernsten Augen schaute sie den Besucher an. Conrad kam nur selten in ihr Reich. Auch ohne viel Fantasie wusste sie, was er wollte.

»Liesel hat mal gesagt, wie froh sie darüber ist, dass sie dir alles anvertrauen kann.«

»Hoffentlich ist dir klar, dass ich über das, was man mir anvertraut, nicht spreche.«

»Natürlich.«

Er hatte sich beim Gemüseschneiden genau überlegt, wie er vorgehen musste, um Erfolg zu haben.

Charlotte setzte sich in einen Sessel und deutete zum Sofa. Umständlich nahm Conrad Platz.

»Ich habe darüber nachgedacht, wohin Liesel geflüchtet sein könnte. Eine Möglichkeit ist Eichengrund. Das ist einerseits eine gewohnte Umgebung, andererseits würden die Bewohner sie mit Fragen löchern, vielleicht sogar verspotten, weil sie glauben, dass ihre Zukunftspläne zerplatzt sind. Darum wird sie dort nicht sein. Ein Hotel halte ich für genauso unwahrscheinlich wie eine spontane Reise ohne klares Ziel. Und zwar aus einem logischen Grund.«

Charlotte ahnte, dass er gedanklich auf der richtigen Fährte war.

»Da bin ich aber gespannt.«

»Liesel wäre nicht einfach verschwunden, ohne vorher mit dir zu reden. Du hättest nicht zugelassen, dass sie irgendwo allein in der Fremde sitzt und ihre Wunden leckt.«

»Was du nicht sagst.«

»Liesel hat keine Verwandten oder enge Freunde in der Stadt, deshalb hast du ihr wahrscheinlich deine Wohnung zur Verfügung gestellt.«

Was sollte sie nun tun? Sie hatte Anneliese versprochen, den Mund zu halten. Andererseits sollten die beiden unbedingt miteinander reden, um die Unstimmigkeiten aus dem Weg zu räumen.

»Du musst nichts dazu sagen, Charlotte. Schüttele einfach den Kopf, wenn ich nicht falsch liege.«

Sie unterdrückte einen Seufzer und schüttelte gleich zweimal den Kopf.

»Und jetzt raus!«

Sofort sprang er auf.

»Danke!«

Er drehte sich herum und verschwand.

Nach einem Abstecher in die Küche holte Conrad sein 50 Jahre altes Opel Rekord Cabriolet aus der Garage. Manchmal spielte er mit dem Gedanken, den Wagen zu verkaufen, zumal außer dem Gemeinschaftstransporter Philipps Mercedes und Charlottes Golf zum Fuhrpark der WG gehörten. Man hatte ihm eine Menge Geld für den Oldtimer geboten, aber er hing an dem Auto, das er hegte und pflegte. Im letzten Sommer war er oft bei geöffnetem Verdeck mit Anneliese über Land gefahren. Sie liebte es, wenn ihr der Fahrtwind um die Nase wehte. Allein aus diesem Grund würde er sich nicht von diesem Schmuckstück trennen.

In der Südstadt war es wie immer schwierig, einen Parkplatz zu finden. Auf der Suche nach einer Lücke fuhr Conrad langsam die Straße entlang. Er sah einen Handwerker im blauen Kittel, der die Seitentür seines Transporters zuschob, bremste ab und nahm Blickkontakt zu ihm auf. Per Handzeichen signalisierte der Mann seine Absicht, wegzufahren. Conrad hob dankend die Hand und setzte den Blinker. Geduldig wartete er, bis der weiße Lieferwagen ausscherte. Rückwärts parkte der Wetterfrosch ein, stieg aus dem Wagen und lief zur Haustür. Trotz mehrmaligen Klingelns tat sich nichts. Erst als eine Frau mit einem Kleinkind auf dem Arm das Haus verließ, konnte Conrad hinein. Obwohl es einen Lift gab, nahm er die Treppe. Vor Charlottes Wohnungstür blieb er stehen und läutete abermals. Nichts geschah. Ahnte Liesel, wer vor der Tür stand? Sie wollte ihn nicht sehen, so viel war sicher. Bei der Rückkehr von seiner Tochter hatte er das Lebkuchenherz vom Rummelplatz im Papierkorb gefunden. Ihm war klar, was das bedeutete. Akzeptieren würde er das Ende jedoch nicht. Er würde um die Frau, die er liebte, kämpfen. Entschlossen zog er sein Handy aus der Tasche und griff auf die Nummer seiner Lebensgefährtin zu. Als das Freizeichen erklang, legte er das Ohr an die Wohnungstür. Ganz deutlich hörte er eine Melodie: Louis Armstrongs »What a wonderful world«, Annelieses Klingelton. Er schaltete sein Telefon ab und klopfte an die Tür.

»Liesel, bitte mach auf. Ich weiß, dass du da bist.« Drinnen rührte sich nichts. Abermals klopfte er. »Bitte, Liesel. Lass uns darüber reden. Es tut mir leid!«

Anneliese antwortete nicht. Er fragte sich, ob sie unterwegs war und ihr Handy vergessen hatte, glaubte aber nicht daran. Ging es ihr am Ende nicht gut? Besorgt versuchte er es abermals.

»Ich gehe hier nicht eher weg, bis ich weiß, dass bei dir alles in Ordnung ist.« Er würde sich auf die Treppe setzen und warten. Egal, was er verbockt hatte, seine Liesel würde ihn nicht stundenlang schmoren lassen.

Er zielte auf den Klingelknopf, hielt ihn lange gedrückt.

Unvermittelt wurde die Tür der Nachbarwohnung aufgerissen.

»Geht's noch?«, blaffte ihn eine Frau im Morgenmantel und mit zerzaustem Haar an, worauf er schuldbewusst die Hand zurückzog. Das war wahrscheinlich die Journalistin, die Charlotte mal erwähnt hatte. »Den ganzen Morgen geht das schon so. Frau Stern ist nicht zu Hause. Verschwinden Sie, sonst rufe ich die Polizei!«

Ehe er reagieren konnte, hatte sie die Tür zugeknallt.

So leicht ließ sich der Wetterfrosch nicht einschüchtern. Irgendetwas stimmte da nicht. Daran gab es keinen Zweifel. Er stürmte die Treppe hinunter, lief zu seinem Wagen und fuhr nach Hause.

KAPITEL 21

Wenn Charlotte lange am Computer gesessen oder gelesen hatte, litt sie regelmäßig unter Verspannungen der Schulter- und Nackenmuskulatur. Philipp beherrschte eine wirksame Massagemethode, durch die er ihr sofort Linderung verschaffte. Obwohl sie seine sanften Hände jedes Mal genoss, wollte sie selbst etwas tun. Ihre Fitnesstrainerin hatte ihr geraten, es mit Planking zu versuchen. Das funktionierte wie beim Liegestütz, allerdings stützte man sich nicht mit den Händen, sondern mit den Unterarmen ab. Charlotte hatte vor einigen Tagen mit 20 Sekunden begonnen und steigerte sich nun täglich um 10 Sekunden. Als es an der Tür klopfte, war sie fast fertig.

»Ja«, rief sie gepresst, wobei sie versuchte, die Körperspannung zu halten.

Conrad trat ein, schaute sich suchend um und entdeckte seine Mitbewohnerin auf einer Gymnastikmatte auf dem Fußboden.

»Entschuldige ... Darf ich dich kurz stören?«

Sie ließ sich auf den Bauch sinken und stieß die Luft aus.

»Was gibt es?« Geschmeidig kam sie auf die Beine. »Alles wieder gut im Paradies?«

»Nein.« Während sie ein paar Lockerungsübungen

machte, erzählte er von seinem missglückten Vorhaben. »Glaubst du, dass Liesel ohne ihr Telefon weggegangen sein könnte? Wenn ihr nun was passiert ist? Vielleicht ist ihr schlecht geworden oder sie ist im Bad gestürzt oder …«

»Nun mal langsam.« Sie nahm ihr Handy vom Tisch und hockte sich auf die Armlehne des Sessels. »Wenn ich sie anrufe, geht sie bestimmt ran.« Das erwies sich als Irrtum. Der Ruf blieb unbeantwortet. »Bist du ganz sicher, dass ihr Handy in der Wohnung liegt?«

»Ich habe Louis Armstrong deutlich durch die geschlossene Tür gehört.«

»Okay.« Sie dachte einen Augenblick nach. Das Ergebnis war so beunruhigend, dass sie Conrad nichts von ihrer Befürchtung sagte. »Ich ziehe mir was an.«

Rasch verschwand sie in ihrem Schlafzimmer, tauschte Leggings und Top gegen Jeans und Pullover. Bei ihrer Rückkehr ging Conrad nervös auf und ab. Charlotte fischte den Zweitschlüssel aus einer Schublade. Sie steckte ihn und das Mobiltelefon in ihre Umhängetasche und griff nach dem Autoschlüssel.

»Wir fahren mit meinem Wagen.«

Am Fuße der Treppe trafen sie auf Elisabeth.

»Wo wollt ihr denn hin? Das Essen ist gleich fertig.«

»Fangt bitte ohne uns an«, bat Charlotte. »Wir sind so schnell wie möglich zurück.«

In der Südstadt ersparte sie sich die lästige Parkplatzsuche und fuhr durch eine Toreinfahrt in einen Hinterhof. Der Besitzer des Nebenhauses, der im Erdgeschoss eine kleine Weinhandlung betrieb, hatte ihr bald nach ihrem Einzug angeboten, dass sie ihren Wagen im Notfall dort abstellen dürfe.

»Moment, Conrad.« Charlotte hielt den Freund im Treppenhaus auf. Für den Fall, dass etwas Schlimmes geschehen war, wollte sie ihre Wohnung zunächst allein betreten. »Du wartest am besten hier. Falls Anneliese inzwischen nach Hause gekommen ist, möchte ich sie auf deinen Besuch vorbereiten. Sonst fühlt sie sich womöglich von mir verraten.«

Begeistert schien er davon nicht.

»Wenn es unbedingt sein muss.«

»Ja, das muss es.«

Sie lief die restlichen Stufen nach oben, sperrte die Wohnungstür auf und schloss sie sofort nach dem Eintreten hinter sich.

»Anneliese?«

Keine Antwort.

Nach wenigen Schritten sah sie das Smartphone der Freundin mitten im Flur auf den Holzdielen liegen. Spontan wollte sie sich danach bücken, besann sich aber. Sie warf einen Blick ins Schlafzimmer und in den Wohnraum. Von der Freundin keine Spur. Das Bad war genauso leer wie das kleine Arbeitszimmer. Auf dem Küchentisch lag eine aufgeschlagene Zeitung. Daneben stand ein Teller mit einem halben angebissenen Marmeladenbrötchen. Flüssigkeit aus einem umgekippten Kaffeebecher war über die Tischkante gelaufen und bildete eine braune Pfütze auf den hellen Fußbodenfliesen.

Sogar ohne ihren kriminalistischen Spürsinn hätte sie diese Zeichen zu deuten gewusst – und was sie zu tun hatte. Sie kramte in ihrer Tasche nach dem Handy und rief Hannes an.

»Hallo, Charly«, meldete er sich. »Woher weißt du, dass ich gerade daran gedacht habe, Mittagspause zu machen?

Wie wäre es mit Chinesisch? Frag mal deine Oldies, ob du Ausgang bekommst. Ich lade dich ein.«

»Das müssen wir verschieben. Anneliese ist verschwunden. Ich fürchte, sie wurde entführt – vom ›Regisseur‹.«

»Was?« Seine Stimme klang erschrocken. »Bist du sicher?«

»Sonst hätte ich dich nicht angerufen. Kannst du zu meiner Wohnung kommen? Und bring die Spusi mit.«

»Wieso zu deiner Wohnung?«

»Das erkläre ich dir später. Bitte beeil dich.«

Conrad stand ungeduldig vor der Wohnungstür. Warum dauerte das so lange? Er war versucht, an die Tür zu klopfen, unterließ es aber, weil er die genervte Nachbarin nicht auf den Plan rufen wollte. So drückte er nur kurz den Klingelknopf.

Als die Freundin öffnete, setzte er einen Fuß über die Schwelle, aber Charlotte legte die Hände auf seine Brust und schob ihn ins Treppenhaus zurück. Ehe er reagieren konnte, hatte sie die Tür ins Schloss gezogen.

»Sie will mich nicht sehen«, folgerte er daraus. »Ich habe mich wie ein Idiot benommen. Das kann Liesel mir nicht verzeihen. Was genau hat sie gesagt? Dass ich mich zum Teufel scheren soll?«

»Ich habe gar nicht mit ihr gesprochen.«

Mit einem Seufzer lehnte sich Charlotte gegen die Wand. Hätte sie Anneliese nicht ihre Wohnung angeboten, wäre das alles nicht passiert. Hinter ihrem Verschwinden konnte nur der Killer stecken. Wenn er …

»Warum nicht?« Alarmiert wechselte Conrads Blick zwischen ihr und der Tür. »Was ist mit Liesel? Ist sie gestürzt? Hat sie sich verletzt?« Fordernd streckte er die Hand aus. »Gib mir den Schlüssel.«

»Du kannst da nicht rein. Wir müssen auf Hannes und die Spurensicherung warten.«

Das Entsetzen in seinen Augen machte ihr klar, welche wichtige Information sie ihm vorenthalten hatte.

»Beruhige dich, Conrad. Anneliese ist nicht in der Wohnung.«

»Aber du hast gesagt ... Warum hast du die Polizei gerufen?«

Sie griff nach seiner Hand und führte ihn zur Treppe. Ohne ihn loszulassen, setzte sie sich auf die oberste Stufe und zog ihn neben sich.

»Anneliese könnte möglicherweise entführt worden sein.«

Der Schrecken stand ihm deutlich ins Gesicht geschrieben.

»Du glaubst, dieser Killer ...?«

Vage zuckte sie die Schultern.

»Bislang ist das nur eine Vermutung.«

Niedergeschlagen hockte er auf der Treppe. Nach allem, was er über die Morde mitbekommen hatte, konnte man ihm nichts vormachen. Alle hatten die Gefahr heruntergespielt, obwohl sie genau wussten, dass seine Liesel auf der Todesliste des »Regisseurs« stehen könnte. Im Kreise der Mitbewohner war sie in Sicherheit gewesen, aber er hatte sie mit seinem idiotischen Verhalten aus dem Haus getrieben.

»Wenn er Liesel was antut, ist das meine Schuld. Anstatt sie zu beschützen, habe ich alles falsch gemacht. Meinetwegen ist sie ausgezogen. Nur dadurch konnte der Täter an sie rankommen.«

»Daran bin ich schuld. Zwar konnte ich es ihr nicht ausreden, aber ich hätte sie nicht allein in meiner Wohnung lassen dürfen.« Sie hörte die näher kommenden Sirenen und stand auf. »Ich hätte es besser wissen müssen.« Langsam ging sie die Treppe hinunter und öffnete die Haustür. Durch leichten Druck rastete sie in die Wandhalterung, wodurch sie nicht zufiel.

Die Einsatzfahrzeuge hielten in zweiter Reihe und blockierten dadurch die Straße. Charlotte sah Pia und Hannes aus dem Dienstwagen steigen. Sekunden später drückte der Hauptkommissar sie an sich. Anschließend fragte er nach Einzelheiten. So ruhig wie möglich gab sie ihm Auskunft. Dabei schwammen ihre Augen in Tränen.

»Conrad ist hier«, sagte sie und deutete nach oben. »Ich habe ihn nicht in die Wohnung gelassen.«

Hinter ihr tauchte Benno Winkler von der KTU auf. Sie kannte ihn seit Jahren.

»Gut gemacht, Lotti. Das zeichnet den Profi aus.«

Normalerweise reagierte sie allergisch, wenn er sie so nannte. Diesmal war es ihr egal. Sie fasste in die Tasche ihrer Steppjacke, zog das Schlüsseletui heraus und reichte es ihm.

Der Kriminaltechniker gab seinen Leuten ein Zeichen, ihm nach oben zu folgen. Einen jungen Kollegen wies er an, den Fahrstuhl genauer zu untersuchen.

Conrad war wie versteinert, als die in weiße Overalls gekleideten Männer nacheinander in der Wohnung verschwanden. Er kannte solche Szenen nur aus Filmen – zuvor war meistens ein Mord passiert. Sollte er nun etwa erleichtert sein, dass seine Liesel offenbar »nur« entführt worden war? Dieses Gefühl stellte sich nicht ein. Immerhin wusste er, was der Verbrecher mit seinen Opfern gemacht hatte. Sie waren von ihm mehrere Tage festgehalten und brutal gefoltert worden, bis sie schließlich einen qualvollen Tod starben.

Bei dem Gedanken wurde ihm schwindelig. Haltsuchend griff er nach dem Treppengeländer. Erst dadurch bemerkte er die gereizte Nachbarin, die in ihrer offenen Wohnungstür stand. Diesmal trug sie enge Hosen mit einem weiten Pullover kombiniert und war ordentlich frisiert.

»Sie schon wieder«, sprach sie Conrad an. Er atmete schwer, worauf sie näher trat. »Geht es Ihnen nicht gut?«

Er winkte nur ab, während Hannes und Pia mit Charlotte die Treppe heraufkamen. Ein besorgter Blick der Freundin traf den Wetterfrosch. Behutsam legte sie die Hand auf seine Schulter.

»Alles in Ordnung mit dir?«

»Geht schon.«

Ihr Blick wechselte zu ihrer Nachbarin.

»Hallo, Marlene.«

»Grüß dich, Charlotte. Ich weiß ja nicht, was heute bei dir los ist, aber seit dem frühen Morgen herrscht hier keine Ruhe: treppauf, treppab, Klingeln, Klopfen, laute Rufe … Wen hast du da bloß in deiner Wohnung einquartiert?« Sie bemerkte Hannes und lächelte. Sie kannte den Hauptkommissar von einigen Pressekonferenzen und wusste, dass ihre Nachbarin mit ihm befreundet war. »Guten Tag, Herr Bremer. Wenn Sie mit Ihrem ganzen Stab hier anrücken, muss was passiert sein. Verraten Sie mir, was das ist?«

»Das wissen wir nicht, Frau Biber.« Hannes war nicht überrascht, die Journalistin an diesem Ort zu sehen. Gut sah sie aus. Der Kurzhaarschnitt und die vereinzelten Sommersprossen auf der zierlichen Nase verliehen ihr etwas Lausbübisches. Sie gefiel ihm, aber er hatte nie näheren Kontakt zu ihr gesucht. Hauptkommissar bei der Mordkommission und eine Journalistin bei der größten Tageszeitung, das passte nicht zusammen. Ihre berufsbedingte Neugier und sein Stillschweigen zu aktuellen Fällen würden nur zu Konflikten führen.

»Ihr müsst aber nicht im kalten Treppenhaus warten, bis die in deiner Wohnung zu einem Ergebnis kommen«, wandte sie sich an Charlotte. »Ich habe gerade Kaffee gekocht.«

»Das ist nett von Ihnen, aber …«, begann Hannes, wurde aber sofort von ihr unterbrochen.

»Sie brauchen bestimmt meine Aussage, was hier heute Morgen los war.« Als er zögerte, lächelte sie ihn strahlend an. »Vergessen Sie mal, dass ich eine sensationsgeile Zeitungstante bin. Wenn es für Ihre Ermittlungen wichtig ist, schreibe ich nicht über diesen Polizeieinsatz. – Versprochen.«

»Ich kann mich auf Ihre Verschwiegenheit verlassen?«

»Selbstverständlich.«

»Als Gegenleistung wollen Sie die Story wahrscheinlich exklusiv, wenn alles vorbei ist.« Das hatte er zwar BP zugesichert, aber der war inzwischen aus dem Spiel.

»Es würde mich freuen, wenn wir uns dann mal zusammensetzen könnten.«

Sie ging voraus und führte die kleine Gruppe in ihr Wohnzimmer. Charlotte half ihr mit den Tassen. Zu fünft saßen sie schließlich um den Tisch herum. Während Pia ihren Notizblock zückte, forderte Hannes die Journalistin auf, zu erzählen, was sie am Morgen aus dem Treppenhaus gehört hatte.

»Ich war gestern auf einer Party und bin erst spät nach Hause gekommen. Deshalb habe ich nicht mitgekriegt, dass Charlotte jemanden in ihrer Wohnung untergebracht hat. Heute Morgen um kurz nach acht hat mich das Zufallen der

Tür von nebenan geweckt. Da war mir klar, dass da anscheinend ein Frühaufsteher eingezogen ist. Wer würde sonst am Samstagmorgen um diese Zeit aus dem Haus gehen?«

»Das war meine Lebensgefährtin«, sagte Conrad. »Wahrscheinlich wollte Liesel Brötchen holen.«

»Das nächste Mal wurde ich wach, als diese Liesel zurückkam. Das war gegen halb neun. Anderthalb Stunden später wurde ich zum dritten Mal aus dem Schlaf gerissen. Diesmal durch eine laute Stimme.«

»Mann oder Frau?«, fragte Hannes. »Konnten Sie das raushören?«

»Ein Mann. Ich war drauf und dran, aufzustehen und für Ruhe zu sorgen, als es plötzlich still wurde. Offenbar hat die Liesel ihn reingelassen.«

»Das habe ich befürchtet«, murmelte Charlotte. »Mir ist allerdings schleierhaft, warum sie einen Fremden in die Wohnung ließ.«

»Weil es ein Handwerker war.«

Aller Augen richteten sich auf die Journalistin. Charlotte zwang sich, ruhig sitzen zu bleiben.

»Woher weißt du das?«

»Irgendwann wurde ich durch ein Poltern geweckt. Ich bin aufgestanden und wollte ins Bad. Da hörte ich drüben die Wohnungstür und habe durch den Spion geschaut.«

»Was hast du gesehen?«

»Eine ältere Dame in Begleitung eines Mannes im blauen Kittel, der aussah wie ein Handwerker oder Haustechniker. Er hat sie am Arm festgehalten und zum Fahrstuhl geführt. Das wirkte nicht gewalttätig, sondern eher hilfsbereit. Vielleicht ist sie gehbehindert.«

Conrad zog seine Brieftasche hervor und zeigte ihr ein Porträtfoto seiner Lebensgefährtin.

»Ist sie das?«

Aufmerksam betrachtete Marlene Biber die Aufnahme.

»Sie hatte eine andere Frisur, aber sonst … ja, das ist sie. Irgendwie kommt sie mir bekannt vor. Vielleicht bin ich ihr früher mal begegnet.«

»Und der Mann?«, wollte Pia wissen, die sich eifrig Notizen machte. »Wie sah der aus?«

»Das Gesicht konnte ich nicht sehen, weil die Frau ihn verdeckt hat. Sie waren ungefähr gleich groß.«

Fragend blickte Pia den Wetterfrosch an.

»Wissen Sie, wie groß Frau Grothe ist?«

»1,69 m.«

»Demnach ist der Mann also etwa 1,68m bis 1,69m groß«, folgerte und notierte sie, bevor sie die Journalistin ansah. »Konnten Sie seine Haarfarbe erkennen?«

»Nur von hinten. Er hat dunkles, sehr volles, glänzendes Haar. Es wirkte wie ein Fiffi.«

»Ein Toupet?«

»Irgendwas in dieser Richtung. Beschwören kann ich das nicht. Ich habe ihn wirklich nur ganz kurz von hinten gesehen. Schlank war er.«

»Mehr wissen Sie nicht?«

»Ich wollte schlafen und bin ins Bett gegangen. Das hätte ich mir sparen können. Es hat nicht lange gedauert, bis der Krach im Treppenhaus von vorne losging: Sturmklingeln, Klopfen, Rufen … Normalerweise bin ich ein geduldiger Mensch, aber das brachte das Fass zum Überlaufen. Ich bin aus dem Bett gesprungen und …« Entschuldigend blickte sie Conrad an. »Es tut mir leid, dass Sie meinen ganzen Frust abbekommen haben.«

»Schon gut.« Das war nun völlig unwichtig. Ihn beschäftigte etwas anderes. »Sie sagten, es war ein Mann im blauen

Kittel und mit dunklem Haar. War das kurz bevor ich gekommen bin?«

»Ein paar Minuten vorher.«

Schuldbewusst schaute er Charlotte an.

»Ich habe ihn gesehen.« Stockend berichtete er von seiner Ankunft vor dem Haus, von dem Mann im blauen Kittel, der ihm den Parkplatz überlassen hatte. »Wäre ich nur fünf Minuten früher losgefahren …«

Beruhigend legte sie die Hand über seine knetenden Finger.

»Da war der Kerl bereits in der Wohnung. Womöglich war er bewaffnet. Du hättest nichts tun können.« Sie verstand seine Selbstvorwürfe. Ihr erging es nicht anders. »Es wird davon ausgegangen, dass er seine Opfer immer entführt hat, wenn sie allein waren. Es gab nie Zeugen. Ich war gestern Abend nicht im Fitnessstudio, sondern hier. Bis gegen 23.00 Uhr. Hätte ich in meiner Wohnung übernachtet … Wieso habe ich nicht daran gedacht, dass der Killer uns vielleicht beobachtet? Er wusste genau, wo Anneliese untergekommen ist.«

»Gütiger Himmel!«, entfuhr es Marlene. Nun erst brachte sie den gehörten Vor- und Nachnamen der Frau in den richtigen Zusammenhang. »Ihre Lebensgefährtin ist Anneliese Grothe? *Die* Anneliese Grothe, die früher den Sonnenhof geleitet hat? Wir haben vor etwa zehn Jahren im Zusammenhang mit Missbrauchsfällen eine Serie über die Arbeit des Jugendamts, Inobhutnahmen et cetera gebracht. Deshalb kam sie mir so bekannt vor. Ich habe sie damals interviewt. Eine kompetente und sympathische Frau.« Ihre Augen konzentrierten sich auf Hannes. »Sie glauben, dass der ›Regisseur‹ hinter ihrem Verschwinden steckt?«

»Möglicherweise.« Mehr sagte er nicht dazu. Er dachte

an das Nächstliegende. »Es ist bestimmt kein Zufall, dass der Mann im blauen Kittel einen weißen Lieferwagen fuhr. So ein Fahrzeug wurde im Zusammenhang mit einem der Morde genannt. Sie haben den Kerl gesehen, Herr Lenz. Wir werden ein Phantombild erstellen. Kommen Sie nachher mit ins Präsidium?«

»Selbstverständlich.«

Pia ging hinaus, um zu sehen, wie weit die Kollegen von der Kriminaltechnik waren. Nach einer Weile kehrte sie zurück und übergab Charlotte den Wohnungsschlüssel.

»Ich soll dir von Benno ausrichten, dass du ihn so bald wie möglich besuchen sollst. Er braucht deine Fingerabdrücke.«

»Ich fahre von hier aus zusammen mit Conrad, um alles zu erledigen. Meine Putzfee rufe ich gleich an, damit sie ausgeschlossen werden kann. Danach dürften eigentlich nur die Abdrücke von Anneliese und dem … Täter übrigbleiben. Das bespreche ich nachher mit Benno.«

»Okay. Ihr könnt übrigens in deine Wohnung. Die Spusi ist gerade abgezogen. Das Smartphone von Frau Grothe und den Kaffeebecher haben sie zur Auswertung mitgenommen.«

Sie verabschiedeten sich im Treppenhaus voneinander. Pia und Hannes verließen das Haus; Conrad und Charlotte betraten ihre Wohnung. Er war das erste Mal dort und schaute sich um. An den Wänden im fast quadratischen Flur hingen einige gerahmte Fotos. Stimmungsvolle Landschaftsbilder und gelungene Makroaufnahmen.

Conrad folgte der Freundin in die Küche. Als begeisterter Hobbykoch registrierte er trotz seines Kummers die ansprechende Ausstattung. Die Holzschränke mit den gebeizten Kassettenfronten waren in L-Form angeordnet. Ihm gefiel die helle Landhausküche mit Backofen in Sichthöhe und einem Induktionsherd. Auf der rechten Seite stand ein kleiner weißer Tisch, auf dem sich ein Teller mit einem Stück Brötchen, ein Kugelschreiber und eine aufgeschlagene HAZ befanden. Während Charlotte einen Eimer aus einem der Schränke nahm, warf er einen Blick auf die Zeitung: Immobilienangebote. Beim näheren Hinsehen stellte er fest, dass einige Anzeigen mit einem Kreuzchen versehen waren. Offenbar hatte Anneliese ihren Auszug aus der WG erwogen. Das traf ihn an einer empfindlichen Stelle.

»Anscheinend ist Liesel mit mir fertig.«

»Ach was.« Mit einem Lappen wischte Charlotte den heruntergelaufenen Kaffee auf. »Nichts wird so heiß gegessen, wie es gekocht wird. Wenn Anneliese zurück ist, werdet ihr euch aussprechen.«

»Ich habe Angst, dass sie mich nicht mehr will.« Verzweifelt schloss er die Augen, schlug sie wieder auf. »Noch mehr Angst habe ich davor, dass ich Liesel nichts mehr erklären kann. Gar nichts. Hat sie gewusst, wie viel sie mir bedeutet? Warum habe ich sie nicht öfter spüren lassen, was ich für sie empfinde?«

»In solchen Momenten denkt man immer daran, was man dem anderen vielleicht schuldig geblieben ist. Das habe ich mich nach dem Tod meines Mannes oft gefragt.« Eindringlich blickte sie ihn an. »Aber Anneliese lebt. Daran darfst du nicht zweifeln. Wir werden alles tun, damit sie schnell gefunden wird. Deshalb fahren wir gleich ins Präsidium. Vorher rufe ich Philipp an, damit er weiß, was passiert ist.«

Kaum hatten sie am Nachmittag das Haus betreten, kam Philipp aus seinem Arbeitszimmer. An der Garderobe schloss er Charlotte in die Arme und klopfte Conrad auf die Schulter.

»Ich weiß, was in euch vorgeht, aber euch trifft keine Schuld an dem, was passiert ist. Wir müssen nun unsere ganze Energie einsetzen, um die Polizei bei der Suche nach Anneliese zu unterstützen.«

KAPITEL 22

Anneliese hatte kaum geschlafen. Ein leises Stöhnen entschlüpfte ihr, als sie sich aufrichtete. Sie wusste nicht, wo sie sich befand – nur, dass sie eingesperrt und auf sich allein gestellt war. Nach einem Moment des Innehaltens schloss sie die Augen und rief sich ihre Entführung ins Gedächtnis. Wie ein Film lief sie vor ihrem inneren Auge ab:

Sie stand im Badezimmer und starrte den Mann im blauen Kittel ungläubig an.

»Was wollen Sie von mir?«

»Ist das so schwer zu erraten?«

Dumm stellen und keine Angst zeigen, schoss es ihr durch den Kopf.

»Wer sind Sie?«

»Das wissen Sie genau.« Er lächelte freundlich. »Wir beide haben etwas zu besprechen. Danach entscheide ich, wie es weitergeht.«

»Mir ist zwar schleierhaft, was Sie wollen, aber im Moment haben Sie zumindest ein gutes Argument, dass ich Sie nicht rauswerfe.« Das war eine Anspielung auf die Waffe in seinem Hosenbund, auf die er ihr einen großzügigen Blick gewährte. »Müssen wir im Stehen reden oder können wir uns in die Küche setzen?«

»Es wird sowieso eine Weile dauern, bis ich weiß, ob draußen alles ruhig bleibt.« Er beschrieb eine etwas übertrieben wirkende Geste. »Ladys first.«

Sie gingen in die Küche und setzten sich an den Tisch.

»Erzählen Sie mir von sich«, forderte er sie auf. »Was haben Sie in den letzten Jahren gemacht?«

»Das sollten Sie eigentlich wissen. Es sei denn, hier liegt eine Verwechslung vor. In dem Fall möchte ich Sie bitten, zu gehen.« Sie fand ihre Antwort cool, aber er schüttelte tadelnd den Kopf.

»Sie machen es mir nicht leicht, Frau Grothe.«

»Mir wurde im Leben auch nichts geschenkt.«

»Was meinen Sie damit?«

»Das geht Sie nichts an.«

Nun lächelte er.

»Anscheinend haben Sie keine Angst vor mir. – Obwohl Sie wissen, dass ich der ›Regisseur‹ bin.«

»Warum sollte ich Angst vor Ihnen haben? Ich bin mir keiner Schuld bewusst, irgendetwas getan zu haben, für das Sie sich an mir rächen könnten.« In Abwehrhaltung verschränkte sie die Arme vor der Brust. Sie fragte sich, ob sie mit ihrem Leben spielte, ahnte aber im nächsten Moment, dass ihr Schicksal längst besiegelt war. »Damit ist dieses Gespräch für mich beendet.«

»In Ordnung«, stimmte er zu. »Wir haben später Gelegenheit, ausführlich miteinander zu reden.«

Er stand auf und trat ans Fenster. Auf der Straße tat sich offenbar nichts Ungewöhnliches. Nach einer Weile beschloss der Mann, das Haus mit Anneliese zu verlassen. Wie ein Gentleman half er ihr im Flur in die Jacke, bevor er ihr Handy verlangte. Notgedrungen zog sie es aus der Tasche, worauf er sie aufforderte, es mitten in der Diele auf den Fußboden zu legen. Viel musste er nicht sagen, um seine Geisel davon zu überzeugen, wie abträglich es für ihre Gesundheit wäre, wenn sie sich auffällig verhalten oder gar um Hilfe schreien würde. Scheinbar fürsorglich nahm er ihren Arm und führte sie aus der Wohnung zum Fahrstuhl. Beim Verlassen des Hauses begegnete ihnen kein Mensch. Niemand hielt sie auf, als sie die Straße überquerten und auf den Transporter zugingen. Anneliese schaute sich hilfesuchend um, als er die Schiebetür öffnete. Bevor sie sich überhaupt zu einer Reaktion entschließen konnte, drängte er sie auf einen provisorischen Sitz ins fast leere Wageninnere, kletterte hinein und schloss die Tür von innen. Nur durch die kleinen Scheiben an den Hecktüren fiel etwas Licht. Dadurch bemerkte Anneliese den zusammengeklappten grünen Bollerwagen auf dem Fahrzeugboden, der sie an ein Pinnwand-Foto im Büro des Hauptkommissars erinnerte.

»Tut mir leid, das muss sein.«

Der Mann fischte einen Kabelbinder aus der Tasche, legte ihn eng um ihre Handgelenke und befestigte ihn mit einem zweiten an einer waagerechten Verstrebung des Wagens. Seine Hand glitt unter den Sitz. Im nächsten Moment zog er Anneliese etwas Sackähnliches über den Kopf, das nach einer Mischung aus Schweiß und Urin stank. Das Atmen fiel ihr schwer. Trotzdem sagte sie kein Wort. Protest war sinnlos. Sie hörte den Mann aussteigen und die Tür zuschieben. Den folgenden Geräuschen entnahm sie, dass er sich hinters Steuer setzte und losfuhr.

Sie hätte nicht sagen können, wie lange sie unterwegs waren. Eine halbe Stunde oder eine ganze? Irgendwann erfolgte ein Wechsel von der Straße auf einen holprigen Weg. Der Wagen rumpelte und klapperte. Sie stieß mehrmals mit dem Kopf gegen das Blech im Fahrzeuginneren. Irgendwann hielt der Transporter und der Motor erstarb. Die Seitentür wurde geöffnet.

»Wir sind am Ziel. Ich bringe Sie in Ihre Unterkunft.«

Ihre Hoffnung, dass er ihre Hände befreien und das ätzende Ding von ihrem Kopf nehmen würde, erfüllte sich nicht. Er zerschnitt offenbar die Befestigung an der Strebe, half seiner Gefangenen hoch und aus dem Fahrzeug. Während er sie am Arm nahm und führte, spürte sie zuerst einen glatten Untergrund unter den Schuhen. Vielleicht eine Straße oder ein Parkplatz? Bald ging die Bodenbeschaffenheit in unebenes Gelände über.

Der ›Regisseur‹ machte sie darauf aufmerksam, dass er sie nun über eine Treppe nach unten geleiten würde. Anneliese zählte sechs Stufen. Eine Tür wurde aufgeschlossen und hinter ihnen abgeschlossen. Auf dem weiteren Weg hallten die Schritte etwas. Befanden sie sich in einem Keller? Das Knarren einer weiteren Tür war zu hören.

»So, da wären wir.«

Er schob Anneliese ein Stück weiter. Unerwartet befreite er sie zuerst von den Fesseln, danach von dem abscheulichen Stoff. Grelles Licht traf sie. Reflexartig kniff sie die Augen zusammen. Allmählich gewöhnten sie sich an die Helligkeit. Argwöhnisch schaute sie sich um. Der Raum war nicht besonders groß und fensterlos. Blassgelb gestrichene Wände, keine Bilder. Über einem Metallbett hing ein Kreuz. Außer einem kleinen Tisch und zwei Stühlen gab es ein weiteres Möbelstück: einen weißen Konsolentisch, wie man ihn gewöhnlich in Krankenhäusern fand. Darauf erkannte sie große, mit Mineralwasser gefüllte Plastikflaschen und einen Stapel Bücher. Waschbecken und Toilette waren durch einen Vorhang abgetrennt. Uhlenbrock, schoss es Anneliese durch den Kopf. Sie hütete sich allerdings, ihren Verdacht auszusprechen. Fragend blickte sie ihren Entführer an, der abwartend in der Nähe stand.

»Warum haben Sie mich hierhergebracht?«

»Wir werden ein paar Tage zusammen verbringen und über die Vergangenheit reden. Nun entschuldigen Sie mich bitte. Ich komme bald zurück. Sie finden alles Nötige dort drüben auf dem Tisch.«

Er ging hinaus, zog die Tür hinter sich zu und drehte einen Schlüssel im Schloss. Anneliese war allein …

Bislang war der Mann nicht noch einmal erschienen. Er hatte gesagt, er würde wiederkommen, aber nicht, wann. Lange hatte sie einfach nur auf der Matratze gesessen. Erst später hatte sie erstaunt die frische Bettwäsche registriert. Wenigstens ein Ekelfaktor weniger. Nachdem sie lange wachgelegen hatte, war sie gegen drei Uhr in der Früh eingeschlafen. Nun warf sie einen Blick auf ihre Armbanduhr. Kurz vor sieben. Offenbar hatte sie knapp vier Stunden geschlafen. Die Stille wirkte bedrückend. Kein Laut drang an ihr Ohr. Sie stand auf, schlüpfte in ihre Schuhe und machte sich in der Waschecke etwas frisch. Zum Frühstück trank sie ein Glas Mineralwasser und aß ein paar Kekse aus der Packung, die sie am Abend zwischen den Flaschen entdeckt hatte. Verhungern oder verdursten musste sie vorläufig nicht. Erfrieren auch nicht. Der Heizkörper an der Wand neben der Tür gab für eine angenehme Raumtemperatur genügend Wärme ab.

Ihr wurde klar, dass ihre eigene Unvorsichtigkeit sie in diese prekäre Lage gebracht hatte. Gekränkt durch Conrads Verhalten, war sie zu sehr mit sich selbst beschäftigt gewesen und hatte die Gefahr verdrängt. Aber damit nicht genug: Sie hatte einen Fremden in die Wohnung gelassen. So etwas würde ihr unter normalen Umständen nicht im Traum einfallen. Immerhin wurde ständig in allen Medien davor gewarnt. Wie oft hatte sie den Kopf über arglose Senioren geschüttelt, die angebliche Handwerker hereinließen und ausgeraubt wurden oder vermeintlichen Polizisten ihre gesamten Ersparnisse aushändigten? Nun war sie selbst auf den ältesten Trick der Welt hereingefallen.

Bis der »Regisseur« zurückkäme, musste sie sich eine Strategie überlegen. Wie sollte sie ihm begegnen? Weiterhin forsch und unerschrocken oder besser zurückhaltend? Auf keinen Fall durfte sie ihn provozieren. Sie würde sich aber nicht in die Opferrolle drängen lassen und um ihr Leben flehen. Irgendwie musste es ihr gelingen, eine Kommunikation auf Augenhöhe zu erreichen. Bereits in Charlottes Wohnung hatte sie festgestellt, dass dieser Mann nicht dumm war. Im Gegenteil. Er war intelligent und schien erstaunlich gebildet zu sein. Seine Ausdrucksweise sprach jedenfalls dafür. Außerdem war er höflich und hatte gute Manieren. Unwillkürlich fragte sie sich, ob er tatsächlich ein Sonnenhofkind gewesen sein könnte.

Ratlos blickte sie sich in ihrer unfreiwilligen Unterkunft um. Befand sich dieser Raum wirklich – wie angenommen – in einem Gebäudeteil von Uhlenbrock? Sie versuchte sich zu erinnern, ob sie auf dem Weg durch das Gebäude bis hierher den typischen Geruch von Verbranntem wahrgenommen hatte, und schüttelte den Kopf. Das musste aber nichts bedeuten, da das Feuer nicht in der gesamten Klinik gewütet hatte. Außerdem hatte der ekelhafte Gestank des Stoffs über ihrem Kopf anderen Gerüchen kaum eine Chance gelassen. Ihr wurde aber klar, dass sich ihr Entführer an diesem Ort gut auskennen musste. War er ein ehemaliger Patient oder hatte er in der Klinik gearbeitet? Oder lag sie völlig falsch? Das musste sie so schnell wie möglich herausfinden. Wenn sie wenigstens ihr Strickzeug dabeihätte. Beim Handarbeiten konnte sie am besten nachdenken. Eine Weile ging sie ruhelos auf und ab. Plötzlich hörte sie ein leises Wimmern und blieb abrupt stehen.

KAPITEL 23

In der Senioren-WG herrschte eine beklemmende Stimmung. Alle Bewohner hatten wenig oder gar nicht geschlafen. Die Sorge um Anneliese ließ sie nicht zur Ruhe kommen. Charlotte und Conrad machten sich zusätzlich Vorwürfe. Beim Frühstück versuchten die Freunde, ihnen das auszureden.

»Natürlich bin ich schuld«, sagte der Wetterfrosch niedergeschlagen. »Ich habe nur an mich gedacht und Liesel ausgeschlossen. Wie konnte ich so egoistisch sein? Da ist es nicht verwunderlich, dass sie enttäuscht war und von hier wegwollte. Nur dadurch konnte der … der Killer an sie rankommen. Dieser Kerl kennt kein Erbarmen.« Er schlug die Hände vors Gesicht. »Wir alle wissen, was passieren wird.«

»Könnte«, korrigierte Philipp den Freund. »Wir müssen darauf vertrauen, dass er in Charlottes Wohnung irgendeine Spur hinterlassen hat, durch die er identifiziert werden kann. Dadurch wird die Polizei ihn – und Anneliese finden.«

»Das glaubst du doch selbst nicht.« Conrads Hoffnung war auf dem Nullpunkt angelangt. »Wenn ich mir vorstelle, was er mit meiner Liesel macht …«

»Hör endlich auf damit!«, fuhr ihn die sonst so zurückhaltende Elisabeth an. »Was geschehen ist, können wir nicht ändern. Wir müssen überlegen, was wir tun können, um der Polizei zu helfen.« Ihr Blick konzentrierte sich auf Charlotte. »Mir ist etwas aufgefallen: Vor einiger Zeit habt ihr mehrere große Kartons aus dem Eichengrund mitgebracht. Anneliese sagte, das wären Unterlagen vom Sonnenhof, die sie durchsehen muss, bevor sie vernichtet werden. Seitdem habt ihr beide auffällig oft im Büro gesessen. Du hast dich da unten bestimmt nicht nur mit Stiftungsarbeit beschäftigt. Außerdem warst du in den letzten Tagen ein paarmal mit Liesel unterwegs. Hat sie dich überredet, ihr bei irgendwelchen Nachforschungen zu helfen?«

Charlotte hatte keine Wahl – zumal Anneliese ihr erzählt hatte, dass Conrad eingeweiht war.

»Sie wollte rausfinden, ob der Verbrecher ein ehemaliges Sonnenhofkind sein könnte.«

»Warum?«

»Einerseits, um die Polizei zu unterstützen, andererseits, weil sie befürchtete, damals womöglich einen Fehler im Umgang mit diesem Kind oder seiner Einschätzung gemacht zu haben.«

»Obwohl Ereignisse in der Kindheit und damit verbundene Entwicklungsstörungen oftmals Auslöser für psychische Anomalitäten sind, ist so etwas nicht vorhersehbar. Nicht jedes dieser Kinder mutiert zum Serienkiller.« Mit keinem Wort ging Philipp auf Charlottes Rolle bei den Nachforschungen ein. »Es gibt also nicht den geringsten Grund für Liesel, die Schuld bei sich zu suchen.«

»Das habe ich ihr auch gesagt.«

»Trotzdem hast du ihr geholfen«, bemerkte der General, während er ein Roggenbrötchen aus dem Brotkorb nahm. »Wolltest du dich nicht aus den Ermittlungen raushalten?«

»Was hätte ich denn tun sollen? Anneliese war wild entschlossen, die Sonnenhofkinder zu überprüfen – mit oder ohne mich.« Ein tiefer Seufzer löste sich von ihren Lippen. »Natürlich interessiert mich der Fall, aber ich hätte – außer darüber nachzudenken – nichts getan.«

»Du wolltest Liesel nicht aus den Augen lassen, weil sie keine Erfahrungen mit Ermittlungen hat.«

»Zu diesem Zeitpunkt ahnte ich nicht, wohin das führen würde.«

»Habt ihr rausgefunden, ob der Täter ein Sonnenhofkind gewesen sein könnte?«

»Noch nicht.« Sie stand auf und griff nach ihrem Kaffeebecher. »Zwar kannte ich diese Kinder nicht, aber ich gehe gleich nach unten und arbeite die Unterlagen noch mal durch. Vielleicht haben wir was übersehen.«

»Ich helfe dir.« Philipp erhob sich. Er nahm nicht nur seinen Kaffeebecher, sondern sogar die Warmhaltekanne mit. Noch nicht einmal der General protestierte dagegen.

Im Präsidium wurde mit Hochdruck gearbeitet.

Inzwischen waren die sichergestellten Fingerabdrücke von Anneliese, Charlotte und ihrer Reinigungsfachkraft mit den vorliegenden Spuren verglichen und aussortiert worden. Philipp hatte am Abend der Entführung spontan die Kriminaltechniker aufgesucht, um seine Abdrücke abzugeben, da er sich mehrmals in Charlottes Wohnung aufgehalten hatte.

Am Vormittag betrat Benno Winkler mit einem Aktendeckel das Büro des Hauptkommissars.

»Moin, Hannes. Ich bringe eine gute und eine schlechte Nachricht.«

»Ich kann mir denken, was jetzt kommt: Der Entführer

hat zwar Fingerabdrücke hinterlassen, aber wir haben ihn nicht im System. – Richtig?«

»Leider.« Er legte die dünne grüne Akte auf den Schreibtisch. »Er war nachweislich im Flur und in der Küche. An der Badezimmertür waren seine Fingerspuren nur an der Außenseite.«

»Offenbar hat er es nicht für nötig gehalten, Handschuhe zu tragen. Er scheint sich sehr sicher zu fühlen.«

»Der Kerl weiß, dass wir kein Vergleichsmaterial haben.« Der Kriminaltechniker zog ein Smartphone aus der Tasche und reichte es dem Kollegen. »Das gehört Frau Grothe. Es weist keine Fingerspuren des Täters auf. Zuletzt wurde es am Tag vor der Entführung benutzt. Die Auswertung der Verbindungen hat nichts ergeben. Auch sonst haben wir nichts Verdächtiges darin gefunden.«

»Das war zu erwarten.«

»Gibst du es ihrem Lebensgefährten zurück?«

»Mach ich. – Danke, Benno.«

Als der Kollege gegangen war, trat Hannes nachdenklich ans Fenster. Er wog das Smartphone der Entführten in der Hand, während er auf kahle Bäume und geparkte Streifenwagen blickte. Der Gedanke, Conrad Lenz das Telefon zu bringen, behagte ihm nicht. Der Wettermann würde ihm Vorwürfe machen – und das zu Recht. Zwar hatte Charlottes Freundin das Angebot abgelehnt, sich in Schutzhaft nehmen zu lassen, aber er hätte darauf bestehen müssen. Andererseits war der Kriminalist überzeugt gewesen, dass ihr im Kreise der Freunde keine Gefahr drohte. Wie hätte er wissen können, dass Frau Grothe nach Unstimmigkeiten mit ihrem Lebensgefährten die sichere Umgebung der WG verlassen und in Charlottes Wohnung unterschlüpfen würde? Das war konsequent, aber nicht sehr klug von ihr. Der ›Regisseur‹ schien gut informiert gewesen zu sein. Anscheinend hatte er auf der Lauer gelegen und die WG-Bewohnerin beobachtet. Obwohl eine genaue Planung kaum möglich war, hatte er die Gelegenheit ergriffen und sofort gehandelt.

Der Hauptkommissar legte das Smartphone vorerst in seine Schreibtischschublade. Ungeduldig wartete er auf Ergebnisse der Auswertung aller Aufzeichnungen der Verkehrskameras im möglichen Entführungszeitraum. Die Kollegen suchten seit Stunden auf Aufnahmen aus dem gesamten Stadtgebiet nach dem weißen Lieferwagen. Jedes infrage kommende Fahrzeug würde überprüft. Das war zeitaufwendig, aber eine minimale Chance, dem Entführer auf die Spur zu kommen.

Eine andere, jedoch geringere Möglichkeit, den Mörder zu identifizieren, war das Phantombild, das nach Angaben von Conrad Lenz erstellt worden war. Leider war seine Erinnerung an das Gesicht des Fahrers ziemlich dürftig. Beim Erstellen des Fotos hatte er sich ständig umentschieden. Er hatte sich den Mann im blauen Kittel nur flüchtig angesehen, da seine Gedanken damit beschäftigt waren, wie er seiner Lebensgefährtin gegenübertreten sollte. Dennoch wurde der Abgebildete zur Fahndung ausgeschrieben und das Phantombild an die Presse weitergegeben – obwohl der Hauptkommissar am Mittag eine strikte Nachrichtensperre verhängt hatte. Angeblich suchte die Polizei mit diesem Bild nach einem Zeugen in einem anderen Fall.

Zeitgleich waren zwei Kommissare mit dem Vergleichen von Fotos beschäftigt. Der erfahrene Polizeifotograf fertigte seit Jahren an jedem Leichenfundort nicht nur Aufnahmen vom Opfer und seiner Umgebung, sondern darüber hinaus von den Schaulustigen an. Es war kein Geheimnis, dass Verbrecher hin und wieder an den Tat- oder Fundort zurückkehrten, um den Rausch der Tat noch einmal zu erleben, oder Befriedigung dabei verspürten, die Ermittler bei der Arbeit zu beobachten. Vom Vergleich des Phantombilds mit diesen Fotos erhoffte man sich eine Übereinstimmung, die ein klares Bild vom Aussehen des Killers liefern könnte.

Im Stiftungsbüro legte Charlotte die verschiedenen Aktenstapel auf den Tisch und erklärte Philipp das Ausschlussverfahren, nach dem sie vorgegangen waren, um herauszubekommen, welches der Sonnenhofkinder sich hinter dem ›Regisseur‹ verbergen könnte. Sie berichtete von den vier Kindern, die übriggeblieben waren, und was sie über deren Verbleib erfahren hatten.

»Das ist der letzte Kandidat.« Sie reichte ihm die Sonnenhofakte von Odo Voigt. »Vielleicht solltest du dich zuerst mit diesem Jungen befassen.«

Philipp zog das schmale Brillenetui aus der Hemdtasche und war Sekunden später in die Unterlagen vertieft.

Unterdessen setzte sich Charlotte an den Schreibtisch, auf dem die dicke Akte lag, die sie im Verwaltungstrakt der Klinik hatte mitgehen lassen. Bislang war sie noch nicht dazu gekommen, einen Blick hineinzuwerfen. Bald starrte sie wie gebannt auf die Seiten. Was sich dort Wort für Wort aneinanderreihte, las sich wie ein Psychothriller.

KAPITEL 23,5

Es ärgert mich, dass die Öffentlichkeit wieder nicht umfassend informiert wurde. Als würden sie die Perfektion meiner Arbeit ignorieren. Das empfinde ich wie einen Schlag ins Gesicht. Allmählich sollte die Polizei mit offenen Karten spielen. Die Bewohner dieser Stadt ahnen bestimmt längst, dass es einen besonderen Grund für die Auswahl der Opfer gibt. Die Menschen sind nicht dumm. Sogar die Presse hat bereits eine Verbindung zwischen den Toten hergestellt. Warum durchleuchten die Journalisten das Leben der Getöteten nicht gründlich? Dadurch würden sie herausfinden, was sie verbrochen haben, warum sie dafür nur auf diese besondere Art und Weise bestraft werden konnten. Sie sollen das verstehen! Diese Versager haben mir mein Leben gestohlen!

Was wird passieren, wenn die Polizei feststellt, dass zwei weitere Frauen vermisst werden? Zwei Menschen, die eine große Rolle in meiner Kindheit gespielt haben. Beide gehören nun mir. Ich entscheide, was mit ihnen geschieht. Es war sogar ein besonderes Vergnügen, sie einzufangen.

Die eine konnte ich mit Argumenten überzeugen, mich zu begleiten. Sie ist so klug, wie ich sie in Erinnerung hatte. Ich freue mich auf die Gespräche mit ihr. Und ich bin gespannt, wie sie reagiert, wenn ich sie mit der Vergangenheit konfrontiere.

Die andere ist immer noch das gleiche Biest wie früher. Eine Frau, die ohne Rücksicht auf Verluste über Leichen geht, wenn es für sie von Vorteil ist. In dieser Hinsicht hat sie sich nicht verändert. Jetzt ist der Zeitpunkt gekommen, an dem sie dafür bezahlt, was sie mir angetan hat. Ihr verdanke ich, dass ich schon im Kindesalter eingesperrt war – und es noch immer wäre, wenn ich nicht die Initiative ergriffen hätte. Mein genialer Plan ist aufgegangen. Man hält mich für tot. Jeder glaubt, ich sei in den Flammen umgekommen. Aber ich lebe und werde sie allesamt zur Rechenschaft ziehen!

KAPITEL 24

Philipp zählte nicht zu den Menschen, die sich eine Meinung übereilt oder leichtfertig bildeten. Er bewertete die Informationen nüchtern und vorurteilsfrei, reihte die Fakten aneinander und zog Schlüsse daraus. Anschließend überdachte er das Ergebnis und klopfte es auf Schwachstellen ab. Obwohl es sich bei Odo Voigt nicht nur um Annelieses Entführer, sondern überdies um einen vierfachen Mörder handeln könnte, bemühte er sich um höchstmögliche Objektivität und eine rein wissenschaftliche Sichtweise. Während er verschiedene Möglichkeiten in der Entwicklung des betreffenden Jungen in Erwägung zog, huschte der Kater herein. Das Tier war inzwischen so kräftig, dass es ihm mühelos gelang, zuerst auf einen Stuhl und von dort auf den Tisch zu springen. Aus seinen kupferfarbenen Augen musterte es den Professor. Der Stubentiger hatte mittlerweile Vertrauen zu seinen Mitbewohnern gefasst und verlangte gern reihum nach Streicheleinheiten. So legte er sich neben die Akte und forderte lautstark Aufmerksamkeit. Automatisch streckte Philipp die Hand aus und kraulte das Tier, während sein Blick weiterhin auf die Unterlagen gerichtet war. Ein wohliges Schnurren wurde hörbar.

»So, Grönemeyer, das reicht erst mal«, sagte er nach einer Weile. »Wir müssen arbeiten.«

Dem Kater schien klar zu sein, dass bei Philipp nichts mehr zu holen war, aber wozu gab es einen zweiten Menschen in diesem Raum? Geschmeidig erhob sich der Stubentiger auf seine Pfoten und stolzierte quer über den Tisch. An der Kante blieb er stehen und maunzte in Charlottes Richtung. Da der Schreibtisch in der Nähe stand, musste sie sich nur etwas vorbeugen und das Tier zu sich herüberheben. Auf ihrem Schoß fand es ein bequemes Plätzchen.

»Was denkst du?« Gespannt schaute Charlotte zu Philipp hinüber. »Wie schätzt du das Kind Odo Voigt ein?«

»Schwer zu sagen.« Er nahm die noch ungewohnte Brille ab und massierte seine Nasenwurzel. »Es gibt Fakten, die darauf hindeuten, in welche Richtung sich der Junge entwickelt haben könnte. Durch eine effektive Therapie wäre für ihn heute wohl ein einigermaßen normales Leben möglich. Genauso gut könnte eine durchgeführte Behandlung nicht den gewünschten Erfolg erzielt haben. Daraus ergäbe sich eine erhöhte Wahrscheinlichkeit, dass sich psychopathische Züge entwickelt und im Laufe der Jahre verstärkt haben.« Bedauernd erwiderte er ihren Blick. »Diese Akte enthält nicht viel mehr als eine Momentaufnahme aus der Kindheit. Der Junge war nur knapp sechs Wochen auf dem Sonnenhof.«

»Von dort aus kam er in die Psychiatrische Klinik von Professor Uhlenbrock.«

»Genau an dieser Stelle endet die Akte vom Sonnenhof. Leider wissen wir nichts über seine Zeit in Uhlenbrock.«

»Ganz so ist es nicht.« Sie deutete auf die vor ihr liegenden Unterlagen. »Das ist die Akte aus der Psychiatrie bis zu seinem 18. Lebensjahr.«

Philipp war mehr als erstaunt.

»Woher hast du die?«

»Die ist mir zufällig in die Hände gefallen«, wich sie aus. »Ich habe sie eben durchgeblättert. Anfangs konnte sich der Junge in der Klinik schwer eingewöhnen und hat jede Therapie verweigert. Später hat er sich anscheinend positiv verändert. Er wird als hochintelligent und höflich geschildert. Angeblich hat er alles gelesen, was er in die Finger bekam, und sich dadurch ein großes Allgemeinwissen angeeignet. Er hat sich in Büchern Verhaltensvorbilder gesucht. Trotz Therapie hatte er zunehmend Wahnvorstellungen und wurde so aggressiv, dass er zeitweise Tag und Nacht fixiert werden musste.« Fragend hob sie die Brauen. »Ist das überhaupt erlaubt?«

»Heutzutage nicht mehr ohne richterliche Genehmigung. Besonders psychisch Kranke empfinden eine Freiheitsbeschränkung häufig als besonders bedrohlich. Nur eine kurzfristige Fixierung für weniger als eine halbe Stunde ist ohne richterliche Zustimmung gestattet – allerdings auf ausdrückliche Anordnung eines Arztes.«

Das erschien Charlotte plausibel.

»Wo kein Kläger ist …« Sie setzte Grönemeyer, den sie bis dahin gestreichelt hatte, auf den Dielenboden. »Kurz bevor Odo 18 wurde, hatte er sich stabilisiert und wurde probeweise in einer …« Sie beugte sich über die Akte und warf einen Blick hinein. »… ›sozial-psychiatrischen Wohngruppe für Jugendliche und junge Volljährige‹ untergebracht. Das ging offenbar gründlich schief. Odo wurde gegen Betreuer und Mitbewohner gewalttätig und wollte unbedingt zurück nach Uhlenbrock. Nur dort fühlte er sich sicher.« Unbewusst schüttelte sie den Kopf. »Das ist doch paradox.«

»Du meinst, einerseits wird er heute von Rachegedanken getrieben, weil er in Uhlenbrock zwangseingewiesen wurde, andererseits war die Klinik für ihn ein sicherer Ankerplatz. Solche Gegensätze kommen tatsächlich vor. Sie sind nicht immer logisch erklärbar.«

»Laut Gutachten am Ende der Akte wird er im Alter von 18 Jahren als gewaltbereiter Psychopath mit einer nazistischen Persönlichkeitsstörung, vermehrten Aggressionsschüben und Wahnvorstellungen bezeichnet und als nicht erfolgreich therapierbar eingeschätzt.«

»Das möchte ich mir genauer ansehen.«

Beunruhigt stand Philipp auf und übernahm die Unterlagen. Charlotte wusste, dass er die Akte gründlich studieren würde. Um ihn nicht dabei zu stören, nahm sie den Kater auf den Arm und ging mit ihm hinauf.

Mehr als zwei Stunden später kehrte sie ins Stiftungsbüro zurück. Philipp zog die Brille von der Nase und schaute Charlotte aus ernsten Augen an. Nach intensiver Lektüre bei drei Bechern Kaffee fiel sein Urteil alarmierend aus.

»Ruf bitte deinen Freund Bremer an. Er soll herkommen.«

»So schlimm?«

Als er nur nickte, zog sie das Smartphone aus der Tasche.

»Hallo, Charly«, meldete sich der Hauptkommissar. »Wir arbeiten ununterbrochen, haben aber noch nichts Neues. Sonst hätte ich längst angerufen.«

»Ich weiß. Wir waren inzwischen nicht untätig. Wir … Philipp hat was rausgefunden, das euch weiterhelfen wird. Kannst du zu uns kommen?«

Er zögerte einen Moment.

»Da es anscheinend wichtig ist, bin ich in zwanzig Minuten bei euch.«

»Danke. Bis gleich.«

Unterwegs fragte sich Hannes, ob er und seine Kollegen etwas übersehen hatten, was Charlotte und dem Professor aufgefallen war. Dass sie ihre Finger im Spiel hatte, daran zweifelte er nicht. Ebenso wenig an der Möglichkeit neuer Aspekte. Manchmal genügte eine andere Sicht auf die Dinge oder eine neue Herangehensweise, um einen bisher unentdeckten Ermittlungsansatz zu finden. All das passte zu Charlottes Spürnase.

Der Hauptkommissar fuhr aufs Grundstück, stellte seinen Dienstwagen in der Nähe der Garagen ab und stieg aus. Je näher er dem Haus kam, umso langsamer wurden seine Schritte. Ihm war unbehaglich zumute, wenn er daran dachte, dass er dem Lebensgefährten von Anneliese Grothe gleich das Handy übergeben musste, das in seiner rechten Jackentasche steckte.

Er war die drei Granitstufen zur Haustür noch nicht hinaufgestiegen, als sie geöffnet wurde. Normalerweise flirtete er gern mit der sympathischen alten Dame, wenn er zu einem Besuch kam, aber heute verzog er keine Miene, obwohl er erleichtert war, dass sie und nicht der Wettermann ihn empfing.

»Hallo, Frau Seegers.«

»Charlotte hat Sie angekündigt.« Sie beschrieb eine einladende Geste. »Bitte, Herr Bremer.«

Lange hielt seine Erleichterung nicht vor. Conrad Lenz stand mitten in der Wohnhalle. Er wirkte übernächtigt und um Jahre gealtert. Hannes begrüßte ihn mit einem immer noch schlechten Gewissen, bevor er das Smartphone aus der Tasche zog.

»Das gehört Frau Grothe. Es wird für die weiteren Ermittlungen nicht benötigt. Möchten Sie es verwahren?«

Conrad nahm es entgegen. Die Rückgabe des Telefons hatte etwas merkwürdig Endgültiges. Er schluckte hart, bevor er es in seiner Sakkotasche verschwinden ließ.

»Heute war das Phantombild in der Zeitung. Hat sich jemand gemeldet, der den Mann gesehen hat?«

»Nach einem öffentlichen Zeugenaufruf melden sich eine Menge Leute. Wir sind dabei, sämtliche Angaben zu überprüfen. Das dauert leider. Sobald wir was Konkretes haben, lasse ich es Sie wissen.« Sein Blick wechselte zu Elisabeth. »Wo finde ich Charly und den Professor?«

»Unten im Souterrain.« Sie deutete in die Richtung. »Gehen Sie einfach die Treppe runter.«

»Ich bringe Sie hin.« Keine zehn Pferde würden Conrad davon abhalten können, dabei zu sein, wenn über die Möglichkeit gesprochen wurde, seine Liesel zu finden. Er führte Hannes ins Untergeschoss und an den Hauswirtschaftsräumen vorbei zum Stiftungsbüro.

Nach der Begrüßung setzten sie sich an den Tisch, auf dem ein rundes Tablett mit kleinen Mineralwasserflaschen und Gläsern stand. Außerdem lagen zwei Akten vor dem Professor.

Hannes blickte fragend in die Runde.

»Was habt ihr?«

Philipp verkündete die Neuigkeit, auf die alle seit Wochen warteten:

»Es sieht so aus, als hätten wir die wahre Identität des ›Regisseurs‹ gelüftet.«

Beinahe wäre Hannes aufgesprungen. Mit Mühe bewahrte er Ruhe und fragte nach Einzelheiten.

Daraufhin berichtete Philipp, was er inzwischen über die Vorarbeit von Charlotte und Anneliese erfahren und durch das Sichten der letzten Akte an Erkenntnissen gewonnen hatte. Er schloss mit den Worten:

»Ich bin nahezu hundertprozentig davon überzeugt, dass der Täter Odo Voigt heißt.«

»Wow«, entschlüpfte es Hannes. Mit einer Hand holte er sein Handy aus der Tasche, mit der anderen zog er eine der Akten zu sich heran. »Ich informiere die Kollegen.« Er rief Pia an, berichtete ihr knapp und gab die persönlichen Daten des mutmaßlichen Killers durch. »Nimm dir so viele Leute wie nötig. Die Überprüfung der Akten aus dem Jugendamt wird vorläufig eingestellt. Ich will so schnell wie möglich alles haben, was ihr über Voigt und den Brand in der Klinik Uhlenbrock rauskriegen könnt. Außerdem brauchen wir die Namen der Opfer und Informationen, was aus den Überlebenden wurde und wo sie heute untergebracht sind.«

Er beendete das Gespräch, bevor sein anerkennender Blick zwischen Charlotte und Philipp wechselte.

»Gute Arbeit.« Er nahm die vor ihm liegende Akte ins Visier. »Das sind Patientenunterlagen aus Uhlenbrock. Wie kommen die hierher?«

»Das willst du nicht wissen.«

Einen Moment lang forschte er in Charlottes Gesicht.

»Okay, belassen wir es dabei. Es gibt Wichtigeres: Ich muss alles erfahren, was ihr rausgefunden habt. Wie seid ihr darauf gekommen, die Sonnenhofkinder zu überprüfen?«

»Anneliese wollte unbedingt wissen, ob der Täter bei ihr im Heim war. Wahrscheinlich war das die einzige Möglichkeit, um rauszufinden, ob sie auf seiner Liste stehen könnte.

Sie kannte ›ihre‹ Kinder am besten und hat in dieser Hinsicht ein Gedächtnis wie ein Elefant.«

»Wir werden sie finden.« Davon war er überzeugter denn je. »Als Nächstes möchte ich das Klinikgelände unter die Lupe nehmen. Ist dir dort was Außergewöhnliches aufgefallen?«

»Nein.« Rasch erhob sie sich. »Du kannst dir gleich selbst ein Bild davon machen. Ich hatte meine Kamera dabei.«

Sie trat an den Schreibtisch. Nach ihrer Exkursion hatte sie die Datei auf dem Laptop gespeichert, bislang aber nur flüchtig durchgesehen. Nun stellte sie den Computer für alle sichtbar auf den Tisch und holte das erste Foto auf den Monitor. In langsamer Reihenfolge erschienen die Bilder von den Gebäuden, von den Brandschäden und aus dem Inneren der Klinik. Zuletzt startete sie das Video mit dem Rundumblick von der Veranda des Verwaltungsbaus aus. Sie betrachtete den kleinen Film das erste Mal und stutzte plötzlich.

»Habt ihr das gesehen?«

Die Männer verneinten unisono.

Conrad meldete sich erstmalig zu Wort.

»Was meinst du?«

»Moment.« Sie bewegte den Mauszeiger, sodass der Film ein Stück zurückgesetzt wurde, und wiederholte die letzte Szene. »Achtet auf das Gebüsch.«

Nun sahen es alle: Im Schutz der kahlen Zweige eines hohen Strauches verbarg sich in geduckter Haltung eine Gestalt.

KAPITEL 25

Allmählich wurde Anneliese ungeduldig. Das leise Wimmern hatte sich nicht wiederholt. Hatte sie sich das eingebildet? Nein. Vielleicht war es ein Tier, das sich hierher verirrt hatte. Es könnte eine Katze gewesen sein. Sollte sie sich tatsächlich in der Klinik befinden, gab es viele Möglichkeiten, ins Gebäude zu gelangen. Sie war mit Charlotte ungehindert hineingekommen. Für ein Tier war das noch einfacher. Es genügte ein Schlupfloch.

Hin und wieder hörte sie ein Flugzeug, das in der Nähe vorbeiflog. Ansonsten blieb es still.

Gegen Mittag vernahm sie Geräusche, wie sie nur ein Mensch verursachen konnte: näherkommende Schritte. Sie setzte sich kerzengerade auf die Bettkante und richtete den Blick auf die Tür. Tatsächlich dauerte es nicht lange, bis ein Schlüssel im Schloss gedreht wurde und der ›Regisseur‹ eintrat. Nachdem er von innen abgeschlossen hatte, schaute er Anneliese freundlich an.

»Es tut mir leid, dass ich Sie warten ließ. Ich wurde aufgehalten.«

Was sollte sie dazu sagen? Dass sie gut auf seine Gesellschaft verzichten konnte? Besser nicht. So blickte sie ihn nur abwartend an.

Sein Alter war schwer zu schätzen. Anfang vierzig vielleicht. Das dunkle Haar, die hohe Stirn und die blaugrauen Augen sagten ihr nichts. Diesmal trug er eine schwarze Hose und eine dunkelgraue Jacke. Beides schien ihm nicht richtig zu passen. Worauf ihre Aufmerksamkeit weitaus mehr gelenkt wurde, war jedoch der rot-weiße Schal, der in Halsnähe hervorschaute. In all den Jahren hatte sie für die ihr anvertrauten Jungen Schals ihrer Lieblingsvereine gestrickt und würde das Muster im Schlaf erkennen. Sie zweifelte nicht daran: Vor ihr stand ein Sonnenhofkind.

»Lassen Sie uns reden«, sagte der Mann, setzte sich an den Tisch und deutete auf den freien Stuhl. »Kommen Sie bitte.«

Nach kurzem Zögern kam sie seiner unerwartet höflichen Aufforderung nach.

»Es ist lange her, seit wir uns begegnet sind. Wahrscheinlich erinnern Sie sich gar nicht daran.«

»Ich bin alt, aber nicht verkalkt. Sie waren ein Sonnenhofkind.«

Zuerst schien er überrascht, bevor er nachsichtig lächelte.

»Das war nicht schwer zu erraten.«

»Stimmt«, gab sie ihm recht. »Fast mein ganzes Leben hat sich auf dem Sonnenhof abgespielt. Deshalb liegt es nahe, dass wir uns dort kennengelernt haben.«

»Trotzdem können Sie sich nicht an alle erinnern.«

»Im Laufe der Jahre waren viele Kinder bei uns.«

»Eben. Deshalb vergisst man einige. Besonders die Unbequemen.«

»Jedes dieser Kinder hatte sein Päckchen zu tragen. Wir haben versucht, allen zu helfen.«

Auf seinem Gesicht waren die unterschiedlichsten Emotionen zu lesen. Zuerst Trauer, danach Enttäuschung, zuletzt Entschlossenheit.

»Mir nicht.«

»Das kann nicht sein.«

»Oh doch! Ihr wolltet mich loswerden!« Er sprang auf und ballte die Hände zu Fäusten. Wie ein gefangenes Raubtier tigerte er in dem kleinen Raum vor dem Bett auf und ab. »Sie wissen nichts mehr! Gar nichts! Sie haben vergessen, wann und warum ich im Heim war – dass es mich überhaupt gab!«

Anneliese zwang sich, ruhig zu bleiben. Sie durfte keine Angst zeigen. Angestrengt dachte sie nach. Konnte es sich bei ihm um den zuletzt überprüften Jungen handeln? Sie musste es riskieren.

»Herbst 1984?«

Abrupt unterbrach er seine Wanderung und starrte seine Gefangene ungläubig an. Seine zur Schau gestellte Überlegenheit geriet ins Wanken.

»Das war genauso geraten.«

»Nein. Inzwischen brauche ich nur etwas länger, bis mir Dinge einfallen, die weit zurückliegen. Das ist in meinem Alter normal.«

Seine Skepsis war ihm deutlich anzusehen. Anscheinend passte ihre Erklärung nicht in sein Konzept. Das schien ihn zu verwirren, vielleicht sogar zu ängstigen. Mit zitternden Fingern zog er den Schlüssel aus der Jackentasche und bewegte sich wie in Trance zur Tür.

»Ich bin gleich zurück.«

Er schloss auf, ging hinaus und schloss von außen ab.

Nun hielt Anneliese nichts mehr auf dem Stuhl. Sie stand auf und tat ein paar Schritte, während sie überlegte, ob sie einen Fehler begangen hatte. Vom Gefühl her glaubte sie, richtig gehandelt zu haben, andererseits könnte es ihren Tod bedeuten, wenn ihm klar würde, dass sie wusste, wie er hieß. Wäre die Situation nicht so ernst, hätte sie über sich selbst gelacht. Sie musste sich erst an den Gedanken gewöhnen, dass ihr Leben sowieso keinen Pfifferling mehr wert war. Verdrängen würde ihr leider nicht helfen.

Nach wenigen Minuten kam der Mann zurück. Anneliese saß am Tisch. Als er sich zu ihr setzte, gewann sie den Eindruck, dass er sich einigermaßen unter Kontrolle hatte.

Zunächst entschuldigte er sich für die Unterbrechung.

»Sie scheinen ein gutes Gedächtnis zu haben, Frau Grothe. Aber an meinen Namen werden Sie sich nicht erinnern.«

»Und wenn doch?«

»Das könnte von Vorteil für Sie sein.«

Sie glaubte ihm kein Wort.

»Für wie dumm halten Sie mich? Sie haben mir gestern verraten, wer Sie sind. Niemand hat die Begegnung mit dem ›Regisseur‹ überlebt. Das habe ich in der Zeitung gelesen.«

»Deshalb denken Sie, mein einziges Ziel war es, die Leute zu entführen und abzuschlachten? So primitiv bin ich nicht. Jeder hatte die Chance, sich für sein Fehlverhalten zu rechtfertigen und mir plausible Gründe darzulegen. Leider ist das keinem von ihnen gelungen.« Aufmerksam schaute er sie an. »Wir sind hier, weil ich Antworten will. Überzeugen Sie mich von Ihrer Unschuld. Dann lasse ich Sie gehen.«

Das klang fast einleuchtend. Deshalb war sie geneigt, ihm zu glauben. Und wenn er nicht die Wahrheit sagte? Das machte keinen Unterschied. Sie hatte nichts zu verlieren.

»Was wollen Sie wissen?«

»Erinnern Sie sich wirklich an mich?«

»Ja.«

»Wie heiße ich?«

Jetzt kam es darauf an, bei ihm zu punkten. Sie konnte nicht hundertprozentig sicher sein. Im genannten Zeitraum waren mehrere Jungen auf den Sonnenhof gekommen. Sollte sie einen Schuss ins Blaue wagen? Möglicherweise würde er nach hinten losgehen – oder ins Schwarze treffen. Die Chancen standen fifty-fifty.

»Odo Voigt.«

KAPITEL 26

Im Präsidium wurden alle verfügbaren Informationen über den Klinikbrand und die Insassen zusammengetragen. Bald lag der Bericht der Feuerwehr zur Ermittlung der Ursache des Unglücks vor. Ein Brandgutachter hatte eine forensische Analyse des Feuers durchgeführt. Unter Berücksichtigung aller chemischen, physikalischen, technischen und kriminalistischen Aspekte war er zu dem Ergebnis gelangt, dass technische Mängel auszuschließen waren. In Uhlenbrock hatte an mehreren Stellen eine vorsätzliche Inbrandsetzung stattgefunden.

Auskünfte über den Verbleib der Bewohner waren schwieriger zu beschaffen. Am späten Nachmittag stürmte Martin mit einem Computerausdruck ins Büro seines Chefs.

»Der Professor hat sich geirrt.« Er reichte Hannes den Bogen. »Das kam eben per Mail.«

Der Hauptkommissar las die Namen der Psychiatriepatienten, die den Brand nicht überlebt hatten.

»Odo Voigt ist tot?«

»Sieht so aus.«

»Kein Zweifel möglich?«

»Offenbar nicht.«

»Schei…«

»Und nun?«

Hannes dachte kurz nach.

»Ich fahre zur WG und hole die Akten der Sonnenhofkinder, die sie vorerst ausgeschlossen haben. Unser Killer muss darunter sein.«

Wie beim letzten Mal öffnete Elisabeth die Tür.

»Da bin ich wieder«, sagte Hannes. »Ich muss noch mal mit Charly sprechen.«

»Sie ist mit Philipp eben runter ins Stiftungsbüro gegangen.«

»Danke, ich finde den Weg.«

Mit langen Schritten durchquerte er den Eingangsbereich. Als er das Büro betrat, standen beide vor einer Stellwand.

»Hannes.« Erwartungsvoll schaute Charlotte den Freund an. »Habt ihr schon Ergebnisse?«

»Odo Voigt ist nicht der ›Regisseur‹.«

»Sicher?«

Charlotte war enttäuscht, Philipp skeptisch.

»Voigt kam beim Klinikbrand ums Leben. Er ist in seinem Zimmer verbrannt. Ich muss alle 21 Sonnenhofakten mitnehmen. Der Killer kann nur in einer davon stecken.«

Obwohl Philipp noch zweifelte, dachte er an das Nächstliegende.

»Soll ich Ihnen bei der Beurteilung helfen?«

»Können Sie mit ins Präsidium kommen?«

»Kein Problem.«

»Danke.«

Hannes warf einen Blick auf die Stellwand. Daran waren Zeitungsartikel, Fotos und Notizzettel befestigt. Er nahm das Sammelsurium an Informationen genauer in Augenschein. Insgeheim war er beeindruckt, welche Parallelen Charlotte und ihre Freundin zwischen den Morden hergestellt hatten. Bei der Karte von Hannover stutzte er. Die Fundorte der Opfer waren durch blaue Nadeln markiert und mit einem roten Faden verbunden.

»Was bedeutet das?«

»Wahrscheinlich nichts.« Charlotte zuckte die Schultern. »Ich dachte, die Verbindung der Fundorte könnte ein Muster ergeben, das uns vielleicht weiterbringt. Die der drei eigentlichen Opfer ergeben ein Dreieck. Wenn man den nicht geplanten Mord an Plaschke dazunimmt, und die Linie von der Aegidienkirche zum Fundort seiner Leiche am Steintor und weiter zu Bahlsen zieht, ergibt sich ein zweites Dreieck. Das scheint aber Zufall zu sein.«

»Möglich«, stimmte er zu. »Wir sollten das trotzdem im Hinterkopf behalten.« Sein Blick wechselte zu Philipp. »Können wir?«

Charlotte zeigte ihnen die Kiste mit den betreffenden Akten, die sie zusammen hinaustrugen.

Erst als die Männer gegangen waren, bemerkte sie die beiden vergessenen Akten auf dem Tisch. Aus ihrer Sicht schien das nebensächlich zu sein, da die Unterlagen Odo Voigt betrafen – das Leben eines Toten.

Im Konferenzraum des Präsidiums arbeitete außer Philipp, Hannes und Pia eine Polizeipsychologin an den Sonnenhofunterlagen. Vier Kripobeamte saßen zur Unterstützung an Computern und recherchierten mehr oder weniger auf Zuruf. Jedes Mal, wenn der Aufenthaltsort eines ehemaligen Sonnenhofkindes ermittelt war, wurden Beamte losgeschickt, die inzwischen erwachsenen Männer zu überprüfen. Sofern sie nicht mehr in Hannover oder der Region lebten, wurde um Amtshilfe bei den zuständigen Kollegen in anderen Städten gebeten.

Unterdessen beschäftigten sich weitere Angehörige der SOKO in ihren Büros erneut mit den Aktenbergen aus dem Jugendamt.

In manchen Jahren waren mehr als 200 Kinder kurz- oder langfristig in Obhut genommen worden, sodass im von der Polizei vorerst festgelegten Zeitraum mehrere Tausend Fälle zusammenkamen. Es würde Wochen dauern, all diese zu sichten und auf Verbindungen zu den Opfern zu prüfen, um anschließend gezielt nach den damaligen Kindern zu fahnden. Trotz der Möglichkeiten des enormen Polizeiapparats würden erfahrungsgemäß manche der Gesuchten unauffindbar bleiben.

Da man von einem männlichen Mörder ausging, waren die Mädchen bereits aussortiert. Nur wenige Jungen konnten anhand des Alters ausgeschlossen werden. Dadurch war die Überprüfung der restlichen Männer eine zeitintensive Angelegenheit. Die gezielte Suche nach einem möglichen Täter glich der Fahndung nach einem Krümel in einer Backstube.

Eine Streife hatte inzwischen das Klinikgelände kontrolliert, aber niemanden angetroffen. Möglicherweise war der Mann auf Charlottes Video ein Obdachloser, der dort Unterschlupf gesucht hatte.

Charlotte verbrachte den Abend im Kreise ihrer Mitbewohner. Der Sessel in Fensternähe war verwaist, die Stimmung bedrückt. Jeder hing seinen Gedanken nach. Elisabeth hielt ein aufgeschlagenes Buch in den Händen, konnte sich aber nicht aufs Lesen konzentrieren. Albert saß in seinem Rolli und kraulte geistesabwesend den Kater auf seinem Schoß. Conrad hockte vornübergebeugt auf dem Sofa und wippte mit dem Fuß, während Charlotte einen Becher Tee in den Händen hielt und in der goldbraunen Flüssigkeit nach Antworten zu suchen schien.

Elli klappte den historischen Roman zu. Ihr Blick schweifte zum Ohrensessel, in dem Anneliese fast jeden Abend mit den Nadeln klapperte. Plötzlich fehlte etwas Wichtiges in ihrem beschaulichen Seniorendasein. Es gab kaum einen Tag, an dem die Freundin nicht handarbeitete. Sie strickte das ganze Jahr über für soziale Projekte, wobei in jeder Masche Liebe steckte. In den Herbstmonaten begann sie mit der Arbeit an ihrem Beitrag zum Weihnachtsbasar auf dem Sonnenhof. Als sie dort noch die Leitung innehatte, waren in ihrer knappen Freizeit kleine Engel, Teddybären oder praktische Dinge wie Mützen, Schals und Handschuhe entstanden. Daran hatte sich in ihrem Ruhestand nichts geändert.

»Diese Warterei ist unerträglich.« Elisabeth schaute einen nach dem anderen an. »Eins sage ich euch: Wenn wir Liesel zurückhaben, ist ein für alle Mal Schluss mit diesen unseligen Ermittlungen. Das hält ja kein Mensch aus.« Eindringlich schaute sie Charlotte an. »Erst vor kurzem warst du in den Händen von Entführern – und nun Liesel. Auf diese Art von Aufregungen können wir gut verzichten.«

»Charlotte sollte aus dem Weg geräumt werden, weil sie Zeugin eines Verbrechens wurde«, stellte der General fest. »Für Liesels Entführung ist der Grund in ihrer Vergangenheit zu suchen. Irgendwann scheint sie mit dem ›Regisseur‹ in Berührung gekommen zu sein. Der weiß doch gar nichts von ihren Nachforschungen.«

»Er muss als Kind bei ihr auf dem Sonnenhof gewesen sein«, warf Charlotte ein. »Eine andere Verbindung gibt es nicht.«

»Hoffentlich kann Philipp der Polizei bei der Spurensuche helfen. Wenn sie den ›Regisseur‹ enttarnt haben, werden sie Liesel finden.«

Conrad sagte nichts dazu. Die Angst um das Wichtigste in seinem Leben schien ihn zu lähmen.

Charlotte erwachte durch ein Geräusch. Sie warf einen Blick auf die Leuchtziffern des Weckers. Kurz nach zwei. Während sie sich herumdrehte, schlüpfte Philipp im Dunkeln zu ihr unter die Decke.

»Du kommst spät.«

»Tut mir leid, ich wollte dich nicht wecken.«

»Habt ihr was erreicht?«

»Leider nicht. Wir machen morgen weiter.«

Sie schmiegte sich an ihn. Bevor sie noch etwas sagen konnte, vernahm sie seine regelmäßigen Atemzüge.

KAPITEL 27

Nach nur fünf Stunden Schlaf stand Philipp unter der Dusche. Charlotte war mit ihm aufgestanden und benutzte ihr eigenes Badezimmer. Als sie später herunterkamen, waren die anderen Bewohner bereits auf den Beinen.

Beim Frühstück stürmten besorgte Fragen auf den Professor ein. Bereitwillig erklärte er, was sie im Präsidium bis tief in die Nacht hinein getan hatten.

»Mit den Sonnenhofkindern kommen wir nicht weiter. Wir konnten alle als Täter ausschließen. Deshalb helfe ich nachher bei der Durchsicht der Akten aus dem Jugendamt.«

Erstaunt ließ Charlotte die Hand, in der sie die Kaffeetasse hielt, sinken.

»Zieht man mittlerweile nicht mehr den Sonnenhof als Verbindung zwischen Anneliese und den Opfern in Betracht?«

»Es gibt keine andere Erklärung. Anscheinend habe ich mich voreilig auf Odo Voigt festgelegt.«

»Das glaube ich nicht.«

»Warum nicht?« Das war Conrad. »Liesel kannte alle Opfer. – Richtig?«

Charlotte nickte.

»Es könnte einen anderen gemeinsamen Nenner geben. Das Jugendamt, die Kirche … Oder nicht?«

Sie dachte einen Moment darüber nach, schüttelte den Kopf.

»Das halte ich für unwahrscheinlich.«

»Aus welchem Grund?«

»Nach meiner Überzeugung laufen sämtliche Fäden auf dem Sonnenhof zusammen. Vielleicht haben wir alle irgendwas übersehen.«

»Ich spreche das im Präsidium noch einmal an«, sagte Philipp und erhob sich. »Sowie es was Neues gibt, melde ich mich.«

Charlotte dachte später noch einmal darüber nach. Dabei bemühte sie sich um eine sachliche Sichtweise. Sie wusste, dass die Sichtung der Akten viel Zeit in Anspruch nehmen würde. Womöglich zu viel. Kürzlich hatte Hannes erwähnt, dass die Opfer nach den bisherigen Erkenntnissen ungefähr zwei bis drei Tage in der Gewalt des Täters gewesen seien. Anneliese war am Samstagvormittag, also vor etwa 48 Stunden, entführt worden. Wie realistisch war es unter diesem Gesichtspunkt überhaupt, dass die Freundin noch lebte? Oder war sie irgendwo eingesperrt und wurde gefoltert? Falls der »Regisseur« zu seiner ursprünglichen Vorgehensweise zurückkehrte, plante er, sein Opfer an einem Samstag an einem bekannten Bauwerk der Stadt auffinden zu lassen. Traf das zu, würde er die Entführte noch ein paar Tage am Leben erhalten müssen. Er könnte einen langsamen, qualvollen Tod planen.

Eine weitere Möglichkeit wäre, dass dem »Regisseur« seine bisherige Methode zu gefährlich wurde. Die Präsenz der Polizei war erheblich erhöht worden. Streifenwagen waren überall in der Stadt zu sehen, genau wie Uniformierte zu Pferde oder zu Fuß. Der Kidnapper könnte Anneliese in ein Versteck gebracht und dort sich selbst überlassen haben – ohne Wasser, ohne Nahrung. Wie lange würde sie das überleben?

Nach einem Blick über den vollbepackten Tisch sprang Charlotte auf. Wo war ihr Handy? Während sie Unterlagen und Zeitungsseiten anhob, wurde ihr klar, dass sie ihren guten Vorsätzen wieder mal untreu geworden war. Überall lag etwas herum. Andere starteten in Stresssituationen oder wenn sie etwas stark beschäftigte eine Aufräumaktion oder fingen an, wie wild zu putzen. Sie blendete alles aus und konzentrierte sich auf das Wesentliche. Deshalb herrschte nach kurzer Zeit Chaos um sie herum. Darum musste sie sich später unbedingt kümmern. Durch einen Blick in die Runde spürte sie das Telefon nicht auf. Sie lief nach nebenan ins Schlafzimmer. Das Smartphone lag auf dem Nachttisch. Mit flinken Fingern griff sie auf eine gespeicherte Nummer zu.

»Hallo, Charlotte.«

»Ich brauche noch mal deine Hilfe.«

»Warum geht es?«

»Das erkläre ich dir später. Können wir uns treffen? Möglichst bald?«

»Bei dir oder bei mir?«

»Würdest du zu uns in die WG kommen?«

»In einer Stunde bin ich bei dir.«

»Danke.«

Es war das erste Mal, dass der Rechtsmediziner Charlotte in ihrem neuen Zuhause besuchte. Nicht nur das weitläufige

Grundstück imponierte ihm. Das große Wohnhaus beeindruckte ihn genauso. Hier ließ es sich bestimmt angenehm leben. Horst stieg aus seiner Limousine, stampfte die Granitstufen hinauf und begutachtete die sechs Namenschilder an der Hauswand. Anscheinend hatten die Bewohner an alles gedacht.

Auf sein Klingeln öffnete Elisabeth. Sie kannte den Mann nicht, erinnerte sich aber, ihn einmal flüchtig in der Seniorenresidenz gesehen zu haben.

»Fleischmann«, stellte er sich vor. »Ich möchte zu Frau Stern.«

Freundlich streckte sie dem Schwergewicht die Hand entgegen. Sie wusste, dass Charlotte mit dem Mediziner befreundet war.

»Ich bin Elisabeth Seegers, eine Mitbewohnerin.«

Sie trat einen Schritt zurück, um ihn hereinzulassen. Im nächsten Moment kam Charlotte die Treppe herunter. Sie begrüßte den Freund und umarmte ihn kurz.

»Lass uns zu mir nach oben gehen. Dort sind wir ungestört.«

Auf keinen Fall wollte sie, dass die Freunde etwas von ihrem Gespräch mitbekamen. Es würde ihnen noch mehr zusetzen.

Als sie ihren Wohnraum betraten, wirkte er aufgeräumt. Das Durcheinander vom Tisch und herumliegende Wäschestücke ruhten mittlerweile im Schlafzimmer in einem großen Weidenkorb.

»Hübsch hast du es hier.« Er schaute sich gründlich im geräumigen Wohnzimmer um, wobei er den kleinen Balkon und die offen stehende Schlafzimmertür registrierte. »Gefällt mir. Hast du ein eigenes Bad?«

»Es grenzt ans Schlafzimmer.« Sie deutete auf die Sitzgruppe und ließ sich in einem Sessel nieder. Horst beanspruchte das halbe Sofa für seinen Umfang. Es überraschte ihn angenehm, dass neben Mineralwasser ein Glas Orangensaft auf dem Tisch stand. Charlotte kannte seine Vorliebe für dieses Getränk.

»Was kann ich für dich tun?«

»Hat Hannes dich über die neueste Entwicklung informiert?« Und als er das bestätigte: »Dann weißt du, dass Anneliese vom ›Regisseur‹ entführt wurde?«

»Wir haben gestern kurz über deine Mitbewohnerin gesprochen.«

»Vor allem ist sie meine Freundin. Ich muss helfen, sie zu finden.«

»Wolltest du dich nicht aus diesem Fall raushalten?«

»Das war, bevor er sich Anneliese geholt hat.«

»Und nachdem ich es für unwahrscheinlich hielt, dass sie auf seiner Liste stehen könnte.« Bedauernd erwiderte er ihren ernsten Blick. »Es tut mir leid, Charlotte. Hätte ich geahnt …«

»Dir mache ich keinen Vorwurf, sondern mir. Wie konnte ich Anneliese allein in meiner Wohnung lassen? Dieser Fehler hätte mir nicht passieren dürfen. Aber darum geht es im Moment nicht. Ich will wissen, wie ihre Chancen stehen, diesen Wahnsinn zu überleben, falls der Killer sie irgendwo eingesperrt und sich selbst überlassen hat.«

»Ohne Zugang zu Wasser und Nahrung?«

Er fuhr sich mit der Hand über seinen kahlen Schädel.

»Wie lange könnte sie unter diesen Umständen durchhalten?«

»Nach einer Faustregel kann der Mensch drei Tage ohne Wasser und drei Wochen ohne Nahrung überleben.«

»Drei Tage … Viel ist das nicht.«

»Ausnahmen gibt es immer. – Wann genau wurde sie entführt?«

»Vor 48 Stunden.« Sie rückte das Orangensaftglas in seine Nähe und schenkte für sich Mineralwasser ein, trank aber nicht. »Was für Ausnahmen?«

»Je nach Gesundheitszustand des Eingesperrten, der körperlichen Aktivität, dem Alter und äußeren Faktoren wie der Umgebungstemperatur hält derjenige länger oder kürzer durch. Beispielsweise kann Angst den Stoffwechsel ankurbeln.«

Das war keine gute Voraussetzung. Wer in Annelieses Situation hätte keine Angst?

»Was genau passiert, wenn jemand tagelang nichts zu trinken hat?«

»Die Herzfrequenz steigt, weil das Blutvolumen gleichzeitig abnimmt und das Herz mehr leisten muss, um das Blut gleichmäßig im Körper zu verteilen, und deshalb immer schneller pumpt. Der Blutdruck steigt ebenfalls. Das gesamte Herz-Kreislauf-System wird stark belastet.«

»Stirbt man daran?«

»Nicht sofort. Zunächst kommen Übelkeit und Schwindelgefühle hinzu. Danach erfolgt der Kreislaufkollaps und zum Schluss Herzversagen.«

Nachdenklich griff sie nach ihrem Glas, trank einen Schluck. Fast hatte sie ein schlechtes Gewissen, dass sie sich keine Gedanken über etwas machen musste, was sie als selbstverständlich empfand, während irgendwo auf der Welt Menschen verdursteten. Womöglich zählte Anneliese dazu.

In banger Erwartung schaute sie den Freund an.

»Erinnerst du dich, ob die Opfer des ›Regisseurs‹ dehydriert waren?«

»Sie sind definitiv nicht verdurstet. Wahrscheinlich hat er ihnen gerade so viel zu trinken gegeben, dass sie die Qualen bewusst erlebt haben. Dabei handelte es sich nicht ausschließlich um Wasser. Flachsbarth hat er zusätzlich Säurehaltiges eingeflößt.«

»Wie sah es mit dem Mageninhalt aus?«

»Außer der mit einem langsam wirkenden Gift gewürzten Pizza hatten sie in den letzten Tagen vor ihrem Tod keine feste Nahrung zu sich genommen. Drogen hat er – bis auf Plaschke – allen verabreicht.«

»Auch Gertrud Wüstenhagen?«

»Falls du hoffst, dass er bei einer Frau weniger brutal vorgegangen ist, muss ich dich enttäuschen. Sie hat genauso gelitten wie die Opfer vor ihr. Allerdings wurde sie zum Schluss mit Kaliumcyanid vergiftet.«

»Zyankali?«

»Blausäure, ja.«

»Wie lange lebt man nach der Einnahme noch?«

»Nach drei bis sieben Minuten tritt die innere Erstickung ein, weil die Zellen nicht mehr mit Sauerstoff versorgt werden. Spätestens eine Viertelstunde nach Einnahme ist ein Mensch tot.«

Charlotte weigerte sich, daran zu denken, dass Anneliese das gleiche Schicksal drohte. Unbewusst fasste sie nach der Kette mit dem Schutzengelanhänger, die sie um den Hals trug. Ein Geschenk von Philipp. Der kleine silberne Engel hatte seine Aufgabe kürzlich gut erfüllt. Obwohl sie nicht abergläubisch war, hätte sie daran denken sollen, die Kette vorsichtshalber der Freundin mitzugeben.

KAPITEL 28

Seit dem Mittag war Anneliese allein in ihrer Zelle, wie sie ihre Unterkunft insgeheim bezeichnete. Der »Regisseur« war aufgelöst hinausgelaufen, nachdem sie ihm den Namen genannt hatte. Sie war nicht sicher, ob er verarbeiten musste, dass sie sich an ihn erinnerte – oder ob sie ihn mit einem falschen Namen enttäuscht und damit jede Aussicht auf Überleben verspielt hatte.

Sie dachte an ihre Freunde – und an Conrad. Obwohl sie die WG seinetwegen verlassen hatte, konnte sie ihm nicht vorwerfen, schuld an ihrer heiklen Lage zu sein. Die hatte sie ganz allein verbockt. Außerdem liebte sie diesen Mann trotz allem.

Um nicht ständig über ihre aussichtslose Situation nachzudenken, sah sie sich den Bücherstapel auf dem Konsolentisch näher an. Das Angebot war bunt gemischt: ein lyrischer Gedichtband von Friedrich Rückert, Tolstois »Anna Karenina«, »Der alte Mann und das Meer« von Hemingway, psychologische Fachliteratur über Aggressionen und Ängste. Es war sogar das Werk eines Autors vertreten, den sie persönlich kannte: »Die dunkle Seite der Seele« von Philipp Thaler. War das Zufall? Der »Regisseur« hatte sie in den letzten Wochen ab und an beobachtet. Das hatte er offen zugegeben. Da lag es nahe, dass er wusste, in wessen Haus sie lebte. Aber war das noch wichtig? Erneut betrachtete sie die Bücher, die sie nebeneinander ausgebreitet hatte. Für Lyrik und Liebesgeschichten war sie ganz sicher nicht in Stimmung. Für einen glücklosen Fischer ebenfalls nicht. Sie griff nach dem Werk, das sie bereits nach der Entdeckung favorisiert hatte und machte es sich damit auf dem Bett bequem.

Anneliese hatte in ihrem Leben entweder Sachbücher über alles gelesen, was mit Kindererziehung und Pädagogik zusammenhing, oder zur Entspannung Kriminalromane. Ein so fundiertes und für Laien verständlich geschriebenes Werk über psychische Erkrankungen bei Straftätern und deren Auswirkungen war ihr noch nicht untergekommen. Schon die ersten Seiten fesselten sie. Dabei vergaß sie nicht nur die Zeit. Das intensive Lesen verdrängte zusätzlich ihre Angst.

Gegen Abend kehrte der Mann in die Zelle zurück. Seine Gefangene richtete sich auf, blieb aber auf der Matratze sitzen. Sein Blick streifte das Buch, das neben ihr lag.

»Eine gute Wahl.«

»Haben Sie es gelesen?«

»Ich habe nicht nur alles gelesen, was die Klinikbücherei zu bieten hat, sondern sämtliche Werke aus der Bibliothek meines Professors. Dadurch habe ich enorm viel gelernt.«

Hatte er eben unbewusst verraten, dass er bis zum Brand Patient in der Klinik Uhlenbrock gewesen war?

»Haben Sie keine Schule besucht?«

»Es gab in der Klinik Unterricht, aber der war unter meinem Niveau.« Er deutete auf das Buch. »Gefällt es Ihnen?«

»Es ist sehr interessant. Der Autor scheint ein kluger Mann zu sein.«

»Scheint?« Lächelnd zog er einen Stuhl heran und setzte sich. »Wussten Sie das nicht vorher?«

Was wollte er hören? War das eine Falle?

»Es ist das erste Buch, das ich von ihm lese«, erwiderte sie vorsichtig. »Normalerweise bevorzuge ich Lektüre, die mit meinem früheren Beruf zu tun hat – oder Krimis.«

»Aber Sie leben mit dem Autor unter einem Dach.«

»Das hat sich vor einem halben Jahr zufällig ergeben.«

»Was ist mit den anderen Bewohnern?«

»Was soll mit denen sein? Wir sind eine Handvoll Senioren, die sich ein Haus teilen. Mehr nicht.«

»Mit der großen Blonden sind Sie oft zusammen. Ist sie Ihre Freundin?«

Warum wollte er das wissen? Um herauszufinden, wer ihr nahestand? Falls sie sich nicht wie erwartet verhielt, würde er womöglich damit drohen, Charlotte etwas anzutun.

»Sie fährt mich manchmal, weil ich mein Auto vor einiger Zeit verkauft habe. Freundschaft würde ich das nicht nennen. Es ist eher eine Zweckgemeinschaft.«

»Warum glaube ich Ihnen das nicht?«

»Weil Sie ein misstrauischer Mensch sind?«

Er trommelte mit den Fingerspitzen auf seinem Oberschenkel.

»Erklären Sie mir bitte, warum Sie in ihrer Wohnung übernachtet haben. Ihnen muss klar gewesen sein, dass Sie dort nicht sicher sind. – Es wäre ein Fehler, mich zu unterschätzen«, fügte er hinzu, als sie etwas erwidern wollte. »Sie müssen damit gerechnet haben, dass Sie auf meiner Liste stehen.«

»Das habe ich mich tatsächlich gefragt und darüber nachgedacht. Mir ist aber nichts eingefallen, wofür sich jemand an mir rächen könnte.« Sie hoffte, dass ihre Worte überzeugend klangen. Von ihrem Liebeskummer würde sie ihm ganz bestimmt nicht erzählen. »In der Wohnung von Frau Stern war ich, weil ich einfach mal raus musste. Die anderen Bewohner haben Kinder und Enkel – Familie. Ich habe niemanden. Da braucht man mal Abstand, um sich neu zu sortieren.«

Forschend musterte er sie.

»Ist das so? Wenn ich rausfinde, dass Sie mich belügen …«

Wie wollte er das anstellen? Charlotte fragen? Das musste sie unter allen Umständen verhindern.

»Ich habe nichts zu verbergen. Aber wie ehrlich sind Sie eigentlich zu mir? Sind Sie der, für den ich Sie halte?«

»Das wissen Sie längst.«

Er hatte nicht abgestritten, Odo Voigt zu sein. Das verbuchte sie als Erfolg.

»Was haben Sie mit mir vor?«

»Das entscheide ich, wenn ich die ganze Wahrheit kenne. Wir haben in den nächsten Tagen viel Zeit zum Reden.« Sie bemerkte, dass er unruhig wurde. »Wieso haben Sie keine Familie, Eltern, Geschwister?«

Ohne etwas zu beschönigen, erzählte sie vom Unfalltod ihrer Eltern.

»Ich habe genau wie Sie keine Geschwister – und genau wie Sie war ich ein Sonnenhofkind.«

»Sie waren dort als Kind?«

»Seit ich sechs Jahre alt war.« Sie hatte erst kürzlich seine Akte gelesen. »Sie waren acht, oder?«

Er schien erstaunt. Ihr fiel noch etwas anderes auf: Auf seiner Stirn bildeten sich winzige Schweißperlen. Mit einer Hand zog er den Reißverschluss seiner Jacke auf und lockerte den rot-weißen Schal. Den hatte sie vor vielen Jahren für ihn gestrickt. Dessen war sie sich sicher. Anneliese setzte alles auf eine Karte.

»Der Schal hat ganz schön gelitten. Aber es freut mich, dass Sie ihn immer noch tragen.«

»Sie wollten ihn mir wegnehmen, aber ich habe mich dagegen gewehrt.«

»Schön sieht er nicht mehr aus. Bringen Sie mir Wolle und Stricknadeln. Ich stricke Ihnen einen neuen.«

Sein angespannter Gesichtsausdruck wechselte zu ungläubig, während seine Hände zu zittern begannen. Abrupt sprang er auf, wobei der Stuhl ins Wanken geriet und fast umgefallen wäre. Odo hastete zur Tür und war im nächsten Augenblick verschwunden.

KAPITEL 28,5

Das habe ich nicht erwartet. Sie ist immer noch wie früher. So, wie ich sie in Erinnerung hatte. Morgen werde ich wissen, ob ich ihr trauen kann. Ich muss herausfinden, ob sie die Wahrheit sagt. Falls sie mich heute belügt, kann ich davon ausgehen, dass sie es auch vor Jahren getan hat. Am liebsten hätte ich sie sofort nach unserer Ankunft in diesem Versteck gefragt, warum sie mich einst im Stich gelassen hat. Aber ich muss mich gedulden und sie besser kennenlernen, sonst bemerke ich am Ende nicht, ob sie sich herausredet. Ich muss hundertprozentig sicher sein, dass sie schuldig ist, bevor ich sie bestrafe. Ich werde nicht den gleichen Fehler begehen wie all die anderen damals, die mir nicht geglaubt haben. Die Presse nennt sie meine Opfer. Keiner weiß, dass es umgekehrt war, denn *ich* war das Opfer dieser Unfähigen. Ich werde gründlich recherchieren, bevor ich jemanden verurteile. So habe ich es immer gehandhabt. Niemand soll mir nachsagen, dass ich voreilig oder unüberlegt getötet habe.

Bei meiner anderen Gefangenen bin ich sicher, dass sie vorsätzlich eine erlogene Behauptung aufgestellt hat. Sie war ein skrupelloses Biest. Heute arbeitet sie in der Finanzberatung und zieht ahnungslose Anleger über den Tisch. Auf dem Sonnenhof wollte sie mich aus dem Weg haben – und sie wusste ganz genau, was sie tun musste, um mich anzuschwärzen. Sie bereut es noch nicht einmal. Bislang hat sie kein Wort des Bedauerns vorgebracht. Es ist ihr vollkommen egal, dass sie mit ihrer Falschaussage meine Zukunft zerstört hat. Es wird nicht mehr lange dauern, bis sie mich anfleht, ihr jämmerliches Leben zu verschonen. Dann werde ich über sie triumphieren.

KAPITEL 29

Charlotte hasste es, untätig herumzusitzen. Sie wollte etwas tun, um der Freundin zu helfen. Aber was? Horst hatte mit seinen Erklärungen nicht zu ihrer Beruhigung beitragen können. Dennoch hatte sie ihn gebeten, zum Mittagessen zu bleiben. Später telefonierte sie mit Philipp, aber aus dem Präsidium gab es nichts Neues zu berichten.

Schließlich zog sie ihr Laufdress an und lief die Treppe hinunter. Elisabeth war auf dem Weg in die Küche und schaute besorgt.

»Wo willst du denn noch hin?«

»In den Park. Ich brauche Bewegung.«

»Aber es wird bald dunkel.«

»Bis dahin bin ich zurück.«

Sie verließ das Haus und holte das Rad aus der Garage. Als sie nach dem Helm griff, dachte sie daran, wie ungern Anneliese den Kopfschutz trug. Egal, ob sie zu zweit oder in der Gruppe mit den Rädern unterwegs waren, Anneliese nörgelte immer über das hässliche Objekt auf ihrem Kopf.

Nach einigen Minuten zügiger Fahrt erreichte Charlotte den Park der Sinne. Sie schloss das Rad mitsamt dem Helm an und ging die wenigen Schritte bis zum blauen Eingangstor. Dort blieb sie stehen. Sie nahm das Smartphone mit den angeschlossenen Kopfhörern aus der Gürteltasche und wählte eine mp3-Datei aus. Mit Blick auf die Schmiedekunst von Andreas Rimkus, von dem der silberne maskenartige Torgriff stammte, steckte sie die Stöpsel in die Ohren, regelte die Lautstärke und trabte los.

Sie kannte sich mittlerweile auf dem sieben Hektar großen Gelände gut aus und lief eine weite Runde über die ehemalige Mülldeponie, die zur Expo 2000 in einen wunderschönen Park verwandelt worden war. Vereinzelte Spaziergänger waren in der Grünanlage unterwegs. Der Weg der Läuferin führte vorbei an der Feuchtwiese, der Sonnenuhr und dem Heckenlabyrinth, der Klangschale und dem Insektenauge, durch die Schlucht und weiter zum Amphitheater. Es dämmerte bereits, als sie den Sabbattisch erreichte. Sie musste sich beeilen, da der Park bei Einbruch der Dunkelheit geschlossen wurde. Sie achtete nicht darauf, dass einer ihrer Ohrstöpsel herausrutschte. Rasch stellte sie einen Fuß auf einen der vier steinernen Stühle und begann mit Dehnübungen.

Plötzlich schien jemand dicht hinter ihr zu sein. Unwillkürlich sträubten sich ihre Nackenhaare.

»Drehen Sie sich nicht um«, raunte eine männliche Stimme. »Ich bin bewaffnet. Wenn Sie tun, was ich sage, passiert Ihnen nichts.«

Sie atmete tief durch und erstickte dadurch die aufkommende Panik im Keim.

»Darf ich die Musik ausschalten?«

»Meinetwegen, aber keine Tricks!«

Charlotte zog das Smartphone hervor und wechselte blitzschnell von der Musik-App zur Video-App, die sich auf dem Display genau darüber befand. Da der Mann hinter ihr stand, konnte er nicht sehen, was sie tat.

»Was wollen Sie von mir?«

»Beantworten Sie mir ein paar Fragen. Wenn Sie die Wahrheit sagen, können Sie gehen.«

»Worum handelt es sich?«

»Sie kennen Anneliese Grothe?«

Alarmiert horchte sie auf. Hatte sie es etwa mit dem Killer zu tun?

»Ja.«

»Woher?«

»Wir wohnen seit einiger Zeit zusammen in einem Haus.«

»Sind Sie eng befreundet?«

Warum wollte er das wissen? Wenn sie sich als Freundin zu erkennen gab, hätte er womöglich etwas in der Hand, um Anneliese unter Druck zu setzen.

»So würde ich das nicht nennen«, antwortete sie vorsichtig. »Ich bin als Letzte eingezogen und kenne die anderen noch nicht so gut.«

»Wissen Sie, wo Frau Grothe aufgewachsen ist?«

Diese Frage klang wie eine Fangfrage. Garantiert kannte er die Antwort längst.

»Sie hat mal erwähnt, dass sie nach dem Tod ihrer Eltern ins Heim kam. Da hat sie später sogar gearbeitet. – Sonnenheim … oder -hof oder so ähnlich hieß das, glaube ich.«

»Sie sind in letzter Zeit oft mit ihr unterwegs. – Warum?«

»Weil sie kein Auto hat und nicht so gut zu Fuß ist.«

»Deshalb spielen Sie den Chauffeur für sie?«

Wusste er das von Anneliese? Sie hatte ihm bestimmt nicht von ihren gemeinsamen Nachforschungen erzählt.

»Das ist Nachbarschaftshilfe. Als Rentner hat man ja nicht mehr viel zu tun.«

Dazu sagte er nichts. Es blieb still hinter ihr.

»Sind Sie noch da?«

Keine Antwort.

Mit dem Smartphone in der Hand wirbelte sie herum, sah eine dunkel gekleidete Gestalt davoneilen. Sofort stoppte sie das Video und rannte los. Wenn der Mann auf diesem Pfad blieb, konnte sie vor ihm am Tor sein. Sie sprintete quer durch den Garten der Düfte und sauste seitlich an Büschen und Bäumen vorbei. Unterdessen nahm er den Weg über die kleine Brücke, während sie bereits auf der anderen Seite am Teich entlanglief. Im Eingangsbereich suchte sie hinter einem Baum Deckung. Ihr Atem ging stoßweise. Als sie den Mann kommen sah, drückte sie abermals die Videotaste des Telefons. Ohne sie zu bemerken, hastete er an ihr vorbei und verließ den Park. Charlotte folgte ihm auf die Straße. Dort schaute sie sich suchend um. Er war wie vom Erdboden verschluckt.

Enttäuscht ging sie zu ihrem Fahrrad. Sie musste Hannes informieren und tippte abermals auf das Display des Smartphones.

»Hallo, Charly«, meldete sich der Hauptkommissar. »Es gibt immer noch nichts Neues.«

»Deshalb rufe ich nicht an. Ich glaube, ich hatte eben Kontakt zum ›Regisseur‹. Er hat mich angesprochen.«

»Was?«

Knapp berichtete sie davon.

»Das will ich genauer wissen«, sagte Hannes. »Wo bist du jetzt?«

»Immer noch am Park der Sinne. Ich fahre sofort nach Hause.«

»Wir treffen uns dort. Sei bis dahin vorsichtig. Ich schicke ein paar Streifenwagen in die Gegend um den Park.

Falls er mit seinem Lieferwagen unterwegs ist, kriegen wir ihn vielleicht noch.«

»Okay, bis gleich.«

Sie steckte das Telefon in die Gürteltasche und fischte den Fahrradschlüssel heraus. Wenig später radelte sie los. Auf dem Heimweg Richtung Wülfel musste sie eine kurze Strecke den Radweg der Hildesheimer nehmen. Sie traute ihren Augen kaum, als auf der Straße neben ihr ein weißer Transporter sekundenlang auf gleicher Höhe fuhr, bevor er beschleunigte und verschwand.

Zu Hause stellte Charlotte das Fahrrad in der Garage ab und legte den Helm auf den Gepäckträger. Sie hatte die Haustür noch nicht erreicht, als zwei Autos aufs Grundstück fuhren. Sie sah Hannes aus seinem Dienstwagen und den Professor aus seinem Mercedes steigen. Philipp eilte auf Charlotte zu und schloss sie wortlos in die Arme.

»Alles gut«, beruhigte sie ihn. »Lasst uns reingehen.«

Im Nu versammelten sich alle WG-ler einschließlich Kater im Wohnzimmer. Entsetzt lauschten sie Charlottes Bericht.

»Dass er Frau Grothe beobachtet haben muss, wussten wir«, sagte Hannes. »Wahrscheinlich hat er euch ein paarmal zusammen gesehen und sie danach gefragt.«

»Vielleicht befürchtet er, dass ihr ihm auf die Spur gekommen seid«, meinte der General. »Er wird versucht haben, Liesel zum Reden zu bringen.«

»Sie hat ihm bestimmt nichts von eurer Spurensuche erzählt«, war Conrad überzeugt. »Sie würde dich nicht in Gefahr bringen.«

»Das weiß ich. Zuerst habe ich befürchtet, dass er Infos braucht, um sie bei Anneliese als Druckmittel einzusetzen.

Dann schien es eher so, als wolle er ihre Glaubwürdigkeit überprüfen.«

»Wenn sie sich vom Sonnenhof kennen, ist damals unter Umständen irgendwas passiert, was er aufarbeiten will und muss«, überlegte Philipp. »Anscheinend waren die anderen … Opfer daran beteiligt. Nur so passt das alles zusammen.«

»Fakt ist, dass er Charly beobachtet haben muss. Sonst hätte er nicht gewusst, dass sie im Park der Sinne joggt.« Fragend schaute Hannes sie an. »Oder tust du das immer zur selben Zeit?«

»Nein. Er muss mir von hier aus gefolgt sein. Den Aufwand hätte er nicht betrieben, wenn es für ihn nicht wichtig gewesen wäre.« Sie nahm ihre Gürteltasche vom Tisch und zog das Telefon heraus. »Ich habe das Gespräch heimlich aufgenommen.«

»Einfach so?« Elisabeth war sichtlich beeindruckt. »Hattest du keine Angst, dass er das bemerkt und dir was antut?«

»Zu dem Zeitpunkt wusste ich noch nicht, was er von mir will. Er sagte allerdings, er sei bewaffnet. Er hätte ein Mörder, Vergewaltiger oder Räuber sein können. Ich dachte, mit der Aufnahme könnte man ihm vielleicht auf die Spur kommen, wenn er mich …« Sie brach ab, als ihr bewusst wurde, wie unwahrscheinlich das war. Bedauernd schaute sie Hannes an. »Er hätte mir das Handy abgenommen, oder?«

»Das liegt zumindest nahe.« Er fragte, wie es ihr gelungen war, ihn zu überlisten, und sie gab ihm Auskunft. Danach spielte sie das Video ab. Zu sehen war nicht viel: sandiger Boden mit kleinen Steinchen, Teile des Tisches, verwackelte Bilder. Dagegen war der Ton klar und deutlich. Das gesamte Gespräch konnte problemlos verstanden werden.

Der Hauptkommissar war zufrieden und bat sie, ihm das Video auf sein Telefon zu schicken, was sie umgehend tat. Danach berichtete sie von ihrem Sprint zum Ausgang des Parks und der weiteren Aufnahme.

Gespannt beugten sich die Anwesenden über den Tisch und blickten auf das Display des Smartphones. Sie sahen einen Mann mit schnellen Schritten den Weg entlangkommen. Er war schwarz gekleidet und trug einen grauen Hoodie unter der Jacke. Er hielt den Kopf gesenkt, wodurch das Gesicht von der Kapuze beschattet wurde. Keine Chance, etwas zu erkennen, anhand dessen er identifiziert werden könnte. Trotzdem ließ sich Hannes diese Aufnahme ebenfalls auf sein Handy schicken.

»Schade, dass euch mein Erlebnis bei den Ermittlungen nicht weiterhilft.«

»Das kann man so nicht sagen. Immerhin wissen wir nun ein bisschen mehr über ihn. Anhand des Videos werden unsere Experten auf seine Größe und sein Gewicht schließen können. Außerdem scheint er Frau Grothe bislang nichts getan zu haben. Sonst wären die Infos, die er von dir wollte, wertlos für ihn. Er bezweckt etwas damit. Wir müssen rausfinden, was das sein könnte.«

»Wie wahrscheinlich ist es, dass er mir noch mal auflauert?«

»Das wird er nicht riskieren. Er muss davon ausgehen, dass du die Polizei eingeschaltet hast. – Warum fragst du?«

»Mit einem Lockvogel erwischt ihr ihn vielleicht schneller.«

»Das kommt überhaupt nicht infrage«, antworteten Hannes und Philipp fast gleichzeitig.

»Das wäre viel zu gefährlich«, fügte der Kommissar hinzu. »Außerdem hätten wir dafür bislang gar keinen Ansatzpunkt.«

Charlotte wusste, dass er recht hatte. Trotzdem fiel es ihr schwer, zu akzeptieren, dass sie nichts für die Freundin tun konnte.

KAPITEL 30

Philipp fuhr am nächsten Tag nicht ins Präsidium. Ihm war klar, dass Charlottes Begegnung mit dem Killer ganz anders hätte ausgehen können. Er stufte den ›Regisseur‹ als skrupellos und unberechenbar ein. Deshalb würde er sein Sternchen nicht aus den Augen lassen, bis der Psychopath gefasst wäre.

Charlotte zog es am Vormittag ins Stiftungsbüro. Sie brauchte nicht nur etwas zu tun, sie hatte außerdem das Gefühl, irgendetwas übersehen zu haben. Lange betrachtete sie alle Informationen, die an der Pinnwand aufgespießt waren. Sie stellte allerlei Vermutungen an, die letztlich im Sande verliefen. Neue Erkenntnisse gewann sie zunächst nicht. Frustriert setzte sie sich an den Schreibtisch. Dort lagen die zwei vergessenen Akten. Anneliese war wie sie selbst nach der Durcharbeitung aller Unterlagen vom Sonnenhof davon ausgegangen, dass nur Odo Voigt der Killer sein konnte. Nach dem Studium der Akte aus der Psychiatrischen Klinik war Philipp ebenfalls davon überzeugt gewesen. Es sprach vieles dafür. Aber dieser Mann war tot, umgekommen in den Flammen, die ein Brandstifter …

Bei diesem Gedanken stutzte Charlotte. Sie griff nach der Sonnenhofakte und schlug sie auf. Noch einmal las sie die Berichte aus verschieden Einrichtungen, in denen der Junge untergebracht war, bevor er zu Anneliese auf den Sonnenhof kam. Auf der Liste seiner »Schandtaten« war unter anderem mehrmaliges Zündeln notiert. War das Zufall? Daran glaubte sie nicht. Sie lehnte sich zurück und sponn den Faden weiter. Odo könnte das Feuer in der Klinik gelegt haben. Aber warum?

Sie griff nach der Uhlenbrock-Akte, fand die Seite, auf der etwas über den Versuch stand, den damals 18-Jährigen in eine Wohngruppe zu integrieren, was dazu geführt hatte, dass er aggressiv und gewalttätig wurde. Er wollte zurück in die für ihn sichere Umgebung der Klinik. Hatte er sein jahrelanges Zuhause plötzlich aus irgendeinem Grund gefährdet gesehen?

Charlotte erinnerte sich, dass sie irgendetwas über eine geplante Veränderung in der Klinik im Internet gelesen hatte. Sie zog das Notebook zu sich heran, schaltete es ein und öffnete die Suchmaschine. Unter dem Begriff »Uhlenbrock« wurden 142.100 Ergebnisse angezeigt. Sie klickte durch mehrere Einträge, fand einen Artikel aus dem letzten August, der sich mit der Nachfolge von Professor Walter Uhlenbrock befasste. Wegen seines Alters und aus gesundheitlichen Gründen wollte sich der Klinikleiter aus dem Berufsleben zurückziehen. Es wurde nicht nur ein Nachfolger für den medizinischen Bereich, sondern zudem ein Investor gesucht, der bereit war, die Anteile des Professors zu übernehmen. Der Ertrag aus dem Verkauf sollte später in eine Stiftung fließen.

Hatte Odo Angst, verlegt zu werden, sein Zuhause zu verlieren? Dann war es kontraproduktiv, die Klinik abzufackeln. Dadurch wäre nichts gewonnen. Oder hatte er die Konsequenzen nicht bedacht? Auch das erschien ihr unwahrscheinlich. Odo wurde stets als sehr intelligent bezeichnet. Sollte er allerdings nur Rache im Sinn gehabt haben, könnte sogar der Tod des Professors auf sein Konto gehen. War angesichts der Gefahrenlage während des Brandes genau untersucht worden, ob der Psychiater durch einen herabstürzenden Balken oder einen Schlag mit einem Brett oder Kantholz ums Leben kam? Die Auffindsituation hatte vermutlich keinen Anlass zu Zweifeln an der Todesursache gegeben. Sollte ihre Theorie zutreffen, wäre Professor Uhlenbrock das erste Opfer des ›Regisseurs‹ gewesen. Das alles setzte voraus, dass Odo Voigt lebte. Folglich hätte man ihn irrtümlich für tot erklärt. Es könnte eine Verwechslung gewesen sein. Verbrannte Leichen waren schwer zu identifizieren. Ohne DNA-Abgleich konnte man nur anhand äußerer Umstände Rückschlüsse auf die Identität eines Toten ziehen. Möglicherweise hatte Odo aber genau das geplant und seinen Tod vorgetäuscht, um unsichtbar zu sein. Was wiederum für seine Intelligenz spräche. Ein Toter geriet nicht unter Verdacht. Niemand würde nach ihm fahnden. Auf dieser gelungenen Premiere könnte er seine folgenden Inszenierungen aufgebaut haben.

Charlotte dachte an ihren Streifzug mit Anneliese über das Klinikgelände, über ihr Eindringen ins Verwaltungsgebäude und über die Geräusche aus der Etage über dem Büro, das sie durchsucht hatte. War es möglich, dass Odo Voigt dort oben hauste?

Per Mausklick schloss sie das Internet und öffnete die auf dem Desktop abgelegte Fotodatei. Sie forschte auf jeder Aufnahme nach einem Hinweis, der ihre Vermutung bestätigen könnte. Wenn sie glaubte, etwas entdeckt zu haben, zeigte die Vergrößerung, dass sie sich geirrt hatte. Zuletzt spielte sie das Video ab. Hier gab es keinen Zweifel, dass sich eine Gestalt im Gebüsch verbarg. Odo Voigt? Wer sonst sollte sich dort verstecken? Leider wurde das Standbild nach dem Zoomen verschwommen. Vielleicht war es im Präsidium mit den technischen Mitteln der Polizei gelungen, mehr aus dem Bild herauszuholen. Sie hatte Hannes die Aufnahmen auf einem Stick mitgegeben, aber noch keine Rückmeldung erhalten.

Sie klappte das Notebook zu und eilte hinauf.

In der Küche beschäftigte sich Elisabeth mit dem dicken Backbuch. Es war ihr unmöglich, tatenlos herumzusitzen. Deshalb suchte sie nach einer komplizierten Herausforderung, auf die sie sich konzentrieren musste und die sie davon ablenkte, ständig an Anneliese zu denken.

Charlotte öffnete die Tür, ging aber nicht hinein.

»Hast du meinen Aufpasser gesehen?«

»Vor einer halben Stunde war er noch in seinem Arbeitszimmer.«

»Danke, Elli.«

Philipp saß tatsächlich am Schreibtisch. Er las noch einmal das von ihm verfasste Profil des ›Regisseurs‹, um zu prüfen, ob ihm womöglich ein Fehler unterlaufen war.

»Kommst du?«

»Wohin?«

»Ich fahre ins Präsidium. Meine Spürnase sagt mir, dass du mich begleiten möchtest.«

»Unbedingt.«

Wenige Minuten später waren sie in seinem Wagen in nördlicher Richtung unterwegs. Im Präsidium wurden sie vom diensthabenden Beamten begrüßt.

»Schön, Sie zu sehen, Frau Stern. – Herr Professor.«

»Hallo, Herr Welsch.« Ein kleines Lächeln erschien auf ihrem Gesicht. »Wir müssen zu Hauptkommissar Bremer.«

»Werden Sie erwartet?«

»Nein, aber es ist dringend. Rufen Sie bitte oben an und sagen ihm, dass wir hier sind?«

Sofort griff er zum Hörer. Nach einem kurzen Gespräch deutete er zum Aufzug.

»Sie möchten rauffahren. Kollege Bremer ist in seinem Büro.«

»Danke.«

Der Lift brachte sie in die vierte Etage. Auf dem Flur herrschte unverkennbar Aufbruchstimmung. Die Tür zum Büro des Hauptkommissars stand weit offen.

»Passt es gerade nicht?«, fragte Charlotte statt einer Begrüßung, was Hannes bedauernd bestätigte.

»Wir bereiten einen Großeinsatz vor.«

»Sollen wir später wiederkommen?«

Er warf einen Blick zur Wanduhr.

»Ein paar Minuten habe ich noch. Worum geht es?«

»Es klingt vielleicht absurd, aber ich glaube, dass Voigt lebt.«

»Wie kommst du darauf?«

So knapp wie möglich berichtete sie von ihren Überlegungen.

»Deine Gedankengänge sind erstaunlich«, sagte er und griff nach seiner Jacke. »Sonst noch was?«

Seine Reaktion irritierte sie. Sie wechselte einen Blick mit ihrem Begleiter, der seit dem Betreten des Präsidiums nichts gesagt hatte. Er schien jedoch zu ahnen, was hier vor sich ging.

»Tut mir leid, wahrscheinlich habe ich zu viel Fantasie.« Sie griff nach Philipps Hand. »Lass uns gehen.«

»Charly«, hielt Hannes sie auf. »Willst du gar nicht wissen, was wir vorhaben?«

Unter fragend erhobenen Brauen schaute sie ihn an.

»Wir treffen uns mit allen verfügbaren Einsatzkräften auf dem Parkplatz von Uhlenbrock. Das gesamte Gelände und jedes Gebäude wird bis in den letzten Winkel durchsucht, um die Gestalt von deinem Video aufzuspüren.« Lausbübisch zwinkerte er ihr zu. »Pia hat die gleichen Überlegungen wie du angestellt. Sie hat uns davon überzeugt, dass Odo Voigt noch leben könnte – und du ihn gefilmt hast.«

KAPITEL 31

Anneliese wartete vergeblich auf ihren Kerkermeister. Sie hatte in den frühen Morgenstunden nicht nur Flugzeuggeräusche gehört, sondern erneut ein leises Wimmern. Seitdem lag sie wach. Ihre Fantasie malte erschreckende Bilder von anderen Gefangenen, die in ähnlichen Zellen eingesperrt waren. Menschen, an denen sich der »Regisseur« rächen wollte, die er quälte.

Unwillkürlich fragte sie sich, warum er sie vorerst verschont hatte. Bislang hatte er ihr nur Fragen gestellt. Er hatte sie weder gefoltert noch auf irgendeine Weise schlecht behandelt. – Wenn man vom bescheidenen Nahrungsangebot absah. Die trockenen Kekse schmeckten pappig und gingen zur Neige. Anneliese versuchte es mit Humor zu nehmen. Ein paar Pfunde weniger würden ihr nicht schaden. Erst kürzlich hatte sie sich eine Handtasche der Marke »Hüftgold« gegönnt, weil die perfekt zu ihren Rundungen passte. Dazu trugen wohl vor allem Conrads Koch- und Ellis Backkünste bei. Bei diesen Gedanken wurde ihr wieder deutlich bewusst, wie sehr sie die Freunde vermisste. Sogar die Unstimmigkeiten mit Conrad traten angesichts ihrer misslichen Lage in den Hintergrund. In der Nacht war sie sich über ihre Gefühle klargeworden: In ihrem Herzen standen noch all seine Sachen – und sie wollte nicht, dass er sie abholte. Das war eine Tatsache, selbst wenn es nun zu spät sein sollte.

Mit einem Seufzer schloss sie die Augen und konzentrierte sich auf das, was damals geschehen war, als Odo Voigt auf den Sonnenhof gekommen war. Nach einiger Zeit fielen ihr immer mehr Einzelheiten ein. Um den ständigen Grübeleien zu entfliehen, las sie anschließend die nächsten Kapitel in Philipps Buch.

Gegen Mittag betrat der Entführer ihre Zelle. Er trug einen grünen Baumwollbeutel über der Schulter und balancierte einen flachen Karton in der einen Hand, während er mit der anderen abschloss.

Wie schon einmal entschuldigte er sich für sein spätes Erscheinen. Er hätte es nicht eher geschafft, weil er so viel zu tun hätte.

– Was könnte das gewesen sein? Ein Killer beschäftigte sich mit dem Töten, aber darüber wollte sie nicht nachdenken.

»Sie haben bestimmt Hunger.« Er stellte den Pizzakarton auf den Tisch und legte ein paar Servietten dazu. »Bedienen Sie sich.«

Darum ließ sie sich nicht zweimal bitten. Sie öffnete die Schachtel. Ein aromatischer Duft stieg ihr in die Nase. Dennoch zögerte sie einen Moment.

»Keine Sorge, ich will Sie nicht vergiften.«

Hoffentlich nicht, vollendete sie in Gedanken und griff zu. Die Pizza war in Portionsstücke geschnitten, heiß und gut belegt. Purer Genuss nach den kargen Mahlzeiten der letzten Tage. Nachdem sie ein Stück gegessen hatte, nahm sie ein zweites. Sie benutzte eine Serviette, bevor sie den

Karton in der Hoffnung zuklappte, dass er ihn nicht mitnehmen würde. Kalt schmeckte sie wahrscheinlich nur halb so gut, gäbe aber ein passables Abendessen ab.

»Danke, das war eine nette Idee.«

»Sie haben eine Belohnung verdient.« Er setzte sich zu ihr. »Anscheinend haben Sie gestern die Wahrheit gesagt.«

Fast hätte sie sich ihr Erschrecken anmerken lassen.

»Woher wissen Sie das so genau?«

»Ihre sportliche Mitbewohnerin hat Ihre Angaben bestätigt.«

»Sie haben mit ihr gesprochen?«

»Das muss Sie nicht beunruhigen.« Offenbar sah er ihr die Sorge nun doch an. »Wir haben nur kurz miteinander geredet. Danach sind wir beide unserer Wege gegangen.«

Anneliese fiel ein Stein vom Herzen. Dennoch zwang sie sich zu einer unbewegten Miene.

»Das hätten Sie sich sparen können. Ich lüge nicht – schon gar nicht, wenn mein Leben davon abhängt.«

»Gut.« Er nahm den grünen Beutel und hielt ihn schräg, damit sie einen Blick hineinwerfen konnte. »Wolle und Stricknadeln. Erinnern Sie sich an meinen Lieblingsverein?«

Das war leicht zu beantworten. Der ausgeleierte Schalrest an seinem Hals ließ den Verein immer noch erkennen.

»Bayern München.«

»Richtig.« Er hängte die Tasche an die Stuhllehne. Auch diesmal vergaß er seine Manieren nicht. »Danke, dass Sie sich die Mühe machen, mir einen neuen Schal zu stricken.«

»Sie können sich bei Gelegenheit revanchieren.«

Er lächelte hintergründig.

»Das hängt von Ihnen ab. Erinnern Sie sich an den Tag, an dem man mich vom Sonnenhof abgeholt und nach Uhlenbrock gebracht hat?«

»In der Nacht musste ich Thea ins Henriettenstift bringen. Sie war auf dem Sonnenhof so was wie meine Pflegemutter geworden und schwerkrank. Krebs. Es gab keine Hoffnung. Ich habe im Krankenhaus bis zuletzt ihre Hand gehalten. Als ich am Nachmittag zurückkam, hatte meine Stellvertreterin das Jugendamt über den Vorfall informiert.« Bedauernd schaute sie ihn an. »Ich konnte nichts tun, um die Verlegung zu verhindern.«

»Ich weiß, immerhin war ich damals dabei.« Unwillkürlich schlug er mit der flachen Hand auf den Tisch. »Die vom Jugendamt haben mir gar nicht zugehört!« Er war nun sehr erregt. Seine Stimme überschlug sich fast. »Die haben nicht daran gezweifelt, dass ich Timm den Arm gebrochen habe! Aber ich war unschuldig! Betje hat gelogen!«

Sie war erleichtert, dass sie sich an immer mehr Details erinnerte.

»Das habe ich damals vermutet, konnte es aber nicht beweisen.« Mit ruhiger Stimme erzählte sie vom seltsamen Verhalten des Mädchens nach Odos Einweisung in die Psychiatrie. Anneliese hatte Betje mehrmals befragt, aber sie war bei ihrer Behauptung geblieben. Erst als sie drei Jahre später in eine Jugendwohngruppe umgezogen war, hatte sich Timm der Leiterin des Sonnenhofs anvertraut. Betje hatte gedroht, ihm alle Knochen zu brechen, wenn er sie verraten würde. Deshalb hatte er aus Angst geschwiegen.

»Das sieht ihr ähnlich!« Odo war außer sich. Seine graublauen Augen verengten sich zu Schlitzen. »Diese falsche Schlange! Als ich mich geweigert habe zu kuschen, hat sie gedroht, sie würde dafür sorgen, dass ich in der Klapse lande! Sie wusste genau, wie sie das anstellen musste! Sie wollte das Sagen haben! Alle Kinder sollten nach ihrer Pfeife tanzen!«

Unwillkürlich begann er zu zittern. Er schlang die Arme um seinen Körper und duckte sich hinein, als wolle er sich in sich verstecken. Plötzlich sprang er auf und klopfte seine Taschen ab. Erleichtert fischte er eine Tablettenpackung hervor, stellte jedoch fest, dass sie leer war und zerknüllte sie ärgerlich. Er warf sie auf den Boden und stürmte hinaus.

Erst nachdem er die Tür abgeschlossen hatte, stand Anneliese auf. Sie bückte sich nach der gelb-weißen Packung und glättete sie so weit, dass sie erkennen konnte, dass es sich um Psychopharmaka handelte. Darüber hatte sie am Vormittag in Philipps Buch gelesen. Demnach sollten Medikamente dieser Art bei schweren psychischen Störungen vorzugsweise in Kombination mit einer ambulanten oder stationären Psychotherapie eingenommen werden, weil sie allein die Persönlichkeitsstörung nur wenig veränderten. Eine therapeutische Begleitung sei zudem ratsam, da es sonst zu Tablettenmissbrauch der Betroffenen kommen könnte.

Es war nicht schwer auszurechnen, wie lange Odo bereits ohne ärztliche Betreuung auskommen musste. Der Klinikbrand und der Tod seines Therapeuten lagen fast drei Monate zurück. Vermutlich hatte er sich in dem folgenden Durcheinander mit Pillen eingedeckt. Möglicherweise nicht nur mit der Sorte, die er gewöhnlich nahm. Das würde einerseits sein Zittern und die Schweißausbrüche erklären. Andererseits könnte es bedeuten, dass er immer mehr die Kontrolle verlieren würde.

KAPITEL 32

Mehrere Streifen- und Mannschaftswagen sowie einige Zivilfahrzeuge rollten auf den Parkplatz der Klinik Uhlenbrock.

Der Hauptkommissar und Leiter der »Moko« instruierte seine Kollegen und teilte sie in Gruppen ein. Zwei Beamte mit Suchhunden sollten sich zuerst die Gebäude vornehmen. Dazu zählten die Patientenunterkünfte, Wirtschaftsräume und der Verwaltungsbau. Zum Klinikgelände gehörte außerdem ein weitläufiger Park.

Da es derzeit keinen Miteigentümer gab, befand sich Uhlenbrock ausschließlich unter städtischer Verwaltung, die das Gelände soweit wie möglich vor unbefugtem Betreten gesichert hatte. Zwar wurde das Schloss am Eingangstor seit dem Brand bereits mehrmals aufgebrochen, dennoch gab es aus Kostengründen keinen Wachdienst, der das regelmäßig kontrollierte.

Der Hauptkommissar hatte sich alle nötigen Schlüssel besorgt. Das Tor war unverschlossen, aber schwergängig.

Die Gruppen passierten den Eingangsbereich und verteilten sich auf dem Gelände. Pia und Martin begleiteten Einheiten, die den Außenbereich durchkämmten; Hannes ging mit den Männern, deren Spitze ein Hundeführer mit dem

Personensuchhund bildete. Das Tier sollte bestenfalls nicht nur den Killer, sondern möglichst auch Anneliese aufspüren. Das sogenannte »Mantrailing« faszinierte den Hauptkommissar nach einigen miterlebten Einsätzen dieser Art immer noch. Er hatte Personenspürhunde in unterschiedlichen Suchbereichen erlebt: bei der Aufspürung von Vermissten nach Bränden oder Hauseinstürzen, nach Explosionen, in unwegsamen Waldstücken oder bei der Verfolgung von Straftätern. Diese Hunde mussten unter oft widrigen Umständen einem Menschen zuzuordnende Gerüche aufspüren, die von vielen anderen Düften überlagert wurden. Auch der Zeitfaktor spielte dabei eine wichtige Rolle. Das Leben einer vermissten Person konnte von einem schnellen Sucherfolg abhängen.

Der Deutsche Schäferhund schnüffelte in jeder Ecke des Gebäudeteils, in dem vor dem Brand Patienten untergebracht waren. Er nahm die Gerüche von Bettgestellen, halbverkohlten Matratzen und verbrannten Habseligkeiten ehemaliger Bewohner wahr. Die Witterung einer lebenden Person nahm er dort allerdings nicht auf. Deshalb bewegten sie sich quer über das Gelände auf das Verwaltungsgebäude zu. Je mehr sie sich den alten Gemäuern näherten, umso stärker zog der Hund an der Leine. Zunächst umrundeten sie den Bau. Von der Gartenseite aus war kein Hineinkommen. Die Türen waren mit Brettern vernagelt. Für den Vordereingang passte einer der Schlüssel, die Hannes an einem Ring in der Jackentasche trug.

Im Erdgeschoss stießen sie auf nichts Ungewöhnliches. In der ersten Etage zog es den Hund zunächst in eine kleine Teeküche. Er schnüffelte über den Boden und verhielt einen Moment am spaltbreit geöffneten Fenster, unter dem einige Scherben lagen. Schon lief er hinaus und über die hellgrauen Flurfliesen weiter in den nächsten Raum, der sich als eine Art Büro oder Arbeitszimmer herausstellte. Die Einrichtung bestand aus Schreibtischen und Aktenschränken. Der Hauptkommissar bat einen jungen Kollegen, nach der Akte Voigt zu suchen, während er selbst mit der Gruppe den nächsten Raum betrat, der dem vorherigen ähnelte. Diesmal beauftragte er eine Kollegin, nach Voigts Patientenakte zu forschen. Über die Treppe erreichten sie die nächste Etage. Der Flur war mit staubigen dunkelblauen Achteckfliesen ausgelegt. Diesmal nahm das Tier sofort Witterung auf. Es zog seinen Hundeführer in einen der Räume mit schrägen Wänden und einem Erkerfenster. Auf dem abgenutzten Linoleumfußboden lag eine zerschlissene Matratze mit zerwühltem Bettzeug darauf. In Sekundenschnelle sondierte der Suchhund die Gerüche. Er lief zu einem großen Holzschrank, blieb abrupt stehen und bellte. Auf Befehl seines menschlichen Begleiters verstummte er und setzte sich. Während der Hund gelobt wurde, richteten die Polizisten ihre Waffen auf den Schrank. Ein Kollege fasste nach dem Griff und öffnete die Schranktür.

Auf den ersten Blick war nichts Außergewöhnliches zu sehen. An der Metallstange hingen einige Kleidungsstücke; ein Wäschehaufen bedeckte den Boden. Erst als ein Beamter den Klamottenberg mit den Händen zur Seite schaufelte, wurde eine zusammengekauerte Gestalt sichtbar.

»Rauskommen!«

Als der Mann nicht reagierte, packten ihn zwei Polizisten an den Armen und zerrten ihn aus dem Schrank.

»Das dürft ihr nicht!« Er wirkte nicht nur empört, sondern voller Angst. »Ihr könnt mich nicht mitnehmen!«

Hannes gab den Kollegen einen Wink, den Mann abzuführen.

Eine Etage tiefer wartete eine Polizistin mit einer Akte in der Hand, die sie dem Hauptkommissar übergab. ›Odo Voigt‹ stand darauf und ein Zeitraum: 21.04.1995 bis 20.04.2007.

Diese Akte sah so aus wie der Ordner mit den Unterlagen bis zum 18. Geburtstag des Patienten, den Charlotte ihm gezeigt hatte. Unwillkürlich fragte er sich, wie sie und ihre Freundin ins Gebäude gelangt sein könnten. Ihm drängte sich der Verdacht auf, dass sie durchs Fenster der Teeküche geklettert waren. Aber darüber sollte er besser nicht länger nachdenken.

Der Festgenommene wurde noch am späten Nachmittag einem Haftrichter vorgeführt, der den begründeten Verdacht, dass es sich bei dem Mann um den Serienkiller handelte, als ausreichend erachtete. Er ordnete Untersuchungshaft an.

Lustlos saßen die WG-Bewohner beim Abendessen. Seit Annelieses Verschwinden hatten sie wenig Appetit. Auch das Tischgespräch kam nur schleppend in Gang. Jeder dachte an die Freundin, aber keiner mochte über seine Befürchtungen reden. So verliefen die Mahlzeiten in diesem Haus neuerdings überwiegend schweigsam.

Als Philipps Handy klingelte, entschuldigte er sich, stand auf und ging hinaus in die Wohnhalle. Auf dem Display las er den Namen des Hauptkommissars.

»Was gibt es, Herr Bremer? Haben Sie den Mann vom Video auf dem Gelände der Klinik gefunden?«

»Wir konnten ihn verhaften. Von Frau Grothe haben wir allerdings nicht die geringste Spur entdeckt. Wir warten auf die Staatsanwältin, bevor wir mit der Vernehmung anfangen. Es wäre vielleicht hilfreich, wenn Sie dabei sein könnten – falls Sie Zeit haben.«

»Kein Problem, ich fahre sofort los.«

»Danke.«

Der Professor informierte seine Mitbewohner, bevor er sich verabschiedete und das Haus verließ.

Im Präsidium ließ der diensthabende Beamte den Professor sofort passieren und nach oben fahren. Hannes und seine engsten Teamkollegen warteten in dem kleinen Raum, der direkt neben dem Vernehmungszimmer lag und durch eine große Glasscheibe einen Blick auf den Tatverdächtigen gewährte. Der Mann saß an einem Tisch und trommelte mit den Fingerspitzen beider Hände auf der Tischplatte, auf der sich nichts außer einem Becher Wasser befand. Ein uniformierter Polizist stand mit vor der Brust gekreuzten Armen an der Wand hinter ihm.

Nach der kurzen Begrüßung informierte der Hauptkommissar Philipp darüber, wo sie den Mann entdeckt hatten.

Augenblicke später betrat Frau Dr. Pauli den Raum. Philipp erhob sich und gab ihr die Hand. Da keine weitere Sitzmöglichkeit vorhanden war, überließ er der Staatsanwältin seinen Stuhl. Vor dem Monitor saß Martin, um die Vernehmung aufzuzeichnen. Während Philipp hinter der Staatsanwältin stehenblieb, gingen Hannes und Pia hinaus. Gleich darauf sah man die beiden Kommissare nebenan den Vernehmungsraum betreten. Sie setzten sich dem Tatverdächtigen gegenüber.

Hannes legte eine prall gefüllte Akte vor sich auf den Tisch. Seine Aufmerksamkeit konzentrierte sich auf den etwa vierzigjährigen Mann.

»Sagen Sie uns bitte, wie Sie heißen.«

Sein Gegenüber schüttelte heftig den Kopf.

»Sind Sie Odo Voigt?«

Achselzucken.

»Wie heißen Sie?«

»Ich weiß nicht. Da sind so viele Gedanken in meinem Kopf.«

»Also gut.« Hannes ließ sich nicht aus der Ruhe bringen. »Erzählen Sie uns vom Brand in der Klinik. Wie ist das passiert?«

»Feuer, überall Flammen.« Er hielt die Nase in die Luft. »Ich kann es riechen. Immer. Verbranntes Fleisch. Es stinkt.«

»Sie haben in der Klinik gewohnt«, übernahm Pia. »Uhlenbrock war Ihr Zuhause. Warum haben Sie das zerstört?«

»Ich wollte das nicht. In meinem Zimmer war ich sicher. Da konnten sie mich nicht finden.«

»Wen meinen Sie?«

Er hob die Hand. Sein Finger stieß mehrfach in verschiedene Richtungen.

»Die da … und die da … Die sind überall.«

Hannes, der aus dem Täterprofil von der überdurchschnittlichen Intelligenz des »Regisseurs« wusste, hielt das Verhalten des Mannes für Theater.

»Es reicht! Wollen Sie uns für dumm verkaufen?« Er schlug die Akte auf und entnahm Fotos von der Auffindsituation der Opfer. »Was können Sie uns hierzu sagen?« Nacheinander knallte er die Aufnahmen in Sichtweite des Mannes auf den Tisch. »Und hierzu! … Und hierzu!«

Erschrocken duckte sich der Verhaftete weg. Sein Blick irrte ziellos umher, bevor er sich vorbeugte und die Fotos vorsichtig anvisierte.

»Sind die alle tot? Bin ich genauso tot?« Verwirrt schaute er sich um. »Nein, ich bin nicht tot. Die wollen mich fangen, aber die kriegen mich nicht. Ich kann mich gut verstecken.« Er griff nach dem Wasserbecher, zögerte, trank einen Schluck. Angewidert verzog er das Gesicht. »Das schmeckt ekelhaft! Ihr wollt mich vergiften!«

Auf der anderen Seite der großen Glasscheibe wurde das Verhör noch eine Weile verfolgt. Schließlich tippte der Professor Martin auf die Schulter.

»Können Sie Ihren Chef kurz rausholen?«

Skeptisch schaute der Jüngere ihn an. Dann stand er auf und ging hinaus. Sekunden später war er im Vernehmungsraum zu sehen.

Die Staatsanwältin drehte sich halb zu Philipp herum, sagte aber nichts. Sie wusste, dass er das Verhör nicht grundlos unterbrechen würde.

Während der Uniformierte nebenan bei dem Tatverdächtigen blieb, kam Hannes mit seiner Teamkollegin herüber. Der Hauptkommissar ahnte, was nun kommen würde, und schaute Philipp fast vorwurfsvoll an.

»Vor kurzem hatten wir eine ähnliche Situation. Sie wollen nicht wieder behaupten, dass wir den Falschen verhaftet haben, oder?«

»Das kann ich Ihnen leider nicht ersparen.« Philipp deutete zur verglasten Wand. »Dieser Mann da drüben ist nicht Odo Voigt.«

»Natürlich ist er das. Wer sollte er sonst sein?«

»Es ist Ihre Aufgabe, das herauszufinden.«

»Der Typ hat definitiv nicht alle Latten am Zaun«, warf Martin ein. »Außerdem wurde uns kein verschwundener Uhlenbrock-Patient gemeldet.«

»Möglicherweise wurde er erst kurz vor dem Brand eingewiesen und ist deshalb noch nicht in der Patientenkartei erfasst.«

»Spekulationen bringen uns nicht weiter.«

Nachsichtig blickte Philipp den jungen Kommissar an.

»Glauben Sie, mir wäre es nicht lieber, Sie hätten den ›Regisseur‹ gefasst?«

Nun schaltete sich die Staatsanwältin ein.

»Worauf stützen Sie Ihre Behauptung, Herr Professor?«

»Sie alle haben das Profil des Täters gelesen. Der ›Regisseur‹ ist hochintelligent und gut organisiert. Außerdem ist er ein Narzisst. Er hätte mit den Taten geprahlt, als er die Fotos sah. Er würde die Anerkennung dafür nicht einem anderen überlassen.«

»Aber dieser Mann im Vernehmungsraum ist eindeutig psychisch gestört. Könnte er nicht trotzdem …«

»Nein. Dieser Mann leidet vermutlich unter einer Psychose. Außerdem scheint er Wahnvorstellungen zu haben und fühlt sich verfolgt. Er sieht, riecht und schmeckt Dinge, die nicht vorhanden sind.«

»Wodurch wird so eine Psychose ausgelöst?«

»Sie kann viele Ursachen haben: traumatische Erlebnisse, familiäre Vorbelastungen, frühe Entwicklungsstörungen oder beispielsweise Drogenkonsum.« Er wandte sich an Hannes. »Finden Sie heraus, wer er ist. Dieser Mann irrt wahrscheinlich seit Wochen auf dem Klinikgelände umher. Er gehört so schnell wie möglich in ärztliche Behandlung.«

»Verdammt noch mal! Warum landen wir ständig in einer Sackgasse?« Hannes war frustriert. »Damit werden die Chancen, Frau Grothe lebend zu finden, immer geringer. Nachdem rund 80 Stunden seit ihrem Verschwinden vergangen sind, müssen wir davon ausgehen, dass sie bereits einem Tötungsdelikt zum Opfer fiel.«

Obwohl es auf Mitternacht zuging, als Philipp nach Hause kam, lag keiner der Bewohner im Bett. Sie warteten seit Stunden im Wohnzimmer auf seine Rückkehr. Erst als er ihnen berichtet hatte, verschwanden sie betrübt und entmutigt in ihren Räumen.

Charlotte zog sich mit Philipp in sein Schlafzimmer zurück. Bislang war sie nicht zum Aufräumen gekommen und wollte ihm das Chaos auf ihrer Etage ersparen.

Sie lagen nebeneinander in seinem breiten Bett und starrten in die Dunkelheit.

»Es wird also inzwischen endgültig davon ausgegangen, dass Odo Voigt den Brand gelegt hat«, fasste Charlotte zusammen. »Er hat seinen Tod inszeniert, um sich unerkannt zu rächen. Was, glaubst du, bedeutet das für Anneliese?«

»Schwer zu sagen. Jedenfalls dürfen wir die Hoffnung nicht aufgeben – obwohl die Polizei nicht mehr damit rechnet, Liesel lebend zu finden.«

Ein kalter Schauer lief Charlotte über den Rücken. Sie schmiegte sich an Philipp, der wortlos den Arm um sie legte.

KAPITEL 33

Das Frühstück in ihrer Zelle bestand wie das Abendessen aus kalten, aber dennoch schmackhaften Pizzastücken.

Da Anneliese nicht wusste, wann ihr Kerkermeister zurückkehren würde, nahm sie den Beutel mit dem Strickzeug zur Hand. Sie musste sich ablenken. Zunächst vergewisserte sie sich, ob die Nadelstärke zur roten und weißen Wolle passte. Als sie die Banderole betrachtete, stellte sie fest, dass es sich um eine gute Qualität handelte: Merinowolle, die zwar etwas teurer war, aber weich und formstabil. Anscheinend hatte man den »Regisseur« im Handarbeitsladen gut beraten. Als erfahrene Strickerin, die überwiegend für Kinder handarbeitete, wusste sie, wie sie diese gängigen Maße auf Männergröße hochrechnen musste. Dabei kam ihr zugute, dass sie erst kürzlich für die Fußballfans in ihrer WG Schals gestrickt hatte. Die für Conrad und Philipp waren etwa 20 Zentimeter breit und 1,60 Meter lang geworden. Im Nu waren die Maschen angeschlagen. Anneliese sah beim Stricken kaum hin. Während sie mit den Nadeln klapperte, beschloss sie, langsam zu arbeiten. Wenn sie jeden Tag etwa 40 Zentimeter strickte, bräuchte sie vier Tage für den Schal. Sie hoffte, dass diese Zeit ausreichte, Odo zu überzeugen, sie gehenzulassen – oder die Polizei sie bis dahin finden würde.

Am späten Vormittag erschien ihr Entführer. Er legte eine Tüte mit dem Aufdruck einer Bäckerei auf den Tisch und setzte sich zu seiner Gefangenen. Ein Lächeln erschien auf seinem Gesicht, als er sah, womit Anneliese beschäftigt war.

»Wie schön. Ich habe gehofft, dass Sie stricken. Wir haben nicht mehr viel Zeit.«

Ihre Hände mit dem Strickzeug sanken in ihren Schoß.

»Wie meinen Sie das?«

»Sie wollen doch nicht ewig hierbleiben.«

»Soll heißen?«

»Entweder ich lasse Sie bald gehen – oder …«

»Oder was?«

»Wir werden sehen«, wich er aus. »Beantworten Sie mir eine Frage: Als ich damals vom Sonnenhof abgeholt wurde, haben Sie mir etwas versprochen. Erinnern Sie sich daran?«

Sie zwang sich, ruhig zu bleiben, und strickte fast automatisch weiter.

»Meinen Sie das Versprechen, Sie in der Klinik zu besuchen?«

»Genau das.«

Sie bemerkte seine aufkommende Erregung, ließ sich aber nicht aus der Ruhe bringen.

»Sie waren der einzige Mensch, der nett zu mir war. Ich habe mich an Sie geklammert, als die mich mitnehmen wollten, aber die haben mich weggerissen. Da haben Sie versprochen, mich zu besuchen.« Verzweiflung lag plötzlich in seinem Blick. »Warum sind Sie nicht gekommen? Ich habe jeden Tag auf Sie gewartet!«

Abermals ließ sie das Strickzeug sinken.

»Das tut mir leid.« Bedauern lag in ihrem Blick. »Als ich ein paar Tage später in der Klinik anrief und fragte, wann ich Sie besuchen darf, wurde mir gesagt, das sei engsten Verwandten vorbehalten. Deshalb habe ich schriftlich eine Besuchserlaubnis beantragt. Sie wurde abgelehnt.«

»Mit welcher Begründung?«

»Mit der gleichen – und dass es der Eingewöhnung abträglich sei.«

»Damit war die Sache für Sie erledigt.«

»So leicht gebe ich nicht auf«, widersprach sie. »Schon gar nicht, wenn mir die Begründung nicht einleuchtet. Wahrscheinlich habe ich zu oft auf mein Bauchgefühl gehört, wenn es sich um ›meine‹ Kinder handelte, aber so bin ich nun mal. Ich habe den sturen Uhlenbrock mit Anrufen bombardiert und einen Besuchsantrag nach dem anderen gestellt – auch als die Eingewöhnung längst erfolgt sein musste. Irgendwann hat er mir gar nicht mehr darauf geantwortet.«

»Ist das wirklich wahr?«

Anneliese nickte nur.

»Warum hat er Sie auch später nicht zu mir gelassen?«

»Vielleicht wollte er nicht, dass Fremde Einblick in seine Arbeit bekommen?«

Darüber schien er angestrengt nachzudenken.

»Mir hat er oft gesagt, dass er ein Buch über mich und meine Psyche schreiben will. Dann würden wir beide berühmt. Deshalb bekam ich mit achtzehn bei ihm in der Villa ein Zimmer. Dahin hat er mich oft mitgenommen. Das Buch hat es aber nie gegeben. Viel zu spät habe ich bemerkt, dass er mich belogen hat – immer wieder!«

Anneliese kam der Verdacht, dass der Professor ihn manipuliert haben könnte. Wahrscheinlich wollte er sich durch ein bedeutendes Werk einen großen Namen in der Branche machen. Odo war womöglich nicht nur ein besonderes Studienobjekt, sondern ein Versuchskaninchen, das er nicht verlieren wollte.

»Hat er Sie nicht gut behandelt?«

Er dachte kurz über diese Frage nach.

»Doch. Ich hatte hier viel mehr Freiheiten als in der Klinik. Allerdings hat der Professor mich eingeschlossen, wenn er mal weg musste. Plötzlich war es ganz still. Ich konnte sogar die Flugzeuge hören und habe davon geträumt, einfach einzusteigen und mitzufliegen.«

Hatte sie während ihrer Gefangenschaft nicht auch manchmal Flugzeugtriebwerke gehört? Folglich befanden sie sich vielleicht in Langenhagen in der Nähe des Airports?

»Der Professor hat mir viel beigebracht«, fuhr Odo nachdenklich fort. »Sogar Autofahren habe ich von ihm gelernt. Manchmal sagte er, ich sei für ihn wie ein Sohn, den er nie hatte.«

Mit Speck fängt man Mäuse, dachte sie, sprach es aber nicht aus.

»Haben Sie eine Art Vaterfigur in ihm gesehen?«

»Irgendwie schon«, gab er zu. »Ich hatte sonst niemanden.« Aus schmalen Augen fixierte er sie. »Wie kann ich rauskriegen, ob Sie die Wahrheit gesagt haben?«

»Nach so vielen Jahren wird das wahrscheinlich schwer. Vielleicht erinnert sich jemand aus der Klinikverwaltung daran. Möglicherweise gibt es Unterlagen darüber, wer wann Besuchsanträge gestellt hat. Sie müssten danach suchen. In den Akten der Klinik oder im Archiv.« Scheinbar konzentriert widmete sie sich ihrem Strickzeug. »Wie ich hörte, hat in Uhlenbrock ein Brandstifter sein Unwesen getrieben.« Sie erinnerte sich, dass er bereits als Kind gezündelt hatte. »Hoffentlich sind durch das Feuer nicht alle Unterlagen vernichtet worden. Es ist seine Schuld, wenn Sie nichts finden.«

Dieser Gedanke erschreckte ihn offensichtlich. Außerdem wirkte er schuldbewusst. – Weil er den Brand gelegt hatte? Ihre Worte schienen ihm arg zuzusetzen. Er wurde immer unruhiger. Schließlich stand er auf und hastete zur Tür. Er stieß hervor, er käme bald zurück, und verschwand.

Anneliese ließ sich das Gespräch noch einmal durch den Kopf gehen. Das Verhalten des Professors seinem Patienten gegenüber empfand sie als merkwürdig. War es möglich, dass Uhlenbrock den Jungen gar nicht mit dem Ziel therapieren wollte, dass es für ein eigenständiges Leben reichte? Anscheinend hatte er ihm Sicherheit vermittelt, vielleicht Geborgenheit, ihn von sich abhängig gemacht. Dadurch war eine Entlassung des jungen Mannes von vornherein zum Scheitern verurteilt. Unter Umständen hatte der Klinikchef das Kind schon seit der Einweisung von allem abgeschirmt. Waren deshalb ihre Besuchsanträge ins Leere gelaufen?

Unwillkürlich fragte sie sich, ob das alles wirklich passiert sein konnte. Oder ging ihre Fantasie mit ihr durch? Natürlich kannte sie Geschichten, in denen der Psychiater verrückter war als seine Patienten, der sie als Versuchskaninchen missbrauchte und Experimente an ihnen durchführte. Aber das war nicht die Realität. Oder doch?

KAPITEL 33,5

Heute wird mir zum ersten Mal bewusst, wie sehr mir ein Mensch zum Reden gefehlt hat. So ein Gespräch ist anregend und bringt Dinge ans Licht, die vorher im Dunkel lagen. Was soll ich nun tun? Erst jetzt ist mir klar, wie das alles geschehen konnte. Sie hat mich darauf gebracht. Warum habe ich nicht selbst daran gedacht? Es ist möglich, dass ich unbeabsichtigt die Beweise für ihre Unschuld vernichtet habe. Wie konnte mir das passieren? Ich habe alles gründlich geplant. Was soll ich tun, wenn ich herausfinde, dass alle Unterlagen verbrannt sind? Müsste ich in dem Fall zu ihren Gunsten entscheiden? Ich könnte es allerdings als höhere Gewalt betrachten. Pech für sie. Aber wäre das fair? Ich habe mich stets bemüht, ein gerechtes Urteil zu fällen. Ich will nicht, dass man mir nachsagt, ich sei ein primitiver Killer. Das bin ich nicht. Meine Taten haben stets einen fundierten Grund. Mir bleibt keine Wahl: Ich muss nach Uhlenbrock und die Unterlagen suchen.

Vorher werde ich aber meiner anderen Gefangenen einen Besuch abstatten. Sie weiß es noch nicht, aber ihre Stunden sind gezählt. Mit ihren ständigen Lügen hat sie ihr Todesurteil unterschrieben. Sie hat immer bekommen, was sie will. Diesmal bekommt sie, was sie verdient!

KAPITEL 34

Morgens um sieben traf sich Hannes mit den Kollegen, um die bisherigen Ermittlungsergebnisse und das weitere Vorgehen zu besprechen. Längst arbeiteten mehrere Teams an den Fällen und das LKA war involviert. Die Zeit drängte. Es war zu befürchten, dass das nächste Opfer des ›Regisseurs‹ spätestens am kommenden Samstag an einem stadtbekannten Bauwerk aufgefunden würde. Folglich musste er es in der Nacht zuvor dort hinschaffen und medienwirksam inszenieren. Obwohl alle Beteiligten nur eine verschwindend geringe Chance sahen, dass die Entführte an diesem Donnerstagmorgen noch lebte, arbeiteten die Beamten verbissen daran, sie zu finden. Sollte ihnen das in den nächsten 24 Stunden nicht gelingen, würde sie wahrscheinlich ein Anruf zu Anneliese Grothes Leiche führen.

Kaum hatte sich die Versammlung aufgelöst, fing Pia ihren Chef auf dem Flur ab und begleitete ihn in sein Büro.

»Es gibt Neuigkeiten über den Mann, den wir gestern auf dem Klinikgelände einkassiert haben.« Sie richtete den Blick auf den Computerausdruck in ihren Händen. »Er heißt Dieter Rebmüller, 43 Jahre alt. Vor acht Monaten wurde er von Uhlenbrock ins Klinikum Wahrendorff in Ilten verlegt. Von dort konnte er vor sechs Wochen entwischen. Da er nicht gefunden wurde, ging man davon aus, dass er Suizid begangen hat. Anscheinend ist er aber nach Uhlenbrock zurückgekommen, um sich da zu verstecken, wo er sich auskennt.«

Mit unbewegter Miene nahm Hannes diese Neuigkeit zur Kenntnis.

»Zur Abwechslung wenigstens mal ein schneller Ermittlungserfolg.«

»Er ist bereits auf dem Weg zurück in die Klinik.«

Hannes trat an den Schreibtisch und griff zum Telefon, das seit dem Betreten des Raumes läutete.

»Bremer.« Er hörte einen Moment zu. »Wo? – Okay, wir kommen.«

Pia hatte ihn nicht aus den Augen gelassen. Sie sah ihm die Betroffenheit an.

»Was ist passiert?«

»Wir haben eine 107, wie es der Kollege so sachlich ausdrückte.«

»Eine Leiche? Wo?«

Sie folgte ihm zur Tür.

»Auf dem Expo-Gelände, Holländischer Pavillon.«

»Männlich oder weiblich?«

Er warf ihr nur einen frustrierten Seitenblick zu. Das genügte. Sie wusste, was er damit andeuten wollte.

Beim Erreichen seines Wagens drückte er ihr den Schlüssel in die Hand.

»Du fährst.«

Pia wählte die Strecke am Maschsee entlang Richtung Süden zum Expopark. Unterwegs warf sie Hannes mehrmals einen besorgten Seitenblick zu. Sie ahnte, was in ihm vorging. Er hatte während der Fahrt noch kein Wort gesagt, starrte nur gedankenverloren aus dem Fenster.

»Das wird ein harter Schlag für Charly.«

»Für die ganze WG«, fügte er hinzu. »Ich mochte Frau Grothe. Sie war eine patente Frau, hatte Humor.« Der Kommissar überlegte einen Moment, bevor er weitersprach. »Egal, was wir gleich zu sehen bekommen, Pia, kein Wort darüber zu Charly oder ihren Freunden.«

Sie nickte und wechselte von der Lissaboner Allee auf den Boulevard der EU. Das 42 Meter hohe ehemalige Wahrzeichen der Expo 2000 rückte in ihr Blickfeld. Der Holländische Pavillon, einst zur Weltausstellung erbaut, bestand aus gestapelten Landschaften, die eine ökologische Bauweise auf engstem Raum demonstrieren sollten. Besucher fuhren damals mit dem Aufzug zuerst hinauf aufs Dach, auf dem es eine Wasserlandschaft und Windräder gab. In der dritten Etage wuchs ein Wald, im ersten Stock ein blühendes Blumenfeld. Von all der Pracht war nichts mehr zu sehen. Seit Jahren verfiel das Gebäude immer mehr. In der Zeitung hatte Hannes von einem neuen Eigentümer gelesen. Der hatte einen stabilen Metallzaun um das Gebäude errichtet. Dennoch gab es immer wieder Schlupflöcher.

Das Gelände um den Pavillon war weitläufig abgeriegelt. Zwei weiße Ü-Wagen mit Satellitenschüsseln auf dem Dach standen an der Brachfläche zur London Street. Schaulustige aus den umliegenden Firmen sammelten sich hinter den Absperrbändern und beobachteten die Arbeit der Kriminaltechniker. Einige Smartphones wurden über die Köpfe gehalten, um möglichst alle Geschehnisse zu filmen.

Während Pia losmarschierte, um erste Informationen einzuholen, blieb Hannes auf einem Trampelpfad stehen und ließ die Umgebung auf sich wirken. Zuletzt nahm er den Pavillon mit den umlaufenden Stahltreppen in Augenschein. Er erinnerte sich, dass es in den letzten Jahren mehrmals darin gebrannt hatte. Die Schäden waren unübersehbar. Nicht ohne Grund wurde das Bauwerk Hannovers Expo-Schandfleck genannt.

Von einem Kriminaltechniker erfuhr Hannes, dass der Fundort der Leiche im ebenerdigen Bereich lag, der wie ein Gewölbe oder ein offenes Tunnelsystem wirkte. Der helle Beton war an vielen Stellen mit Graffiti beschmiert. An einer ehemaligen Hinweissäule entdeckte er gesprayte schwarze Buchstaben: ›FUCK THE COPS‹. Hannes ging kopfschüttelnd daran vorbei. Er hörte Stimmen der Kollegen und nahm den bogenförmigen Durchgang auf der rechten Seite. Dadurch gelangte er direkt zur Fundstelle.

Horst Fleischmann kam ihm entgegen und streifte die Kapuze seines Overalls vom kahlen Schädel. Pia näherte sich von links.

»Moin, Horst. Was hast du für uns?«

»Weibliche Leiche, Alter wegen der vielfältigen Verletzungen schwer zu schätzen. Sie hat breite Streifen an Hand- und Fußgelenken. Das bedeutet, sie war längere Zeit fixiert.«

»Könnte es sich um … um die Entführte handeln?«

»Das kann ich nicht ausschließen. Gewicht und Größe könnten ungefähr passen. Auch das graumelierte Haar spräche dafür.«

»Wer hat sie gefunden?«

Diesmal antwortete seine Kollegin.

»Ein anonymer Hinweisgeber hat die 112 angerufen.«

»Symbole?«

»Die Sanduhr und eine Gummischlange.«

Verblüfft runzelte Hannes die Stirn.

»Was könnte Frau Grothe mit einer Schlange zu tun haben?«

»Darüber habe ich eben nachgedacht. Sie wird … wurde von allen Strick-Liesel genannt, oder? Weißt du, was das ist?«

»Eine Frau, die ständig strickt?«

»Nein, eine Holzfigur mit einem senkrecht verlaufenden Loch durch den ganzen Körper und Häkchen oben dran, über die man – vereinfacht gesagt – einen Wollfaden spannt und ihn rings um die Haken führt. Dadurch kommt nach einer Weile unten aus der Figur eine gestrickte Wurst oder Schlange raus. – Verstanden?«

Kommissar und Rechtsmediziner schauten sich ratlos an, nickten aber.

»Du meinst, das könnte das Symbol erklären?« Hannes zweifelte noch daran, fand aber keine einleuchtendere Erklärung. »Möglicherweise hast du recht.« Er wandte sich an den Freund. »Wie lange brauchst du, um das Alter der Toten festzustellen?«

»Frühestens heute Nachmittag haben wir erste Ergebnisse. Aber selbst wenn das Alter passen sollte, bedeutet das noch keine Gewissheit. Sollte es sonst keine Hinweise auf die Identität der Toten geben, müssen wir einen DNA-Vergleich durchführen.«

»Ich weiß. Melde dich bitte, sobald du was für uns hast.«

Auf dem Weg zu ihrem Dienstfahrzeug sahen sie die Reporter, die dort warteten.

»Kein Wort zur Presse«, raunte der Hauptkommissar seiner Teamkollegin zu. »Es bleibt bei der Nachrichtensperre.«

Als sie ihren Wagen erreichten, wurden sie mit Fragen bombardiert. Hannes berief sich auf laufende Ermittlungen, zu denen er nichts sagen könne, und verwies die Journalisten auf eine zu gegebener Zeit stattfindende Pressekonferenz.

Im Zeitalter von Handy und Internet dauerte es nicht lange, bis erste Fotos und Berichte vom Einsatz auf dem Expo-Gelände in den sozialen Medien auftauchten. In den Radionachrichten kam bereits am Vormittag eine Meldung vom Leichenfund im Holländischen Pavillon.

Elisabeth, die sich in der Küche beschäftigte, hörte es und sank schockiert auf einen Stuhl. Sie hatte in den letzten Wochen in diesem Haus genug über Kriminalfälle erfahren, um scheinbar richtige Schlüsse zu ziehen.

»Wo bleibst du denn?«, fragte Charlotte im Hereinkommen. Sie war ausgehfertig, da sie beim Frühstück beschlossen hatten, zusammen einen Spaziergang zu unternehmen. »Du musst mal an die frische Luft. Ausreden werden nicht akzep…« Erschrocken brach sie ab, als sie die feuchten Spuren auf den Wangen ihrer Mitbewohnerin bemerkte. »Elli, was ist mit dir? Geht es dir nicht gut?«

»Es wurde eine … eine Leiche gefunden. Eine tote Frau in der Ruine vom Holländischen Expo-Pavillon.«

Beunruhigt setzte sich Charlotte neben sie.

»Woher hast du das?«

»Das kam eben im Radio.« Ihre Stimme mochte ihr kaum gehorchen. »Sie haben spekuliert, dass es sich um ein Opfer des ›Regisseurs‹ handelt. Die Polizei hat das noch nicht bestätigt. Das spricht anscheinend dafür.«

Betroffen schloss Charlotte die Augen. War ihre schlimmste Befürchtung eingetreten? Das durfte nicht sein.

Hilflos blickte sie ihren restlichen drei Mitbewohnern entgegen, die, ebenfalls in Jacke oder Mantel gekleidet, in die Küche kamen. Philipp sah sofort, dass etwas Schreckliches passiert sein musste. Er nahm Blickkontakt zu Charlotte auf, die Mühe hatte, die aufsteigenden Tränen zurückzudrängen. Geistesgegenwärtig bat sie Conrad und Philipp, sich zu setzen, bevor sie stockend berichtete, was Elli erzählt hatte.

Conrad schossen Tränen in die Augen. Er wäre vermutlich zusammengeklappt, hätte sich unter ihm nicht der sichere Halt des Küchenstuhls befunden. Albert rang in seinem Rolli um Fassung; Philipp blieb äußerlich ruhig. Schließlich zog er sein Telefon aus der Tasche.

»Ich rufe im Präsidium an.«

»Sie werden dir keine Auskunft geben«, prophezeite Charlotte, aber er stand auf und ging hinaus.

Nach kurzem Überlegen wählte er nicht die Nummer des Hauptkommissars aus seiner Kontaktliste, sondern die der Staatsanwältin. Er genoss ihre Sympathie und ihr Vertrauen, sodass er von ihr die gewünschten Auskünfte erhielt. Philipp informierte seine Mitbewohner und versuchte sie davon zu überzeugen, dass es Hoffnung gab, obwohl er kaum noch daran glaubte. An einen Spaziergang verschwendete keiner im Haus noch einen Gedanken.

KAPITEL 35

Nachdem die Kleidung der Toten gesichert und untersucht worden war, arbeitete Horst Fleischmann in der Rechtsmedizin an der Frauenleiche. Mit Klebestreifen wurde der Körper abgeklebt, damit wertvolle Spuren wie Fasern und Fremd-DNA nicht verloren gingen. Anschließend begann der Rechtsmediziner mit der äußeren Leichenschau, die oftmals zur Identifizierung beitrug. Dabei ermittelte er das Geschlecht und das ungefähre Alter sowie Gewicht und Größe, begutachtete die Hautfarbe und den allgemeinen körperlichen Zustand, forschte nach Narben, Pigmentflecken oder Tätowierungen. Sichtbare Verletzungen wurden dokumentiert. Die Ergebnisse sprach er in ein Diktiergerät, um sie später ins Obduktionsprotokoll zu übernehmen.

Nach der äußeren Besichtigung folgte die Sektion, die sich stets auf die Öffnung der drei Körperhöhlen erstreckte: Kopf-, Brust- und Bauchhöhle. Diese innere Besichtigung schloss ein Basis-Asservierungsvorgehen mit ein, sodass die Entnahme von Organproben, Blut, Urin und Mageninhalt für histologische und toxikologische Untersuchungen standardmäßig erfolgte. Auch für die postmortale Diagnostik war das wichtig.

Als Hannes den Obduktionssaal betrat, zog Horst ein grünes Laken über den Leichnam.

»Du kannst es wohl nicht erwarten. Ich hätte mich in den nächsten Minuten bei dir gemeldet.«

»Dann schieß los. Wir dürfen keine Zeit verlieren.« Er warf einen kurzen Blick auf den Sektionstisch. »Handelt es sich bei der Toten um Anneliese Grothe?«

»Mit an Sicherheit grenzender Wahrscheinlichkeit nicht.« Horst registrierte das erleichterte Aufatmen des Freundes. »Ich schätze das Alter der Frau auf Ende vierzig bis Anfang fünfzig.«

»Todesursache?«

»Sie wurde erschlagen. Der gesamte Körper weist zahlreiche Frakturen auf. Todesursächlich war letztlich eine Hirnblutung, die durch massive Gewalteinwirkung gegen den Kopf ausgelöst wurde.«

»Hinweise auf die Tatwaffe?«

»Ein stumpfer Gegenstand. Möglicherweise ein Baseballschläger. Wie oft zugeschlagen wurde, konnte ich nicht feststellen, da der Schädel so zertrümmert ist, wie man es eigentlich nur von Unfallopfern kennt. In meiner langjährigen Laufbahn ist mir so etwas erst ein einziges Mal untergekommen.«

»Das alles ähnelt dem Mord an Plaschke. Anscheinend war noch einmal große Wut im Spiel.«

»Da es sich offenbar um denselben Täter handelt, wundert mich das nicht.«

»Gibt es etwas, das uns bei der Identifizierung helfen könnte?«

»Ein Tattoo.« Der Rechtsmediziner hob das Laken am Ende des Tisches etwas an. Trotz der Hämatome war am rechten Bein eine kleine Schlange erkennbar, die sich wie ein Kettchen um das Fußgelenk schlängelte.

»Das passt zu der Schlange, die bei ihr gefunden wurde.«
Horst Fleischmann war derselben Meinung.
»Das war's erst mal. Ich schicke dir meinen Bericht nachher rüber.«
»Danke.«

Im Laufe des Nachmittags gelang es anhand der Vermisstenanzeigen, die Tote aus dem Expo-Park zu identifizieren. Da sich bereits alle Medien mit dem Leichenfund befassten, hatten vermutlich Charlotte und ihre Freunde längst davon erfahren. Flüchtig fragte sich Hannes, warum ihn keiner von ihnen angerufen hatte. Wahrscheinlich standen sie unter Schock. Deshalb entschloss er sich zu einem Besuch.

Charlotte öffnete dem Freund und ließ ihn wortlos eintreten. Sie sah genauso mitgenommen aus wie die übrigen WG-Bewohner, die im Wohnzimmer saßen.
»Wir wissen, was passiert ist«, sagte Albert und lenkte seinen Rolli etwas zur Seite, damit sich der Hauptkommissar setzen konnte.
»Inzwischen gibt es gesicherte Erkenntnisse.« Hannes ließ den Blick in die Runde schweifen. »Bei der Toten vom Expo-Gelände handelt es sich nicht um Frau Grothe.«
Zunächst war niemand zu einer Reaktion fähig. Sie schauten einander nur wie von einer Zentnerlast befreit an. Einigen schossen Tränen in die Augen.
Philipp fand zuerst die Sprache wieder.
»Danke.«
»Für die Identifizierung mussten wir das Obduktionsergebnis abwarten«, formulierte er vorsichtig, um niemanden mit Einzelheiten über den Zustand der Leiche zu erschrecken. »Inzwischen wissen wir, wer das Opfer ist.«

Sofort schaltete Charlotte in den Ermittlungsmodus.

»Kannst du uns mehr sagen?«

»Die Tote heißt Betje Mulder. Eine Freundin hatte sie vor vier Tagen als vermisst gemeldet. Bislang wissen wir nur, dass sie 48 Jahre alt wurde und in der Unternehmensberatung tätig war. Eine Verbindung zu den anderen Opfern konnten wir noch nicht herstellen.«

»Was habt ihr außer der Sanduhr bei ihr gefunden?«

»Eine schwarze Gummischlange. Eine ähnliche trägt sie als Tattoo am Fußgelenk.«

Mit diesen Informationen wussten die WG-ler nichts anzufangen. Erleichtert waren sie trotz des Mordes an der Unbekannten. Sie klammerten sich an den neuen Funken Hoffnung.

KAPITEL 36

Das letzte Brötchen aus der Bäckertüte schmeckte pappig wie ein alter Schuhkarton. Anneliese aß das Gebäck vom Vortag trotzdem und spülte jeden Bissen mit einem Schluck Wasser hinunter. Dabei wunderte sie sich über sich selbst. Warum war sie so ruhig? Sie wusste, was dieser Mann getan hatte. Wieso verspürte sie keine Panik, keine Todesangst? Weil sie ein reines Gewissen hatte? Würde er darauf Rücksicht nehmen? Wohl kaum. War sie abgebrühter, als sie je vermutet hätte? Das konnte sie sich nicht vorstellen. Wahrscheinlich war sie Meisterin im Verdrängen.

Sie hatte den ganzen Tag vergeblich auf den »Regisseur« gewartet. Warum war er nicht erschienen?

Seit seinem letzten Besuch hegte sie den Verdacht, dass sie sich in der Villa Uhlenbrock befand. Odo hatte – wahrscheinlich unabsichtlich – erwähnt, dass er *hier* mehr Freiheiten als in der Klinik genossen hatte. Da er vorher von seinem Zimmer im Hause des Professors gesprochen hatte, lag es nahe, was er gemeint hatte. Nachdenklich schaute sie sich in ihrer Zelle um. Womöglich gab es mehrere solcher Räume. Es war alles vorhanden, was man in einem Patientenzimmer vorfinden würde: Bett, Waschgelegenheit, sogar eine Toilette. Hier konnte man bequem jemanden einsperren. Vielleicht bewohnte Odo die Nachbarzelle? Oder er war nach dem Tod des Professors in dessen Räume umgezogen. Dort war es bestimmt komfortabler.

Ungeduldig warf sie einen Blick zur Uhr. Wenn er hier im Hause wohnte, warum ließ er sie dann warten? Sie hatte ihm geraten, nach den alten Besuchsanträgen zu fahnden. Um sie zu suchen, würde er nach Uhlenbrock zurückkehren müssen. Hatte er dort nichts gefunden? Ihr fiel die Akte ein, die Charlotte von ihrer Kletterpartie mitgebracht hatte. Sollten die Anträge zwischen diesen Unterlagen stecken, tendierten ihre Zukunftsaussichten stark Richtung Gottesacker. Sie konnte Charlotte keinen Vorwurf machen. Immerhin hatte sie die Freundin vom legalen Pfad der Ermittlungen abgebracht und zum Einbruch in das Verwaltungsgebäude überredet. Sie konnte nur das Beste hoffen und das Erscheinen ihres Kerkermeisters abwarten.

Annelieses Geduld wurde auf eine harte Probe gestellt. Ständig schaute sie während des Strickens auf ihre Armbanduhr. Endlich hörte sie den Schlüssel im Schloss. Odo kam herein und stellte eine weiße Tüte mit dem grünen Aufdruck: ›Wienerwald‹ auf den Tisch, der ein unverkennbarer Duft entwich.

Wieder einmal entschuldigte Odo sich für sein spätes Erscheinen. Er öffnete seine Jacke und setzte sich. Dadurch wurde der marode Schal sichtbar. Anscheinend trug er ihn ständig.

Mit einem zufriedenen Lächeln registrierte er, dass der neue Schal in der Länge gewachsen war.

»Heute bin ich zur Klinik gefahren. Auf dem Tor klebte das Siegel der Polizei. Das hat mich aber nicht abgehalten. Ich kenne mich auf dem Gelände aus wie in meiner Hosentasche. Deshalb weiß ich, wie man da ungesehen rein- und rauskommt.«

»Haben Sie alles gefunden?«

»Nein.«

Anneliese spürte seinen lauernden Blick und tat vorsichtshalber unwissend.

»Hat das Feuer sämtliche Aufzeichnungen vernichtet?«

»In der Verwaltung hat es nicht gebrannt. Offenbar hat die Polizei die ganzen Akten mitgenommen.«

»Das ist ärgerlich.«

»Vor allem, weil die Unterlagen über meine ersten Uhlenbrock-Jahre dabei gewesen sein müssen. Meine aktuelle Akte liegt beim Professor in seinem Stahlschrank.« Aus der Innentasche seiner Jacke zog er eine in der Mitte gefaltete Kladde, die er auf den Tisch legte und mit der Hand glättete. »Vielleicht bringt uns das hier weiter.«

Anneliese schielte hinüber und las die mit Tinte geschriebenen Worte: ›Kinderstation – Anträge 1984/85‹. Das sah vielversprechend aus.

Odo schlug das Heft auf und blätterte durch die vergilbten Seiten, bis er den Monat September erreichte. Am 13. des Monats war er dort eingeliefert worden. An einem Donnerstag. Den ersten Eintrag zu seinem Namen fand er unter dem Datum des 17. Septembers: ›Besuchsanfrage Grothe/Sonnenhof – abgelehnt‹. Das war am Montag nach seiner Aufnahme gewesen.

»Nach vier Tagen«, murmelte er. Damit hatte er offenbar nicht gerechnet. Mit einem Kugelschreiber markierte der »Regisseur« das Datum. Seite für Seite fuhr er mit der Kennzeichnung fort. Am Ende der Kladde zählte er vom Zeitpunkt der Aufnahme bis zum Sommer 14 immer gleichlautende Einträge.

Anneliese hatte ihn während des Strickens genau beobachtet. Er schien überrascht und beeindruckt zu sein.

»Das hätte ich nicht gedacht: Sie haben die Wahrheit gesagt.«

»Natürlich.« Forschend schaute sie ihm in die Augen. »Was bedeutet das für mich?«

Abrupt stand er auf und nahm das Heft vom Tisch.

»Darüber muss ich nachdenken.« Auf dem Weg zur Tür drehte er sich herum. »Wie lange brauchen Sie noch für den Schal – kann er bis ... morgen Nachmittag fertig sein?«

»Das könnte ich schaffen.« Sie legte das Strickzeug beiseite und stand ebenfalls auf. »Darf ich Sie etwas fragen? Wenn das alles vorbei ist, was haben Sie dann vor?«

»Dann ist meine Mission erfüllt und ich werde gehen.«

»Wie meinen Sie das?«

Er antwortete nicht darauf und eilte hinaus.

Dachte er an Suizid? Das konnte sie sich eigentlich nicht vorstellen, obwohl ... In seiner Sonnenhofakte stand, dass er bereits als Kind einen Suizidversuch unternommen hatte.

Nachdenklich kehrte sie zum Tisch zurück und nahm sich die Tüte aus dem Hähnchenimbiss vor.

KAPITEL 36,5

Es ist unglaublich. Sie hat wirklich die ganze Zeit die Wahrheit gesagt. An diesem schriftlichen Beweis gibt es nichts zu rütteln. In der Klinik wurde alles sorgfältig dokumentiert.

Seltsamerweise bin ich erleichtert darüber. Schon auf dem Sonnenhof habe ich gespürt, dass sie es gut mit mir meint. Sie war freundlich und geduldig, obwohl ich damals nicht verstanden habe, warum sie auf meiner Seite ist. Sie hätte ihr Versprechen gehalten und mich besucht. Der alte Uhlenbrock hat sie nicht zu mir gelassen. Er hat von Anfang an nicht gewollt, dass ich näheren Kontakt zu anderen habe. Er hat mich von allen abgeschottet. Weder mit den Schwestern und Pflegern noch mit Kindern in meinem Alter durfte ich länger zusammen sein. Auf einen Besuch meiner Eltern konnte ich nicht hoffen. Mein Vater wollte mich sowieso nicht, und meine Mutter war mehr an Männern als an ihrem Kind interessiert. Der Professor sagte, dass ich ihr deshalb nicht böse sein dürfe. Sie sei einsam und mit mir überfordert. In der Klinik sei ich besser aufgehoben. Er würde sich um mich kümmern. Und wie er sich um mich gekümmert hat! Manipuliert und belogen hat er mich. Keines seiner Versprechen hat er eingehalten. Hätte ich nicht zwei Schwestern belauscht und erfahren, dass er die Klinik verkaufen will, wäre ich womöglich woanders eingesperrt worden. Sie sagten, dass ein Käufer vielleicht nicht die Psychiatrie fortführen, sondern eine Schönheitsklinik eröffnen würde.

Das durfte ich nicht zulassen. Bis dahin waren meine Pläne, alle zur Rechenschaft zu ziehen, die dazu beigetragen haben, mich wegzusperren, nur Fantasien gewesen. Inzwischen wurden sie Realität. Bislang war keiner von ihnen in der Lage, mich von seiner Unschuld zu überzeugen. Alle haben mich belogen. Auch ihre Körpersprache hat sie verraten. Sie konnten mir nicht in die Augen sehen, haben keine Verantwortung für ihr Handeln übernommen. Frau Grothe ist die Erste, die mich nicht belogen hat. Deshalb darf ich sie nicht verurteilen. Ich muss mich an meine Prinzipien halten und überlegen, wie ich weiter vorgehe. Für diese Variante habe ich keine vorbereitete Inszenierung. Das macht es nicht einfach. Bei Betje wusste ich von Anfang an, dass ich nach Plan vorgehen werde. Sie war eine verlogene Schlange!

KAPITEL 37

In der WG herrschte verhaltene Erleichterung. Nachdem sie sich am Morgen zum wiederholten Mal über sich selbst geärgert hatte, verschwand Charlotte nach dem Mittagessen in ihrem Wohnzimmer, um eine Aufräumaktion zu starten. Zerlesene Ausgaben der HAZ und andere Papiere landeten auf einem Haufen. Sie entfernte artfremde Dinge aus dem Wäschekorb, bevor verstreute Wäschestücke darin eine neue Heimat fanden. Vorsichtshalber trug sie den vollen Korb sofort hinunter in den Hauswirtschaftsraum, um die Waschmaschine zu füllen.

Die erste Laufhose landete in der Trommel, als Charlotte plötzlich innehielt. Auf die Frage nach der Identität der Toten hatte Hannes von einer Betje gesprochen. Diesen ungewöhnlichen Namen hatte sie erst kürzlich gehört. Von Anneliese? Folglich müsste Betje ein Sonnenhofkind gewesen sein. Sie ließ alles stehen und liegen und eilte ins Stiftungsbüro. An der Wand waren die Kartons mit den Mädchenakten gestapelt. Charlotte nahm sich auf der Suche nach den richtigen Unterlagen einen nach dem anderen vor. In der vierten Kiste wurde sie fündig. Sie setzte sich an den Schreibtisch und legte die Akte vor sich hin. ›Betje Mulder‹ stand darauf – und das Geburtsdatum: 1.8.1972.

Auf der Suche nach Charlotte betrat Philipp das Souterrain. Laut Elli war sie vor mehr als einer Stunde mit ihrer Schmutzwäsche nach unten verschwunden. Er warf einen Blick in den Hauswirtschaftsraum und sah den vollen Wäschekorb vor der geöffneten Waschmaschine stehen. Das wunderte ihn nicht wirklich. Wahrscheinlich war seinem Sternchen etwas Wichtigeres dazwischengekommen. So sortierte er zunächst Buntwäsche in die Maschine und schaltete sie an. Da er seine Lebensgefährtin im Stiftungsbüro vermutete, führte ihn sein Weg dorthin. Tatsächlich saß sie über Unterlagen gebeugt am Schreibtisch. Bei seinem Eintreten blickte sie auf. Er setzte sich auf die Schreibtischkante und schaute sie fragend an.

»Was tust du denn hier?«

»Mir ist eingefallen, dass Anneliese den Namen Betje mal erwähnt hat. Deshalb habe ich nach ihrer Sonnenhofakte gesucht.«

»Steht was Interessantes drin?«

»Das kann man wohl sagen. Offenbar hat sie Odo Voigt durch falsche Anschuldigungen in die Psychiatrie gebracht.« Sie erzählte von der Fraktur, für die das Mädchen verantwortlich war. »Betje wollte ihn loswerden. Möglicherweise hat sie mitbekommen, was Odo blüht, wenn er noch mal auffällig wird. Ihr Vater stammte übrigens aus Amsterdam. Dazu passt der Holländische Pavillon.«

»Damit haben wir die Verbindung. Sollte es noch Zweifel gegeben haben, dass Odo Voigt mit dem ›Regisseur‹ identisch ist, sind sie nun endgültig ausgeräumt.«

»Deine Einschätzung war von Anfang an richtig.«

»Dank deiner guten Vorarbeit«, gab er die Lorbeeren zurück. »Nun erst macht das Symbol Sinn. Aus seiner Sicht war Betje eine falsche Schlange.«

Das klang logisch. Charlotte griff nach ihrem Handy. »Ich rufe Hannes an.«

Sie erhob sich und trat an die Stellwand, als die Verbindung zustande kam. Während sie Hannes informierte, zog Philipp die Akte zu sich heran und warf einen Blick hinein. Was er beim flüchtigen Durchblättern las, schien zu ihren Schlussfolgerungen zu passen.

Nachdem Charlotte das Gespräch beendet hatte, schlug er vor, nach oben zu gehen.

»Ich brauche noch einen Moment. Eigentlich wollte ich vorhin nur die Waschmaschine anstellen, aber …«

»Schon erledigt.«

»Du hast dich um meine Wäsche gekümmert?«

»Warum nicht? Ich weiß, wie man das macht. Immerhin wasche ich meine Sachen seit Jahren selbst. Dein alter Professor ist ein emanzipierter Mann.«

KAPITEL 38

Da sie weder Schere noch Nähnadel zur Verfügung hatte, musste sich Anneliese etwas einfallen lassen, als der Schal fertig war. Die abgebrochene Ecke einer Kachel neben dem Waschbecken war ihr an ihrem ersten Tag in dieser ungastlichen Zelle aufgefallen. So klemmte sie sich die Handarbeit unter den Arm und zog den Wollfaden zwischen dem Schalende und dem Knäuel straff, um ihn so lange an der scharfen Fliesenkante zu reiben, bis er zerriss. Mit der Stricknadel spreizte sie jeweils zwei Maschen so weit auseinander, dass sie das Garn hindurchdrücken konnte. So verfuhr sie, bis alle Fäden nicht mehr zu sehen waren. Schließlich legte sie den Schal zusammen und wartete auf ihren Entführer. Es dauerte noch eine Weile, bis sie den Schlüssel im Schloss hörte. Ein Blick auf die Armbanduhr verriet, dass es kurz nach fünf am Nachmittag war.

Der ›Regisseur‹ kam herein, murmelte einen Gruß und trat an den Tisch. Dabei sah er die fertige Strickarbeit. Erfreut streckte er die Hand danach aus.

»Darf ich?«

»Ja.«

Zunächst strich er fast ehrfürchtig über die weiche Wolle. Er öffnete seine Jacke, zog das zerfranste Teil vom Hals und ließ es achtlos auf den Boden fallen. Dann breitete er den neuen Schal aus, betrachtete ihn anerkennend und band ihn sich um.

»Herrlich! Vielen Dank, Frau Grothe.«

»Das habe ich gern gemacht.« Ihre Worte entsprachen der Wahrheit. Sie verschwieg aber, dass die Ablenkung der Grund dafür war. »Wie geht es nun weiter?«

»Bin ich in Ihren Augen ein eiskaltes Monster, das aus Lust getötet hat?«

»Nein.«

»Sondern?«

Forschend schaute er ihr in die Augen. Sie hielt seinem Blick stand. Dabei rief sie sich ins Gedächtnis, was sie in Philipps Buch gelesen hatte.

»In Ihrem Leben ist ganz viel schiefgelaufen. Sie wurden hintergangen, belogen und manipuliert. Eins kam zum anderen. Sie mussten etwas tun, damit das aufhört.« Das klang einigermaßen plausibel, aber sie wusste nicht genau, ob das zu seinem Krankheitsbild passte. »Sie wollten die Wahrheit rausfinden.«

Gedankenverloren starrte er vor sich hin. Schließlich straffte er seine Gestalt.

»Lassen Sie uns gehen.«

»Wohin?«

»Warten Sie es ab.«

Während sie sich fragte, was das bedeutete, nahm sie ihre Jacke von der Stuhllehne und streifte sie über.

An der Tür zog er ihr den stinkenden Sack über den Kopf und führte sie durch das Gebäude. Diesmal ging es die sechs Stufen hinauf. Nach einem kurzen Fußmarsch erreichten sie seinen Wagen. Odo ließ seine Gefangene einsteigen und befestigte ihre Handgelenke mit Kabelbindern an einer Verstrebung. Das konnte nur eines bedeuten: Er wollte sicher sein, das sie sich nicht wehren oder fliehen konnte.

Seit Verlassen ihrer Zelle hatte der ›Regisseur‹ kaum ein Wort gesprochen. Anneliese befürchtete, etwas Falsches gesagt zu haben. Wie konnte sie nur so dumm sein, anzunehmen, dass er sie freilassen würde? Jedes seiner Entführungsopfer war auf grausame Weise zu Tode gekommen. Zwar hatte er viel von Wahrheit und Lüge gesprochen, aber das bedeutete nicht, dass er plötzlich umschwenken und sie am Leben lassen würde. Auf ein Gefühl wie Mitleid konnte sie bei ihm nicht hoffen. Nach dem, was sie in den letzten Tagen über verschiedene Typen von Psychopathen gelesen hatte, fehlte es ihnen meist an jeglicher Empathie. Daran würde selbst der schönste Schal nichts ändern.

Sie wunderte sich über sich selbst, wie nüchtern sie darüber nachdachte. Hatte sie insgeheim mit dem Leben abgeschlossen? Oder reagierte man in einer solchen Ausnahmesituation anormal, um nicht durchzudrehen? Vielleicht half das, die Angst zu verdrängen. Unwillkürlich fragte sie sich, was für einen Platz er für sie ausgesucht haben könnte. Bei den anderen Opfern passte er stets zu ihrem Beruf. Genau wie das zweite Symbol. Ihr würde er wahrscheinlich Stricknadeln in die Tasche stecken oder ein Wollknäuel, dachte sie bitter. Aber welcher Ort käme infrage? Eigentlich nur der Sonnenhof. Sie erschauderte bei diesem Gedanken. Dort lebten Kinder! Der Anblick einer Leiche musste ihnen erspart bleiben! Sowie sie anhielten, würde sie ihn anflehen, sie woanders zu töten.

Darauf musste sie nicht mehr lange warten. Der Wagen stoppte, der Motor erstarb, die Fahrzeugtür wurde geöffnet.

Anneliese wurde von den Fesseln sowie vom Sack befreit und aufgefordert, auszusteigen.

Irritiert blickte sie sich um. Trotz der Dunkelheit erkannte sie einen Feldweg, einen Acker und Windräder mit roten Leuchtfeuern, die in regelmäßigen Zeitabständen blinkten.

»Wo sind wir?«

»Weit genug weg von eventuellen Beobachtern.«

»Was haben Sie vor? Wenn Sie mich umbringen wollen, verlange ich, dass Sie …«

Sein Kopfschütteln ließ sie innehalten.

»Ich bin kein primitiver Killer. Das habe ich bereits erwähnt. So wie Sie hatten alle die Chance, die Wahrheit zu sagen. Jeder sollte zu seinen Verfehlungen stehen und Verantwortung dafür übernehmen. Das haben sie nicht getan. Deshalb musste ich sie bestrafen. – Sagen Sie das den Leuten.« Odo nahm einen blauen Baumwollbeutel vom Beifahrersitz, den er Anneliese reichte. »Seit Jahren schreibe ich heimlich alles auf, was mich beschäftigt. Niemand weiß davon, nicht einmal der alte Uhlenbrock hat es bemerkt. Geben Sie meine Notizen Ihrem Mitbewohner. Professor Thaler soll ein Buch über mein Leben schreiben. Er ist ein kluger Mann. Er kann das.«

Die Strick-Liesel nickte nur, da sie vor Erleichterung kein Wort herausbrachte. Er würde sie freilassen!

»Leider kann ich Sie nicht nach Hause fahren. In der Tasche finden Sie Geld für ein Taxi. Sie müssen einfach dem Weg hier bis zur Straße folgen.«

»Danke.«

»Ich muss noch etwas loswerden: Sie waren der einzige Mensch, der gut zu mir war und mir helfen wollte. Wahrscheinlich waren Sie ohnehin der einzige Mensch, der ehrlich zu mir war. Dafür haben Sie meinen Respekt. Außerdem möchte ich Ihnen danken. Obwohl Sie gefürchtet haben, dass ich Sie nicht am Leben lasse, haben Sie mir den Schal gestrickt. Sie haben Format.«

In ihren Ohren klang das alles völlig absurd. Wieso sprach ein vierfacher Mörder so geschwollen? Was sollte sie dazu sagen?

Offenbar schien er keine Antwort zu erwarten. Er ging um den Wagen herum und stieg ein. Gleich darauf verschwand der Transporter in der Dunkelheit.

Sekundenlang stand Anneliese einfach nur da. Sie konnte das Erlebte immer noch nicht fassen. Der Alptraum war vorbei!

KAPITEL 39

Der Tisch war gedeckt. Charlotte stand in der Küche an der Arbeitsplatte und griff nach dem Wasserkocher, um ihren abendlichen Tee aufzugießen. Dabei fiel ihr Blick durchs Fenster. Sie sah die Scheinwerfer eines Wagens, der sich im Dunkeln dem Haus näherte. Im ersten Moment vermutete sie, dass es Hannes sein könnte, der schlechte Nachrichten überbringen wollte. Im nächsten erkannte sie, dass es sich bei dem Fahrzeug um ein Taxi handelte. Wer mochte das sein?

Sie ließ alles stehen und liegen und ging hinaus. In der Wohnhalle begegneten ihr die WG-ler, die auf dem Weg zum Abendessen waren. Charlotte ging wortlos an ihnen vorbei. Noch bevor es läutete, öffnete sie die Haustür.

Maßlos erleichtert starrte sie die draußen stehende Freundin an und zog sie in den Flur.

»Gott sei Dank!« Sie drängte die Tränen zurück und nahm Anneliese in die Arme. Schließlich musterte sie die Strick-Liesel besorgt, konnte aber keine Verletzungen feststellen. Allerdings fiel ihr etwas anderes auf.

»Du warst ziemlich lange beim Friseur.«

»Damit muss man rechnen, wenn man ohne Termin hingeht.«

»Das Warten hat sich gelohnt. Du siehst toll aus.«

»Das verdanke ich deiner Friseurin.«

Die anderen Mitbewohner wurden aufmerksam. Im Nu waren sie umringt. Nacheinander umarmten sie die vermisste Freundin. Nur Conrad traute sich nicht. Dafür strich der Kater mauzend um ihre Beine. Anneliese streifte die blaue Baumwolltasche von der Schulter, bückte sich und hob Grönemeyer hoch. Ihr Lebensgefährte stand hilflos daneben. Philipp beobachtete es und legte den Arm um Charlottes Schultern.

»Wollten wir nicht Abendbrot essen?«

Elli und Albert verstanden diesen Wink und folgten ihnen in die Küche.

Daraufhin setzte Anneliese den Kater ab und öffnete ihre Jacke. Sofort war Conrad zur Stelle und nahm sie ihr ab.

»Liesel, ich …« Er war völlig durcheinander. »Ich bin so froh … Es war die Hölle … So viel Angst hatte ich noch nie …« Ohne Anneliese aus den Augen zu lassen, wollte er die Jacke an die Garderobe hängen. Beim vierten Versuch traf er den Haken. »Es tut mir so leid. Ich habe mich wie der allerletzte Idiot benommen. Kannst du mir das überhaupt verzeihen?«

Während ihrer Gefangenschaft hatte sie ihm längst vergeben.

»Nur, wenn du mich endlich in den Arm nimmst.«

Dazu bedurfte es keiner zweiten Aufforderung. Er schloss seine Liesel in die Arme und hielt sie so fest, als wolle er sie nie mehr loslassen. Eine Weile standen sie so da, schließlich schauten sie einander in die Augen. Anneliese bemerkte die feuchten Spuren auf seinen Wangen und wischte sie mit den Fingerspitzen fort.

»Es ist alles gut. Er hat mir nichts getan. Lass uns später darüber reden. Erst mal brauche ich was Anständiges in den Magen.«

Er nahm sie bei der Hand und führte sie in die Küche. Dort setzte sie sich zu den Freunden. Conrad blieb neben ihr stehen.

»Heute Mittag gab es Tortelliniauflauf mit einer Schinken-Sahne-Sauce. Unseren Mitbewohnern scheinen meine Kochkünste allmählich zum Halse rauszuhängen.« Er ignorierte die Proteste der Freunde. »Sie haben in den letzten Tagen kaum was gegessen. Soll ich dir eine Portion heiß machen?«

»Liebend gern«, stimmte Anneliese zu. »Ich habe einen Bärenhunger.«

Sie schaute in die Runde. »Ihr habt bestimmt viele Fragen. Nach dem Essen erzähle ich euch alles.«

»Dann wird Hannes hier sein«, sagte Charlotte. »Philipp hat ihn angerufen.«

Es dauerte nicht lange, bis ein Teller Auflauf mit goldbrauner Käsedecke vor der Strick-Liesel stand. Mit Genuss aß sie die leckere Mahlzeit, die so herrlich nach Zuhause schmeckte.

Auch ihre Mitbewohner widmeten sich dem Abendessen mit gutem Appetit.

Charlotte und Elli räumten später die Küche auf. Anneliese ging nach oben, machte sich frisch und zog etwas Bequemes an. Im Wohnzimmer kamen sie wieder zusammen. Kurz darauf traf Hannes ein. Ihm war die Erleichterung anzusehen, als er vor der unversehrten WG-Bewohnerin stehenblieb.

»Darf ich Sie kurz in den Arm nehmen, Frau Grothe?«

»Vielleicht sollte ich mich öfter mal entführen lassen«, scherzte sie und ließ es geschehen, dass er sie an sich drückte.

Unterdessen versorgte Elli die Runde mit Getränken.

»Das wird heute nur eine lockere Befragung«, kündigte der Hauptkommissar an. »Das Protokoll nehmen wir morgen im Präsidium auf.«

Anneliese gab ihm präzise Auskünfte über die Entführung, ihre Zelle, den Aufenthalt dort und über ihre unerwartete Freilassung.

Gespannt hörten die Anwesenden zu. Elisabeth war sichtlich beeindruckt.

»Hattest du gar keine Angst?«

»Nur anfangs.« Sie war selbst etwas verwundert darüber. »Einerseits musste ich befürchten, dass ich da nicht lebend rauskomme, anderseits wurde ich mit jedem Besuch des ›Regisseurs‹ ruhiger. – Ihm schien es genauso zu ergehen – obwohl er anscheinend ständig irgendwelche Tabletten einnahm.« Sie zuckte die Schultern. »Wir waren wohl beide überrascht voneinander. Nach allem, was ich über ihn wusste, habe ich mit einem brutalen Gewalttäter gerechnet, aber er war stets freundlich und höflich zu mir.«

»Weil du die Erste warst, die ihn nicht belogen hat«, resümierte Philipp. »Seine unbändige Wut wurde durch die Lügen und Ausflüchte der anderen Opfer freigesetzt.«

Hannes holte das Phantombild aus der Tasche und zeigte es der Strick-Liesel.

»Ist er das?«

Nachdenklich betrachtete sie es.

»Eine gewisse Ähnlichkeit besteht, aber die Nase ist schmaler … und der Mund etwas voller. Die Augen stehen nicht so weit auseinander.«

»Das Bild geht auf mein Konto.« Schuldbewusst senkte Conrad den Blick, bevor er knapp von seiner Begegnung mit dem Mann berichtete. »Ich habe ihn nur kurz gesehen, aber nicht richtig wahrgenommen. Womöglich hätte ich deine Entführung verhindern können, wenn ich fünf Minuten früher dort gewesen wäre.«

»Es macht keinen Sinn, darüber zu spekulieren.« Hannes steckte das Porträt ein. »Ein besseres Phantombild hätte uns wahrscheinlich auch nicht weitergeholfen. Wir haben die Fotos der Schaulustigen von allen Fundorten der Opfer durch unser biometrisches Gesichtserkennungsprogramm laufen lassen. Dabei kam heraus, dass sich ein Mann stets in wechselnder Verkleidung unter die Menge gemischt hat. Das muss der ›Regisseur‹ gewesen sein. Anscheinend wollte er sehen, wie seine Inszenierung ankommt.«

»Mir ist aufgefallen, dass ihm seine Kleidung nie so richtig gepasst hat«, überlegte Anneliese. »Als würde er die Klamotten von seinem großen Bruder auftragen.«

Charlotte verfolgte diesen Gedanken weiter.

»Oder von seinem Professor? Du hast vorhin gesagt, dass er in Uhlenbrocks Haus ein Zimmer hatte.«

»Vielleicht wohnt er dort immer noch.« Das war Albert. »Eine sichere Unterkunft ist strategisch wichtig. Die gibt man nicht kampflos auf.«

»Ich habe mich tatsächlich ein paarmal gefragt, ob ich in der Villa Uhlenbrock gefangen gehalten werde. Manchmal habe ich ein leises Wimmern gehört, so als ob da noch jemand eingesperrt ist.«

»Betje!«, entschlüpfte es Charlotte, worauf die Strick-Liesel sie erschrocken ansah.

»Betje? Die Betje, die zur gleichen Zeit wie Odo auf dem Sonnenhof war?«

Hannes bestätigte diese Vermutung.

»Wir haben ihre Leiche vor zwei Tagen im Holländischen Pavillon auf dem Expo-Gelände gefunden.«

»Sie war schuld an Odos Einweisung – oder hat sie zumindest beschleunigt. Dafür hat er sie gehasst.« Ihr lief ein eiskalter Schauer über den Rücken. »Möglicherweise hat er sie umgebracht, während ich nur wenige Meter entfernt seinen Schal gestrickt habe.«

»Das ist nicht auszuschließen.«

Hannes erhob sich, trat ans Fenster und rief im Präsidium an. Er gab Martin die Anweisung, nach der Adresse der Villa Uhlenbrock zu suchen und auf sein Handy zu schicken. Außerdem forderte er das SEK an.

Nur wenige Augenblicke später kannte er die Lage der Villa in Langenhagen unweit des Flughafens und verabschiedete sich.

Bei seinem Eintreffen vor dem Grundstück des Psychiaters wurde er von seinem Team erwartet. Er nahm seine schusshemmende Weste aus dem Kofferraum und legte sie an.

Außer dem Sondereinsatzkommando waren mehrere Kollegen der Mordkommission vor Ort. Nach kurzer Absprache verteilten sie sich auf dem Grundstück. Mithilfe einer Türramme gelangten sie in die Villa. Jeweils zu zweit durchsuchten sie die Räume auf beiden Etagen. Hannes schlich mit seinen Teamkollegen ins Untergeschoss. Mit gezogenen Waffen und eingeschalteten Taschenlampen arbeiteten sie sich langsam vor. Am Ende des Ganges fiel Lichtschein aus einer spaltbreit geöffneten Tür.

Martin fasste nach der Klinke. Auf ein Zeichen seines Chefs riss er die Tür auf. Nur einen Sekundenbruchteil später sprang Pia mit gezückter Waffe in den Raum.

»Poli…«

Der Rest erstarb auf ihren Lippen. Sie ließ die Hand mit der Pistole sinken.

»Wir kommen zu spät«, erkannte Hannes, der dicht hinter ihr war. Odo Voigt hing mit einem rot-weißen Schal um den Hals an einem Heizungsrohr. Der starre Blick verriet, dass er tot war.

KAPITEL 40

Nach Abschluss der Ermittlungen würde der Kollegenstammtisch wie gewohnt an einem Donnerstagabend in der Altstadtkneipe »Alibi« stattfinden.

Charlotte, die in der City Mitbringsel für ihre Enkelkinder aussuchte, ging anschließend zu Fuß dorthin. Die Freunde saßen bei ihrem Eintreffen bereits seit einigen Minuten am Tisch.

Hannes registrierte erstaunt, dass sie statt ihrer Sporttasche bunte Papiertüten abstellte.

»Warst du heute nicht im Fitnesscenter?«

»Unsere Trainerin hat sich das Knie verdreht.« Sie hängte ihre Jacke über die Stuhllehne und nahm neben Horst Fleischmann Platz. »Bislang haben sie noch keinen Ersatz für sie gefunden.«

»Warum vertrittst du sie nicht?« Vielsagend schaute Pia sie an. »Das wäre schließlich nicht das erste Mal. Dazu kommt dein sportlicher Einsatz im Internat. Dadurch bist du bestens geeignet.«

»So viele Kurse möchte ich nicht noch mal geben. Die finden an mehreren Tagen in der Woche statt und kosten zu viel Zeit.«

Vielsagend grinste der Rechtsmediziner.

»Warum haben Ruheständler eigentlich immer ein Zeitproblem?«

»In ein paar Jahren gehörst du auch zur Rentnerliga. Dann ergeht es dir nicht anders.«

Nachdem die Getränke serviert worden waren, schaute sie in die Runde. »Sind eure Ermittlungen inzwischen abgeschlossen?«

Mit einem Seufzer nickte Hannes.

»Obwohl wir uns das anders gewünscht hätten. Aber einen Toten kann man nicht mehr zur Rechenschaft ziehen.«

»Wäre es zum Prozess gekommen, hätte man Odo Voigt wahrscheinlich für schuldunfähig erklärt und zurück in die Psychiatrie geschickt. Und somit in eine völlig fremde Umgebung. Das wollte er durch seinen Suizid verhindern.«

»Genau das hat er in sein Tagebuch geschrieben«, sagte Martin. »Eine interessante Lektüre. Endlich wissen wir, weshalb er sein Opfer im Georgengarten inszeniert hat. Flachsbarth war ein großer Verehrer von Gottfried Wilhelm Leibniz. Anscheinend hat er sogar mal eine Abhandlung über dieses Universalgenie veröffentlicht.«

»Deshalb hat Voigt ihn zwischen Leibniz-Uni und dem Leibniztempel platziert«, fügte Hannes hinzu. »Das gefundene Auge bedeutet, dass er nicht richtig hingesehen hat, wenn er ein Kind beurteilen sollte. Die Sanduhr symbolisiert ›die Stunde der Wahrheit‹. Flachsbarth war aber nicht sein erstes Opfer. Das war ein Mitpatient. Voigt hatte ihn in sein Zimmer gelockt und getötet, weil man später denken sollte, er selbst sei bei dem Brand umgekommen. Professor Uhlenbrock war sein zweiter Mord. Danach hat Voigt das Feuer gelegt und sich anschließend in der Villa versteckt. Später hat er seine Opfer dorthin verschleppt. Und am Ende wurde er wie sie an einem Samstag tot aufgefunden. Damit schließt sich der Kreis.«

Martin schaute Charlotte beeindruckt an.

»Das Profil war zwar nicht zu 100 Prozent zutreffend, aber das hatten wir auch nicht erwartet. Trotzdem ist es faszinierend, wie viele Übereinstimmungen es enthielt. Außerdem war Professor Thaler der Erste, der überzeugt davon war, dass Odo Voigt der gesuchte Verbrecher ist.«

Ein Lächeln huschte bei den Worten des jungen Kommissars über Charlottes Gesicht.

»Er hat die Klamotten des alten Uhlenbrock getragen«, fuhr Martin fort. »Und vom Geld aus dessen Tresor gelebt.«

»Uhlenbrock hatte keine Nachkommen«, sagte Charlotte. »Deshalb musste Voigt nicht damit rechnen, dass dort bald jemand auftauchen würde.«

»In der Villa war er ungestört.« Interessiert hob Hannes die Brauen. »Wird dein Lebensabschnittspartner tatsächlich ein Buch über den ›Regisseur‹ schreiben?«

»Erst mal muss die Staatsanwaltschaft seine Aufzeichnungen rausrücken.«

»Nur Geduld.« Er ahnte, wie gespannt sie auf die Notizen des Täters war. »Wie geht es Frau Grothe? Hat sie das Erlebnis einigermaßen verkraftet – und dass sich ihr Entführer mit dem von ihr gestrickten Schal erhängt hat?«

»Das hat Anneliese ziemlich schockiert.« Sie wandte sich an den Mann neben ihr. »Ist es schwierig, sich mit einem so weichen Material zu strangulieren? Verlängert das den Todeskampf nicht unnötig?«

»Nicht zwingend. Durch das Zusammenschnüren des Halses wird die Blut- und damit die Sauerstoffversorgung des Gehirns unterbunden. Es dauert etwa eine halbe Minute, bis man bewusstlos wird. Davor nimmt man zwar alles wahr, hat aber nicht unbedingt Schmerzen. Nach rund vier Minuten ist das Gehirn irreversibel geschädigt. Kurz darauf tritt der Tod ein.«

»Das klingt nicht verlockend. Ob er den Selbstmord bereits geplant hat, als er Anneliese den Schal stricken ließ?«

»Am Tag vor seinem Tod hat er in sein Tagebuch geschrieben, dass er in einer Zwickmühle steckt.« Hannes zuckte die Schultern. »Einerseits wollte er nicht als brutaler Killer gelten, der aus Lust tötet. Andererseits wusste er, wenn er Frau Grothe freilässt, könnte er niemanden mehr zur Rechenschaft ziehen, weil man ihn nach ihrer Aussage schnell fassen würde. Wie er sich entschieden hat, wissen wir. Er hat den Suizid gewählt, um seinen Prinzipien nicht untreu zu werden.«

»Konsequent, aber tot.« Pia hob ihr Glas und trank den anderen zu. »Ist vielleicht besser so.«

Auch Charlotte griff nach ihrem Glas. Wie die anderen bevorzugte sie meistens alkoholfreies Bier.

»Anneliese erspart es die Aussage vor Gericht. Ganz so taff, wie sie tut, ist sie nämlich nicht. Deshalb plant Conrad ein paar Tage Erholung am Meer mit ihr.«

»Demnach hat sie ihm verziehen?«

»Natürlich. Die beiden lieben sich. Unser Wetterfrosch hat ihr inzwischen seine Tochter vorgestellt. Vor ein paar Tagen ist sie nach England abgereist, wo sie mit ihrem Mann lebt. Conrads Ex ist auf dem Rückweg nach Australien. Die Scheidung läuft. Die ist nur noch Formsache.«

»Was ist eigentlich mit dir und deinem Professor?« Pias Unschuldsblick wirkte fast überzeugend. »Wann läuten denn bei euch endlich die Hochzeitsglocken?«

»Hast du das immer noch nicht verstanden?«, tadelte Charlotte die Jüngere. »Ich wiederhole es aber gern noch einmal: Wir brauchen keinen Trauschein.«

»Wie unromantisch.«

»Ganz im Gegenteil: wild und leidenschaftlich.«

»Echt jetzt?« Martin horchte auf. »Je oller, desto doller – oder was?«

»Das erzähle ich dir vielleicht, wenn du erwachsen bist.«

Während er einen Schmollmund zog, lachten die anderen.

»Jedenfalls holen wir Anton morgen im Internat ab und fahren übers Wochenende zu meiner Tochter nach Hamburg. Meine Enkel freuen sich auf ihn. Abends werde ich mit Philipp die Reeperbahn unsicher machen.« Sie bemühte sich um eine ernste Miene, während sie sich an den Hauptkommissar wandte. »Wie ich hörte, hat meine Nachbarin die Exklusiv-Story tatsächlich bekommen.«

»So war es abgemacht.«

»Sie ist nett, oder?«

»Kann schon sein.«

»Die fesche Marlene hat ein Auge auf unseren Chef geworfen«, sagte Martin grinsend. »Ein gutes Verhältnis zur Presse kann ja nicht schaden.«

Die Stimmung wurde locker und fröhlich. Nach der wochenlangen Anspannung tat es gut, für ein paar Stunden abzuschalten.

Wie gewöhnlich verabschiedeten sie sich vor der Kneipe voneinander.

Charlotte schaute sich nach ihrem Chauffeur um, sah Philipp an der Straßenecke neben seinem Wagen stehen und winkte ihm zu.

Als sie ihn erreicht hatte, nahm er ihr die bunten Taschen ab und legte sie in den Kofferraum.

»Da hat sich das Shoppen ja gelohnt.«

»Mir macht Einkaufen am Bildschirm keinen Spaß. Außerdem kurbele ich lieber die Wirtschaft in meiner Stadt an.«

»Eine kluge Sichtweise.«

»Deshalb habe ich dir was mitgebracht.«

»Wirklich?«, freute er sich. »Was denn?«

»Sei froh, dass wir nicht verheiratet sind, sonst hätte ich für dich nur die obligatorischen Socken gekauft.«

Treuherzig schaute er ihr in die Augen.

»Ich kann mir nichts Schöneres vorstellen, als Socken zu bekommen.«

»So ein Pech.« Sie hauchte einen Kuss auf seine Wange. »Was mache ich denn nun mit meinem mit so viel Liebe ausgesuchten Geschenk?«

»Verrätst du mir, was es ist?«

»Später vielleicht. – Lass uns erst mal nach Hause fahren.«

DANKSAGUNG

Überflüssiges räumt man gern aus dem Weg. Deshalb gilt mein Dank zunächst meinen Freundinnen und Erstleserinnen Monika Meier, Sigrid Albrecht und Barbara Kaubisch, die mit Killerinstinkt nach Tippfehlern in meinen Romanen suchen, und dadurch immer wieder zu Komplizinnen bei der endgültigen Beseitigung werden. Sie leisten wichtige Aufräumarbeit, auf die ich nicht verzichten kann.

Außerdem möchte ich an dieser Stelle meinen Altenau-Ladys Gudrun Hoppe, Sigrun Karré, Kerstin Römke, Stefanie Schütte, Heike Sünnemann und Masuma Zawari für die freundschaftliche Verbundenheit danken, die mir viel bedeutet.

Meiner wunderbaren Lektorin Claudia Senghaas danke ich für die großartige Unterstützung und den geduldigen Umgang mit meinem Pünktchen-Chaos.

Zu guter Letzt möchte ich mich bei meinen Leserinnen und Lesern bedanken, die meine Charlotte und ihre munteren WG-ler auf den oft gefährlichen Pfaden begleiten.